KB111704

작은 복수

작은 복수

초판 1쇄 인쇄일 2018년 12월 06일
초판 1쇄 발행일 2018년 12월 17일

지은이 | 최효희
펴낸이 | 김기선

편집부 | 김아름, 박신혜, 김에너벨리, 유기웅, 배영주, 신현정, 전유정
디자인 | 한주희

펴낸곳 | 와이엠북스(YMBOOKS)
출판등록 | 2012년 7월 17일 (제382-2012-000021호)
주소 | 서울시 도봉구 노해로 379, 802호(창동, 대성빌딩)
전화 | 02)906-7768 / **팩스 |** 02)906-7769
E-mail | ymbooks@nate.com

ISBN 979-11-322-4787-6 03810

값 9,000원

작은 복수

최효희 장편소설

YMBOOKS ROMANCE STORY

ym
BOOKS

차 례

프롤로그

창문이 없는 드레스룸은 한낮에도 빛이 들지 않아 어두웠다. 어두운 곳에서는 이유 없이 신경이 곤두서고 숨이 막혔으나 태주는 일렬로 걸린 와이셔츠 중 하나를 내려 팔을 넣었다. 방금 물기를 닦아 낸 탄탄한 몸을 감싼 와이셔츠의 단추를 모두 잠그고 났을 때였다. 기다렸다는 듯 테이블 위의 휴대폰이 울렸다.

"한태줍니다."

곧장 방을 가로질러 전화를 받은 그가 자신의 이름을 말했으나 수화기 너머에서 들려오는 건 나직하고 고른 숨소리뿐이었다. 사실 그는 상대의 반응이 왜 그런지 알고 있었다. 알면서도 태연히 오른쪽 손목의 커프스를 채우며 제 할 말을 이었다.

"어쩐 일이세요?"

-언제 귀국한 거니?

그의 아버지이자 강문그룹 한건용 회장이 그제야 입을 열었다.

-귀국했다는 소식 어제야 최 실장 통해 들었다.

"지난 토요일에 귀국했어요."

-그럼 들어온 김에 시간 내서 집에 한번 들러라.

일주일 전 귀국을 했다는 아들의 대답에도 한 회장의 목소리에는 동요의 기색이 없었다.

"하실 말씀 있으시면 지금 하세요."

-언제까지 그렇게 살 생각이냐?

"그렇게라니요?"

-난 너한테 충분히 시간을 줬다고 생각한다.

한 회장의 깊고 진중한 목소리에는 언제나 그렇듯 감정 같은 것은 담겨 있지 않았다.

강문그룹의 수장인 그의 아버지는 많은 것을 가진 사람이었다. 날 때부터 가진 것은 아니었으나 뛰어난 머리와 타고난 승부 근성으로 남보다 빠르게 많은 것을 가졌다. 물질의 소유가 성공의 기준이라면 분명 그의 아버지는 큰 성공을 거둔 사람이었다.

그러나 역경 속에서 자수성가한 수장에게 타인의 감정을 이해하는 인간미는 남아 있지 않았다. 아들인 그의 감정에조차 관심 가진 적이 없었다. 결국 아버지의 오만과 독선을 견디지 못한 그는 스스로 아버지 아들로 사는 삶을 벗어던질 수밖에 없었다. 이미 자유를 맛본 그였기에 이제 회유든 협박이든 통할 리 없었다.

"용건 없으시면 끊겠습니다."

휴대폰을 반대쪽 손으로 바꿔 들고 나머지 손목의 커프스를 채운 태주는 심해처럼 짙은 회색 넥타이를 집어 들고 거울 앞으로 걸음을 옮겼다.

-너한테 특별한 용건이란 건 뭐냐?

'부고요.'

기다렸다는 듯 그의 머릿속에 대답이 떠올랐으나 입 밖으로 내지는 않았다.

-네 새어머니가 몸이 많이 좋지 않다.

"……."

-대장암이 늦게 발견되긴 했지만 홍 박사가 수술이 잘됐다고 했었는데……. 얼마 전에 몸이 좋지 않다고 해서 다시 병원에서 검사를 받아 보니 이번엔 폐와 간으로까지 전이가 됐다는구나. 이제 더는 수술도 힘들 것 같다니……. 내 말 듣고 있는 거냐?

"네."

줄곧 어떤 변화도 없던 태주의 한쪽 입술 끝이 그제야 비릿하게 말렸다.

이미 가정을 이룬 아버지의 아이를 낳은 여자, 어머니를 본가에서 내쫓아 죽음으로 내몬 여자, 언젠가 그가 자신의 손으로 그 목을 눌러 숨통을 끊어 놓겠다고 마음먹었던 여자가 살날이 얼마 남지 않았다는 소식을 전하는 아버지의 목소리가 전에 없이 애잔했기 때문이다. 그의 손에 들린 넥타이가 여자의 마른 살가죽이라도 되는 듯 비틀려 있었다.

-바쁘지 않으면 잠시 집에 들러라.

"저보고 문병이라도 오라는 겁니까?"

-법적으로는 네 어머니다.

"법적으로 아버지와 어떤 관계이든 절 보면 아마 얼마 남지 않은 그 명이 더 짧아질 겁니다."

'제가 그렇게 만들 겁니다.'

-흐음! 내가 네 얼굴 보고 할 얘기도 있으니 겸사겸사 시간 내라는 거다.

"얼굴 안 보고도 얼마든지 얘기는 할 수 있으니 그냥 지금 하시죠."

그가 내놓은 최대한의 타협안이었다.

-너도 소문 들었을 것 같은데, 요즘 회사에 조금 골치 아픈 일이 있다. 그래도 다행히 신우물산과 서로 뜻하는 바가 맞아 도움을 주고받으면 좋을 것 같은데, 그쪽에서 그전에 긴밀한 관계를 원하는구나.

그의 입에서 선뜻 자신의 뜻에 따르겠다는 대답이 나오지 않자 다시 길게 헛기침을 한 한 회장이 마뜩잖은 어조로 입을 열었다.

"긴밀한 관계라니요?"

-혼사 말이다.

"태경이라면 강문을 위해서는 뭐든 할 겁니다. 제가 왜 결혼식에 참석하지 못하는지도 알아서 잘 둘러댈 테고요."

-신우 쪽에서 태경이가 아니라, 널 원한다.

그래서였던 것이다. 평소 같으면 진작 언성이 높아지거나 끊겨버렸을 전화가 아직 끊어지지 않고 있었던 이유…….

-나도 장남인 널 두고 태경이 먼저 결혼을 시키는 게 썩 내키지 않던 참이었는데, 잘됐다 싶었다.

신우물산이라면 건설과 패션 쪽이 주력 사업인 기업으로 몇 해 전부터 해외로도 그 입지를 넓혀 가고 있었다. 강문그룹 또한 최근 경제란에 종종 이름이 오르내리고 있기는 하나 한때의 어려움에 쉽게 흔들릴 기업은 아니었다. 아버지 말처럼 그의 결혼이 그룹 위기를 타개하기 위한 유일한 해결안은 아닐지 몰라도 두 기업의 혼사라면 둘 다 밑지는 것 없는 거래가 될 것이라는 사실만은 확실했다.

"뭔가 오해를 하고 계신 모양인데, 8년 전 아버지 아들로 살지 않겠다고 한 날 저는 강문과의 관계도 깨끗이 정리했습니다."

-고작 네 말 한마디로 부자지간 핏줄이 정리가 될 것 같으냐? 무엇보다 난 네가 거부해도 강문의 절반은 무조건 너한테서 물려줄 생각이다. 물려받은 뒤 매각을 하든 전부 뜯어고치든 그건 네 뜻대로 하면 될 것이고.

"그런 말씀 하신다고 아버지에 대한 제 감정 변하지 않습니다. 그러니 제가 원치 않는 도리도 강요할 생각 하지 마세요."

-사업을 한다는 놈이 머리 쓰는 것하고는. 네가 설립한 그 엔터테인먼트가 뭔가가 이제 조금 기반이 잡혔다는 얘기는 들었다만, 강문에 비하면 구멍가게도 되지 않을 수준이던데. 이참에 강문으로 들어와 주력 사업으로 네 회사를 키워라. 네 외할아버지가 살아 계셨더라도 내 말대로 하길 바라셨을 거다.

"제 일은 제가 알아서 하겠습니다."

-…….

이상하다 싶을 정도로 전화기 너머가 고요했다. 이미 끊겨 버렸는데 그가 그 소리를 듣지 못한 것인가 싶어 휴대폰을 귀에서 떼고 화면을 바라보자 통화 시간은 계속 흐르고 있는 것이 보였다. 1초, 2초, 3초……. 하지만 전화가 끊기지 않았다고 한들 더 이상 그가 건넬 말은 없었다. 그렇다고 아버지와 똑같이 일방적으로 전화를 끊어 버리는 사람은 되고 싶지 않았기에 태주는 달관자의 표정으로 침묵을 지켰다.

얼마의 시간이 더 흐르고 난 뒤 한 회장이 다시 서늘한 목소리로 입을 열었다.

-만약 네가 이번 혼사를 끝까지 거부한다면, 넌 내 장례식장에도 발을 못 들이게 될 거다.

"……"

-내 할 말은 다 했으니 이만 끊으마.

한 회장은 자신의 말대로 전화를 끊어 버렸다.

이런 식의 통화는 언제나 마음이 불편했다. 아버지의 말대로 그의 말 한두 마디로 부자지간 핏줄이 정리되는 것은 아니었으니.

다시 거울 앞으로 돌아온 태주는 넥타이핀을 골라 능숙한 동작으로 넥타이를 고정했다. 마지막으로 옷걸이에서 재킷을 내린 그는 곧장 방을 나섰다.

"아주머니, 저 오늘 밖에서 저녁 먹고 들어오니까 일찍 퇴근하세요."

"네, 대표님."

현관을 나서 다시 계단을 내려온 태주는 정원을 가로지르기 시작했다. 야트막한 돌계단과 조경석을 제외하면 유난히 창이 넓은 이층 건물은 짙푸른 잔디와 나무에 둘러싸여 있다 해도 과언이 아니었다.

이 집은 평생 은행에 몸담으셨지만, 건축에 조예가 깊으셨던 외할아버지가 외동딸이었던 어머니에 대한 그리움을 담아 지은 집이었다. 이제 외할아버지도 돌아가시고 찾는 이 하나 없는 집이 되었건만 싱싱한 잔디는 여전히 그가 걸음을 옮길 때마다 발아래서 기분 좋게 사르락거렸다.

적당히 따사로운 햇살을 받으며 평소와는 달리 느린 걸음으로 정원을 가로지르던 그가 갑자기 걸음을 멈추고 자리에 섰다. 넓게 펼쳐진 잔디 저편에 선명한 노랑과 빨강의 튤립이 군락을 이루며 피어 있는 것이 보였기 때문이다. 처음엔 헛것을 본 것인가 싶어 자신의 눈을 의심했다. 그러나 분명 튤립이었다. 그간 눈에 띄지 않다 귀국한 지 일주일이 지난 오늘 마술처럼 모습을 드러낸 녀석들이 신기하고 낯설어 대문으로 향하던 그의 걸음이 튤립 쪽으로 방향을 틀었다.

그가 집을 비울 때는 일주일에 한 번 집 안을 청소하는 아주머니와 잔디 관리를 맡은 그녀의 남편이 다녀가는 것이 전부였다. 그 하루를 제외하면 항상 대문은 굳게 닫혀 있을 테니, 간간이 하늘을 날아가는 새를 제외하면 이 집 정원에 어떤 꽃이 피고 어떤 나무가 자라고 있는지 그 누구도 알 수 없었다. 그런데 이 집에 누구에 의해, 언제부터 저런 꽃이 피었던 것일까? 그리고 지난 일주일간은 왜 그의 눈에 띄지 않았던 것일까?

튤립 군락 앞에서 걸음을 멈춘 태주는 한쪽 무릎을 바닥으로 굽히며 꽃을 향해 몸을 낮췄다. 꽃봉오리는 손으로 움켜잡으면 그 색이 손바닥에 그대로 묻어나지 않을까 싶을 정도로 색이 진했다. 탐스런 봉오리를 받치고 있는 대 또한 미풍 따위에 쉽게 몸을 떨지 않을 것처럼 굵고 곧았다. 그 꽃을 가만히 바라보고 있자니 그의 머릿속에 아련한 얼굴 하나가 떠올랐다.

언제나 꽃처럼 곱고 우아하셨던 분. 흐트러진 모습, 감정이 적나

라하게 드러난 표정, 격양된 음성 그 어느 것 하나 그에게 보인 적 없었던 분. 아버지가 그의 동생이라며 사내아이 하나를 집으로 데리고 왔던 그날도, 그 아이의 생모라는 여자가 고개를 쳐들고 당신을 형님이라 불렀던 그날도, 스스로 생을 마감하던 그날 아침조차도 한 송이 꽃처럼 아름답고 좋은 향기를 풍기셨던 분……

그는 꽃의 선명한 색상에 불현듯 눈이 부셔 두 눈을 감았다. 햇살이 이토록 따사로운데, 꽃의 향기가 이토록 생생한데 괜스레 마음이 스산해졌다. 가슴 한가운데가 얼음을 가져다 댄 것처럼 시렸다. 봄은 이토록 화사하건만…….

* * *

회사 소속 작가의 작품 계약에 대한 회의를 마친 태주는 차를 몰아 번잡한 도심을 벗어났다. 지금 그의 차가 달리고 있는 길은 그가 가장 좋아하는 길이었다. 지난겨울 한국을 떠나기 전 마지막으로 달렸을 때는 길과 주변 산이 온통 새하얬는데 어느새 신록으로 뒤덮인 풍경은 쉴 새 없이 그의 시선을 사로잡고 있었다.

그는 넥타이를 풀고 창문을 내린 뒤 왼손을 창밖으로 내밀었다. 따스한 햇살과 적당한 온기를 품은 바람이 그를 반기듯 손바닥을 간질였다. 특별한 이유 없이 그의 입가가 느긋한 미소로 휘어졌다. 얼마나 그리웠던가. 이곳의 바람과 향기가.

스피커의 음악 대신 바람과 나뭇잎의 허밍을 들으며 얼마간 더 달리자 저 멀리 전원주택이 모여 있는 전원주택 단지가 눈에 들어왔다. 그는 얕은 담장의 집들과 조금 떨어진 곳에 위치한 나무 담장의 주택을 향해 차를 몰았다.

"어서 와."

그가 출발하며 넣어 둔 전화에 유석은 이미 대문 앞에 나와 그를 기다리고 있었다. 날렵한 체형에 귀족적인 외모의 유석과 그는 초등학교 시절 처음 만나 20년이 넘도록 변함없는 우정을 이어 가는 중이었다.

"5개월 만이지?"

"응. 잘 지냈어?"

"나야 잘 지냈지. 투엔터테인먼트 잘 나간다는 소문도 심심치 않게 들으면서."

태주가 유석의 차와 나란히 세운 차를 돌아 나가자 유석이 성큼성큼 다가와 그를 덥석 끌어안았다. 말로는 다 표현이 되지 않는 깊은 반가움의 표현이었다.

"고생 많았다, 태주야."

"고생은 무슨. 그래도 다른 사람 아닌 너한테 들으니까 투엔터가 이제야 기반이 조금 잡혔구나 하는 게 실감이 난다."

"소문은 예전부터 듣고 있었는데 내가 너무 늦게 말을 했나 보네. 요즘은 TV 자막으로도 너희 회사 이름이 나오기에 이제야 말한 건데."

"아니야. 너무 일찍 말해 줬으면 자만했을 거야. 거 봐라, 나는 마음만 먹으면 뭐든 이렇게 잘 해내지 않느냐 하면서."

"넌 자만은 해도 방심은 안 했을걸. 투엔터테인먼트 흔들리면 너희 아버지가 당장 인수해 너 강문으로 불러들이셨을 테니."

태주는 유석의 어깨 위로 손을 얹었다.

언젠가 술을 마시며 유석에게 그 비슷한 이야기를 한 기억이 있었다. 아버지는 내 성공을 절대 바라지 않는다고. 작은 틈만 보여도 날 무너뜨리고 당신 앞에서 머리를 조아리게 만들 거라고. 어쩌다 그런 말을 꺼내게 됐었는지는 기억나지 않아도 상대가 유석이었기에 말할 수 있었던 진심이었다는 건 알았다.

그런데 돌이켜보면 아이러니하게도 그가 이렇게 빠르게 성공할수 있었던 데는 아버지의 공이 가장 컸다. 그에게 적당히 쓸 만한 머리를 물려주었고 자만으로 똘똘 뭉친 인간미 없는 모습을 끊임없이 보여 주었다. 결정적으로 당신 앞에서 절대 머리를 조아리지 않을 것이라는 결심은 그 어떤 결과에도 그를 쉽게 만족하지 못하게 하는 채찍이 되었다.

"그런데 나 입국하던 날은 왜 안 나온 거야?"

"미안하다. 그날 진짜 중요한 일정이 있었어."

"나보다 더 중요한 일정이 뭔데? 그리고 그날 바빴으면 그다음 날이라도 시간 내 찾아왔어야지."

"진짜 미안해, 태주야. 하필 지난주 내내 중국 쪽이랑 계약 문제 때문에 신경 쓸 게 많았어. 다시는 안 그럴게."

"그래, 다시는 그러지 마라."

"알았어. 그런데 그날은 어땠어? 정운이가 너 귀국한다고 괜찮은 장소랑 이것저것 알아보며 신경 많이 쓰는 것 같던데."

"너 없어서 나는 술만 마셨지. 정운이랑 애들도 다 술독에 빠져서 엉망이었고."

태주는 대답을 대충 얼버무리며 2층으로 지어진 커다란 목조주택 기둥에 묶여 꼬리를 요란하게 흔들고 있는 맥에게 다가갔다.

"맥, 정말 오랜만이다. 그동안 잘 지냈어?"

그는 윤기 흐르는 검은 털로 뒤덮인 셰퍼드의 머리를 쓰다듬었다. 태주의 손길에 머리를 맡긴 상태에서도 맥의 꼬리는 반가움의 표현을 멈추지 못했다.

"이 녀석 저도 암놈이라고 너만 보면 유난히 꼬리를 흔든다. 저 털 빠지는 것 좀 봐라. 아휴."

과장스럽게 두 팔을 휘젓고 있는 유석의 말처럼 오후의 노란 햇살 사이로 맥의 검은 털이 분주하게 부유하고 있었다. 꼬리가 만들어 내는 바람으로 그 털은 태주의 옷에도 사정없이 달라붙고 있었지만 맥도 태주도 신경 쓰지 않았다. 지금 그들에게는 재회의 기쁨만 있을 뿐이었다.

"그런데 맥, 너 암놈이었어?"

"내가 말 안 했었나?"

"응. 나는 너무 잘생겨서 수놈인 줄 알았는데, 네 말 들고 보니까 암놈처럼 보이네. 눈이 정말 예뻐."

세모난 귀를 뾰족이 세우고 있는 것이 마치 맥도 그의 이야기를 알아듣는 것 같았다. 반가움에 정신없이 회전하던 꼬리가 어느 순간 여성스럽게 살랑거렸다.

"얘 혹시 지금 우리 얘기 다 알아듣는 거 아닐까? 표정이나 행동이 꼭 그런 거 같지 않아? 이 녀석 아까 영주한테는 막 짖고 난리도 아니었거든. 꼭 영주가 새끼 때 새까맣고 못생겼다고 했던 말 아직도 기억하고 있는 것처럼 말이야."

"원래 셰퍼드가 영리하잖아. 그런데 영주도 왔어?"

"응. 너 영주 본 지 꽤 됐지?"

영주라면 그들이 초등학교 6학년에 올라가던 해 그들이 다니던 초등학교에 입학했던 유석의 사촌동생이었다. 다섯 살이라는 나이 차에도 불구하고 유석이 하는 건 뭐든 따라 해야 직성이 풀렸던 그 개구쟁이를 따돌리기 위해 그들이 함께 머리를 맞댔던 기억이 새삼스레 떠올랐다.

"집 앞에 차 안 보이던데."

"동네 입구에 대고 산책 삼아 걸어왔대."

"영주 많이 컸겠다."

"그럼. 조금 있으면 시집가야 되는데."

"시간이 벌써 그렇게 흘렀나?"

"그러게 말이다. 시간이 너무 빠르게 흘러. 여기에서 이럴 게 아니라 태주 너 먼저 들어가서 영주랑 인사하고 있어."

"그럴까?"

그는 맥의 목덜미를 한 번 더 만져 준 뒤 현관으로 향했다.

집 안으로 들어가기 위해 현관문을 열자 그의 눈에 나란히 놓인 여자 구두 두 켤레가 들어왔다. 하나는 굽이 제법 높았고 다른 하나는 단화처럼 굽이 낮은 구두였다. 그가 영주에게 동행이 있는 건지 유석에게 물으려 할 때였다.

"오빠!"

기다리고 있었다는 듯 영주의 목소리가 그에게 날아들었다.

"강영주?"

고등학교 졸업식에서 마지막으로 영주를 봤으니, 정확히 10년 만에 얼굴을 보는 것이었다. 20대 중반의 나이가 된 영주는 웨이브 진 긴 머리에 새빨간 립스틱, 그리고 군살 없이 날씬한 몸매 라인이 그대로 드러나는 블라우스와 짧은 반바지 차림이었다. 겉모습은 틀림없이 예쁜 아가씨였는데, 어딘지 모르게 개구쟁이 꼬마 강영주의 모습은 남아 있는 듯했다.

"와, 오빠 정말 오랜만이다. 못 본 새 어떻게 이렇게 멋있어진 거야? 아니다, 오빠가 원래 잘생기긴 했었지. 유석 오빠한테 들었는데, 오빠가 만든 회사가 투엔터테인먼트라면서? 모르는 사람이 회사에서 오빠 보면 대표가 아니라 소속 배우로 착각하는 거 아니야?"

"영주야, 천천히 좀 말해."

"미안, 내가 너무 반가워서 흥분했나 봐. 그런데 나 유석 오빠 집이 아니라 다른 곳에서 오빠 봤으면 정말 넋 놓고 바라볼 뻔했어."

영주가 태주의 팔을 가볍게 끌어안으며 말했다.

"그리고 요즘에 잘나가는 드라마는 다 오빠네 회사에서 제작하는 것 같더라."

"칭찬하려는 의도는 고마운데 네 말은 과장이 너무 심한 것 같다, 강영주."

"정말인데. 내가 이건 내 인생 드라마다 생각하며 본 드라마만도 세 편이었어."

"우리 회사에서 제작한 드라마는 그 세 편이 전부였어."

그는 손가락으로 영주의 이마를 가볍게 짚으며 말했다.

"지저스, 그럼 오빠네 드라마가 완전 내 취향인 거네. 어쨌든 정말 대단해. 학교 다닐 때도 보면 공부 하나도 안 하고도 맨날 전교 1등만 한대서 머리 좋은 건 알았지만. 이럴 때 보면 신이 너무 불공

평한 것 같다니까."

그들이 긴 시간의 공백을 뚫고 반갑게 인사를 나누고 있는 사이 영주의 뒤쪽으로 소리 없이 다가오고 있는 한 여자가 있었다. 태주는 시선을 움직여 그녀를 바라보았다. 동그란 이마, 기다란 속눈썹, 오뚝한 콧날, 끝을 희미하게 끌어 올린 도톰한 입술. 오후의 환한 햇살이 쏟아져 들어오고 있는 거실 안쪽에서 그들을 향해 걸어오던 여자도 태주의 얼굴을 확인하고는 걸음을 멈추고 섰다.

"아, 내 정신 좀 봐."

그의 시선을 깨달은 영주가 자신의 뒤로 다가온 여자에게 다가가 손목을 잡고 그의 앞으로 이끌었다.

영주의 손에 손목이 잡힌 채 여전히 어색한 미소를 짓고 있는 그녀는 단정히 머리를 묶은 데다 화장도 거의 하지 않은 탓에 영주와 같은 나이로는 보이지 않았다. 도서관에라도 다녀오는 학생처럼 새하얀 니트 티에 청바지를 입은 모습 또한 그날과 같은 사람인지 의심이 들게 할 정도였다.

그녀도 놀란 감정을 감추려 애쓰고 있을 뿐 그를 알아봤다는 걸 알 수 있었다. 옅게 바른 립글로스 사이로 살며시 드러난 희고 가지런한 치아와 어울리지 않게 표정이 잔뜩 경직돼 있었다.

"이쪽은 내 친구야, 오빠. 이름은 박해영. 해영아, 너도 인사해. 유석 오빠 절친이자, 요즘 핫한 투엔터테인먼트의 한태주 대표님."

영주가 그들을 서로에게 소개하는 사이 해영도 그의 눈을 똑바로 응시했다.

술에 취해 있을 때도 왠지 슬픔이 드리워진 듯 보였던 눈이었다. 그래서 저 눈에 진짜 미소가 담기면 어떻게 반짝일지 궁금했었다. 그의 생각은 상상도 하지 못하는 듯, 짙은 갈색으로 빛나던 눈동자가 그에게 조심스레 말을 건넸다.

'말하지 않을 거죠?'

'뭘?'

'그날 일…….'

태주가 손을 내밀자 해영의 시선이 그의 손으로 조용히 내려앉았다.

"영주 친구라고요? 만나서 반가워요, 한태줍니다."

"처음 뵙겠습니다, 박해영이라고 합니다."

해영이 그가 내민 손을 살며시 잡았다.

손끝이 희미하게 떨리는 것이 느껴졌다. 그날 밤 그의 품 안에서 그랬던 것처럼.

1.

이제 봄이 왔나 싶었는데 오늘 날씨는 지금 계절이 봄인지 여름인지 헷갈리게 만들고 있었다. 해영은 솜털처럼 간지럽게 얼굴을 더듬는 햇살에 살며시 눈을 감았다.

"요즘은 봄이 없어진 것 같아."

"그러게."

"지난겨울 진짜 추웠는데, 날씨도 따듯해지고 호진이 너랑 이렇게 같이 있으니까 정말 너무 좋다. 세상에 부러울 게 없다는 말이 어떤 느낌인지 알 것 같아."

"……그래?"

"오늘 날씨도 너무 좋은데 너 시간 괜찮으면 우리 어디 바람이라도 쐬러 갈까?"

"어디?"

운동을 하기로 했던 계획을 지키지 못하고 늦잠을 자 버린 토요일, 함께 밥을 먹자는 호진의 전화로 해영은 잠에서 깼다. 전화를 끊고 한 시간 넘게 공들여 화장을 한 그녀는 봄이 오면 입으려고 미리 사 둔 우아함과 섹시함을 동시에 갖춘 원피스까지 꺼내 입고 약속 장소로 나왔다.

오랜만에 드러난 파란 하늘에, 호진과 카페에서 느긋하게 오후를 즐기는 것이 너무 좋아 그녀는 실없는 사람처럼 자꾸만 미소를 짓게 됐다. 그런데 호진은 오늘따라 잘 웃지도 않고 말도 없었다. 왜 그런지 이유가 궁금했지만, 그가 스스로 말할 때까지 기다리기로 마음먹은 그녀는 곰곰이 생각을 하다 대답했다.

"바다 보러 갈까?"

"조금 있으면 해 질 텐데. 지금 출발하면 오늘 못 돌아올 거야."

"그런가? 그럼 근처 공원이라도 걷자. 밥도 많이 먹었는데 차까지 마셨더니 이대로 계속 앉아 있으면 졸릴 것 같아."

"저기, 해영아."

"응?"

해영은 턱을 받치고 있던 손을 내리고 오늘따라 더 근사하게 차려입은 호진을 똑바로 바라보았다.

"왜? 걷기 싫어? 그럼 뭐 다른 거 하고 싶은 거라도 있어?"

"그런 게 아니고……."

"아, 나한테 할 얘기 있구나?"

"……."

"무슨 얘긴데 그렇게 뜸을 들여? 혹시 다른 일 있는 거 깜빡하고 나 불러냈는데 지금 생각난 거야? 그런 거면 나는 정말 괜찮으니까 들어가도 돼."

그녀는 호진을 바라보며 싱긋 미소를 지었다. 하지만 그의 표정은 달라지지 않았다. 그 순간 해영은 그가 지금 자신에게 말하기 어려운 이야기를 하려고 마음먹은 것을 직감할 수 있었다. 그녀의 얼굴에서 느리게 미소가 사라졌다.

"호진아……."

"……."

"뭔데?"

"……정말 미안해, 해영아."

"……."

"우리 그만 헤어지자."

조명처럼 그의 등 뒤에서 쏟아져 들어오는 햇빛이 너무 밝아 마치 꿈을 꾸고 있는 듯했다. 해영은 느리게 눈을 깜빡거렸다. 여러 차례 눈을 깜빡이며 그녀는 생각했다. 이건 꿈이다. 나는 지금 꿈을 꾸고 있는 것이다.

마침내 깜빡거림을 멈춘 그녀는 시선을 내려 테이블 위 아이스커피가 담긴 투명 유리잔을 바라보았다. 그리고 마른침을 한번 삼킨 뒤 살며시 두 손을 들었다. 느리게 구부린 열 손가락이 유리잔을 완전히 감싼 순간 그녀의 입가가 어색하게 굳었다. 손바닥 전체로 느껴지는 시원한 냉기가 그녀를 한껏 비웃고 있었기 때문이다. 지금 이건 꿈이 아니라고.

"정말 미안해."

"난……."

입을 열었으나 무슨 말을 해야 하는 것인지 알 수 없었다. 그저 그와의 데이트 때 입기 위해 추위가 채 가시지도 않은 이른 봄 미리 사 놓고 혼자 설렜던 원피스와 평소보다 확연히 진한 화장이 민망해 아랫입술을 슬며시 깨무는 것밖에는. 둘 사이의 어색한 기류만큼이나 혀끝을 맴도는 립스틱 맛은 씁쓸했다.

한동안 누군가와 깊게 만나지 못했다. 혼자 있고 싶지 않았지만, 누군가에게 또다시 자신을 보여 주는 것이 두려웠다. 제법 긴 시간 그녀는 자신의 방과 학교를 오갔고, 5개월 전 SG물산에 취업과 동시에 그 패턴은 방과 회사로 바뀌었다. 그런 그녀를 그 패턴 밖으로 꺼내 준 사람이 바로 지금 그녀의 앞에 앉아 있는 호진이었다.

호진은 그녀의 회사 근처 의대에 다니고 있는 학생으로 두 사람은 지난겨울부터 같은 정류장에서 가끔 마주치다 4개월 전 호진의 고백으로 연인 사이가 되었다. 서로 바쁜 탓에 자주 만나지는 못했지만, 그를 만나며 해영은 일상의 소소한 행복이란 게 뭔지 제대로 알게 되었다. 유치하거나 별거 아닌 일도 신기하게 그와 함께하면 아름답고 특별한 추억이 되는 듯했다. 처음으로 부모님이 살아 계셨다면 그를 보여 줄 수 있었을 텐데 하는 아쉬움이 들었을 정도로.

"나는, 네가 갑자기 왜 이런 말을 하는 건지 모르겠어. 혹시 내가 무슨 잘못이라도 한 거야? 아니면 너 공부해야 하는데 내가 시간을 너무 많이 뺏어서 그래? 그런 거라면 앞으로는 너 시간 될 때만 만나자. 나 기다리는 거 잘해. 너도 알잖아. 그러니까……."

"그런 거 아니야. 네가 뭘 잘못해서 그런 거 아니고, 고작 일주일에 한 번 만나는 게 공부에 지장 줬던 것도 아니야. 그리고 너랑 헤어진다고 다시는 만나지 않겠다는 것도 아니고. 해영아, 우린 공통점도 많고 성격도 잘 맞으니까 앞으로도 친구로 잘 지낼 수 있을 거야."

"친구?"

해영은 그때까지도 잡고 있던 잔에서 손을 떼고 호진의 얼굴을 바라보았다. 그녀는 여전히 지금 이 상황이 믿기지 않았는데, 그는 어서 이 불편한 순간을 마무리 짓고 싶어 하는 표정이 역력했다. 마치 데자뷔를 경험하는 것 같아 그녀는 시선을 얼른 창밖으로 옮겼다.

"내가 잘못한 것도 없고 성격도 잘 맞는데, 왜 헤어지자고 하는 건데?"

"그건······."

"혹시····· 수현이 때문은 아니지? 난 그것만 아니면······."

그 이유만은 아니어야 했다. 절대로······.

"······미안해."

처음 겪는 일도 아니고 깜짝 놀랄 만한 상황도 아니었다. 다만 번번이 지금과 같은 상황에 처하면 그녀는 마치 말을 배운 적 없는 사람처럼 아무 말도 할 수 없게 되었다.

일주일 전이었다. 호진과 길을 걷다 우연히 이종사촌인 수현과 만나게 되었던 것은. 사실 그 상황은 언제부터인가 해영이 가장 꺼려하는 상황이었다. 하지만 이번만큼은 그를 믿었기에, 언젠가는 겪어야 하는 일이라면 피하지 않기로 마음먹고 그에게 수현을 소개했다.

그는 수현과 헤어진 뒤에도 그녀에 대한 어떤 것도 묻지 않았다. 지금껏 수현의 예쁜 외모와 애교 많은 성격에 관심 갖지 않았던 남자는 없었기에 해영은 그날 기분이 너무 좋았고 그를 더욱 믿게 되었다. 호진은 자신을 진심으로 사랑하고 있는 것이라고, 그녀가 과거에 만났던 사람들과는 다르다고.

"내가 수현이 연락처 알려 준 적 없었던 것 같은데. 어떻게 만난 거야?"

"수현이한테서 먼저 연락이 왔어."

그의 입에서 흘러나오는 수현이라는 이름이 귀에 거슬릴 만큼 자연스럽고 다정했다.

잡티 하나 없이 깨끗한 피부에 인형처럼 예쁜 이목구비의 수현은 어릴 적부터 학교의 여신으로 통했다. 성인이 되고 난 뒤 더욱 아름다워진 그녀는 어딜 가든 사람들의 관심과 시선을 받았다. 그리고 그런 자신의 삶에 무척이나 만족하는 듯 보였다. 때론 관심을 즐기는 것이 아니라 병적으로 집착하는 듯 보이기도 했지만. 그런 그녀가 가장 견디기 힘들어하는 상황은 누군가의 관심이 자신이 아닌 해영에게 향할 때였다. 해영은 나직한 한숨과 함께 두 눈을 깊게 감았다.

"그러니까 수현이가 먼저 너한테 전화해서 만나자고 했다고? 왜?"

"처음 수현이가 나한테 전화를 했던 건 네가 전화를 받지 않아서 너한테 무슨 일이 있는 건 아닌지 걱정이 된다며 했던 거였어."

"내가 전화를 받지 않는다고 너한테 연락을 했다고?"

"그래."

"분명히 말하지만, 난 네 연락처 가르쳐 준 적 없어. 우린……."

'……그만큼 가깝지 않아.'

"너희 두 사람 같은 집에 산다면서? 그럼 부모님이나 다른 친구에게 물어봤겠지."

그녀의 반응을 이해할 수 없다는 호진의 표정에 해영은 입을 닫았다. 마음 같아서는 수현은 고작 내가 전화를 받지 않는다고 걱정을 할 아이가 아니고 처음부터 계획적으로 휴대폰을 뒤졌을 거라고 말해 주고 싶었다. 그 애에게 그녀의 사생활 같은 것은 중요하게 생각됐던 적 없다고. 그러나 호진은 한집에서 함께 사는 가족 같은 사이에 그 정도 행동이 문제가 된다고 생각하지 않을 것이다. 다들 그랬으니까.

"어쨌든 두 사람이 나 몰래 만나긴 했던 거네."

"만났어. 그게 왜?"

"그게 왜? 헤어지자면서. 적어도 나와 헤어지고 싶은 이유나 너와 수현이가 얼마나 가까워졌는지 정도는 제대로 말해 줘야 하는 거 아니야? 나와 친구로 남고 싶다고 했던 말이 진심이라면 그에 걸맞은 예의는 지켜야지."

"나와 수현이 사생활까지 너한테 전부 말해야 하는 게 네가 생각하는 예의야?"

온화했던 호진의 얼굴이 혐오감으로 일그러졌다.

생경한 호진의 표정에 해영의 심장은 빠르게 두근거리기 시작했다. 일주일 전만 해도 한없이 따뜻한 시선으로 자신을 바라보던 그가 지금 그녀가 아닌 수현의 이름을 너무도 다정히 부르고 있었다. 분명 그들이 처음 만났던 그날은 자신들 사이에 수현이 제삼자였는데, 이제는 그녀가 그들 사이에 제삼자가 되어 있었다. 되돌릴 수 없는 이별의 수순을 그는 너무나 냉정하게 밟아 가고 있었다.

"그래. 그게 내가 생각하는 예의야. 나한테 말도 안 하고 언제 만났는데? 혹시 두 사람 이미 사귀기로 한 거야?"

"전화 통화한 다음 날 만나서 밥 먹었어. 수현이가 네가 지금껏 날 소개해 주지 않아 궁금하고 서운했다면서 함께 밥 먹자고 하더라. 만나 보니 얘기도 잘 통하고 너희 가족이니까 가깝게 지내면 더 좋을 것 같아 그다음 날도 만났고, 어제도 만났어."

"……."

"그리고 네가 이런 것까지 왜 알고 싶어 하는지 모르겠지만, 우리 이미 키스도 했고 곧 사귈 것 같아. 난 그 전에 너한테 헤어지자고 말하는 거고. 이제 됐니?"

수현의 이름이 자신들 사이에 거론된 이상 자신이 잡는다고 호진의 마음이 돌아오지 않을 것이라는 걸 알았다. 설령 돌아온다 해도 오늘의 실망과 배신을 그녀가 잊지 못할 것이다. 그러니 화를 낼 필요도 없었다. 자신만 추하고 비참해질 테니.

그런데 안타깝게도 이성의 논리에는 감정의 흥분을 엎지른 물 닦아 내듯 지워 버리는 흡입력은 없는 모양이다. 아무것도 달라지지 않을 거라는 걸 알면서도 그녀는 테이블 아래에서 주먹을 말아 쥐고 있었다. 이번에는 이 비참함을, 분노를 자신이 오래도록 기억하길 바랐다.

"아, 키스도 했구나? 어디에서 했는데? 혹시 으슥한 골목에서 수현이가 넘어지는 척하면서 네 품에 안기지 않았니? 넌 달빛에 홀린 듯 그 애 입술에 입을 맞췄고?"

"박해영!"

그가 들키지 말아야 할 것을 들켜 버린 사람처럼 어색하게 굳은 얼굴로 그녀의 이름을 불렀다.

"오해하지 마. 숨어서 지켜봤던 거 아니야."

"……."

"오늘도 두 사람 만나기로 한 거야? 그래서 지금 빨리 일어나야 해?"

"네가 지금 많이 실망하고 화났다는 거 알아. 하지만 수현이는 네 가족이고 평생 봐야 하는 사이니까 미워하지 않았으면 해. 그냥 나만 미워하고 원망해. 그리고 이제 와 이런 말을 해서 내 말이 변명처럼 들릴 수 있다는 거 아는데, 사실 나 수현이 아니었더라도 너와는 어차피 헤어졌을 거야."

"뭐?"

"솔직하게 말해서 나 우리 부모님한테 내 여자 친구가 고아라고 말할 자신 없었어. 너도 알다시피 우리 부모님 두 분 다 평생 공직에 계셨던 분들이야. 그만큼 아는 분들도 많고 체면도 중요하게 생각하시는 데다, 내가 의대에 다니니까 나한테 거는 기대도 크셔. 그런데 내가 어떻게 고아인 너와 사귄다고 부모님께 말할 수 있겠어. 사실대로 말해 봐야 우리 부모님 그날로 당장 헤어지라고 하실 게 뻔한데. 내가 우리 부모님 가슴에 못 박고 살 만큼 불효자는 못 되거든. 그러니 우린 어차피 언젠가는 헤어졌을 거고…… 나중에 돌이켜 보면 이쯤에서 헤어지는 게 서로에게 상처가 덜 됐을 거란 거 너도 알게 될 거야."

그녀의 상처를 그렇게 걱정해서 지금 이렇게 이별을 고하는 거라고? 그녀는 자신도 모르게 어금니를 힘주어 물고 있었다.

"그럼 지금까지는 왜 나랑 만났던 건데? 고아랑은 사귈 마음 없었으면 고아란 사실 알았을 때 바로 헤어지자고 했어야지."

"너랑 말이 잘 통한다고 생각했어. 그래서 잠깐은 괜찮겠지 생각했던 것 같아. 그건 정말 미안하게 생각해."

"그럼 적어도 나와 전혀 상관없는 사람을 만났어야 하는 거 아니야? 왜 하필 수현인데? 수현이가 신우물산 회장 딸이라서 그런 거니?"

"무슨 소리야? 수현이를 좋아하게 된 거랑 수현이 집안은 별개의 문제야."

정색하며 펄쩍 뛰고 있었지만 그의 말은 전부 앞뒤가 맞지 않는 궤변이었다.

"거짓말……. 지금 네 말은 전혀 논리적이지 못해. 그렇게 체면을 중요하게 생각하는 너희 부모님이 신우물산 회장이 사돈이 된다면 얼마나 자랑스러워할지 네가 생각을 안 해 봤다고? 아니, 넌 신우물산 회장 외동딸인 수현이랑 결혼하면 못해도 준 종합병원, 잘하면 신우물산까지 통째로 물려받을 수 있을 거란 계산까지 했을 거야."

해영은 거친 숨을 몰아쉬며 당황스런 표정을 숨기지 못하고 있는 호진의 얼굴을 똑바로 응시했다.

"그런데 네가 모르는 중요한 사실이 하나 있는데. 우리 이모부 고작 공무원 집안 아들에 의대 다니는 학생을 사위로 받아들일 만큼 포부가 작은 분이 아니야. 아마 수현이가 종합병원 원장 아들도 아니고 종합병원에서 레지던트나 할 남자와 사귄다고 말하면 머리를 잘라서라도 방에 가둬 두실 거야."

지금껏 생각조차 해 본 적 없었던 말들이 마치 미리 준비라도 하고 있었던 것처럼 막힘없이 쏟아져 나왔다. 이야기를 들으며 호진의 얼굴이 점점 어두워지는 만큼 그녀의 가슴도 답답해져 왔으나 해영은 말을 멈출 수 없었다.

"그리고 내가 지금까지 만났던 사람들과 헤어진 이유는 전부 네가 아는 그 신수현 때문이었어. 그 애 취미가 고아인 이종사촌 친구 뺏기거든. 여자 친구, 남자 친구 가리지 않고 모두. 내가 장담하는데 나랑 헤어진 사실 알게 되는 순간 수현이는 너 다시 안 볼 거야. 만약 네가 지금 무릎이라도 꿇고 애원한다면 내가 일주일 정도는 너와 헤어졌다는 사실 비밀로 해 줄 수도 있지만. 그렇게 해 줄까?"

"……."

이제 호진의 표정은 무언가로 머리를 얻어맞은 듯 멍해 보였다. 물론 해영의 머릿속이라고 정상적인 건 아니었다. 그간 겪었던 수많은 이별 앞에서 한 번도 이렇게 독한 말을 퍼부은 적 없었던 그녀였다. 그런데 지금은 마치 브레이크가 고장 난 자동차가 된 것 같은 기분이었다.

"내 말 못 믿겠으면 직접 경험하는 수밖에. 그리고 나는 앞으로 너랑 친구로 지내고 싶은 마음 같은 거 없어. 그러니까 다음에 만나면 절대 알은체하지 마. 마지막으로 내 기억 속에서 네 이름이 지워질 때까지 네가 불행하길 빌 거야, 장호진."

자리에서 일어선 해영은 백을 집어 들고 곧장 카페를 나섰다.

짓궂게 원피스 자락을 흔드는 봄바람에도 아랑곳하지 않고 빠른 걸음으로 인도를 걸으며 그녀는 차라리 잘된 거라고 생각했다. 진심으로 자신을 사랑하지 않았던 남자들을 수현이 걸러 준 것뿐이라고.

하지만 그렇게 생각한다고 가슴속의 분노가, 통증이 사그라지는 것은 아니었다. 믿었던 호진의 배신은 예고 없이 옆구리로 푹 파고든 칼날처럼 서늘했고, 여전히 그녀의 삶이 우스운 양 멋대로 휘젓는 수현의 행동은 시뻘건 용암을 끼얹은 것처럼 가슴을 뜨겁고 답답하게 만들었다.

부모님이 같은 날 사고로 돌아가신 후 갈 곳 없어진 해영이 이모인 화윤의 집으로 들어가 살게 됐을 때 수현은 누구보다 그녀를 반기며 기뻐했었다. 그것이 자신의 부모에게 보이기 위한 억지 행동이었다는 사실을 알게 되는 데는 24시간도 필요치 않았지만.

언제나 자신만을 바라보는 부모의 시선에 익숙했던 수현은 자신의 부모가 해영을 동정하는 것조차 견디기 힘들어했다. 그래서 일부러 어항을 깨 놓고 해영이 자신을 밀었다고 이르거나 계단에서 해영을 민 뒤 호들갑스럽게 걱정하는 식으로 교묘하게 그녀를 괴롭히기 시작했다.

학교에서도 수현의 이중적인 태도는 변함이 없었다. 앞에서는 그녀를 끔찍이 챙기는 척하고 뒤로는 해영의 부모님이 돌아가셔 자신의 부모님이 돌봐 주고 계시다는 사실을 선생님과 친구들에게 공공연하게 얘기하고 다녔다. 아마 그녀들이 졸업한 모든 학교의 전교생이 해영이 고아라는 사실을 알았을 것이다. 고아가 됐지만 신우물산 회장인 이모부가 거둬 키워 주는 아이. 어쩌면 그들은 여전히 그녀를 그렇게만 기억하고 있을지도 모른다.

어디로 가는지도 모른 채 무작정 걷던 그녀가 걸음을 멈추고 건널목 앞에 섰다. 그녀 곁에 선 사람들 모두 무표정한 얼굴로 어서 신호가 바뀌기를 기다리고 있었다. 해영도 그들처럼 건너편의 신호등에 시선을 고정시켰으나 입 안에서는 여린 살을 지그시 물고 있었다. 그녀는 지금 이 순간 자신이 세상에서 가장 바보 같고 불행한 사람처럼 느껴졌다. 한 번도 무언가 대단한 것을 바라거나 욕심낸 적 없는데, 평범하게 한 사람을 좋아하는 일조차 그녀에게는 왜 이리 어려운 것인지.

드디어 신호가 바뀌고 건널목을 건넌 그녀는 가방에서 휴대폰을 꺼내 친구들의 연락처를 확인했다. 누구라도 만나고 싶었다. 누구라도 붙잡고 오늘 겪은 일이 정말 시답잖은 일인 것처럼 잡담을 나누며 웃고 싶었다. 그런데 연락처를 빠르게 위로 올리던 해영의 손길이 갑자기 걸려 온 전화에 움직임을 멈췄다.

Rrrrr.

"여보세요?"

-나야, 해영아.

"수현이 네가 이 시간에 어쩐 일이야?"

휴대폰을 바라보던 참에 걸려 온 전화였기에 태연한 척하는 목소리와는 달리 휴대폰을 잡은 그녀의 손에는 잔뜩 힘이 실려 있었다.

-너 목소리가 왜 그래?

"내 목소리가 왜? 나 지금 밖이라 큰 소리로 말하기가 좀 그래서. 그런데 왜?"

-아, 나 오늘 좀 늦게 들어갈 것 같아서.

"무슨 일 있어?"

-그런 건 아니고. 그냥 내가 오늘 친구 생일이라고 엄마한테 전화해 둘 테니까 너도 집에 조금만 늦게 들어가 줬으면 하는데.

수현은 자신의 귀가가 늦어지는 날에는 이모의 허락을 받기 위해 해영도 자신과 함께 있을 거라는 식의 거짓말을 자주 사용했다. 물론 해영이 처음부터 그 거짓말에 동의했던 것은 아니었다. 하지만 나중에 귀가한 수현은 복수라도 하듯 해영이 친구들과 어울리지 못하고 먼저 가 버려 그 자리가 엉망이 되었다고 이모에게 거짓말을 늘어놓았다. 그러면 이모는 자신이 충분히 관심을 주지 못해 해영이 비뚤어진 것은 아닌지 속상해하고 미안해했다. 그렇다 보니 어느 순간부터인가 수현의 부탁은 해영에게 더 이상 부탁이 아닌 통보가 되어 버렸다.

"몇 시쯤?"

-아무리 늦어도 자정 전에는 들어가야지. 그때 집 앞 골목 입구에 있는 카페에서 만나서 같이 들어가자.

"그래, 알았어."

수현은 그녀의 대답을 듣는 둥 마는 둥 전화를 끊어 버렸다.

통화가 끊긴 전화기를 천천히 귀에서 끌어 내리는 손보다 눈물이 빠르게 뺨을 타고 흘러내리고 있었다.

지금껏 수현의 행동에 상처받을 때마다 그녀는 이모를 떠올리며 참았다. 이모는 지난 15년 언니의 딸인 그녀를 자신의 딸과 똑같이 가르치고 돌봐 주었다. 이모의 모든 행동이 의무감이나 사람들의 시선을 의식한 행동이 아니었다는 것을 그녀는 알았다. 그래서 그 어떤 순간에도 참고 견디려고 노력했다. 이모가 없었다면 지금의 자신도 없었을 것이라는 걸 아니까.

그런데 지금은 아무런 생각도 하고 싶지 않았다. 이렇게 참고 버티다가는 자신이 흔적도 없이 타 재가 될 것 같았다. 해영은 전원을 끈 휴대폰을 가방 안으로 밀어 넣었다.

* * *

클럽에 혼자 온 것도 처음이었고 얼마나 마셨는지 생각하지 않고 맥주를 마신 것 역시 처음이었다. 이곳에 들어오기 전 잠시 일행이 없는 자신을 사람들이 이상하게 바라보지 않을까 걱정했는데 이곳에 그녀를 신경 쓰는 사람은 없었다. 마치 그녀가 사람들 눈에 보이지 않는 것 같았다.

자신을 의식하지 않는 사람들과 머릿속까지 울리게 만드는 시끄러운 음악, 그리고 눈을 뜨고 있기 힘든 조명 덕에 그녀의 머릿속에는 점점 암흑 같은 평화가 찾아들고 있었다. 다시 맥주를 쭉 들이켠 그녀는 화장실에 가기 위해 자리에서 일어섰다.

의자에서 일어서 옆으로 한 발을 떼는 순간 그녀는 자신의 발아래가 평평하지 않다는 느낌을 받았다. 평소보다 과하게 마신 맥주로 몸이 조금 비틀거렸지만 착각이라 하기엔 그 느낌이 너무 생생했다. 서둘러 고개를 바닥으로 내린 해영의 눈에 자신의 발아래 남자의 구두가 깔려 있는 것이 보였다. 그녀는 서둘러 발을 옮긴 뒤 사과를 건넸다.

"아, 죄송합니다."

"괜찮습니다."

통화를 하기 위해 밖으로 나가던 중이었던 듯, 한 손에 휴대폰을 든 남자도 고개를 숙여 그녀를 바라보았다.

남자와 시선이 마주친 순간 해영은 자신도 모르게 눈을 크게 떴다. 짙고 가지런한 눈썹에 시원한 눈매, 오똑한 콧날과 빚어 놓은 듯 반듯한 얼굴선까지. 조각처럼 수련한 얼굴부터 옷차림까지 자신을 바라보고 있는 남자의 모든 면이 너무나 빼어났기 때문이다. 흠이라고는 없는 듯한 외모 덕에 차갑고 이지적인 분위기를 풍겼으나 그녀는 순간적으로 자신이 이런 남자와 만나게 돼 장호진을 먼저 찼다면 얼마나 통쾌했을까 하는 생각까지 하고 있었다.

"그럼."

그녀에게 가볍게 고개를 숙인 남자는 실내를 가득 메운 사람들 틈으로 빠르게 사라졌다.

그제야 자신이 화장실에 가려던 길이었다는 사실을 떠올린 해영도 사람들 틈을 비집고 화장실로 향했다.

볼일을 보고 나서 손을 닦으며 해영은 자연스레 시선을 들었다. 그런데 거울 속에 자신이 아닌 낯선 여자가 있는 것을 발견하고는 그대로 굳어 버렸다. 아니, 다시 거울 속 여자를 찬찬히 살펴보니 눈에 익었다.

살짝 부푼 입술, 발그레한 뺨, 묶은 건지 푼 건지 분간이 되지 않는 머리 스타일, 목 아래 리본이 풀린 탓에 우아함은 사라지고 섹시함만 남은 원피스. 줄곧 자리에 앉아만 있던 참이기에 어이가 없었으나 피식 웃음을 흘린 그녀는 가방에서 립스틱을 꺼냈다. 지워진 립스틱을 다시 바르고 가슴 위 리본을 반듯이 맨 그녀는 느슨해진 머리도 다시 단정하게 묶었다.

"죄송합니다, 잠시만요."

화장실을 나선 그녀는 다시 사람들 사이를 비집고 자신의 테이블을 향해 걸어가기 시작했다. 걸음을 옮기며 그녀가 출입문을 향해 고개를 돌린 건 정말 아무런 의미 없는 두리번거림 같은 것이었다. 그런데 방금 출입구로 들어선 듯 그녀가 서 있는 방향으로 걸어오고 있는 두 남녀의 모습을 발견하고는 그대로 굳어 버리고 말았다.

그 상태로 몇 초나 흘렀을까? 다음 순간 그녀는 본능적으로 화장실 방향으로 다시 고개를 돌리며 머리끈을 잡아당겨 머리를 풀었다. 이곳에서 저 두 사람과 마주칠 수는 없었다. 혼자 클럽에 와 지금껏 술을 마시고 있었다는 사실을 들켜 버린다면……. 그러나 다급한 마음과는 달리 당장 자신이 어떻게 해야 하는 것인지 갈피를 잡지 못하고 있을 때였다.

"여기 있었어요? 한참 찾았잖아요."

낯선 목소리와 함께 커다란 남자의 손이 그녀의 팔을 움켜잡았다.

"아, 방을 못 찾은 거였구나. 어쩐지. 이런 줄 알았으면 진작 찾으러 내려와 볼 걸 그랬네요."

"네?"

"지금 저랑 같이 올라가세요."

"저기, 저 아세요?"

해영은 훌쩍 키가 큰 남자를 올려다보며 물었다. 그러나 그녀의 팔을 잡은 채 2층 계단을 향해 성큼성큼 걷고 있어 남자에게는 그녀의 목소리가 들리지 않는 듯했다.

"이보세요. 잠깐만요."

그제야 남자가 그녀를 돌아보았다. 남자는 분명 그녀가 모르는 사람이었다.

"저 아세요?"

"술 취하니까 귀여우시네요."

"어떻게 아시는 건데요? 혹시 저희 회사……?"

"여긴 너무 시끄럽고 복잡하니까 우선은 올라가서 얘기하죠. 친구분들도 많이 취한 것 같더라고요."

"친구들이라니요?"

"친구분들이 아니었던가? 그런데 재킷은 어디에 두신 거예요?"

씩 미소를 지어 보인 남자가 다시 해영의 팔을 잡고 계단을 올라 어딘지 모를 낯선 방 안으로 들어섰다.

남자를 따라 들어선 방 안에는 여러 명의 남녀가 화기애애한 분위기에서 떠들며 웃고 있었다. 안쪽의 몇 사람은 술에 취해 테이블과 의자에 기대거나 엎어져 있는 모습도 보였다. 대화 중에 그녀를 쳐다보는 사람들도 있었지만 누구도 해영이 이곳에 들어온 것을 이상하게 생각하지는 않는 것 같았다.

"아까 분명 이름을 들었던 것 같은데 생각이 잘 안 나네요. 이름이……?"

"제 이름이요? 그건 왜?"

해영은 그제야 자신의 팔을 놓아주는 남자의 얼굴을 다시 올려다보았다.

"기억 못 해서 죄송해요. 이번에는 절대 안 잊어버릴 테니까 한 번만 더 말해 주세요."

남자가 다시 그녀의 팔을 잡아 의자에 앉게 하며 말했다.

마주 앉은 남자의 모습은 이런 곳에 있는 것이 어색해 보이지는 않았으나 옷차림이며 스타일이 무척 세련되고 고급스러웠다. 그러고 보니 이곳에 있는 사람들 대부분이 잘 갖춰 입은 차림새였고 오고 가는 대화들도 존댓말이었다. 해영은 문득 지금 이 방 안에 있는 사람들도 오늘 처음 만난 사람들은 아닐까 하는 생각이 들었다. 그럼 자신도 이들과 잠시 함께 있어도 괜찮지 않을까 하는 생각과 함께.

"제 이름은 박, 해영이에요."

"해영 씨, 이번에는 절대 안 잊을게요. 저는 이정운이요. 여의도에 있는 증권사에서 일하고 있어요."

"네."

사람을 착각할 정도면 이미 많이 취한 상태인 것 같은데 정운은 예의를 갖춰 두 손으로 그녀에게 잔을 건넸다.

"아까 들으셨는지 모르겠는데 저희는 오늘 친구 귀국 기념으로 모였다가 2차로 여기에 온 거거든요. 그 친구가 누구냐 하면……."

테이블 주변의 친구들을 둘러보던 정운이 오늘 귀국했다는 친구를 선뜻 지목하지 못하고 두리번거리고 있을 때 누군가 그들이 있는 방 안으로 들어왔다.

"아, 저 친구예요. 한태주라고 여기 모인 친구들 중 제일 잘나가는 친구죠. 태주야, 넌 귀국한 지 몇 시간이나 됐다고 벌써 그렇게 바쁘냐. 오늘은 그냥 좀 마시고 놀자."

정운이 가리킨 곳에는 조금 전 1층에서 그녀가 발을 밟았던 남자가 서 있었다.

해영은 자신도 모르게 잡고 있던 잔을 놓고 자리에서 벌떡 일어섰다.

"왜 일어나세요? 설마 아까 태주 때문에 나갔던 거예요?"

정운이 태주와 해영을 번갈아 바라보았다.

지금 그녀가 있는 곳은 1층에 비하면 훨씬 조용하고 조명도 은은했다. 그럼에도 눈앞의 한태주라는 남자는 여전히 무척이나 근사해 보였다. 특히 웃음기 없는 눈매가 누구의 시선도 단번에 빼앗을 만큼 매력적이었다. 불행히도 그 눈빛이 지금 그녀에게는 왜 이곳에 있느냐고 묻고 있는 듯했지만.

"원래 태주가 초면에 막 실례를 하고 그러는 친구가 아닌데, 아직 시차 적응도 안 된 데다 오늘 친구들이 술을 좀 많이 권해서 취했을 겁니다. 그러니까 오해 푸세요, 해영 씨. 저는 잠깐 여기가 제 집 안방인 줄 아는 녀석들 좀 깨우고 올게요."

"친구분이 저를 다른 사람으로 오해한 모양이에요."

정운이 옆 테이블에 엎드려 있는 친구들 곁으로 자리를 옮긴 후 먼저 입을 연 사람은 해영이었다.

태주는 그녀의 말에 아무런 대답도 없었다. 하지만 정운이 착각한 그 여자와 해영이 다른 사람이라는 사실은 분명하게 알고 있는 것 같았다.

"실례 많았습니다."

가볍게 고개를 숙여 보인 그녀는 출입문을 향해 떨어지지 않는 걸음을 옮기며 머릿속으로 다시 생각을 정리하기 시작했다. 1층으로 내려가 두리번거리지 않고 곧장 밖으로 나간다면 수현과 호진 두 사람과 마주치지 않을 수 있을 것이다. 사람이 이렇게 많은데 충분히 그럴 수 있을 것이다. 절대 뒤돌아보지 말아야지. 출입문 앞에 도착한 그녀가 심호흡과 함께 손잡이를 향해 손을 들고 있을 때였다.

"여기 있는 분들도 다 서로 초면인 것 같은데, 일행 없으시면 같이 계시죠."

2.

'아, 머리 아파.'

해영은 머릿속 깊은 곳부터 두개골 표면까지 누군가 엄청난 완력으로 누르고 있는 듯한 통증을 느끼며 잠에서 깼다. 한없이 무겁게 느껴지는 눈꺼풀을 천천히 들어 올리자 매일 아침 가장 먼저 눈에 들어오는 새하얀 천장이 오늘도 어김없이 하루의 시작을 알렸다. 그러나 눈을 느리게 몇 번 깜빡이던 그녀는 조금만 더 이대로 있고 싶다는 생각에 다시 폭신한 이불을 끌어당겨 얼굴을 덮었다.

보드라운 촉감과 산뜻한 향기. 일교차가 큰 딱 지금 계절의 아침 침대는 그야말로 천국에 버금갈 만큼 유혹적인 공간이 아닐 수 없었다. 그 평온함 밖으로 걸어 나가야 하는 시간이 싫었지만, 문득 몇 시나 됐는지 궁금한 생각이 든 그녀는 베개 옆으로 손을 뻗어 더듬더듬 휴대폰을 찾았다. 그런데 아무리 뻗어도 휴대폰도, 침대의 끝도 손에 닿지를 않았다. 그녀는 의아한 생각에 고개를 옆으로 돌렸다.

분명 자신의 방이었는데, 방이어야 했는데 눈에 들어온 공간은 익히 알고 있는 자신의 방 풍경이 아니었다. 뭔가 잘못됐다는 생각에 눈을 질끈 감았다 떴으나 다시 뜬 눈앞의 모습은 여전히 그녀가 알지 못하는 공간이었다. 뒤늦게 상황을 파악한 그녀가 기겁하며 자신이 덮고 있는 이불을 들췄다. 이불 속 모습에 소리 없는 괴성을 지르는 사이 그녀의 손에서 이불이 힘없이 미끄러졌다.

'박해영, 너 미친 거니? 너 무슨 짓을 저지른 거야……'

눈앞이 캄캄해진다는 것이 딱 이런 느낌일 것이다. 절망적인 감정에 다시 눈을 감아 버린 그녀의 머릿속에, 일행이 없으면 같이 있자는 태주의 말이 끝나기가 무섭게 정운이 달려와 그녀의 팔을 잡았던 기억이 떠올랐다.

그 뒤 정운은 그들 테이블에 꼭 붙어 앉아 그녀와 태주의 잔이 비워지기 무섭게 술을 따라 주었다. 맥주, 양주, 폭탄주 눈앞에 보이는 대로 술병을 잡아 따라 주고 잔을 부딪쳐 오던 정운과 거절 한번 없이 깨끗이 잔을 비웠던 그녀. 그보다 문제는 정운이 잠든 친구들을 보내야겠다며 먼저 자리에서 일어서고 뒤따라 자리에서 일어서는 태주에게 자신이 했던 말이었다.

'왜요? 벌써 가시게요?'

'……'

'저 오늘 안 들어가도 되는데……'

'……'

'애인 없으시면…… 오늘 저랑 함께 있을래요?'

그녀의 말에 대한 그의 대답이나 그 후 오간 대화는 기억나지 않았다.

그다음 기억은 장소를 옮겨 온 그가 어슴푸레 스며드는 달빛 아래서 그녀의 얼굴을 두 손으로 감싼 뒤 천천히 고개를 숙여 입을 맞췄고 뜨거운 숨을 내쉬던 그녀의 몸에서 옷이 하나씩 벗겨져 나가던 기억이었다.

'돌았어……. 정말 제정신 아니었어.'

그녀는 숨을 멈춘 채 살그머니 이불을 들추고 침대 아래로 내려섰다. 다행히 방 안에 태주의 모습은 보이지 않았다. 어쩌면 그는 이미 돌아갔을지도 모른다. 당황하지 말고 침착하자고 생각하면서도 그녀는 허겁지겁 바닥에 널브러진 옷들을 챙겨 입기 시작했다. 원피스의 리본을 풀어지지 않게 단단히 매고 머리까지 손으로 빗어 묶은 그녀가 소리 나지 않게 문을 열고 방을 나선 순간이었다.

"일어났어요?"

방문을 채 닫기도 전에 등 뒤에서 들려온 태주의 목소리에 그녀의 모든 움직임은 그대로 멈췄다. 안타깝게도 연기처럼 사라지지 않는 이상 그를 피할 방법은 없을 듯했다.

"네? 네."

천천히 돌아서는 그녀의 눈에 막 씻고 나온 듯 젖어 있는 그의 머리와 단추가 잠기지 않은 셔츠 사이로 드러난 복근이 보였다. 해영의 가슴속에서 소리 없는 신음이 흘러나왔다.

"안 보여서 먼저 가신 줄 알았어요."

"설마요. 집이 어디예요? 가는 길에 태워 줄게요."

"말씀은 감사한데, 괜찮아요. 택시 타고 갈게요."

짐짓 차분한 목소리로 대답했으나 그 순간 해영은 자신의 가방이 없다는 사실을 깨달았다. 다시 몸을 돌려 침대가 있는 방 안으로 들어선 그녀의 눈에 침대 아래로 삐죽 나와 있는 가방끈이 보였다. 곧장 가방을 꺼내 어깨에 멘 그녀는 자리에 서서 깊게 숨을 들이마셨다 천천히 뱉어 낸 후 다시 방을 나섰다.

"어제는 덕분에 즐거웠어요."

시선을 그의 얼굴이 아닌 느긋하게 셔츠 단추를 잠그고 있는 길고 단정한 손에 고정시킨 채 그녀는 나직한 목소리로 입을 열었다.

"저 먼저 가 볼게요."

"그게 끝?"

끝이 아니면? 그녀는 고개를 들어 태주의 얼굴을 바라보았다. 저런 얼굴을 하고 여자에게 매달리거나 질척거릴 리는 없을 것이다. 그럼 무슨 뜻인지?

"네? 그럼……?"

"정말 어제 즐거웠어요?"

여전히 어젯밤의 일들이 정확히 기억나지 않았다. 클럽에서 적지 않은 시간 함께 있었던 것 같은데 딱히 기억나는 대화도 없었다. 술을 마시며 정운이 증권가에 떠도는 소문과 우스갯소리들을 늘어놓았고 태주는 그가 건네는 얘기를 웃어넘기거나 재치 있게 받아쳤었다. 그녀를 위한 배려였다고 확신할 수는 없지만 그들과 함께했던 분위기는 편안하면서도 기분을 살짝 들뜨게 만들었었다.

그 후 자신이 태주에게 함께 있자고 말했던 건 기억이 나는데 호텔까지 어떻게 온 것인지는 기억이 나지 않았다. 아니, 정황상 자신이 먼저 태주를 유혹한 것 같은데 그의 키스 한 번에 그녀는 완전히 이성의 끈을 놓았던 것 같다. 파편처럼 자신의 목을 타고 미끄러지던 그의 입술이 너무 뜨거워 숨을 쉬기 힘들었던 기억과 허벅지를 타고 오르는 그의 손길에 자신의 몸이 활처럼 휘었던 기억, 그리고 그의 몸 아래서 힘겹게 신음을 내뱉던 기억이 떠오르자 해영은 불에 덴 듯 얼굴이 뜨거워지는 느낌이었다.

"……네."

"그럼 연락처 좀 줄래요?"

"네? 그걸 왜요?"

"즐거웠다면서요?"

"아……."

아…… 이상의 무슨 말을 해야 했다. 그런데 머릿속에는 아무런 생각도 떠오르지 않고 있었다.

"사실은 별로 즐겁지 않았던 모양이네."

"아니, 그런 게 아니라……."

"그럼 술 깨고 맨정신에 다시 보니 내가 박해영 씨 취향이 아니라?"

"아니에요, 그래서가 아니라……."

펄쩍 뛰는 그녀의 반응에 태주가 희미하게 미소를 보였다.

"어제 같은 일 처음이었죠?"

"네? 아, 아닌데요."

대답하는 얼굴이 뜨겁다 못해 화끈거렸다.

그런 그녀의 얼굴을 그가 빤히 내려다보고 있었다.

"정말 아니에요."

맨정신에 다시 봐도 태주는 어딜 가든 사람들의 시선을 받을 것처럼 보였다. 그만큼 그의 외모나 풍기는 분위기는 빼어났다. 그런 남자와 하룻밤을 보내 놓고 이런 일이 처음이었던 것처럼 촌스럽게 굴거나 부담을 주고 싶지는 않았다. 이 남자는 어차피 이곳을 나가는 순간 그녀와의 일 같은 건 잊을 테니.

"난 다음에 해영 씨 다시 만나고 싶은데, 해영 씨가 원치 않으니……. 그럼 이렇게 하기로 하죠. 만약에 우리가 다음에 다시 만나게 된다면 그때는 알려 주는 걸로."

"다음에 다시 만나면요?"

"예상치 못했던 곳에서 우리 다시 만나게 될 수도 있으니까."

태주가 낮고 그윽한 목소리로 말했다. 물기가 채 마르지 않아 더욱 섹시하게 보이는 얼굴로 그녀를 바라보며.

"저 먼저 가 볼게요."

해영은 꾸벅 고개를 숙여 보인 뒤 그대로 돌아섰다.

그도 더 이상 그녀를 잡지 않았다.

그가 어떤 표정을 짓고 있는지 얼굴을 보지 않았기에 그녀는 호텔을 나서며 조용히 자신의 하룻밤 일탈에 마침표를 찍었다.

* * *

해영이 방에서 나가고 난 뒤 단추를 잠그던 태주의 손길이 움직임을 멈췄다.

어제는 시차 적응도 되지 않은 상황에 친구들이 권하는 대로 술을 마신 탓에 그답지 않은 실수를 범했다. 분명 평소의 그라면 낯선 여자의 유혹에 그토록 쉽게 넘어가는 일도, 낯선 남자와 하룻밤을 보내 본 적 없을 여자를 충동적으로 안는 일도 없었을 것이다. 하지만 만약 어제로 시간을 되돌린다 해도 그는 역시 그녀를 그대로 돌려보내지는 않을 것이다.

어제 낮, 급하게 만날 사람이 있어 사무실 대신 들렀던 카페에서 그는 뜻하지 않게 남자 친구에게 일방적으로 이별을 통보받는 해영의 모습을 지켜보게 됐다. 처음 카페에 들어설 때는 잔잔한 미소가 맴돌던 그녀의 얼굴이 카페를 나설 때는 너무도 절망적으로 바뀌어 있었다. 그리고 안타깝게도 그녀는 그 남자와 다시 클럽에서 마주칠 위기에 처했었고…….

술에 취한 정운이 다른 사람으로 착각해 해영을 자신들의 방으로 데려오지 않았다면, 어쩌면 그가 그녀를 데리고 2층으로 올라갔을지도 모른다. 자신밖에 모르는 여자를 냉정하게 버리는 이기적인 남자, 그리고 혼자 남겨진 여자가 감당해야 하는 고통과 자책이 얼마나 큰지 너무 잘 아니까.

멈췄던 그의 손이 다시 빠르게 움직이기 시작했다.

일이 전혀 예상치 못했던 방향으로 진행되긴 했지만, 그는 해영과 조만간 다시 만나게 될지 모른다. 최근 그에게 들려온 소식에 의하면 아버지가 신우물산 신 회장과 사적으로 만나며 식사를 하는 일이 잦았다고 한다. 아마 그 일은 강문그룹이 일간지 경제란에 종종 이름을 올리고 있는 일과 무관하지 않을 것이다. 하지만 그가 아는 아버지는 아주 가까운 측근이 아닌 이상 사적인 자리에서 그룹과 관계된 일을 의논하는 사람이 아니었다. 그 얘기는 신 회장과의 사이에 오고 가는 얘기가 비단 사업적 얘기만은 아니라는 사실을 암시하는 것이리라.

만약 그 일이 태경과 관계된 일이라면 남의 일처럼 무시할 수 있었다. 태경은 대외적으로 자신을 드러낼 수 있는 자리라면 오히려 기쁜 마음으로 반길 녀석이니. 하지만 그 일이 어떤 종류냐에 따라 신우물산 쪽에서 녀석을 흡족해하지 않을 수도 있었다. 한 회장의 아들이긴 하나 술집 마담 출신의 태경 모가 본처를 내쫓고 그 자리를 꿰찼다는 사실은 이 바닥에서 알 만한 사람은 다 아는 얘기였다. 이미 몸에 흐르는 피부터가 말 만들기 좋아하는 사람들의 얘깃거리인데, 태경이 강문에서 이렇다 하게 내놓은 성과 또한 없었다.

태경과 관계된 일이든, 아니든 한 회장이 이렇게까지 공을 들인다면 분명 그도 조만간 모두 알게 될 것이다. 그리고 그 일은 신우물산과도 관계가 있으니 해영과 다시 만나게 될 가능성은 얼마든지 있었다. 만에 하나 그 일에 어쩔 수 없이 자신도 얽히게 된다면, 그리고 해영과도 다시 만나게 된다면 그는 그녀가 이종사촌에게 작은 복수 정도는 하도록 도울 것이다. 어쩌면 그녀의 복수가 곧 자신의 복수가 될지도 모르니 말이다.

옷걸이에서 재킷을 내린 태주는 곧장 방을 나서 엘리베이터를 타고 지하 주차장으로 향했다. 주차장에는 한국에 올 때마다 그가 이용하는 파란 세단이 그를 기다리고 있었다.

"접니다, 오 팀장님."

차에 올라 시동을 건 그는 투엔터테인먼트의 한국 이전 책임을 맡고 5개월 전 먼저 한국으로 귀국한 오 팀장에서 전화를 걸었다.

-네, 대표님. 그렇지 않아도 어제 귀국하셨다는 연락 받고 오늘 댁으로 찾아뵈려고 했습니다.

"그럴 필요 없습니다. 김 작가 계약 건 때문에 오늘 사무실에 들를 생각입니다."

-그럼 저도 사무실로 가겠습니다.

"네. 그럼 11시에 뵙는 걸로 하죠."

-시간 맞춰 가겠습니다, 대표님.

주말 아침이었음에도 예상보다 도로가 막혔다. 얼마 달리지 않아 건널목 앞에 멈춰 선 그는 아직 완벽히 적응되지 않은 한국의 도심 풍경을 무신경한 시선으로 바라보았다.

어딜 가는 것인지 하나같이 바쁘게 길을 걷고 있는 사람들뿐이었다. 그리고 주말에도 아랑곳하지 않고 손님을 맞고 있는 약국…… 약국 안으로 들어서는 사람을 따라 시선을 움직이던 그의 눈에 불쑥 낯익은 여자의 모습이 들어왔다. 창밖을 내다보며 천천히 숙취 음료를 마시고 있는 여자, 조금 전까지 그와 호텔에 함께 있었던 해영이었다.

'속이 좋지 않을 만도 하겠지.'

머릿속에 어제 정운이 따라 주던 술을 사양 않고 마시던 그녀의 모습이 떠올랐다. 숙취 음료를 마시면서도 한 손으로 연신 관자놀이를 눌러 대는 것이 꽤나 현실적인 과음 다음 날의 모습이 아닐 수 없었다. 그런데 음료를 마시던 그녀가 갑자기 계산대 앞에 서 있는 단발머리 여학생을 뚫어져라 응시하기 시작했다. 그의 시선도 여학생에게로 움직였다.

여학생은 무슨 문제가 있는지 가운을 입은 약사 앞에서 쭈뼛거리는 느낌이었다. 반면 약사는 손에 든 물건과 여학생을 번갈아 바라보며 무언가를 재촉하는 분위기였다. 그때였다. 해영이 자신의 지갑에서 지폐 한 장을 꺼내는가 싶더니 여학생 근처로 걸어가며 바닥으로 툭 떨어뜨린 뒤 태연히 음료 병을 쓰레기통 안에 넣었다. 그리고 다시 여학생 곁으로 가 어깨를 톡톡 두드리더니 바닥을 가리켰다. 마치 바닥에 떨어진 돈이 학생 돈 아니냐고 묻고 있는 듯.

빵빵.

신호가 바뀐 뒤에도 그의 차가 출발하지 않자 뒤차가 요란하게 클랙슨을 울렸다.

여학생의 반응이 궁금했으나 아쉽게도 더는 지체를 할 수 없을 것 같았다. 약국 쪽에서 완전히 시선을 떼지 못한 채 그가 차의 속도를 높이고 있을 때 백미러로 약국에서 걸어 나오고 있는 해영의 모습이 보였다.

'박해영……'

신기할 정도로 그의 시선을 끌어당기는 여자였다. 과연 다음에도 이런 우연이 계속될 것인지…….

* * *

해영은 좀처럼 잦아들지 않는 두통에 약국을 찾았다 엄마의 약을 사러 온 여학생을 보게 되었다. 필요한 약을 사는데 돈이 부족해 망설이고 있는 모습이 안타까워 그냥 지나칠 수 없었던 그녀는 일부러 바닥에 돈을 떨어뜨리고 학생의 어깨를 톡톡 두드렸다.

"학생, 바닥에 돈 떨어진 것 같은데."

"네? 제 거 아닌데요."

"학생 발밑에 있는데 학생 거겠지."

학생이 대꾸할 틈도 없이 손에 돈을 쥐여 준 해영은 서둘러 약국을 나서 택시를 잡았다.

"감사합니다."

집 근처 큰길가에 택시를 세운 그녀는 택시에서 내려 곧장 집으로 향하지 않고 수현에게 전화를 걸었다.

"지금 어디야, 수현아?"

-지금 집에 들어가고 있어. 너 엄마한테 말은 잘 한 거지?

택시 안에서 전원을 켜고 확인한 휴대폰에, 자신은 오늘 집에 못 들어가니 대신 엄마에게 말 좀 잘 해 달라는 수현의 문자 한 통이 와 있었다. 수현이 어제 자신의 외박을 감싸 줬을 거라 기대를 했던 것은 아니었다. 그래도 함께 외박이라니. 해영은 다시 찾아오는 두통에 관자놀이를 힘껏 누르며 솔직하게 대답했다.

"아니. 나도 어제 집에 못 들어갔어."

-뭐? 너 미쳤구나. 그래도 전화는 한 거지?

"아니. 네 문자도 방금 봤어."

-도대체 밤새 어디에서 뭘 했기에?

"그게 수현아……."

-아, 됐어. 내가 연락이 안 되면 너라도 들어갔어야지. 엄마 분명 잠도 안 주무시고 우리 기다리셨을 텐데, 이제 어떻게 할 거야?

예상했던 것처럼 수현은 모든 것이 해영의 잘못인 양 그녀를 탓하기 시작했다. 해영의 미간이 더욱 좁혀졌다.

"흥분한다고 해결되는 거 없어, 수현아. 이모한테 연락 온 거 없었어. 그러니까 우리 함께 놀다가 친구네 집에서 잔 걸로 하자."

-엄마가 그런 거짓말을 믿어 주실 거 같아?

"내가 잘 말씀드릴게."

그 말은 야단을 맞아도 자신이 전부 맞겠다는 뜻이었기에 날카롭던 수현의 목소리가 조금 누그러졌다.

-너 그 말 꼭 책임져. 넌 지금 어딘데?

"지금 집 앞이야. 너 오면 같이 들어갈게."

-나도 곧 도착하니까 기다리고 있어.

전화를 끊은 해영은 긴 한숨을 내쉬었다.

"박해영."

수현의 말대로 얼마 기다리지 않아 도롯가에 택시 한 대가 멈춰서더니 수현이 내렸다.

"왔어?"

"너 어떻게 됐던 거야?"

"시간 때우러 영주네 놀러 갔다 깜빡 잠이 들었어. 그런데 영주가 토요일이라 자고 들어가도 되는 줄 알고 안 깨웠대."

해영은 수현이 오는 동안 준비해 뒀던 대로 영주를 핑계로 댔다.

그녀들과 고등학교 동창인 영주는 아버지와 큰아버지가 함께 큰 사업체를 운영하서 수현처럼 부유한 환경에서 자란 친구였다. 같은 학교에 다녔으니 당연히 해영에 대한 소문을 들었을 텐데도 영주는 친구가 되고 싶다며 해영에게 먼저 손을 내밀어 주었다. 자신도 엄마가 일찍 돌아가셔 큰아버지 집에서 한동안 자랐었다는 말과 함께.

당시에는 영주가 자신과 친해지면 수현이 훼방을 놓거나 영주에게까지 피해가 갈까 싶어 일부러 영주 앞에서는 더 웃지도 않고 거리를 뒀다. 하지만 성인이 된 지금 둘은 예전보다 더욱 돈독한 친구 사이가 되어 있었다.

"아, 영주네 갔었구나. 근데 네 옷 꼴은 왜 그래? 얼굴은 또 그게 뭐고?"

"얼굴? 옷?"

택시 안에서 어제 지우지 못한 진한 화장으로 얼굴이 엉망인 건 이미 확인을 했다. 하지만 옷은 왜? 라고 생각하며 고개를 숙인 해영은 아무렇게나 던져둔 탓에 어제 입을 때와는 달리 구겨진 옷을 발견하고는 이마를 찌푸렸다. 다시 생각해 봐도 어쩌자고 처음 보는 낯선 남자에게 하룻밤을 보내자고 한 것인지 자신을 이해할 수 없었다. 그러나 지금은 이미 수습 불가능한 일만 곱씹고 있을 때가 아니었다.

"영주랑 술 좀 마셨어. 아침에 급하게 나오느라고 옷 상태는 확인을 못 했네. 그러는 넌?"

"나도 친구네 집에 갔었지."

해영은 그 친구가 누구인지 물으려다 그만두었다. 어차피 수현도 자신처럼 거짓말을 둘러댈 텐데 굳이 들을 필요가 있을까 싶은 생각이 든 것이다.

"그럼 우리 어젯밤에 영주네 집에서 잔 걸로 하자."

"그래, 알았어."

수현은 짧게 한숨을 내쉬고는 집을 향해 걷기 시작했다.

해영도 그녀 곁에서 말없이 걸음을 옮겼다.

"이모."

한 발 한 발 내딛는 자신의 발걸음 소리가 유난히 크게 들릴 정도로 조용한 집 안에서 먼저 해영이 이모 화윤을 불렀다.

"너희들 지금 들어오는 거니?"

현관을 등진 소파에서 화윤의 낮고 차분한 목소리가 들려왔다.

좀처럼 듣기 힘든 화윤의 낮게 깔린 목소리는 그녀가 지금 화가 많이 나 있는 상태라는 것을 의미했다. 두 사람은 서둘러 소파 앞으로 걸어가 섰다.

"죄송해요, 이모."

"죄송해요, 엄마."

"너희 전화 한 통 없이 어떻게 됐던 거야? 둘 다 통화도 안 되고 안 들어오니 내가 얼마나 걱정했는지 아니?"

"엄마, 저는 정말 들어오려고 했어요. 그런데 해영이가, 더 놀고 싶다고 들어갈 거면 저 먼저 들어가라고 하잖아요. 엄마 걱정하실 거 아니까 혼자라도 들어올까 하다가 귀가 시간 늦어지면 서로 연락해 함께 다니라고 하셨는데 그러면 안 될 것 같아 해영이 기다리다 잠이 들었어요. 아침에 일어나서야 해영이도 전화 안 드렸다는 사실 알았고요. 정말 죄송해요."

수현이 희미하게 떨리는 목소리로 거짓 변명을 늘어놓았다.

해영은 수현의 말에 어이가 없었지만 자신이 책임을 지겠다고 했으니 참을 수밖에 없었다.

"정말 해영이 네가 그랬니? 수현이 기다리는데 조금 더 놀고 싶다고?"

"네. 제가 그랬어요. 제가 고집을 부려서 수현이도 들어갈 수 없었을 거예요. 제 생각이 짧았어요, 이모."

넓은 거실 안에 잠시 불편한 침묵이 흘렀다.

"아니다. 너희들이 어린애들도 아니고 한창 놀고 싶을 나인데, 내가 너희 마음 모르는 건 아니야. 그래도 전화 정도는 해 줬으면 좋았잖니?"

"죄송해요, 이모."

"다음에는 이모 이렇게 걱정하지 않게 해 줘, 해영아."

"네. 그럴게요."

"그래. 그래도 너희 둘이 항상 함께 다니는 거 아니까 그나마 내가 안심이다. 어제는 이모부도 회사에 일이 많아 못 들어오셨으니까 어제 일은 우리만 아는 비밀로 하고 어서 방으로 올라가 씻고 쉬어."

"네."

"네, 엄마."

2층으로 올라오는 동안 해영과 수현은 한마디 말도 하지 않았다. 각자의 방으로 들어선 뒤 문을 잠근 해영은 침대 끝에 걸터앉았다. 긴 한숨을 저절로 터져 나왔다.

대학에 입학하던 해 아무런 준비도 없이 이모부에게 독립하고 싶다는 얘기를 꺼낸 적이 있었다. 물론 이모부는 그 자리에서 바로 안 된다고 대답했다. 일은 그렇게 마무리가 되는 듯했는데 그날 저녁 이모와 이모부는 온 집 안이 시끄러울 정도로 요란하게 싸움을 했다. 거실에서도 들을 수 있었던 이모부의 목소리로 그녀가 꺼낸 독립 얘기가 싸움의 발단이었다는 사실을 짐작할 수 있었다. 그 후 그녀는 다시는 이모부 앞에서 독립의 '독' 자도 꺼낼 수 없었다.

하지만 그게 벌써 5년 전의 일이고 그사이 그녀는 어엿한 사회인이 되었다. 그러니 이모부의 허락과 상관없이 이제 정말 이 집에서 나가야겠다는 생각이 들었다. 단 한 가지, 이모가 마음에 걸렸지만 이모라면 그녀를 이해해 줄 것이다.

* * *

엘리베이터가 제이호텔 1층에서 멈춰 서자 짙은 회색 슈트 차림의 태주와 오 팀장은 홀로 내려섰다. 그들이 현관을 향해 걷기 시작하자 홀을 지나던 사람들의 시선이 하나둘 그들에게로 움직였다. 정확히는 모델처럼 슈트를 소화하고 있는 태주에게로 향하는 시선이었다.

"오 팀장님이 보시기엔 송 PD 어떤 것 같습니까?"

"자기 스타일에 대한 고집은 있는 것 같은데 최근 작품 시청률도 나쁘지 않게 나왔고 함께 작품 하는 배우나 작가들과도 잘 지내는 편이라고 들었습니다."

"김 작가가 데뷔작이니 함께 일하게 되면 부담은 덜하겠군요."

"최종 결정권은 윤 CP한테 있으니 바로 약속 잡겠습니다."

긴 다리로 성큼성큼 홀을 가로지르는 태주를 열심히 따라 걸으며 오 팀장이 말했다.

"윤 CP랑 송 PD 대학 선후배 사이라고 들었는데, 둘 사이에 대해서는 아시는 거 없습니까?"

"대학 동문은 맞는데 학번 차이가 꽤 나서 함께 학교생활을 한적은 없는 걸로 알고 있습니다. 하지만 윤 CP가 워낙 작품 고르는 안목이 좋고 인맥도 좋은 데다 이 바닥에서는 양반으로 통해 송 PD 쪽에서는 윤 CP가 함께하자고 제안하면 거절할 이유는 없어 보입니다. 윤 CP 눈에 들고 송 PD와 함께 작업하면 김 작가 데뷔 전도 서 작가 못지않겠는데요."

"좋은 작품이니 꼭 좋은 결과 얻어야지요."

태주는 정면에 시선을 고정해 둔 채 걷고 있었다. 그런데 그때 빠르게 호텔 앞을 지나치는 여자의 옆모습이 그의 시선을 사로잡았다.

"윤 CP는 이미 대표님 안목을 신뢰하고 있는 것 같습니다. 지난 작품 편성도 그렇고 이번 작품도……."

"오 팀장님."

"네, 대표님."

"차 가지고 오셔서 현관 앞에서 기다려 주세요."

"네?"

오 팀장이 당황한 눈빛으로 그를 바라보았다.

"방금 아는 사람을 본 것 같아서요."

"대표님이 아시는 분이요?"

"오래 걸리지는 않을 겁니다."

그는 곧장 중앙 현관을 나서 방금 긴 머리의 여자가 걸어간 방향으로 걸음을 옮기기 시작했다. 그리고 얼마 걷지 않아 흰 원피스에 긴 머리를 느슨하게 묶은 여자를 발견할 수 있었다.

"이봐요."

"……."

"잠깐만요."

그가 불렀으나 그녀는 그가 부르는 소리를 듣지 못한 것처럼 아무런 반응이 없었다. 그는 여자의 가는 어깨를 향해 손을 뻗었다.

"누구……?"

"아, 미안합니다."

가녀린 체구에 느슨하게 묶은 머리가 클럽에서 봤던 해영의 모습과 너무 닮아 보였다. 그러나 여자는 그녀가 아니었다.

"네."

그가 어깨를 놓아주자 여자는 다시 가던 길을 부지런히 걸어가기 시작했다. 여자의 모습이 완전히 사라질 때까지 그곳에 서 있던 태주는 뒤늦게 오 팀장이 자신을 기다리고 있을 것이란 사실이 생각났다.

오 팀장에게 가기 위해 서둘러 돌아서는데 와 본 기억이 전혀 없는 이곳의 풍경이 왠지 그의 눈에 익었다. 산책로가 잘 다듬어진 야트막한 산과 산책로 옆으로 자리 잡은 버섯 모양의 레스토랑, 그리고 그 앞쪽으로 흐르고 있는 폭 좁은 물줄기……. 이곳, 십여 년 전 어머니와 함께 왔던 곳이었다.

태주는 시멘트 대신 작은 자갈이 곱게 깔린 레스토랑의 입구로 발을 들여 놓았다. 아직 영업 전인지 세워진 차가 없는 공터로 한 발 한 발 걸어가는 그는 마치 한 해 한 해 시간을 거슬러 과거로 걸어가고 있는 것 같은 기분이었다.

'태주야.'

어딘가에서 그의 이름을 부르는 소리가 들려왔다. 어머니의 목소리 같았는데 주위를 둘러보아도 모습은 보이지 않았다.

'엄마 여기 있잖아, 아들.'

그제야 봄 햇살 사이로 어머니의 모습이 보였다. 어머니는 그를 보며 환하게 웃고 있었는데 그는 누군가 자신의 심장을 움켜쥐고 있는 것처럼 숨이 잘 쉬어지지 않았다.

'얼른 와. 배고프다면서. 오늘 우리 아들 생일이니까 엄마랑 맛있는 거 먹자.'

환하게 웃으며 어머니가 그에게 손을 내밀었다.

'아버지도 함께 왔으면 좋았을 텐데.'

'……'

'태주야. 아버지 너무 미워하지 마.'

어머니의 말에 그는 고개를 저었다. 이토록 환하게 웃는 얼굴을 하고 어머니가 머릿속으로는 아버지를 떠올리는 것이 싫었다.

'알아. 하지만 엄마는 다음에 다시 태어나도 아버지랑 결혼할 거야. 그래야 네가 또 내 아들이 될 테니까.'

어머니……

'지금 당장은 힘든 부탁이라는 거 엄마도 알고 있어. 이다음에 시간이 많이 흘러 네가 엄마를 생각해도 마음이 아프지 않으면 그때 아버지를 용서해 드리렴. 부탁할게, 태주야.'

어머니의 모습이 조금씩 흐려지기 시작했다. 태주는 서둘러 걸음을 옮기며 손을 뻗었다. 하지만 몇 번을 다시 잡아도 어머니의 손은 그에게 잡히지 않았다.

"어머니……"

잊고 있었는데 불현듯 떠오른 그날의 기억에 그가 한동안 자리를 떠나지 못하고 있을 때 등 뒤에서 클랙슨 소리가 들려왔다.

빵빵.

"대표님."

그를 찾으러 온 오 팀장이었다.

* * *

"해영 씨."

"홍 대리님."

해영은 SG물산 디자인팀에 입사 5개월 차인 신입이었다. 그녀에게 회사 일은 마냥 즐거운 것도 힘이 드는 것도 아니었다. 하지만 새로운 일을 배우고 자신의 능력을 인정받아 가며 얻는 성취감은 그 무엇과도 비교되지 않았다.

물론 아직 팀의 막내이다 보니 선배들의 일을 지원하고 팀의 잡다한 일을 도맡아 해야 할 때도 많았다. 그러나 그녀가 당연히 신우물산에 입사할 줄 알고 있던 이모부에게 SG물산에 입사하겠다는 의사를 밝혔던 일에 후회는 없었다. 아니, 그녀는 그때 자신의 선택을 지금껏 했던 몇 가지 안 되는 잘한 선택 중 하나라고 생각하고 있었다.

"미안, 고생 많았지?"

오늘은 SG물산 공식 패션몰과 카탈로그에 올라갈 의상 촬영이 있는 날이었다. 그리고 현장 지원은 홍 대리가 맡기로 되어 있었다. 그런데 현장으로 오던 길 작은 접촉사고가 나는 바람에 홍 대리를 대신해 해영이 현장으로 먼저 나와 있게 된 것이다.

"몸은 괜찮으신 거예요?"

"응, 걱정해 줘서 고마워. 현장 경험도 없는데 어렵지는 않았어?"

"아는 게 별로 없어서 정신이 없기는 했는데, 다들 잘 알려 주셔서 오히려 배우고 있었어요. 지금은 잠깐 쉬는 시간이에요."

"하필 야외 촬영이라 더 정신없었을 거야. 그래도 해영 씨는 눈치껏 잘하는 스타일이니까 분명 잘했을 거야. 이쪽이 촬영 끝난 의상?"

"네."

현장 지원 베테랑답게 홍 대리가 서둘러 촬영을 마친 의상과 소품들을 정리하기 시작했다. 해영도 한다고 하고 있었는데 홍 대리가 손을 대자 정리는 순식간에 끝이 났다.

"그런데 해영 씨, 나 방금 오다가 진짜 잘생긴 남자 본 거 있지."

"어디에서요?"

"제이호텔 앞에서."

"제이호텔 앞에서요?"

제이호텔이라는 이름을 듣는 순간 해영의 머릿속에 태주의 얼굴이 떠올랐다. 그날 그와 하룻밤을 보냈던 곳이 바로 제이호텔이었기 때문이다. 다시 만날 일 같은 건 없는 사람이니 머릿속에서 지우자고 생각을 했으면서도 그녀는 여전히 예상 밖의 순간에 불쑥불쑥 그를 떠올리고 있었다.

"내가 진짜 정신없이 걷고 있는데 누가 동굴 목소리로 '잠깐만요.' 하면서 내 어깨를 잡는 거야. 처음엔 바빠 죽겠는데 누구야 하고 뒤를 돌아봤는데, 눈이 마주치는 순간 내 심장이 멈추는 줄 알았다니까. 내가 회색이 그렇게 섹시한 색깔인 줄 30년 만에 처음 알았지 뭐야. 그런 남자가 우리 의류 모델을 해 주면 아마 사이트 접속이 마비되는 초유의 사태가 발생했을 텐데."

"그렇게 멋있는 사람이었어요?"

"거짓말 하나도 안 보태고 진짜, 리얼, 완전 정장 모델이었다니까. 분명 나를 다른 사람으로 착각했던 것 같은데, 도대체 그런 남자가 쫓아와 잡는 여자는 어떻게 생긴 여자일까? 안 봐도 엄청난 미인이겠지?"

"대리님도 정말 예쁘세요. 그러니까 그런 멋진 남자가 착각하고 잡았겠죠."

"말이라도 고마워, 해영 씨."

해영의 칭찬이 싫지 않은 듯 홍 대리의 눈이 초승달 모양으로 휘어졌다. 얼마나 급하게 달려온 것인지 웃고 있는 그녀의 이마가 촉촉하게 젖어 있는 것이 보였다.

"갈증 나시면 아이스커피 드릴까요?"

"커피 있어?"

"홍세영 씨가 안 드신다고 해서 남은 거 있어요. 그런데 얼음은 녹았을 거예요."

해영은 얼른 아이스박스 안에 넣어 두었던 커피를 꺼내 홍 대리에게 건넸다.

"그런데 별일이네. 홍세영이 커피를 마다하고."

홍세영은 이미 몇 해 전부터 SG물산 의류 모델로 활동하고 있는 배우였다. 해영은 오늘 실물을 처음 보는 것이었지만, 도회적이고 차가운 이미지와는 달리 홍세영은 촬영 스태프나 본사 직원들과도 허물없이 지내는 듯했다.

"그럼 다른 거 뭐 줬어?"

"생수를 찾으셔서 스태프용으로 챙겨 온 것 중에 가져다 드렸어요."

"내가 4년째 홍세영 광고 촬영 현장에 나온 건데 홍세영이 커피 말고 다른 거 찾았다는 얘기는 올해 처음 듣네."

"그래요? 아무래도 여배우니까 피부 생각해서 그러는 거 아닐까요?"

갈증이 심했던 듯 커피를 생수처럼 벌컥벌컥 들이켜는 홍 대리를 보며 해영이 말했다.

"하긴 곧 나이가 50인데. 아무리 결혼도 안 하고 자기 관리 철저히 한다고 해도 이제는 어딘지 나이 든 티가 나는 것 같더라."

"그래요? 저는 오늘 나이 듣고 깜짝 놀랐는데."

"해영 씨가 몰라서 그래. 예전에 홍세영 정말 예뻤어. 그러니 대기업 회장이랑 그렇고 그런 사이라는 소문도 돌았던 거겠지만."

"곧 다음 촬영 들어가겠습니다."

그때 촬영 시작을 알리는 스태프의 쩌렁쩌렁한 목소리가 그녀들에게도 들려왔다.

홍 대리는 언제 태평하게 잡담을 나눴냐는 듯 재빨리 빈 컵을 쓰레기통에 버린 뒤 촬영용 의상 박스를 챙겨 들고 탈의실로 향했다. 해영도 나머지 소품을 챙겨 들고 부지런히 그녀의 뒤를 따랐다.

3.

똑같은 시간도 때론 한없이 길게 느껴질 때가 있고 때론 한없이 짧게 느껴질 때가 있다. 해영에게 지난 일주일이 그랬다. 월요일 출근길에는 절대 주말이 오지 않을 것 같았는데 막상 시간이 흐르고 나니 지난 일주일을 자신이 어떻게 보냈는지 특별히 기억나는 일이 없었다.

고작해야 불쑥 떠오른 호진에 대한 생각에 화가 치밀었다, 어느 때는 태주에 대한 생각으로 얼굴이 붉어졌다, 또 어느 때는 수현이 호진과 자신의 일을 알고 있는 것인지 궁금해 표정을 힐끔 살피다 눈이 마주치면 어서 이모를 설득해 독립을 해야겠다는 생각으로 결론이 이어졌던 조잡한 감정의 반복들뿐.

그렇게 맞이한 토요일 아침, 이모부 가족이 오랜만에 수현의 할머니 댁에 다녀오겠다며 집을 나섰다. 혼자 남겨진 해영이 오전 내자신의 방 정리를 마치고 늦은 점심을 먹고 있을 때였다.

Rrrrr.

그다지 입맛이 돌지 않아 느리게 몇 수저를 먹고 있을 때 휴대폰이 울렸다.

"여보세요?"

-나야, 영주. 뭐 하고 있었어?

전화는 영주에게 걸려 온 것이었다.

"나 지금 점심 먹는 중인데."

-혹시 호진이랑 밥 먹는 중인데 내가 눈치 없이 방해한 건 아니지?

"아니야. 집에서 혼자 먹는 중이야. 넌 점심 먹었어?"

-당연히 먹었지. 그런데 왜 이 화창한 토요일에 청승맞게 혼밥이야? 장호진이 공부해야 돼서 오늘은 데이트 못 한대?

호진과 헤어진 지 정확히 일주일 지났지만 누구에게도 그 사실을 말하지 않았다. 하긴 호진과 만났던 걸 아는 사람도 영주를 포함해 한 손에 전부 꼽을 수 있을 정도니 굳이 알리고 말고 할 것도 없는 일이긴 했다.

"아니, 그냥 피곤해서 쉬고 있었어."

-그래? 그럼 잘됐다. 너 나랑 같이 유석 오빠네 가자.

"너희 사촌 오빠?"

-응. 나 요즘 회사에서 스트레스를 너무 많이 받아서 탈모 올 것 같아. 어디 조용한 곳에 가서 힐링 좀 하고 오고 싶은데, 갈 데도 없고 같이 갈 사람도 없다. 왠지 너도 오늘 데이트를 할 것 같아서 전화를 할까 말까 한 시간은 망설이다 하는 거야.

지난겨울 대학을 졸업한 뒤 유학을 다녀오라는 아버지의 권유에 영주는 몰래 아버지 회사에 이력서를 넣어 당당히 합격을 했다. 대학 내내 성적이 좋기도 했고, 아버지를 혼자 두고 떠나는 게 내키지 않아 한 결정이었는데, 아무리 밝고 긍정적인 그녀라도 신입사원의 고된 업무와 잦은 회식은 힘겨운 모양이었다.

-계속 집에 있을 거면 나랑 같이 갔다 오자, 해영아?

"주말인데 나까지 찾아가도 괜찮을까?"

-우리가 무슨 손님인가? 괜찮아. 오빠 방해 안 하고 우린 그냥 조용히 있다 올 건데, 뭐.

언젠가 영주와 사촌 오빠인 유석의 전원주택에 놀러 갔던 적이 있었다. 유석은 친절하고 유쾌한 사람이었고 그를 닮은 집은 마치 동화 속으로 들어간 것 같은 기분을 느끼게 했다. 그 집에 다녀오고 난 뒤 혹시 그날 자신이 잠시 꿈을 꾸었던 것이 아닐까 하는 생각을 했을 정도였으니.

"그래, 좋아."

-그럼 내가 조금 있다 데리러 갈게.

"응."

* * *

대학 입학 선물로 아버지께 차를 선물 받은 영주는 5년 차 드라이버답게 시골길을 능숙하게 달렸다. 선루프로 들어오는 싱그러운 봄바람에 머리카락이 정신없이 날렸지만 영주는 뭐가 그리 신나는지 좀처럼 웃음을 멈추지 못했다. 덕분에 일주일 내내 웃을 일이 없었던 해영의 입가에도 잔잔한 미소가 맴돌았다.

이윽고 차가 동네 입구에 도착하자 영주는 차를 세우고 산책 삼아 걸어가자며 차에서 가방을 챙겨 내렸다. 그리고 힐을 신은 그녀의 발을 걱정하는 해영이 무색할 정도로 가파른 오르막길을 씩씩하게 걷기 시작했다.

"오빠!"

유석의 집에 도착한 영주는 대문을 열며 쩌렁쩌렁한 목소리로 오빠를 불렀다.

크르릉, 멍멍멍! 멍멍!

"맥! 너 이 녀석!"

유석보다 먼저 밖으로 달려 나와 영주를 향해 매섭게 짖어 대는 맥 앞에서 영주도 골목대장처럼 양손으로 허리를 짚었다.

둘이 한참 그렇게 서로를 바라보며 기 싸움을 하고 있을 때 유석이 모습을 드러냈다.

"강영주, 너 지금 뭐 하니?"

"오빠, 쟤는 왜 나만 보면 저렇게 짖는 거야?"

"그걸 내가 어떻게 알아? 그보다 연락도 없이 불쑥 찾아왔다 나 없으면 어쩌려고?"

"어쩌긴, 열쇠 세 번째 계단에 있는 화분 아래 있잖아."

영주가 뭐가 문제냐는 듯한 목소리로 대꾸했다.

"네가 그걸 어떻게 알아?"

"지난번에 왔을 때 오빠 없기에 혹시나 싶어 계단에 있는 화분들 다 들어 봤다 발견했지. 그런데 오빠는 정말 한결같은 사람인 것 같아."

"무슨 뜻이야?"

"열쇠 숨겨 놓는 장소가 초등학교 때부터 변하지가 않잖아. 이런 습관도 혹시 여든까지 가는 건가……."

"강영주, 맥이 왜 너만 보면 짖는지 정말 몰라?"

유석이 꿀밤을 주려는 듯 영주의 이마를 향해 주먹을 올리자 영주가 재빨리 해영의 뒤로 몸을 숨겼다.

"오빠, 해영이 알지?"

"안녕하세요?"

해영은 등 뒤에서 자신을 꼭 끌어안는 영주를 의식하며 고개를 숙였다.

"어, 왔어요?"

"헐, 내 친군데 왜 존댓말 해?"

"내 마음이다. 오랜만이에요. 시골길 달리느라 힘들었을 텐데 영주랑 들어가서 쉬어요. 그런데 영주 너 차는?"

"동네 입구에 대고 걸어왔어. 산책 삼아."

"그런 신발을 신고?"

"그럼, 힐은 여자의 자존심인데."

영주의 대답에 유석이 영주의 하이힐과 해영의 단화를 번갈아 바라보았다.

"뭘 그렇게 대놓고 쳐다봐. 해영이는 이런 신발 안 신어도 나와는 달리 다리가 기니까 그렇지."

"누가 뭐래? 얼른 들어가. 냉장고에 과일이랑 음료수 있으니까 꺼내 먹어."

"알았어."

툴툴거리면서도 영주의 얼굴엔 편안한 미소가 감돌고 있었다.

어릴 적 한동안 같이 살았다더니 영주에게 유석은 친오빠처럼 편안한 사람이라는 것이 곁에서도 느껴졌다.

"아, 여기 오면 뭔가 할머니 집에 온 것처럼 마음이 편해지는 기분이야."

유석의 집은 지난번 왔을 때와 달라진 것이 없었다. 편백나무로 마감 처리가 된 집 안에는 나무와 황토 향이 은은하게 배어 있었고 원목으로 된 투박한 가구는 처음부터 이 집과 함께했던 것처럼 어울렸다. 채광이 좋은 창으로 흘러드는 깨끗한 봄 햇살과 바람마저도 마치 이 집의 일부인 것 같았다.

해영은 살며시 눈을 감고 깊게 숨을 들이마셨다.

"그것 조금 걸었다고 다리가 아프네. 우리 주방으로 가자, 해영아."

영주는 집 안을 둘러보는 둥 마는 둥 살피더니 곧장 해영을 데리고 주방으로 향했다. 그리고 마치 제집처럼 냉장고를 뒤져 과일을 종류별로 꺼내고 유리잔 가득 음료수까지 따라 왔다.

"너 점심 먹었다고 했잖아."

"응, 먹었지. 그런데 이상하게 스트레스를 받으면 자꾸 음식이 당겨."

"그래? 그럼 많이 먹어."

"응, 너도 어서 먹어."

포크로 열심히 과일을 찍어 입으로 가져가던 영주가 갑자기 행동을 멈추고 유리잔만 만지작거리고 있는 해영의 얼굴을 빤히 바라보았다.

"그런데 너 오늘 좀 이상하다, 해영아. 사실대로 말해 봐. 왜 장호진이랑 안 만난 거야? 혹시 무슨 일 있었던 거 아니야?"

영주의 질문에 해영은 잠시 망설였다. 가뜩이나 지친 마음을 내려놓고 싶어 이곳에 찾아온 것인데 자신의 이야기를 털어놓으면 영주가 제 일처럼 파르르 화를 낼 것이 뻔했기 때문이다. 우선 과일이라도 다 먹고 나면 얘기를 하자고 생각하고 있을 때 영주가 어서 말하기를 채근했다.

"말 돌릴 생각 말고 바른대로 얘기해. 나 나중에 알면 더 화낼 거다."

"알았어."

"빨리."

"사실은 나 호진이랑 헤어졌어."

"왜? 설마 또……!"

설명을 채 듣기도 전에 썩은 과일이라도 씹은 것처럼 영주의 얼굴이 구겨졌다.

"아니야, 영주야. 내가 생각을 해 보니까 호진이 학교 졸업하고도 인턴이며 레지던트며 앞으로 시간 내기 더 힘들 것 같더라고. 솔직히 주변에 사회인이 학생이랑 연애한다고 말하는 것도 좀 그랬고. 그래서 내가 헤어지자고 했어."

"거짓말."

해영의 어설픈 변명에 영주가 눈을 가늘게 뜨며 희미하게 고개를 저었다. 손에 들고 있던 포크는 이미 딸기 정중앙에 묘비처럼 꼿꼿하게 꽂혀 있었다.

"네 얼굴에 거짓말이라고 다 쓰여 있는데."

"거짓말 아니야. 그리고 우리 이제 겨우 연애 몇 달 한 사인데 헤어질 수도 있는 거지, 뭐."

해영은 일부러 아무렇지 않은 척 웃어 보인 뒤 컵에 든 음료수를 쭉 들이켰다.

"이것 봐. 거짓말하려니까 목이 타지? 내가 널 몰라? 내가 곁에서 널 지켜본 세월이 10년이 다 돼 가. 그동안 네가 누군가한테 이유 없이 화를 내거나 상처 될 만한 말 하는 걸 한 번도 본 적이 없는데, 그 말을 믿으라고? 차라리 맥이 사람 말을 할 줄 안다고 해라."

영주의 말처럼 해영은 어지간한 일에는 화를 내지 못했다. 부모님이 사고로 돌아가시기 몇 시간 전 엄마, 아빠에게 이유 없이 짜증을 내고 신경질을 부린 뒤 사과를 할 시간도 없이 두 분을 보내야 했기 때문이다. 부모님을 그렇게 잃고 오랜 시간 그날 자신 때문에 신경이 쓰여 아빠가 운전에 집중하지 못했던 것은 아닌지, 혹여 두 분이 말다툼을 했던 것은 아닌지, 그녀는 모든 일이 자신 때문에 비롯됐을지도 모른다는 생각을 떨쳐 버릴 수 없었다. 게다가 이모 집에 얹혀사는 신세에 누구에게 함부로 화를 낼 수 있단 말인가.

"영주야, 그냥 나 잘했다고 해 주면 안 돼?"

"……."

"너한테는 잘했다, 해영아. 이 말 듣고 싶은데."

"화내서 미안해. 잘했어, 해영아. 잘했다."

영주가 그녀를 와락 끌어안으며 말했다.

"사실 나도 너한테 솔직하게 말 못 한 거 있어. 장호진 겉모습은 영락없는 모범생인데 왠지 진짜 모습을 모르겠더라고. 나랑 셋이 같이 만났던 그날 네가 잠깐만 자리 비워도 우리 아버지 회사에 대해 묻고 큰아버지 슬하에 자식은 몇인지 그런 것만 묻는데, 그때 나 이 사람 좀 이상하다 싶었는데 너한테 솔직하게 말 못 했어. 그래, 정말 잘 헤어진 거야. 잘했다, 해영아.”

영주는 한참 등을 토닥토닥 두드려 준 뒤 해영을 놓아주었다. 그리고 그녀를 웃게 하기 위해 일부러 손가락으로 옆구리를 쿡쿡 찌르다 슬쩍슬쩍 간질이기 시작했다.

“하지 마.”

“그럼 웃어 봐.”

“큭큭, 하하하.”

“푸하하하.”

그녀들이 서로에게 간지럼을 태우며 눈가에 눈물이 맺히게 웃고 난 뒤였다.

조용하던 밖에서 희미하게 차 소리가 들리는가 싶더니 이어서 유석이 누군가와 이야기를 주고받는 소리가 들려왔다. 잠시 두 귀를 쫑긋 세우고 그 소리를 듣고 있던 영주가 갑자기 자리에서 벌떡 일어섰다. 그리고 거실을 향해 쏜살같이 뛰어나가며 오빠를 외쳤다.

“오빠!”

영주가 먼저 주방에서 나가고 난 뒤 해영도 자리에서 일어섰다. 식탁 위 컵과 접시들을 정리한 후 그녀도 주방을 나서려는데 거실 쪽에서 영주와 이야기를 나누고 있는 젊은 남자의 목소리가 들려왔다. 분명 유석의 목소리는 아니었다.

“정말인데. 내가 이건 내 인생 드라마다 생각하며 본 드라마만도 세 편이었어."

"우리 회사에서 제작한 드라마는 그 세 편이 전부였어."

"지저스, 그럼 오빠네 드라마가 완전 내 취향인 거네. 어쨌든 정말 대단해. 학교 다닐 때도 보면 공부 하나도 안 하고도 맨날 전교 1등만 한대서 머리 좋은 건 알았지만. 이럴 때 보면 신이 너무 불공평한 것 같다니까."

영주 주변 사람들 중 해영이 알고 있는 사람은 그녀의 아버지와 유석뿐이었다. 그러니 거실에서 들려오는 목소리가 언젠가 들어본 적 있는 목소리 같다는 생각은 그녀의 착각일 것이다. 그리고 언제까지 주방 안에 있을 수도 없는 노릇이니 거실을 향해 천천히 걸음을 옮기고 있을 때였다. 영주보다 머리 하나는 더 큰 남자의 얼굴을 확인한 순간 그녀의 걸음이 그 자리에 멈춰 섰다.

"아, 내 정신 좀 봐."

가슴이 철렁 내려앉은 해영의 심정을 알 리 없는 영주가 그녀에게 다가와 손목을 잡고 태주 앞으로 이끌었다. 그 순간 그녀가 할 수 있는 것이라고는 눈치 빠른 영주가 혹시라도 이상하게 생각하지 않게 서둘러 입가에 미소를 짓는 것뿐이었다.

"이쪽은 내 친구야, 오빠. 이름은 박해영. 해영아, 너도 인사해. 유석 오빠 절친이자, 요즘 핫한 투엔터테인먼트의 한태주 대표님."

영주가 그들을 서로에게 소개하는 사이 해영은 태주의 눈을 똑바로 응시했다. 클럽의 요란한 불빛 아래에서 처음 봤을 때도, 막 샤워를 마치고 나온 모습을 봤을 때도 다른 곳보다 가장 먼저 그의 눈에 시선이 갔다. 분명 날카롭고 서늘한 눈빛을 담고 있음에도 무척이나 수려하고 매력적인 눈이었다. 웃음기 없는 그 눈이 호텔에서처럼 그녀의 눈을 조용히 내려다보고 있었다.

'말하지 않을 거죠?'

'뭘?'

'그날 일······.'

태주가 자신을 향해 손을 내밀자 해영은 시선을 내려 그의 손을 바라보았다.

"영주 친구라고요? 만나서 반가워요, 한태줍니다."

"처음 뵙겠습니다, 박해영이라고 합니다."

해영은 그가 내민 손을 살며시 잡았다. 손끝에 그의 피부가 닿은 것만으로도 온몸이 희미하게 떨리는 듯했다. 그녀는 서둘러 손을 놓으려 했으나 태주가 그녀보다 빨리 손에 힘을 실었다. 그 상태로 그들의 시선이 다시 마주쳤다.

"오빠, 완전히 귀국한 건 아니지?"

숨이 막힐 듯한 불편함 속에서 그녀를 구해 준 사람은 영주였다.

"곧 그럴 생각인데."

"정말? 그럼 앞으로 오빠 자주 볼 수 있는 거야?"

"네가 원하면."

"와. 나 언제 오빠네 회사에 놀러 가도 돼?"

"그래. 놀러 와."

"정말. 정말 갈 거야."

어린아이처럼 좋아하는 영주를 바라보며 태주의 눈가가 살며시 휘어졌다.

소매를 대충 걷어 올린 하얀 와이셔츠에 재킷을 든 팔에 보기 좋게 도드라진 잔근육, 그리고 영주를 바라보며 얼굴에 점점 확연해지는 미소. 해영은 그 미소가 자신을 향한 것이 아니었음에도 이유 없이 가슴이 두근거리는 것을 느꼈다. 어쩌면 예상치 못했던 재회로 놀란 가슴이 아직 진정되지 않은 것일 수도…….

"근데 오빠 내가 얼마 전에 기사를 봤는데, 탤런트 윤도훈이 투엔터테인먼트랑 계약했다던데 사실이야?"

"응. 왜?"

"사실은 내가 도훈 오빠 진짜 좋아하거든. 해영아, 너도 알지? 내가 도훈 오빠 정말 좋아하는 거. 그래서 말인데, 언제 도훈 오빠 회사에 나올 때 나한테 전화 좀 주면 안 될까? 절대 방해 안 되게 멀리서만 조용히 보고 갈게."

"강영주가 날 이렇게 반긴 이유가 이거였구나? 어쩐지."

"아니, 그건 오해야. 내가 오빠를 얼마나 보고 싶어 했는데. 유석 오빠한테 물어봐. 나 오빠 정말 많이 보고 싶었어. 윤도훈은 어디까지나 팬으로서 기회가 된다면 그냥 멀리서 한번 보고 싶다는 거지."

영주가 재빨리 자신의 말을 정정했다.

태주의 눈에도 그 넉살 좋은 거짓말이 다 보였을 듯한데 그는 전혀 알지 못하는 듯 웃고만 있었다.

"오빠 정말 내 진심까지 오해하면 안 돼."

"그래, 알았어. 그럼 언제 도훈 씨랑 시간 맞춰 보고 전화 줄게."

"정말 전화 주는 거다."

영주가 어린아이처럼 좋아하며 그 자리에서 폴짝폴짝 뛰었다.

"뭐가 그렇게 좋아?"

"오빠, 글쎄 윤도훈이 태주 오빠네 회사로 회사를 옮겼다는 거야."

때마침 들어온 유석에게 영주가 잔뜩 신이 난 목소리로 말했다.

"윤도훈? 그게 누군데?"

"세상에. 오빠 어떻게 대배우 윤도훈을 몰라? 그 카리스마 눈빛에 섹시한 몸매, 게다가 또 연기는 얼마나 잘하는데. 요즘 외국에서도 인기가 점점 많아져서 찍는 작품마다 수출되고 광고 계약도……."

거실을 가로질러 다시 복도 안쪽으로 향하는 유석의 뒤를 쪼르르 따라가며 영주가 윤도훈에 대한 장황한 설명을 늘어놓았다.

영주와 유석이 사라진 거실에는 두 사람만 덩그러니 남게 되었다. 이럴 때 손에 휴대폰이라도 있었다면 어색함이 한결 덜했을 것이다. 그런데 하필 주방 식탁에 두고 나왔다는 생각에 해영이 서둘러 주방 쪽으로 걸음을 옮기려 할 때였다.

"영주 친구였네요."

"……."

"세상이 생각만큼 넓지 않다는 건 가끔 느끼지만, 내 죽마고우의 사촌 동생 강영주 친구라니."

"그러게요."

대답을 하면서도 여전히 믿기지가 않았다. 어떻게 그 많고 많은 사람들 중에 영주의 사촌 오빠와 태주가 친구일 수 있는 것인지. 해영은 자신의 긴 속눈썹을 아래로 내렸다. 단둘만 남은 지금 어떻게든 그와 거리를 유지할 필요가 있었다. 고요한 거실과는 달리 그녀의 머릿속은 어떤 핑계를 대야 돌아가자는 자신의 말에 영주가 따라 줄까 하는 생각으로 정신없이 분주하기만 했다.

"네? 이걸 왜?"

그녀를 가만히 바라보고 있던 태주가 휴대폰을 불쑥 내밀었기에 해영은 어쩔 수 없이 시선을 들어 다시 그를 바라봐야 했다.

"연락처 찍어야죠."

"……."

"그날 다음에 만나면 꼭 알려 달라고 했던 거 같은데."

"진심이세요?"

"나 농담 별로 안 좋아해요."

그의 대답에 해영은 눈을 느리게 깜빡거렸다.

"그날 내 말에 아무 대답도 하지 않았던 건 암묵적 동의인 줄 알았는데, 사실은 그게 아니라 죽을 때까지 나와 다시는 만날 일 없을 줄 알고 그냥 무시했던 건가?"

"……."

"내가 어디에서 이런 취급 당하는 일 거의 없는 사람인데."

눈대중으로 봐도 185센티는 될 키에 깎아 놓은 듯 흠 없는 얼굴, 단점이라고는 찾아볼 수 없는 외모뿐 아니라 사업가로도 성공한 사람이니 어떤 여자도 그를 무시하거나 거부하긴 쉽지 않을 것이다. 만약 해영도 유석의 친구로 그를 처음 알게 됐다면 정말 멋진 사람이라고 생각했을 테니.

그러나 이미 그렇게 되는 건 불가능했다. 더구나 이대로 연락처를 알려 준다면 실수로 하룻밤을 함께 보낸 남자와 영주 오빠의 친구, 그 어느 쪽으로도 대하기 힘들 것 같았기에 해영은 단호하게 마음을 먹고 입을 열었다.

"솔직하게 말씀드려 저한테 왜 연락처를 물어보시는 건지 잘 모르겠어요. 분명 처음부터 저한테 호감을 느끼셨던 것도 아니고, 그날은 둘 다 술김에 실수로 그랬던 건데……. 무엇보다 저는 영주가 그날 일을 알게 되길 원치 않아요. 그러니까 연락처는 알려 드릴 수 없을 것 같아요."

"술김에 실수로는 인정. 그리고 그날 일은 나도 영주한테 말할 생각 없고. 제일 중요한 건 내가 연락처를 물어보는 이유 같은데, 남자들은 관심 없는 여자한테는 연락처 안 물어보는데."

"……."

"그리고 나 이제 박해영 씨 통해서 아니어도 얼마든지 연락처 알 수 있게 됐고, 만약 그렇게 하면 오히려 영주 때문에 더 피곤할 거예요."

영주 얘기에 갑자기 겁을 먹은 것 같지는 않은데 그는 해영이 무슨 생각을 하고 있는 것인지 도무지 알 수가 없었다. 하지만 오래 지켜보진 않았어도 그녀가 인간관계에 아주 적극적이거나 말과 행동이 경솔한 타입은 아니라는 것을 알았기에 그는 좀 더 느긋하게 그녀의 다음 말을 기다렸다.

"미리 말씀드리는데, 저 고아예요."

잠시 침묵을 지키던 해영이 쌍꺼풀이 짙게 진 눈으로 그를 똑바로 올려다보더니 불쑥 내뱉은 말이었다.

그 순간 태주의 미간이 살짝 좁아졌다. 그가 그녀의 가족에 대해 물은 적이 없는데 튀어나온 대답이기도 했고, 이 정도로 자신의 관심이 불편한 것인가 싶은 생각도 들었기 때문이다. 대꾸할 말조차 찾지 못하고 있는 그의 반응을 완전히 무시한 채 그녀가 다시 말을 이었다.

"그날 제가 입었던 옷이 좀 비싼 옷이었고 또 영주 친구라니까 혹시 부잣집 딸 아닐까 미리 넘겨짚으셨을까 봐, 저도 넘겨짚고 미리 말씀드린 거예요."

"모든 남자들이 부모가 부자인 여자를 좋아하는 건 아닌데. 나도 그중 하나고."

"……."

"이렇게까지 완강하게 나온다면 이번에도 별수 없이 내가 한발 물러서야 하는 건가?"

어디에서 이런 취급 당한 적 없다고 했던 그의 말은 과장이 아니었다. 한 여자에게 이렇게 집요하게 연락처를 물은 적은 정말 처음이다. 이렇게 완강한 거절 또한 처음이었고. 그런데 이상하게 불쾌하지가 않았다. 오히려 자신이 이 여자의 무엇을 놓치고 있는 것인지 호기심이 이는 것 같았다.

"대신 앞으로는 어떤 상황에서 나와 만나든 피하지 않고 영주 오빠 친구로 대하기. 그것만 약속한다면 나도 더 이상 피곤하게 굴지 않는다고 약속하죠."

"영주 오빠 친구로요?"

"영주랑 많이 친한 사이 아닌가?"

그의 질문에 그녀가 천천히 고개를 끄덕였다.

해영의 얼굴은 잔잔한 호수 같았다. 하늘의 구름을 담고 해를 담을 수 있는 도화지 같은 호수. 그는 화려하고 자신감 넘치는 여자들에 익숙한 사람이었다. 그녀들은 자신들이 원하는 것이 있으면 강한 어조로, 때론 미모를 이용해 손쉽게 그것을 손에 넣었다.

그런데 박해영이란 여자는 조금 다르다. 강한 어조가 아닌데 그녀가 하는 말에, 표정에 그는 귀를 기울이게 됐다. 돌이켜 보니 처음 만났던 그날도 그의 품 안에서 은은한 살내음과 작은 신음 소리만으로도 어느 때보다 그를 흥분하게 만들었었다. 그날은 술에 취해 욕망이 제어가 되지 않았다고 생각했는데 단순히 술 때문이 아니었는지도 모른다. 그러니 그날 이후 계속 그녀가 생각났던 것인지도……

"이제 우리 사이 아무 문제도 없는 거죠?"

그의 물음에 해영이 다시 짧게 고개를 끄덕였다.

처음엔 이유 없이 시선을 끌어당기더니 지금 그녀는 그가 쉽게 눈을 뗄 수 없게 만들고 있었다. 하얀 목덜미에 머리카락 몇 가닥이 달라붙어 있을 뿐인데 그의 시선이 자꾸만 그곳으로 움직였다. 그걸 떼어 준 뒤 그녀의 매끄러운 목덜미를 다시 손바닥으로 감싸 보고 싶었다.

"둘이 무슨 얘기를 그렇게 진지하게 해?"

그를 향해 있던 해영의 시선이 영주의 목소리가 불쑥 들려오는 순간 소리가 난 방향으로 재빨리 움직였다. 그리고 영주의 손에 커다란 앨범이 들려 있는 것을 발견하고는 서둘러 영주에게 다가갔다.

"그게 뭐야, 영주야?"

"앨범. 근데 둘이 무슨 얘기 중이었어? 모르는 사람이 보면 두 사람 이미 알던 사인 줄 알겠어."

"별 얘기 아니야. 언제 영주 너랑 같이 밥 먹자고 얘기하고 있었어. 오랜만에 만났는데 내가 우리 영주 맛있는 밥 한 번 사 줘야지."

무엇이라도 캐내고 말겠다는 듯 집요한 시선으로 두 사람을 번갈아 가며 바라보는 영주의 시선에 태주가 서둘러 둘러댔다.

"정말? 나 오빠가 사 준다면 정말 비싼 거 먹을 건데."

"그래, 먹어. 말 나온 김에 오늘 약속 잡을까?"

"그럴까? 내일 어때?"

"그래. 내가 다음 주에는 국내에 없을지도 모르니까 두 사람 시간 괜찮으면 내일 먹자."

"나 내일 약속 없어. 그럼 내가 해영이랑 장소 상의해 보고 오빠한테 연락할게. 해영아, 너도 괜찮지?"

뒤늦게 해영에게 의사를 묻지 않았다는 사실을 깨닫고 긴장한 영주의 표정에 해영이 망설이거나 고민할 생각은 하지도 못하고 고개를 끄덕였다.

"응. 나도 괜찮아."

"그럼 두 사람이 장소 상의해서 내일 오전까지 전화 줘."

"알았어, 오빠."

"그런데 그 앨범은 뭐야?"

"아, 이거? 유석 오빠 어릴 적 앨범. 방에서 잠깐 봤는데, 나랑 태주 오빠 사진도 몇 장 있는 거 같아서 같이 보려고 가져왔지. 오빠도 같이 보자."

"그래."

두 사람은 영주와 함께 거실 바닥에 깔린 러그로 자리를 옮겼다. 영주와 해영이 나란히 앉고 태주는 그녀들의 맞은편에 앉았다.

"이 사진 좀 봐, 해영아. 나 어릴 때 맨날 머리는 이렇게 짧게 깎고 옷도 바지만 입고 다녀서 사람들이 다 남자앤 줄 알았다."

영주가 짧은 커트 머리에 멜빵바지를 입고 해맑게 웃고 있는 사진 속 꼬마를 가리키며 말했다.

"이게 너야? 너무 귀엽다."

"옷이랑 머리 스타일은 좀 아니지만 그래도 내가 어릴 때 좀 귀엽긴 했다, 그치?"

"아니야, 옷도 머리도 귀여워."

"정말?"

"응."

그 뒤로도 해영은 영주의 말에는 무조건 맞장구를 쳐주며 빙그레 미소를 지었다. 그 작은 미소만으로도 우아한 얼굴형 안에 자리 잡은 섬세한 이목구비가 은은하게 빛났다. 어느 순간 그녀도 사진이 아닌 자신을 바라보고 있는 그의 시선을 느낀 듯 고개를 들어 그를 바라보았다.

"그래도 학교 입학하고 나서부터는 머리도 기르고 치마도 입고 다녔네. 와, 나 치마 입고 장군처럼 서 있는 것 좀 봐. 큭큭. 오빠 이때 기억나?"

영주의 갑작스런 질문에 태주는 해영을 바라보던 시선을 재빨리 영주가 가리키는 사진으로 옮겼다. 사진 속 아이는 치마와 어울리지 않는 티셔츠의 앞주머니에 두 손을 밀어 넣고, 양 볼에는 만두처럼 바람까지 가득 불어 넣은 채 서 있는 모습이 딱 개구리를 연상케 하는 모습이었다.

"그래, 기억난다. 우리가 너랑 안 놀아 주면 꼭 저런 표정으로 대문 앞에 서 있었잖아. 저때 너 따돌리려고 유석이랑 나무 위에도 숨었었는데."

"와, 놀아 달라고 오빠들만 쫓아다니는 어린 동생을 따돌리려고 나무 위로 올라갔었단 말이야? 정말 너무했네."

"네가 우리가 씻고 있을 때도 욕실 문을 벌컥벌컥 열고 들어왔으니까 그렇지."

"어린애가 뭘 알아서 그랬겠어?"

그 시절 악착같이 자신들을 따라다니며 무엇이든 함께하려 했던 영주가 귀찮을 때도 있었지만, 그만큼 누군가와 함께 있고 싶은 것은 아닌지 안타까울 때도 있었다. 다행히 지금 영주는 막 엄마를 잃은 고집 센 꼬마의 모습은 어디에도 남아 있지 않은 잘 자란 예쁜 숙녀가 되어 있었다. 그게 기특해 태주는 어릴 적처럼 손을 들어 영주의 머리카락을 가볍게 흐트러뜨렸다.

"여기 오빠 사진도 있다. 오빠 이때도 참 잘생겼었다. 남녀공학 다녔으면 인기가 하늘을 찔렀을 텐데."

"태주는 남고에 다녔어도 인기가 하늘을 찔렀지. 내 기억에 저 때부터 한태주가 찍어서 안 넘어온 여자는 없었던 것 같은데. 아니다, 시선만 줘도 따라다닌 여자가 있었을 정도였지."

과일을 챙겨 온 유석도 그들 곁으로 앉으며 말했다.

"정말 그 정도였어?"

"다른 건 몰라도 내가 아직까지 태주 싫다는 여자는 본 적이 없으니까."

"정말? 그럼 지금도 애인 있겠네? 뭐 하는 사람이야? 모델? 아니면 배우?"

"지금은 없어."

"혹시 안식 기간 같은 건가?"

"강영주."

"농담이야, 농담."

사진을 한 장 한 장 넘기며 이런저런 이야기를 나누는 사이 창 너머의 하늘이 서서히 붉은빛으로 물들어 가기 시작했다.

"벌써 시간이 이렇게 됐네. 영주야, 나 그만 가 봐야 할 것 같은데."

온 지 얼마 되지 않은 것 같은데 시간을 확인하니 벌써 6시가 넘어 있었다. 메모도 남기지 않고 나온 데다, 이모가 너무 늦지 않게 올 테니 저녁은 함께 먹자고 했던 기억이 떠올라 해영은 서둘러 자리에서 일어섰다.

"진짜, 벌써 시간이 이렇게 됐네."

"식사하고 가요. 밥 금방 준비되니까."

"아니에요. 이모가 함께 저녁 먹자고 해서 그만 가 봐야 할 것 같아요."

"태주 너는 왜 일어나?"

영주에 이어 태주까지 자리에서 일어서자 유석이 태주를 바라보며 물었다.

"나도 그만 가 봐야 할 것 같아서. 그럼 내 차 타고 가요. 영주는 오랜만에 왔는데 유석이랑 같이 저녁 먹고 가라고 하고."

"태주 네가 그래 줄래? 그래, 영주야. 너라도 먹고 가라. 어제 어머니가 반찬 잔뜩 가져다주고 가셨는데, 네가 좋아하는 반찬도 많더라."

"정말? 맛있겠다. 해영아, 태주 오빠 차 타고 가도 괜찮겠어?"

"그럼. 넌 저녁 먹고 천천히 나와."

속마음은 절대 그렇지 않았으나 해영은 환하게 웃는 얼굴로 영주에게 대답했다.

"이해해 줘서 고마워. 그럼 오빠, 우리 해영이 집 앞까지 잘 좀 부탁해."

"그래, 알았어."

"해영아, 조심해서 가."

"응."

해영은 영주와 유석의 배웅을 받으며 태주의 차에 올랐다.

영주는 이따가 통화하자는 뜻으로 휴대폰을 들어 보인 뒤, 차가 출발할 때까지 열심히 두 팔을 흔들었다. 그런 영주의 뒤에서 맥도 맹렬히 짖어 대고 있었다. 붉은 노을을 배경으로 자리한 그림 같은 집을 뒤로하고 태주의 차는 도로를 향해 달려가기 시작했다.

"영주랑 언제부터 친구였어요?"

"고등학교 때요."

"영주가 고집이 세서 친구 하기 힘들었을 것 같은데."

"아니요. 영주 같은 친구가 있어서 정말 좋았어요."

해영은 눈을 감았다. 잊고 있었다고 생각했는데 영주를 처음 알게 됐던 날이 머릿속에 그려졌다.

수업이 모두 끝난 조용한 학교 운동장, 벚꽃 잎이 흩날리던 벤치에 홀로 앉아 있던 그녀 앞으로 영주가 걸어와 섰다. 그리고 눈물로 얼굴이 범벅이 되어 있는 그녀에게 조용히 손수건을 내밀었다.

'너는 우는 모습도 참 예쁘다. 난 못난이 인형처럼 운다고 오빠들이 항상 놀렸는데.'

'……'

'지금 내 말이 너한테 어떻게 들릴지 모르겠는데, 나 너랑 친구 하고 싶어.'

그날 수현의 거짓말로 친하게 지냈던 친구들과 멀어지게 됐다. 누구 하나 수현의 말이 거짓말이라 생각하지 않아 너무 속이 상하고 화가 났는데…….

'왠지 너랑은 잘 통할 것 같은 느낌이 들어서…… 난 1학년 4반 강영주야.'

영주는 그녀의 손에 억지로 손수건을 쥐여 주고는 씩 미소를 지었다. 떨어지는 벚꽃 잎이 그림처럼 예쁘다고 생각했던 건 그날이 처음이었다.

"처음엔 영주가 절 동정한다고 생각했었어요. 엄마가 일찍 돌아가셨다지만 그것 빼고 영주는 부족한 게 없는 아이잖아요."

"영주가 마음은 여리죠. 오빠들한테는 돌도 던지고 욕실 문도 벌컥벌컥 여는 녀석이 길에 동물이 쓰러져 있으면 아무리 더러워도 무조건 품에 안고 병원으로 뛰었으니까."

해영은 운전에 집중하며 자신에게 편하게 이야기를 건네는 태주의 옆모습을 바라보았다. 만약 오늘 처음 그를 만났더라면 더 호감을 느꼈을 것이다. 젊은 나이에 성공했음에도 그는 거만하지 않았고 쉽게 변하는 사람 같지도 않았다. 아니, 그가 어떤 사람이든 상관없이 영주가 좋아하는 사람이니 그녀도 처음부터 좋아했을 것이다.

"그런데 영주 친구면 나보다 다섯 살이나 어린 건데 내가 계속 존댓말 할 필요는 없지 않나? 어차피 영주 오빠 친구로만 날 대한다고 했으니까, 나 그냥 말 놔도 되지?"

"……네."

"해영이 너도 앞으로 그냥 편하게 오빠라고 불러."

"아니요. 전 괜찮아요."

"그럼 뭐라고 부를 건데?"

"……."

딱히 뭐라고 불러야 하는 것인지 알 수 없었다. 한태주 씨, 한태주 대표님, 영주 오빠 친구분…….

"유석이한테는 뭐라고 불렀는데?"

"아직 부른 적이 없어서……."

"아, 부르지도 않겠다."

"그런 건 아니고……."

"우리 앞으로 자주 볼 것 같은데. 오늘 집에 가서 열심히 생각해봐."

그들이 이런저런 이야기를 나누는 사이 그의 차는 그녀의 집 근처 큰길가에 도착해 있었다.

"저쪽 길가에서 내려 주세요."

"집은 골목 안에 있는 거지?"

"네."

짧아진 그의 말이 금세 어색하지 않게 들렸다. 그런데 해영이 가리킨 곳에 차를 세운 태주는 그녀가 차에서 내리는 순간 함께 차에서 내리고 있었다.

"왜요?"

"영주가 집 앞까지 데려다주랬잖아."

"아니에요. 괜찮아요. 조금만 가면 바로 집이에요."

"그래, 가자."

태주가 해영이 가리켰던 골목을 향해 먼저 성큼성큼 걷기 시작했다.

"정말 괜찮은데……."

해영도 태주를 따라 분주하게 걸음을 옮겼다. 그런데 얼마 걷지 않았을 때 검은 재킷 차림의 호진이 길가에 서 있는 것이 보였다. 이곳에서 그를 보게 될 것이라고는 생각지 못했기에 속으로는 깜짝 놀랐지만 그녀는 그를 모르는 사람처럼 무시하고 지나칠 생각이었다. 그런데 앞선 걷던 태주가 예고 없이 걸음을 멈추고 서는 바람에 그의 팔에 가볍게 이마를 찧고 말았다.

"죄송해요."

"괜찮아?"

"해영아."

그녀와 그녀를 돌아보는 태주, 그리고 호진의 입에서 동시에 튀어나온 나온 말이었다.

"저는 괜찮아요."

"저 사람 아는 사람이야?"

"신경 쓸 필요 없는 사람이에요."

해영은 호진에게 시선을 주지 않은 채 말했다.

그는 분명 수현을 만나러 온 길일 것이다. 그녀와 만나는 동안 단 한 번도 이곳까지 바래다준 적 없었으니까. 그걸 알면서도 그녀가 그의 존재를 완전히 무시하지 못하고 있을 때 태주가 손을 뻗어 그녀의 손목을 움켜잡았다. 손목을 감싼 태주의 손에 지그시 힘이 실리는 순간 해영은 머릿속의 잡념들이 연기처럼 사라지는 것을 느꼈다.

그러나 이내 그가 손목을 잡는 일쯤은 별일 아닌 듯 행동해도 괜찮은 것인지 또 다른 고민이 자리를 잡았다. 그럼에도 그녀는 잡힌 손목을 빼내지 않았다. 이런 상황을 이용하고 있는 자신이 정말 한심하다고 생각했으나 태주 같은 남자가 집까지 데려다주는 모습이 초라해 보이지는 않을 것이라는 걸 아니까.

"박해영."

그들 뒤에서 호진이 다시 부르는 소리가 들려왔다.

"누군데, 저 사람?"

"아무도 아니에요. 데려다주셔서 감사해요."

"아무것도 아닌 사람이 계속 쳐다보고 있는데. 앞으로는 귀찮게 구는 일 없게 내가 해결해 줄까?"

"네? 뭘 어떻게?"

"그냥 대답해. 앞으로도 계속 이렇게 피할래, 아니면 나한테 맡길래?"

"말씀은 감사한데 정말 신경 쓸 필요 없는 사람이에요."

그녀는 고개를 저었다. 호진을 피하려고 그를 이용한 것을 들켰다는 사실에 그에게 잡힌 손도 살며시 잡아당겼다.

"조심히 들어가세요."

"그래. 내일 보자."

"네."

해영은 태주에게 가볍게 고개를 숙여 보인 뒤 집을 향해 빠르게 걸음을 옮겼다.

해영이 집 안으로 들어가는 것을 확인한 태주는 몸을 돌려 호진에게 향했다. 그가 다가가는 동안 창백할 만큼 하얀 얼굴에 반무테 안경을 쓴 호진이 그를 빠르게 훑는 것이 보였다. 그러나 그는 신경 쓰지 않고 호진 앞에서 걸음을 멈추고 섰다.

"아까부터 계속 해영이를 쳐다보는 것 같던데, 해영이와 아는 사입니까?"

"네? 네, 그런데요."

"그럼 지금 해영이 기다리고 있었던 겁니까?"

그의 질문에 굳은 표정으로 두어 차례 마른침을 삼킨 호진이 턱에 한껏 힘을 주고 입을 열었다.

"그러는 그쪽은 해영이와 어떤 관계인데 저한테 이런 걸 묻는 겁니까?"

"내가 먼저 물은 것 같은데. 당신이 기다리고 있던 사람이 박해영이냐고."

해영의 이종사촌을 만나기 위해 해영을 버린 것도 모자라 이번에는 무슨 말을 하려고 그녀 앞에 저 뻔뻔한 얼굴을 내민 것인지. 해영만 아니었다면 자신이 이런 인간에게는 1분도 할애하지 않았을 것이란 생각에 태주는 서슴없이 말을 낮췄다.

"아닌데요."

"그럼 왜 부른 건데?"

"해영이를 만나러 온 건 아니지만 할 말이 있어서, 그래서 부른 겁니다."

"할 말? 그게 뭔데?"

"그걸 왜 그쪽에서 묻는 건데요?"

"네가 나와 해영이 앞에 겁 없이 나타났으니까."

태주는 호진에게서 시선을 떼지 않은 채 입술 끝을 천천히 끌어올렸다. 그 서늘한 표정에 호진이 연신 눈을 깜빡이다 다시 마른침을 삼켰다.

"그쪽이 먼저 해영이랑 무슨 관계인지 말씀을 해 주시죠."

"궁금해?"

"……."

"궁금하면 내일 오후 1시까지 헤븐 호텔 1층에 있는 커피숍으로 나와. 해영이도 나랑 같이 있을 거니까 여자 친구랑 같이 와도 상관없고."

그의 대답에 호진이 이해할 수 없다는 눈빛으로 그를 올려다보았다.

온 얼굴로 복잡한 생각이 가감 없이 번져 가는 호진을 그대로 두고 태주는 몸을 돌려 자신의 차로 향했다. 차에 오른 그는 곧장 휴대폰을 꺼내 들었다.

Rrrr.

-대표님.

"도훈 씨 지금 통화 괜찮아요?"

-네, 괜찮습니다. 그런데 직접 전화를 다 주시고 어쩐 일이세요?

영주가 흠뻑 빠져 있는 윤도훈은 그의 회사에서 제작한 첫 번째 드라마의 주연을 맡았던 배우였다. 드라마의 성공과 함께 인기가 급상승한 후 그는 전 소속사와의 계약이 종료됐다며 그의 회사와 계약하길 원했다. 그렇게 투엔터테인먼트와 한 식구가 된 뒤 작품과 광고 제안이 더욱 쇄도하고 있었으나 도훈은 언제나 성실하고 겸손을 잃지 않는 배우였다.

"내가 어려운 부탁을 좀 하려고 전화했어요."

-대표님이 저한테 부탁을요? 뭐든 말씀만 하세요, 대표님.

"실은 나한테 친동생이나 다름없는 동생이 있는데 도훈 씨를 정말 많이 좋아하거든요. 동생한테 서프라이즈 이벤트를 해 주고 싶은데, 내일 점심에 선약 없으면 잠깐 시간 내줄 수 있나 해서요."

-대표님 부탁이면 없는 시간도 만들 생각이었는데, 내일은 정말선약이 없습니다. 어디로 나가면 될까요?

"나는 그 자리에 못 나가고 동생만 나갈 건데, 괜찮죠?"

-네. 괜찮습니다.

"그럼 장소랑 시간 정해서 내일 정오까지 문자로 알려 줄게요."

-알겠습니다.

전화를 끊은 태주는 주머니 안으로 휴대폰을 밀어 넣고 차의 시동을 걸었다.

* * *

일찍 침대에 누웠지만 해영은 늦은 밤까지 잠들지 못했다. 태주와의 재회, 자신을 부르던 호진, 내일 또다시 태주의 얼굴을 봐야하는 상황. 정리되지 않는 생각들로 머릿속이 너무나 복잡했다.

한참을 결론 없이 이어지던 생각은 그날 밤 그런 실수만 하지않았더라면 이런 불편한 상황은 생기지도 않았을 텐데 하는 후회로 이어졌다. 결국 그녀는 현실에서 도피하듯 이불을 머리 위까지끌어당겼다.

이불 속에서도 쉽게 잠들지 못하고 생각에 생각을 거듭하던 그녀는 어느 순간 자신도 모르게 잠이 들었다. 꿈에서 낯설고 험난한 길을 하염없이 헤매다 눈을 떴을 때는 방 안이 암흑에 잠겨 있었다. 아직 새벽인 모양이었다. 그 사실을 인지하자 빠르게 요동치던 심장이 천천히 제 박동을 찾아가기 시작했다. 꿈속에서 정신없이 길을 헤맨 다리만이 그 일이 꿈이 아니었던 것처럼 뻐근하게 당겼다.

해영은 엄마 배 속의 아기처럼 몸을 동그랗게 말고 손을 뻗어 종아리를 주무르기 시작했다. 종아리의 근육도 심장박동처럼 천천히 긴장이 풀리자 다시 몸을 똑바로 뉘었다. 그녀는 지금처럼 새카만 어둠 속에 혼자 있는 순간이 좋았다. 누구도 의식하지 않아도 됐고 감정을 숨길 필요도 없었기 때문이다.

한참을 누워 째깍거리는 시곗바늘 소리를 듣고 있던 그녀는 더 이상은 잠이 오지 않을 것이란 생각에 몸을 일으켜 침대 아래로 발을 내렸다. 조용히 방을 가로질러 밖으로 나오자 창으로 어슴푸레 스며든 달빛이 계단 위로 내려앉아 아침을 기다리고 있는 것이 보였다.

그녀가 달빛에 의지해 조심조심 계단을 내려가기 시작했을 때였다. 이모의 방 쪽에서 나직한 말소리가 들려왔다.

"수현이한테 말은 한 거야?"

"어제 낮에 산책하면서 운을 떼긴 했는데 자세히는 못 했어요."

"수현이 이제 어린애 아니니까 너무 걱정하지 마."

"알아요. 하지만……."

"당신도 알잖아. 사업하는 사람들 같은 집안사람 아닌 다음에는 언제든 돌아서고 배신할 수 있다는 거.”

“그래도 수현이 이제 스물다섯인데.”

“내가 조금 서두르는 감이 있다는 건 알아. 하지만 강문그룹인데 이대로 놓칠 수는 없잖아?”

스물다섯의 수현과 강문그룹이란 소리에 방문 근처를 지나치던 해영의 걸음이 그 자리에 멈춰 섰다.

“정말 한 회장님 장남, 사람은 괜찮은 거예요? 저 아는 사람이 전에 그 댁 살림 맡은 적 있는 사람한테 들었다는데, 친어머니 돌아가신 뒤로는 한 회장님과도 연 끊다시피 해 한국에도 잘 안 들어오는 것 같다던데.”

“한국에 잘 안 들어오면 연 끊은 거야? 아무것도 모르는 여자들이 뒤에서 하는 소리에 당신 신경 쓸 거 없어. 아무렴 내가 내 딸 결혼시킬 상대 제대로 알아보지도 않았겠어? 한 회장 장인, 그러니까 그 장남의 외할아버지 한강은행 은행장까지 지내셨던 분이야. 인품이 워낙 훌륭해 생전에 사람들한테 존경도 많이 받았고. 그만큼 좋은 집안 핏줄 물려받은 데다 미국으로 혼자 건너가 시작한 사업은 벌써 기반이 잡혀 요즘에는 오히려 투자 요청이 들어온다잖아. 남자가 하는 일이 바쁘면 집에도 안 들어오고 할 수 있는 건데, 하물며 미국에서 한국 오가기가 어디 쉽겠어?”

“그런데 지금 하고 있는 사업이 잘된다면 강문으로는 안 들어갈 수도 있는 거잖아요. 당신 강문 물려받을 사위 원하는 거 아니었어요?”

“그런 걱정은 마. 한 회장 아무리 본인 자식이라도 강문 더 크게 키울 자식과 그럴 능력 없는 자식 정도는 구분할 사람이야. 어떤 방법을 쓰든 결국 강문의 절반 이상은 장남 손에 넘길 거라고. 젊은 나이에 자기 사업도 일으켜 봤겠다, 우리 신우랑 합병까지 하면 모르긴 몰라도 지금 우리가 상상할 수 없는 규모로 회사 키워 놓을 거야."

한동안 움직임 없이 서 있던 해영은 그 자리에 몸을 웅크리고 앉았다. 지금 자신의 행동이 평소 수현의 행동과 다를 것이 없다는 걸 알았으나 움직일 수 없었다. 그렇게 외면하고 멀리하고 싶었던 수현이 이렇게 빨리 결혼을 하게 될지도 모른다니……. 무슨 일이든 일을 계획하면 쉽게 번복하는 법이 없는 이모부의 성격을 알기에 해영은 아직 현실이 아니었음에도 당장 닥쳐올 일인 것처럼 기분이 이상했다.

"그런데 수현이…… 다 제가 부족해 좋은 엄마가 돼 주지 못해서 그렇겠지만, 다른 사람 이해하고 배려하는 일에는 많이 서툰 아이예요. 그쪽에서 수현이한테 다 맞춰 줘도 힘든데, 사랑도 없이 하는 결혼에 남자가 일밖에 모른다면 수현이가 행복할 수 있을지……."

"당신은 수현이한테 할 만큼 했어. 그러니 이제 사람들도 다 수현이가 당신 친딸인 줄 알잖아. 그리고 이 바닥에 사랑 없이 결혼하는 사람이 어디 한둘이야? 그래도 다들 적당히 맞춰 가면서 살아. 수현이는 남들보다 몇 배는 더 좋은 조건이니까 미리부터 걱정할 필요 없다고."

이모부의 나직한 목소리가 이어지고 얼마의 침묵이 흘렀다.

침묵 속에서 해영도 몸을 움직이지 못하고 있었다. 사춘기 시절 몇 차례 그렇지 않을까 생각해 봤던 적이 있었다. 이모 앞에서 유난히 가식적인 수현, 그리고 한 번쯤은 그런 수현의 거짓말을 눈치챌 법도 한데 언제나 한결같이 감싸 주던 이모. 아닐 거라고, 절대 그럴 리 없다고 생각하면서도 한 번씩 이모의 표정에 스치는 슬픔을, 난감함을 읽을 때면 자신이 침묵하는 게 이모와 자신을 위하는 길이란 느낌을 강하게 받았었다. 차라리 듣지 말았으면 좋았을 걸 생각하며 그녀가 서둘러 일어서 걸음을 옮기려 할 때였다.

"그리고 얼마 안 있으면 강문그룹 창립 파티니까 그때 당신도 수현이 데리고 참석하는 걸로 알고 있어. 오늘 한 회장이랑 통화했는데 우선은 그 자리에서 둘을 자연스럽게 만나게 해 줬으면 하는 것 같더라고."

"준비할게요. 그런데 여보, 이제 해영이 성인이고 사회생활도 시작했는데 언니집 수리해서 내보내는 게 어떨까요?"

"왜? 해영이가 또 독립하겠대?"

"그런 건 아니고요. 이제 해영이 다 컸고, 부모님이랑 살아도 독립할 수 있는 나인데 우리가 계속 데리고 있을 필요 없을 것 같아서요."

해영은 아랫입술을 질끈 물었다.

"독립은 안 돼. 부모가 데리고 있다 직장 때문에 내보내는 건 어쩔 수 없다지만 처형 집으로 들어가면 회사에서 더 멀어지는 건데, 누가 봐도 우리가 불편해 나가려는 것처럼 보일 거 아니야. 이제껏 우리 할 도리 다하며 키워 놨는데, 내가 이제 와 왜 그런 시선까지 신경 써야 돼? 나 다른 사람들 입에서 우리 집안일 오르내리는 꼴 못 보는 거 당신도 알지? 해영이한테 이 집에서 나가고 싶으면 차라리 일찍 시집을 가라고 해. 쓸 만한 놈 데려와 결혼한다면 내가 뭐 하나 빠지는 거 없이 챙겨 보내 줄 테니까."

"당신은 어떻게……. 해영이한테 무슨 힘든 일은 없는지, 회사 생활은 어떤지 한 번도 관심 가져 준 적 없으면서 어떻게 뭐든 당신 입장에서만 생각을 하세요?"

"내가 뭘 또 그렇게 내 입장만 생각했다고 그래? 해영이 데려오면서 내가 받았던 스트레스, 내가 포기해야 했던 것들은 이제 다 잊은 거야?"

"왜 그때 얘기가 지금 나와요?"

"당신이 그때 시험관 포기만 안 했어도 내가 지금 이렇게 남의 집안 아들 뒷조사나 하고 있지는 않았을 테니까."

"해영이 아니었어도 그때 제 몸 상태로는 힘들었어요. 당신도 병원에서 같이 들었잖아요. 그런데 어떻게 번번이 당신은 그 일을 해영이 탓으로……."

처음에는 단단하던 이모의 목소리가 점점 가늘고 희미해져 가더니 어느 순간 더 이상 들려오지 않았다.

해영은 도피처를 찾듯 2층으로 향하는 계단을 응시하다 이내 가까운 주방을 향해 걸음을 옮기기 시작했다. 주방으로 들어선 그녀는 마치 당장 물이 필요한 사람처럼 컵을 찾아 냉수를 따랐다. 단숨에 컵을 비우고 나니 오한이 들린 것처럼 턱이 경직됐다. 턱뿐 아니라 몸까지 떨리는 듯해 그녀는 양손을 교차해 자신의 어깨를 감쌌다.

그녀가 이모 앞에서 어떤 불만이나 속상한 일도 털어놓지 않았던 건 이모가 자신 때문에 많은 희생을 감수하고 있다는 걸 알았기 때문이다. 그런데 자신이 생각했던 것보다 그 이상으로 포기해야 했단 것도, 마음에 상처도 많았다는 사실에 그녀는 숨을 들이쉬는 가슴이 깊게 욱신거렸다. 깨닫지 못하는 사이 뺨을 타고 흐른 눈물은 팔을 적시고 있었다. 부모님이 세상을 떠나셨던 그날, 그녀도 그 차에 함께였으면 좋았을 텐데…….

4.

카페 안으로 들어서자 주말임을 증명하듯 빈 테이블이 눈에 띄지 않았다. 한껏 차려입은 수많은 사람들 틈에서도 단연 눈에 띄는 사람은 태주였다. 그는 깔끔한 헤어스타일에 짙은 네이비색 슈트를 입고 손목시계를 바라보고 있는 모습이 외모에서는 어떤 결점도 찾을 수 없는 사람처럼 보였다. 그녀의 눈에만 그렇게 보이는 것은 아닌 듯 그녀가 그를 향해 걸어가는 동안 옆 테이블의 여자들도 그를 힐끔거리고 있었다.

"일찍 나오셨네요."

짧게 인사를 건네고 자리에 앉으려는 순간 태주가 자리에서 일어섰다. 갑자기 자리에서 일어선 그의 행동에 그녀가 잠시 당황한 사이 그가 곁으로 다가와 의자를 뒤로 빼 주었다.

"고맙습니다."

그가 빼내 준 의자에 앉은 해영은 일부러 그와 시선을 마주치지 않은 채 스커트 위로 단정히 두 손을 포갰다.

"오늘 영주는 못 나올 거야."

"저도 방금 연락 받았어요."

조금 전 카페 앞에 막 도착했을 때 그녀는 영주에게 걸려 온 전화를 받았다. 처음 파르르 떨리는 영주의 목소리를 들었을 때 그녀는 영주에게 무슨 큰일이라도 난 줄 알았었다. 그런데 무슨 일 있냐고 묻는 그녀의 질문에 영주가 내놓은 대답은 조금 황당한 것이었다.

'해영아, 조금 전에 나한테 무슨 일이 있었는지 알아? 글쎄, 배우 윤도훈이 나한테 직접 전화를 한 거 있지. 나 지금 꿈꾸고 있는 거 아니지? 너 정말 내 친구 박해영 맞지?'

'그래. 나 해영이 맞고, 너 지금 꿈꾸고 있는 거 아니야.'

'정말이지? 그런데 나한테 이런 일이 진짜 일어나다니……'

'유석 오빠 친구분이 윤도훈 씨한테 네 연락처 알려 줬나 보네. 강영주, 정말 좋았겠다.'

오랜 시간 꿈꿔 왔던 일이 현실에서 일어났으니 당황한 동시에 한껏 들떠 있는 영주의 심정을 이해 못 하는 것은 아니었다. 하지만 태주와 약속한 시간이 얼마 남지 않았기에 그녀가 지금 어디까지 왔는지 물으려는 순간이었다.

'그런데 해영아, 정말 미안한데 나 오늘 점심 약속 못 지킬 것 같아. 도훈 오빠가 같이 점심을 먹자고 해서 말이야. 내가 정말 이러면 안 되는 거 아는데, 오빠가 같이 점심을 먹자고 하는 순간 머릿속에 아무 생각도 안 들더라고. 그리고 내 입은 이미 알겠다고 대답을 해 버렸고…… 정말 미안해.'

영주가 진심으로 미안해하고 있다는 건 해영도 느낄 수 있었다. 하지만 그녀는 이미 약속 장소 앞에 도착해 있었고 이대로라면 태주도 곧 도착을 할 것이다.

'영주야.'

'정말 미안한데 해영아, 태주 오빠는 벌써 호텔 커피숍에 도착해 있다니까 오늘은 그냥 둘이 점심 먹으면 안 될까?'

그 순간 해영은 처음으로 영주에게 목소리를 높일 뻔했다. 처음부터 네가 잡은 약속이니 그냥 네가 취소하라고 말해 버릴까 싶은 생각도 들었다. 그러나 그렇게 나갔다가는 영주가 분명 더 이상하게 생각할 것이다. 이상하게 생각만 하고 끝나는 게 아니라, 삼자대면을 하려고 하거나, 앞으로는 친해지길 바란다는 의미로 다시 자리를 만들지도 모른다. 영주라면 분명 일을 그렇게 키우고도 남았다. 결국 그녀는 도훈과 맛있게 식사하라고 얘기하고 전화를 끊을 수밖에 없었다.

"점심은 영주가 말한 대로 스카이라운지에 있는 레스토랑으로 예약해 뒀어."

"저, 궁금한 게 있는데요."

"뭔데?"

태주가 의자 등받이에 기댔던 몸을 세워 앉으며 해영을 바라보았다.

"제가 이런 질문 하는 거 이상하게 들릴 수도 있다는 거 아는데, 혹시 윤도훈 씨가 오늘 영주랑 같이 점심을 먹게 된 게 우연히 일어난 일인가요?"

묻고 있는 순간도 '그렇다'는 답변을 예상하고 있었다. 우연히 시간이 겹친 것인데 그녀가 지나치게 예민하게 반응하고 있는 것이라고. 언제나 입이 마르게 칭찬하는 영주가 아니어도 윤도훈은 실제 TV만 켜면 하루에도 몇 번씩 얼굴을 보게 되는 사람이었다. 그러니 그녀처럼 평범한 사람은 상상도 할 수 없을 만큼 바쁜 삶을 살아가고 있을 것이다. 그럼에도 그녀는 태주의 대답으로 그 사실을 확인하고 싶었다.

"생각보다 눈치가 빠르네. 맞아. 우연 아니야. 내가 윤도훈 씨한테 부탁했어."

"……왜요?"

"영주가 우리 사이 알게 되는 거 원치 않는다면서?"

"그게 무슨……?"

"나는 분명히 너한테 관심 있다고 말한 것 같은데. 널 영주 친구로만 대하겠다고 했던 건 얼마간 너한테 시간을 주려고 했던 거였고."

"……"

"너랑 둘이 밥 먹으려고 영주 못 나오게 한 거야."

무슨 말인지 알아들을 수 없었다. 뒤늦게 말뜻을 이해한 뒤에도 머릿속이 정전이라도 된 듯 10초쯤 아무 생각도 떠오르지 않았다. 눈이 부실 만큼 하얗게 쏟아져 들어오고 있는 햇살이 태주의 얼굴을 더욱 비현실적으로 보이게 만들었고 그 앞에 자신이 있다는 사실 말고는.

"정말 나 같은 타입 싫어해? 구체적으로 어디가? 옷? 헤어스타일? 그것도 아니면 내 생김새?"

길고 단정한 그의 손이 자신을 얼굴을 스캔하듯 훑어 내렸다.

충분히 자신감을 가질 만한 외모이긴 했으나 순간순간 그의 행동에서는 여유와 자신감 이상의 오만함이 풍겼다.

"잘 알지도 못하는데 제가 싫어할 이유 없죠. 다만 저는 영주가 우리 사이 일 알게 되는 거 원치 않고, 앞으로도 영주와의 사이에 불편한 감정이나 멀어지는 일 생기지 않도록 하고 싶은 것뿐이에요."

"나 너 불편하게 할 생각 없는데."

"하지만 영주가 알면……."

때마침 직원이 다가와 태주가 주문한 차를 테이블 위로 내려놓았다. 그리고 해영에게 다시 주문을 받으려 하자 그는 곧 일어날 거라며 직원을 돌려보냈다.

"영주, 영주. 영주가 문제면 영주를 해외 지사로 내보내면 해결되는 건가?"

"네?"

"네가 나와 거리를 두려는 이유가 내가 싫은 게 아니라 단지 영주가 신경 쓰이기 때문이라면 내가 영주 아버지한테 말해서 해외 지사로 발령 내 달라고 한다고. 어차피 졸업하면 바로 유학 보내려고 하셨으니까 설득하기 어렵지 않을 거야."

"진심이세요?"

"나 농담 안 좋아한다고 말했는데."

태주의 표정은 정말 농담을 하고 있는 것처럼 보이지 않았다. 도대체 어떤 삶을 살고 있으면 일의 해결이 이토록 버라이어티하고 극단절일 수 있는 것인지 해영은 선뜻 이해가 가지 않았다.

"영주 저한테 정말 소중한 친구예요."

"나한테도 특별한 동생이야."

"그런데 해외로 내보내겠다고요?"

"해외 지사 경험, 나쁘지 않아. 더구나 아버지 회사니 언젠가 필요한 일이고. 너랑 영주가 서로 만나고 싶다면 한 사람이 시간을 조금 투자해 움직이면 되는 거잖아."

"해외가 마치 차로 한두 시간이면 갈 수 있는 거리인 것처럼 말씀하시네요."

"너야말로 영주는 핑계고 진짜 문제는 그게 아닌 것 같은데?"

그의 말이 맞을지도 모른다. 영주가 신경이 쓰이긴 했지만, 태주의 관심과 행동에 이토록 예민하게 반응하는 이유가 영주가 전부인지는 그녀도 알지 못했다. 만약 호진과 헤어지고 시간이 조금 더 지난 상태였다면 뭔가 달랐을까.

"진지하게 묻는 건데, 정말 저한테 관심이 있어서 이러시는 거예요?"

"지금 그 질문에 yes나 no로 대답하면 되는 건가?"

해영은 고개를 저었다.

그런 그녀의 얼굴을 가만히 응시하던 그가 잠시 후 나직한 목소리로 입을 열었다.

"그날 호텔에서 헤어지고, 어제 다시 만나기 전까지 나는 너를 두 번 더 봤어."

"……?"

"한 번은 약국 앞을 지나다, 또 한 번은 너와 뒷모습이 닮은 여자를 통해."

그녀는 눈도 깜빡이지 않으며 그를 바라보고 있었다.

"너랑 뒷모습이 닮은 여자가 너인 줄 알고 따라갔었어. 결국 아닌 거 확인하고 실망했고."

"……."

"이제 대답이 됐나?"

정확한 대답은 아니었다. 하지만 대답이 아닌 것도 아니었다. 더 알 수 없는 기분이었다.

그는 자신의 손목시계로 시간을 확인하더니 자리에서 일어섰다.

"이제 그만 밥 먹으러 가자."

자신의 의자를 돌아 해영의 옆으로 온 그가 다시 의자를 뒤로 빼 주었다. 주변 사람들의 시선이 그들에게 쏠리는 것이 느껴졌다. 그는 이런 사람이었다. 어디에 있어도 눈에 띄고 사람들의 시선을 받는 사람. 반면 그녀는 사람들의 시선은 물론이고 이런 매너에도 익숙지 않은 사람이었다.

"같이 가."

자리에서 일어선 그녀가 먼저 출입문을 향해 걸음을 옮기려 하자 태주가 손을 뻗어 그녀의 팔을 잡았다.

"사람들이 쳐다봐요."

"쳐다보면 좀 어때서?"

결국 태주의 손을 떨쳐 내지 못한 채 그녀는 그와 카페를 나섰다. 그리고 함께 홀을 가로지르고 있을 때였다.

"해영아."

호텔 입구 쪽에서 들려온 익숙한 음색의 목소리가 그녀의 걸음을 막아섰다.

해영은 재빨리 소리가 나는 방향으로 시선을 움직였다.

"수현아."

눈처럼 하얀 원피스 위에 장미 꽃잎처럼 붉은 코트를 걸친 수현이 우아한 걸음으로 그녀를 향해 걸어오고 있었다. 곁에는 정장 차림의 호진도 함께였다. 태주와 단둘이 점심을 먹게 된 상황도 감당하기 벅찼는데, 호진과 함께 있는 수현까지 만나게 되다니. 해영은 자신도 모르게 소리 없는 신음을 삼키고 말았다.

"여기에서 너랑 우연히 만나다니, 웬일이니."

말은 해영에게 건네면서 수현의 시선은 그녀 곁에 선 태주에게 향해 있었다.

그 시선을 느끼지 못했을 리 없을 텐데 태주의 표정은 차갑고 서늘하기만 했다. 물론 무표정한 얼굴을 하고 있다고 그의 외모가 빛나지 않는 것은 아니었다.

"그러게. 너는 여기 무슨 일이야?"

"아, 나는 이 앞에서 우연히 호진 씨랑 만나서."

이미 어제 골목에서 한차례 마주친 탓에 잔뜩 경계하는 시선으로 태주를 바라보고 있던 호진의 얼굴에 그 순간 적잖이 당황하는 기색이 스쳤다.

"우연히?"

"응. 모르는 사이도 아닌데 그냥 지나치는 건 예의가 아닌 것 같아서 가볍게 인사 나누려던 참이었어."

그녀의 말이 거짓말이라는 것은 한눈에 알 수 있었다. 가볍게 인사를 나누기 위해 굳이 호텔 건물 안까지 들어올 필요는 없었으니 말이다. 하지만 수현은 그녀가 무슨 생각을 하든 상관없다는 듯

생글생글 웃는 얼굴로 다시 태주를 바라보았다.

"그런데 함께 있는 분은 누구?"

"한태주라고 합니다."

"저는 해영이 이종사촌인 신수현이에요."

수현이 태주가 내민 손끝을 가볍게 잡으며 자신을 소개했다.

"그리고 제 옆에 있는 이분은 해영이 남자 친구고요."

이어진 수현의 소개에 해영은 태주가 아니라 호진의 얼굴을 바라보았다. 그녀 앞에서는 좋고 싫음의 표현이 분명하던 사람이었는데 그 순간 호진의 얼굴에는 감정이 전혀 드러나 있지 않았다. 정확히는 조금 멍해 보였다.

그에 아랑곳하지 않고 수현은 태연히 제 말을 이었다.

"모르는 사람이 봤으면 한태주 씨랑 네가 특별한 사이인 줄 알았겠다. 호진 씨가 오해라도 하면 어쩌려고."

"……."

"호진 씨 해영이 그런 애 아닌 거 알죠? 해영이가 호진 씨를 얼마나 좋아하는데."

"수현아."

"말이 그렇다는 거지. 걱정 마. 호진 씨도 네 마음 다 알고 있을 테니까. 그렇죠, 호진 씨?"

"수현아."

해영은 수현의 이름을 다시 불렀다.

마음 한구석에는 그녀가 어디까지 거짓말을 이어 가는지 끝까지 지켜보고 싶은 마음도 있었다. 그러면 누구보다 상처받을 사람은 장호진일 것이고, 결국엔 수현의 입장도 난처해질 테니. 하지만 그녀는 그럴 수 없었다. 수현을 거짓말쟁이로 만드는 건 이모를 딸을 잘못 키운 엄마로 만드는 일이기도 했기 때문이다.

"호진이가 말 안 했나 본데. 우리 지난주에 헤어졌어."

"어머, 정말? 나는 그것도 모르고……. 호진 씨 왜 말 안 했어요? 그럼 내가 이렇게 불편한 상황 만들지 않았을 텐데."

"그러게. 장호진, 너 왜 수현이한테 말 안 했어?"

"그건……."

쉽게 입을 열지 못하는 것을 보니 호진은 그녀와 헤어진 사실을 진작 수현에게 털어놓은 모양이었다. 그런데 오늘 이런 모습을 보고도 그는 수현을 감싸 주고 싶은 것일까? 그렇게나 그녀를 사랑해서?

"변명 필요 없고, 앞으로 다시는 얼굴 보는 일 없었으면 좋겠다고 내가 말했던 것 같은데."

"해영아, 여기 우리만 있는 것도 아닌데 네가 그러면 호진 씨가 무안하잖아."

그들의 헤어짐이, 이 모든 상황이 자신과는 전혀 상관없는 일인 것처럼 수현의 목소리에 안타까움이 배어 있었다. 반면 점점 거칠어지던 호진의 숨결은 이제 해영이 선 곳까지 전해질 정도였다.

"나는 그만 가 볼게."

아무도 자신을 잡지 않자 호진은 그대로 몸을 돌려 성큼성큼 홀을 가로질렀다.

해영이 멀어지는 호진의 뒷모습을 바라보고 있을 때 수현이 다시 태주에게 묻는 소리가 들려왔다.

"그런데 두 사람은 어떻게 아는 사이예요?"

"영주 사촌 오빠가 내 친구라, 그 친구 집에서 만났습니다."

"아, 그러시구나. 저도 영주랑 정말 친한데. 그럼 오늘 영주랑도 같이 만나는 건가 봐요?"

"아니요. 오늘은 해영이랑 둘이서 식사하려고 만난 겁니다."

"해영이랑 단둘이요?"

신경 써 차려입은 정장이 어색하기만 했던 호진과는 달리 세련되게 슈트를 소화하고 있는 태주는 이 호텔이 그의 것이라 해도 의심스럽지 않을 정도로 여유 있고 근사한 모습이었다. 수현이 지금 겉으로는 아무렇지 않은 척 미소 짓고 있었지만 속마음까지 웃고 있지는 않다는 것을 해영은 알았다.

"그럼 다음에 기회 되면 또 뵙죠. 해영아, 나 차에 좀 다녀올 테니까 먼저 올라가 있어. 내 이름 대면 예약석으로 안내할 거야."

"네."

태주가 밖으로 나가고 난 뒤에도 해영과 수현은 홀 한가운데서 움직임 없이 마주 서 있었다.

"어떻게 된 거야?"

먼저 입을 연 사람은 수현이었다. 그녀는 자신이 태주에게 무시당했다는 사실이 여전히 믿기지 않는지 어느 때보다 싸늘한 표정이었다.

"뭘 묻는 거야? 너야말로 정말 장호진이랑 인사하러 들어온 거야?"

"그럼 내가 거짓말이라도 했다는 거야?"

수현이 쏘아붙이듯 말하며 짜증 가득한 시선으로 힐끔 출입문을 응시했다.

"그러는 너야말로 한태주 씨랑은 뭔데?"

"뭐냐니?"

"영주 사촌 오빠랑 친구인 것도 그렇고, 옷이나 스타일을 보니 네가 감당하기에는 벅찬 수준일 것 같아서."

"무슨 말이 하고 싶은 거야?"

"사실이 그렇잖아. 뭐 하나 빠지는 것 없는 조건의 남자가 왜 너 같은 애를 만나?"

"나 같은 애?"

쾌적하다 생각됐던 홀의 온도가 갑자기 올라간 느낌이었다. 블라우스의 레이스가 닿아 있는 목이 답답하게 느껴졌다. 하지만 해영은 아무렇지 않은 듯 담담한 목소리로 말을 이었다.

"실망시켜서 미안한데, 오늘 이 자리 만든 사람 한태주 씨야."

"그래? 그런데 남자들은 왜 너한테 그렇게 쉽게 다가갈까? 혹시 네 평소 행동거지에 문제가 있는 거 아니야?"

"뭐?"

"네가 진짜 예쁘고 좋아서 남자들이 너한테 관심 갖는 건 아닐 거라는 뜻이야."

그러니까 그녀가 남자들의 시선을 끌고 관심을 받기 위해 일부러 행동을 그렇게 하고 다닌다는 뜻이었다.

"그럼 그런 남자를 뺏어 가는 넌 뭔데?"

"내가 뭘 뺏었다는 거야?"

수현이 표독스럽게 눈을 번쩍였다.

그런데 어쩌면 그녀의 말이 맞을지도 모른다. 학창 시절 부잣집 딸인 수현의 말에 따르면 얻을 수 있는 혜택을 친구들이 포기할 수 없었던 것처럼, 첫 만남에서는 아닌 척했지만 수현을 택한 건 결국 호진이었으니.

"그럼 이번에도 한태주 씨가 너한테 관심 가질 것 같니?"

"글쎄."

대답하는 수현의 얼굴에 희미하게 미소가 스쳤다.

"그런데 너 조만간 선보지 않아? 그것도 강문그룹 회장 아들이랑."

"엄마가 너한테 그런 얘기까지 해?"

"우연히 들었어. 내가 어떻게 들었든, 이모는 힘들게 하지 마."

"박해영."

수현이 가슴 앞으로 팔짱을 낀 채 그녀 앞으로 한 걸음 더 다가오더니 더욱 차가운 목소리로 입을 열었다.

"넌 가끔 네 주제를 너무 모르는 것 같더라."

* * *

정문을 나선 태주가 오른쪽으로 몸을 틀자 호진이 기다리고 있었다는 듯 그의 앞을 막아섰다. 힘이 잔뜩 들어간 눈, 거친 호흡, 움켜쥔 주먹. 지금 호진은 이성적인 상태가 아니었다. 그건 그를 자극하는 것은 위험하지만, 그의 분노를 이용하기는 아주 적절한 순간이란 뜻일 것이다.

"다 당신 때문이야. 당신의 말을 듣는 게 아니었어."

호진이 그를 바라보며 으르렁거리듯 말했다.

"오히려 내가 네가 지금 꾸고 있는 꿈이 헛된 꿈이란 걸 조금 더 빨리 알게 해 준 것 같은데."

"당신이 뭔데? 내가 언제 그런 거 알려 달랬어?"

"이쯤 되면 그 화는 내가 아니라 홀에 서 있는 저 빨간 코트한테 내야 하는 거 아닌가?"

태주는 느긋하게 주머니 안으로 손을 밀어 넣었다.

그를 보는 호진의 얼굴은 터질 듯 더욱 붉어지고 있었다.

"당신이 무슨 소릴 지껄이든 신경 안 써. 하지만 당신도 언젠간 똑같이 당하게 될 거야."

"충고해 주는 거라면 고맙게 듣지."

호진의 악담에도 태주의 표정은 한 치의 흐트러짐도 없었다. 처음부터 신우물산과 엮일 생각 같은 건 없었다. 하지만 호진 덕분에 수현에 대해서도 미리 알게 됐으니 그에게 호진은 나름 고마운 사람일 수 있었다. 그렇다면 작은 답례 정도는 해야 하는 것이겠지.

"오늘 약속 지켜 준 것에 대한 답례를 하고 싶은데."

"또 무슨 헛소릴 하려고?"

호진은 무슨 일이 있어도 다시 그를 믿는 일은 없을 것이라는 듯 사납게 태주를 노려보고 있었다.

"신우물산 신만호 회장의 외동딸 신수현, 곧 강문그룹 회장 아들과 만날 거야. 양쪽 집안에서 이미 결혼 얘기까지 오간 모양이니."

"당신이 그걸 어떻게 아는데?"

태주는 아무런 대답도 하지 않았다. 하지만 그 순간 호진의 눈빛에 미묘한 변화가 일어나는 것이 보였다. 이름만 대면 누구든 알 만한 유명 의대를 다니고 있다니 그 정도 머리 회전은 되는 모양이었다.

"널 이용만 하고 버린 여자야. 하지만 네가 원한다면 신수현이든, 복수든 내가 하나는 들어줄 수 있는데."

"내가 뭘, 어떻게 하면 되는 건데요?"

순식간에 돌변한 호진의 말투에도 태주의 표정은 달라지지 않았다. 대신 그는 자신의 휴대폰을 호진에게 내밀었다. 그가 의도한 바를 바로 알아차린 듯 호진은 곧장 그의 휴대폰에 자신의 연락처를 입력한 뒤 두 손으로 공손히 돌려주었다.

"연락하지."

그는 호진을 그곳에 남겨 두고 몸을 돌려 다시 호텔 안으로 들어섰다. 저 멀리 그가 수현과 처음 인사를 나눴던 그 자리에 여전히 두 여인이 서 있는 것이 보였다.

"너는 그냥 우리 집에 얹혀사는 불쌍한 고아야."

"나는 네 집이 아니라 내 이모와 이모부 집에서 살고 있는 거야."

"네가 모르는 것 같아서 말해 주는데, 너 우리 집에 온 뒤로 엄마랑 아버지 매일 밤 싸우셨어. 너는 우리 가족 누구한테도 환영받은 적 없는 존재라고."

"……."

"너는 맘 편히 네 이모 집에 얹혀살고 있는지 몰라도, 엄마는 너 때문에 지난 15년이 끔찍하셨을 거야."

해영의 얼굴은 수현이 한마디만 더 쏘아붙이면 눈물을 쏟아 낼 것처럼 핏기 없이 창백했다.

태경의 생모가 끔찍한 악담을 쏟아붓던 순간 창백한 얼굴로 서 있던 어머니의 모습이 해영의 모습 위로 겹쳐졌다. 그는 더욱 빨리 걸음을 옮겨 해영에게 다가갔다. 그리고 자신이 다가온 줄도 모르고 있는 해영의 손을 움켜잡았다. 그녀의 작은 손이 그의 손안에서 사시나무처럼 바들거렸다. 그는 해영의 손을 움켜잡은 채 놀란 눈을 동그랗게 뜨고 있는 수현의 얼굴을 똑바로 응시했다.

"가자, 해영아."

이 작은 손을, 해영을 그가 다시는 홀로 떠는 일 없게 만들 것이다.

"잠깐만요!"

그들이 엘리베이터를 향해 몇 걸음을 떼었을 때 뒤에서 수현이 부르는 소리가 들려왔다.

"해영아, 박해영!"

자신을 부르는 소리에 해영이 그에게 잡힌 손을 빼내려 했다.

그는 그녀가 손을 뺄 수 없게 더욱 힘주어 잡았다.

"그냥 가."

그는 해영의 손을 놓지 않은 채 곧장 엘리베이터로 향했다. 더 이상은 그들을 부르는 수현의 목소리도 들려오지 않았고 급할 것도 없는 상황이었건만 그는 평소 자신의 빠른 걸음으로 홀을 가로지르고 있었다. 그러다 어느 순간 해영이 자신과 속도를 맞추기 위해 분주하게 걷고 있다는 사실을 깨닫고 속도를 조금 늦췄다. 그의 걸음이 느려지자 자신의 손을 잡은 그녀의 손에 살며시 힘이 실리는 것이 느껴졌다.

'그 사람, 언제나 고상하게 웃고 있는 당신 얼굴을 보면 숨이 막혀 맨정신으로는 집에 들어갈 수 없다고 했었어. 그게 무슨 소린지 알아? 당신을 여자, 아니 가족으로도 생각 않는다는 소리야.'

'……'

'이쯤 되면 그 사람 입에서 나가라는 말 나오기 전에 알아서 나가야 하는 거 아닌가?'

태경의 생모가 그의 집으로 들어오고 어머니가 외가로 거처를 옮기신 것은 15년 전, 그러니까 그의 나이 열다섯이 되던 해였다. 거친 몸싸움, 욕설 한번 없이 어머니 스스로 거처를 외가로 옮기신 것이다.

그 후 외가에서 다시 뵌 어머니는 부쩍 야위고 말수가 줄어 있었다. 그러나 그가 어머니를 위해 할 수 있는 건 아무것도 없었다. 기껏해야 학교에 가지 않는 주말 잠시 외가에 들러 어머니와 함께 식사를 하며 서로의 근황에 대한 이야기를 나누었던 몇 시간이 그가 무언가를 했던 전부였다.

그때는 그가 아버지의 장남이니 집을 떠나면 안 된다던 어머니의 말씀을 왜 거역할 생각을 하지 못했던 것인지. 이렇게 어머니의 손이라도 잡았더라면, 먼저 손을 뺄 수 없게 그가 힘주어 잡았더라면 그의 손을 놓을 수 없었을 텐데…….

"괜찮으세요?"

갑자기 들려온 질문에 그의 이성이 현실로 돌아왔다. 방금 해영이 건넨 질문은 그가 물었어야 하는 것이었는데, 어이없게도 그가 듣고 말았다. 그가 그녀의 손을 너무 꼭 잡고 있었기 때문인지도 모른다. 그제야 피가 통하지 않을 만큼 붉어진 해영의 손을 살그머니 놓아주었다.

"미안."

"저는 괜찮아요."

"뭐가?"

"아까 보신 상황은……."

"설명할 필요 없어. 내 두 눈으로 직접 봤으니까. 그래서 하는 말인데, 너 지금 안 괜찮아. 괜찮다고 생각하는 건 네 착각이야."

싸늘한 그의 목소리에는 희석되지 않은 분노가 묻어 있었다.

수현에게 들은 이야기로 또다시 마음에 상처를 입은 사람은 그녀였다. 그와는 전혀 상관없는 일이었다. 그런데 그가 왜 화가 난 것인지, 혹시 차에 다녀오는 동안 무슨 일이 있었던 것은 아닌지, 해영은 걱정스런 시선으로 태주를 바라보았다.

"혹시 바쁘신 일 있으시면 식사는 다음에 해도……."

"박해영."

그가 갑자기 걸음을 멈추고 섰다.

반걸음을 사이에 두고 마주 서니 그의 키가 더 커 보이고 어깨도 넓게 느껴졌다.

"너 사람이 너무 착한 거니, 아니면 맷집이 좋아질 만큼 저런 악담에 단련이 된 거니?"

"네?"

"아무리 저밖에 모르는 이기적인 애가 생각 없이 하는 소리라도 저런 소리 듣고 괜찮으면 사람 아니고 로봇인 거야."

그가 뭘 얼마나 들었다고…….

빚더미 위에서 허덕이던 부모님이 사고로 돌아가신 후 부모님의 집을 지키기 위해 그 많은 빚을 다 갚아 주고 집을 지켜 준 사람이 이모부였다. 모르는 사람들이 보기에는 부모님이 돌아가시고 그녀에게 남겨진 집이었지만, 실상은 이모부의 돈으로 지킨 이모부의 집인 것이다. 그런데 대학 입학과 동시에 독립 얘기를 꺼냈으니 이모부 입장에서는 어처구니가 없었을지 모른다.

여전히 이모부가 반대한다는 걸 알지만 더 이상은 망설일 생각이 없었다. 오히려 걱정되는 것은 그녀가 취업 후 모은 얼마 되지 않는 돈으로 서둘러 독립을 하는 것이 이모의 마음에 다시 상처를 남기지는 않을까 하는 것이었다. 그 후 이모가 보고 싶을 때 언제든 이모를 보러 갈 수 있을지도…….

지난 1년간 벌어들인 수입이 수백억에 달한다는 배우들을 포함해 여러 명의 유명 배우와 작가가 소속된 투엔터테인먼트의 대표, 강산그룹 이사를 친구로 둔 사람, 마음만 먹으면 강산그룹 부회장에게 개인적인 부탁도 할 수 있는 사람. 한태주는 그런 사람이었다.

그런 그가 그녀의 삶을 얼마나 이해할 수 있을까? 그녀 같은 사람들에게도 자존심이 있다는 것은 알까? 지금 그에게 자신의 감정을, 그 감정이 얼마나 많은 상처로 파이고 아물기를 반복했는지를 설명을 한다는 것은 참 막막한 일이었다. 그래서 그녀는 그가 분명 건너뛰어 짐작했을 감정에 대한 설명은 그냥 생략하기로 했다.

"그런데 쟤 정말 영주랑도 알아?"

"네."

"영주한테 연 끊으라고 해야겠다."

혼잣말처럼 중얼거린 그가 잠시 후 한마디를 더 덧붙였다.

"그리고 지금 너, 그 상태로 밥 먹으면 체할 거야."

정말 아무것도 아닌 말인데, 자신도 언제든 타인에게 건넬 수 있는 예의상의 말인데 해영은 갑자기 마음이 울컥하는 것 같았다.

목이 뜨겁고 따끔거렸다.

"식사 예약 한 시간 후로 미룰 테니까 잠깐 방에서 쉬자."

"저 정말 괜찮아요. 그럴 필요 없……."

그는 괜찮다는 그녀를 그곳에 두고 이미 프런트 데스크를 향해 걸음을 옮기고 있었다.

긴 다리로 성큼성큼 홀을 가로지르는 그의 뒤로 수현이 서 있던 자리가 텅 비어 있는 것이 보였다. 그러나 수현이 돌아갔음에도 안도하는 감정은 생기지 않았다.

태주가 직원에게 키를 받아 다시 돌아올 때까지 그녀는 엘리베이터에 오르고 내리는 사람들 사이에 우두커니 서 있었다. 태주는 왜 자신에게 이렇게 잘해 주는 것인지, 자신의 마음을 그에게 어디까지 보여도 되는 것인지 모든 것이 혼란스럽기만 한 마음으로…….

"지금 그 표정 뭐야? 내가 다른 생각이라도 하고 있을까 봐 겁나는 거야?"

다시 돌아온 그가 그녀의 얼굴을 빤히 바라보다 말했다.

"그런 거 아니니까 걱정 마."

그를 따라 엘리베이터에 오른 해영은 작게 고개를 한 번 끄덕였다.

"이쪽으로 와."

엘리베이터의 문이 닫히기 직전 어딘가에서 우르르 몰려든 사람들이 더 이상 올라탈 수 없을 만큼 엘리베이터 안으로 들어섰다. 그 바람에 해영과 태주는 한쪽 구석에 서로를 마주 보는 자세로 서 있게 되었다. 너무 가깝게 서 얼굴은 볼 수 없었지만 정수리에 느껴지는 뜨거운 숨결과 코끝을 맴도는 향수 때문에 그녀는 얼굴을 바라보는 그 이상으로 그를 의식하지 않을 수 없게 되었다. 한층 한층 올라가는 엘리베이터의 속도는 그렇게 더딜 수가 없었는데 그녀의 심장은 점점 더 요란하게 뛰고 있었다. 그녀는 잠시 숨을 멈춘 채 눈을 감았다.

드디어 엘리베이터가 목적지에 도착하자 태주는 그녀의 손을 잡고 사람들 사이를 비집고 내렸다. 복도로 내려선 뒤 곧장 손을 놓아주었으나 그녀는 여전히 그를 바라볼 수 없었다. 그래서 그가 햇살이 깊게 쏟아져 들어오고 있는 창가 쪽의 방문 앞에 설 때까지 묵묵히 그를 따라 걷기만 했다.

"들어가 쉬고 있어."

카드 키로 방문을 연 뒤 그가 그녀를 돌아보며 말했다.

"같이 안 계시고요?"

"같이 있자고?"

"다른 일 없으시면……."

"네가 불편할 텐데."

한 시간 미룬 식사 예약 때문에 호텔 방을 잡은 것부터가 불편한 일이었다. 그런데 그를 다른 곳에서 기다리게 한다는 것은 가시방석에 앉아 있는 것보다 나을 것이 없는 상황이리라.

"불편할 게 뭐 있겠어요?"

그가 잡아 주고 있는 문 안으로 들어선 해영이 그에게도 들어오라는 뜻으로 그 자리에 서서 말했다.

"그래, 그럼."

잠시 고민하는 듯하던 그도 안으로 들어오고 문이 닫혔다.

남향으로 난 전면 창과 흰색이 주를 이루는 인테리어 덕에 실내는 넓고 화사해 보였다. 그 조용한 공간에 그녀가 신을 갈아 신는 소리만 유난히 크게 울렸다. 그녀가 신을 갈아 신고 났을 때 태주는 이미 창가로 걸어가 서 있었다.

해영도 그의 곁으로 걸어가 섰다. 도심 속에 있었지만 멀리 강 줄기가 내다보이는 창밖 전경이 더없이 근사했다. 그러나 불편할 것이 뭐가 있겠냐고 했던 그녀의 말과 달리 창가에 나란히 선 둘 사이는 어색하기 그지없었다.

"제가 10살 되던 해 부모님이 사고로 돌아가시고 그 후로는 줄 곧 이모 집에서 살았어요. 아버지 쪽 친척들도 계시는데 다들 상황이 좋지 않으셔서 저를 돌봐 주실 수 없었거든요."

잠시 망설이던 해영은 자신의 이야기로 먼저 입을 열었다.

"이모는 어떤 분이야?"

"좋은 분이세요. 어쩌면 아실지도 모르는데. 결혼 전에 아나운서로 일하시다 결혼하면서 그만두셨다고 했거든요."

한때는 전 국민이 알았던 아나운서. 그 때문인지 이모는 사람들 입에 오르내리는 일은 되도록 피하고 싶다며 특별한 일이 있을 때를 제외하고는 집밖 외출도 하지 않았다. 어릴 적엔 예쁜 이모와 부자 이모부는 어떤 고민도 없을 거라고 생각했는데, 어른이 되고 나니 세상에 고민이 없는 사람은 없다는 사실을 알게 되었다. 그 고민을 밖으로 내보일 수 있는 사람과 그럴 수도 없는 사람만 있을 뿐.

"그래?"

해영은 곧게 뻗은 도로를 따라 시선을 옮기다 저 멀리 높게 솟은 산을 응시했다.

"조만간 이모 집에서 나와 독립할 생각이에요. 제가 취직을 한 지 얼마 되지 않아서 아직 준비가 덜 돼 서두르지 못했는데, 이모한테는 항상 미안한 마음이 있어요. 나이 먹어서까지 이모 집에 얹혀살고 있으니까."

"나오지 못하는 이유가 단지 돈 때문이면 이모한테 솔직하게 말하지 그랬어?"

"이미 15년이나 손을 벌렸는데요. 독립은 제 힘으로 하고 싶어요."

"그래. 네 상황 내가 다 알지는 못할 테니까."

"인사가 늦었는데, 아까는 고마웠어요."

그녀는 수현 앞에서 아무 말도 하지 못하고 있던 자신을 도와준 감사 인사를 그제야 건넸다.

하지만 그는 아무 말이 없었다. 그러다 뜬금없는 말로 입을 열었다.

"나 내일 출국해. 그러면 빨라도 다음 주말은 돼야 귀국할 거야."

"네."

"여기에 없어도 나는 네 생각 날 것 같아."

그가 고개를 돌려 그녀를 바라보았다. 영주의 넉살에 모르는 척 다정하게 웃어 주던 눈빛이 아니었다. 앨범 속 사진을 바라보다 고개를 들었을 때 그녀를 바라보고 있던 조금은 집요한 시선이었다.

"돌아와서 연락할게."

"……."

"내 말에 아무 대답 안 하면 나는 동의한다는 뜻으로 받아들이는데."

무슨 말이든 해야 한다는 걸 알았지만 정말 무슨 말을 해야 하는 것인지 아무 생각도 들지 않았다.

"그러니까 내 앞에서는 착한 박해영 말고 솔직한 박해영이 되는 게 좋을 거야."

갑자기 손을 뻗어 온 그가 그녀의 뺨을 감쌌다. 다가온 그의 손에서, 아니 셔츠에서 풍기는 향기가 엘리베이터 안에서보다 더 아찔하게 느껴졌다. 그 아찔함에 그녀가 잠시 이성을 잃은 모양이다. 이대로 그의 가슴에 안기면 어떤 기분일까 하는 생각이 들었다. 혼자 생각해 놓고 깜짝 놀란 그녀는 자신도 모르게 한 걸음을 뒷걸음질 쳤다.

고작 한 걸음이었는데 창문 옆의 튀어나온 둥근 기둥에 등이 닿았다. 그와 기둥 사이에 선 그녀의 심장이 더욱 뜨겁게 후끈거렸다. 그는 그런 그녀의 심정을 모르는 것인지, 알면서도 모르는 척하는 것인지 그녀의 얼굴을 천천히 들어 올렸다. 생각을 읽을 수 없을 만큼 깊은 눈동자가 그녀의 입술을 향해 있었다. 그녀는 느낌으로 알 수 있었다. 자신이 눈을 감으면 그가 키스할 것이라는 걸.

사실 그녀도 키스를 원했다. 하지만 겁이 났다. 이대로 그에게 빠져들면 더 상처받는 쪽은 자신이라는 걸 알았기에. 그녀는 살며시 고개를 틀었다. 수현이 자신을 걱정해 한 말은 아니겠지만 수현의 말대로 뭐 하나 빠지는 것 없는 조건의 그가 그녀에게 진심으로 관심이나 호감을 가졌을 리는 없을 것이다. 호기심, 어쩌면 장난일지도.

"박해영……."

그가 그녀의 얼굴을 돌려 다시 자신을 바라보게 만들었다.

Rrrrr.

점점 거칠어지던 숨소리가 갑자기 울리기 시작한 휴대폰 벨 소리에 묻혔다. 서둘러 주머니에서 휴대폰을 꺼내 발신자를 확인하는 태주의 미간이 희미하게 좁혀졌다. 뺨을 감싸고 있던 그의 손도 그녀에게서 멀어졌다.

"전화 받고 올게. 쉬고 있어."

금세 표정을 지우고 그녀에게 말한 그는 방을 나갔다.

혼자 남겨진 해영은 자신도 모르게 낮은 한숨을 내쉬고 있었다. 소파로 걸음을 옮겨 자리에 앉았으나 가슴은 여전히 터질 듯 두근거렸다. 그의 뜨거운 시선이 머물렀던 입술 위에 손가락을 얹은 채 그녀는 천천히 심호흡을 하기 시작했다.

나른한 햇살 아래 얼마간 조용히 앉아 있으려니 어젯밤 숙면을 취하지 못한 눈꺼풀이 점점 아래로 앉으려 했다. 하지만 곧 태주가 돌아올 것이란 생각에 그녀는 필사적으로 눈에 힘을 주었다. 그러나 쾌적한 방 안의 온도와 나른한 햇살 아래 느리게 깜빡이던 그녀의 눈꺼풀은 어느 순간부터인가 더 이상 움직이지 않았다.

* * *

"말씀하세요."

-2주 후가 강문그룹 창립 기념일이다. 저녁에 중요한 손님들만 집으로 초대하는 식사 자리를 마련할 예정이니 너도 그날은 꼭 시

간 내라고 전화했다.

그에게 자신의 장례식까지 언급해 놓고 다시 전화한 것을 보니 아버지가 신우물산과의 혼사에 얼마나 많은 신경을 쓰고 있는지 알 것 같았다. 그러나 아버지의 진짜 의도가 무엇이든 그는 아버지의 손을 잡아 줄 마음이 없었다.

"그 자리에 신우물산 신 회장님 가족도 참석하는 모양이죠?"

-신우물산은 우리 오랜 거래처다.

"그러고 보니 저도 전에 신우물산 신 회장님에 대한 얘기를 들은 적이 있는 것 같네요. 국내에서는 미혼모와 결손가정 지원 사업에 누구보다 앞장서고 아프리카를 비롯해 여러 나라에 나무를 심고 학교를 세우는 등 꾸준한 선행에 힘쓰고 계신다죠?"

-그래. 인품도 훌륭하시고 경영 능력도 뛰어나신 분이다.

"그렇군요. 신 회장님 따님도 아버지만큼 훌륭한 인품을 지녔을지 조금 궁금한 생각이 드네요."

-지금 그 말, 참석하겠다는 대답으로 듣겠다.

"어머니와 외할아버지 명성에 누를 끼치지 않으려면 아버지의 장례식에는 참석을 해야 하니, 그날은 시간을 내 보도록 하죠."

은근한 빈정거림이 묻어 있는 그의 대답에 한 회장의 반응은 의외로 침묵이었다. 예전보다 많이 유해졌다는 것을 느낄 수 있었으나 이제는 그 유함조차 그에게는 비굴하게 느껴졌다.

-신 회장 딸을 보면 너도 참석하길 잘했다는 생각이 들 거다.

"부디 그랬으면 좋겠네요."

-조만간 내가 다시 전화하마.

자신의 할 말을 마친 한 회장이 먼저 전화를 끊었다.

태주는 쓴웃음을 삼키고 다시 해영이 기다리고 있는 방으로 향했다.

그의 등 뒤로 문이 닫혔는데 방 안에서는 아무런 기척이 없었다. 그는 방을 가로질러 소파 앞으로 향했다. 해영이 그곳에 눈을 감은 채 그림처럼 앉아 있었다.

"해영아."

"……."

"박해영."

그가 재차 이름을 불렀으나 역시나 반응이 없다.

"자는 건가?"

이번에는 대답을 기대한 질문이 아니었다. 예상대로 반응도 없다. 그는 그녀를 깨워야 하나 안고 가 침대에 눕혀야 하나 잠시 망설이다 자신의 겉옷을 벗어 들었다. 먼저 머리를 손으로 살며시 받쳐 소파 등받이에 좀 더 편하게 기대게 한 뒤 자신의 옷을 덮어 주었다.

자세가 조금 더 편해졌음에도 그녀는 여전히 잠을 자는 것이 아니라 눈만 감고 있는 것 같았다. 당장이라도 눈을 뜨고 그에게 언제 들어왔냐고 물을 것 같았다. 마치 그러길 바라는 것처럼 그는 해영의 얼굴을 빤히 응시했다.

아버지에게 전화가 오기 전 자신을 바라보며 희미하게 떨리던 그녀의 눈동자가 떠올랐다. 그 눈빛이 마치 그에게 다가오지 말아 달라고 말하는 것 같았다. 완전한 거부가 아니라 망설임이 담긴 애원. 그러나 그 순간 그는 자신을 의식하는 그녀의 뜨거운 숨결과 투명하게 반짝이는 붉은 입술 말고 다른 것은 아무것도 생각할 수 없었다. 그건 오롯이 박해영이란 여자에 대한 끌림이었고 갈망이었다.

* * *

해영은 감았던 눈꺼풀을 천천히 들어 올렸다. 여전히 햇살은 온실 안처럼 따뜻했고 방 안은 소음 한 자락 없이 고요했다. 모든 것이 완벽할 만큼 평화로운 공간이었다. 그런데 잠시 눈을 감았다 떴을 뿐인데 어깨와 목이 불편했다. 처음 앉았을 땐 참 편안한 소파라고 생각했는데 첫 느낌만큼 편안하지는 않은 것인가 생각하며 기지개를 켜려는데 무언가 가슴 위에서 스르르 흘러내리는 것이 느껴졌다. 재빨리 시선을 내리자 이미 자신의 발등으로 내려앉은 태주의 겉옷이 보였다. 해영은 깜짝 놀라며 자리에서 일어섰다.

그의 옷을 들어 소파 위에 올려놓고 시간을 확인하니 벌써 2시가 훨씬 지나 있었다. 잠시 눈을 감았다 뜬 것이 아니라, 한 시간 넘게 잠을 잤던 것이다. 그렇다면 태주는? 해영은 재빨리 주변을 둘러보았다. 그의 모습은 보이지 않았는데 처음 방에 들어왔을 때와는 달리 침실 쪽 문이 비스듬히 열려 있는 것이 보였다.

그녀는 도둑고양이처럼 소리 내지 않고 살금살금 걸음을 옮겨 문이 열린 방 안을 들여다보았다. 한 팔은 머리 아래로 받치고, 나머지 한 팔은 느슨하게 당겨 놓은 넥타이 위에 올려 둔 채 태주가 침대 위에 누워 있는 것이 보였다. 그도 잠이 든 것일까? 왜 그녀를 깨우지 않았지? 어쨌든 2시가 넘었으니 그를 깨워야겠다고 생각한 그녀는 조용히 방 안으로 들어섰다.

"저⋯⋯."

그녀가 곁에 섰으나 그는 여전히 작은 미동도 없었다. 목소리를 내려던 그녀는 자신도 모르게 입을 꾹 닫았다. 잠자고 있는 남자를 이렇게 가까이에서 보는 건 처음이었다. 꽃이나 사물이 아닌 언제 눈을 뜰지 모르는 사람을 바라보고 있자니, 마치 나쁜 짓을 하고 있는 것처럼 가슴이 빠르게 두근거렸다.

그럼에도 그녀는 한동안 그의 얼굴을 응시하고 있었다. 오뚝한 콧대와 반듯한 입매, 그리고 눈을 감은 얼굴 위로 드리워진 긴 속 눈썹이 그를 소년처럼 보이게도 했고 위험할 만큼 섹시한 남자로 도 보이게 했다. 눈을 떴을 때나 감았을 때나 변함없이 숨 막히게 매력적인 얼굴이 아닐 수 없었다.

조금 더 그를 보고 있고 싶었으나 언제 그가 눈을 뜰지 알 수 없었기에 해영은 이제 그만 깨워야겠다고 생각했다. 그래서 그의 어깨 위로 살며시 손을 가져다 댔다. 손끝이 어깨에 닿았을 뿐 몸을 흔든 것도, 소리를 내 깨운 것도 아닌데 그 순간 그가 눈을 번쩍 떴다. 그리고 곧장 몸을 일으켜 자리에 앉았는데 느슨하게 당겨진 넥타이 말고는 흐트러진 곳이 없었다. 머리도, 셔츠도 말끔했다.

"언제 일어났어?"

"방금 전에요. 왜 깨우지 않으셨어요?"

"너무 곤하게 자는 것 같아서."

"벌써 2시가 한참 지났는데."

"그래? 그럼 식사 예약은 취소됐을 것 같은데. 그래도 조금 기다 렸다 먹을까?"

"아니요. 식사는 다음에 하는 게 좋겠어요. 아무래도 오늘은 집에 들어가 봐야 할 것 같아요."

홀에서 그렇게 수현을 돌려보냈으니 집으로 돌아가 무슨 말을 어떻게 해 놓았을지 알 수 없었다. 아까는 미처 그 생각까지 하지 못했었는데 시간이 흐르니 뒤늦게 제대로 된 걱정이 밀려들고 있었다.

"집에……."

그녀의 생각을 읽기라도 한 듯 자리에서 일어선 그가 방을 나서 자신의 겉옷을 집어 들었다.

"그럼 데려다줄게."

"고맙습니다."

호텔을 나서 그의 차를 타고 집으로 향하는 동안 해영은 생각에 잠겨 있었다. 자신 때문에 연기한 식사 예약이었는데, 자신이 잠드는 바람에 결국 그조차도 지키지 못한 것이 마음에 걸렸기 때문이다. 다음에 자신이 밥을 사겠다고 해야 하나, 아니면 차라도 사겠다고 해야 하나 망설이고 있을 때 그가 먼저 입을 열었다.

"너 내 전화번호 알아?"

"아니요."

"그럼 이따 전화할게. 모르는 번호로 전화 와도 받아."

그가 그녀를 바라보며 말했다.

"제 번호는 어떻게 아셨어요?"

"아까 카페에서 영주랑 통화할 때 물어봤지. 티 나지 않게 물어봤으니까 걱정 안 해도 돼."

"네. 여기에서 내릴게요."

어느새 차가 골목 앞 큰길가에 도착해 있었다.

"기다려. 데려다줄게."

"아니에요. 오늘은 정말 혼자 갈게요. 생각할 것도 있고."

"그래, 그럼."

해영은 차 문으로 손을 뻗었다.

"해영아."

태주가 부르는 소리에 그녀는 손잡이를 잡은 채 그를 돌아보았다.

"조심해서 들어가라고."

"네."

차에서 내려 문을 닫고 가볍게 고개를 숙여 보이는 그녀에게 태주가 손으로 전화기 모양을 해 보였다. 집으로 갈 생각을 하면 마음 한곳이 벌써부터 답답해져 왔는데 눈앞에서 웃고 있는 그를 보니 자신도 모르게 미소가 지어졌다. 그러지 않으려고 애를 쓸수록 마음이 그에게 향하고 있다는 걸 느낄 수 있었다. 이 마음을 언제까지 잡아 둘 수 있을지…….

* * *

주차장에 수현과 이모부의 차가 나란히 주차돼 있는 것이 보였다. 해영은 깊게 숨을 들이마셨다 내쉬었다. 별일 없을 거라고, 새삼스러울 것도 없는 소란일 것이고 잠깐 딴생각을 하면 될 것이라고 생각한 그녀는 곧장 잔디 사이에 징검다리처럼 놓인 디딤돌 위를 자박자박 걸어 집으로 향했다.

현관 앞에 도착했는데도 집 안이 너무 고요했다. 어딘가에서 웃음소리가 들려오는 것도 같았다. 모든 것이 자신의 앞선 걱정이었나 생각하며 그녀는 현관문을 열고 집 안으로 들어섰다.

"……이번에 새로 온 법무팀 고 변호사 말이에요. 아버지가 뽑으신 거예요?"

"고 변호사라면 법무이사가 스카우트해 왔지. 법무이사 말로는 아버지랑 형도 변호사인 변호사 집안 막내인 데다 연수원 실력도 아주 우수했다고 하더구나."

"그래요? 회사 복도에서 잠깐 인사 나눴는데 인상도 좋고 아주 젠틀해 보이더라고요."

신을 갈아 신는 사이 중문 너머에서 나누는 이야기 소리가 해영에게도 들려왔다. 그런데 수현의 목소리가 낮에 있었던 일은 까맣게 잊은 듯 너무 밝았다. 해영은 곧장 중문을 열고 거실을 향해 걸음을 옮겼다.

"우리 수현이가 사람을 볼 줄 아는구나. 좋은 집안에서 잘 자란 사람은 어딜 가도 그렇게 티가 나는 법이지."

"혹시 결혼했어요?"

"아직 안 했다는 것 같았는데. 그런데 수현이가 고 변호사한테 관심이 많은 것 같다."

거실에 놓인 소파에 신 회장과 수현, 두 사람이 마주 앉아 이야기를 나누고 있었다. 수현이 앉은 자리에서는 다가오고 있는 해영이 똑바로 보였음에도 그녀는 마치 해영을 보지 못한 것처럼 말을 이었다.

"아, 잠깐 인사를 나눴는데도 인상이 너무 좋아서 그런지 계속 생각이 나더라고요. 그런데 오늘 아버지 말씀 듣고 나니 해영이가 그런 사람 만나 결혼하면 좋을 것 같다는 생각이 드네요. 좋은 집 안에서 잘 자란 사람인 데다 아버지랑 형도 변호사면 언젠가 아버 지한테 도움이 될 수도 있을 거 아니에요."

"수현이 네 말을 듣고 보니 정말 그렇구나. 가족 중에 법조인이 있으면 어려운 일 있을 때 뭐든 믿고 맡길 수 있을 테니 나쁠 거야 없겠지. 말 나온 김에 내가 한번 추진을 해 봐야겠구나."

"다녀왔습니다."

"해영이 왔니?"

해영이 신 회장 곁으로 다가가 인사를 하고 있을 때 이모가 주 방 안에서 과일이 담긴 쟁반을 들고 그들 곁으로 다가왔다.

"해영이 왔구나. 점심은 먹었니?"

"네."

"누구랑?"

누구와 있었는지 빤히 알면서 수현이 물었다.

"아는 사람."

"방금 아버지랑 네 얘기 하던 중이었는데, 들었지?"

"아니. 못 들었어. 저 피곤해서 그만 올라가 쉴게요."

"과일 좀 먹고 올라가지."

이모가 그녀를 잡았다.

"생각 없어요."

"그래. 그럼 올라가 쉬어."

2층으로 향하는 계단 앞까지 이모가 그녀를 따라왔다.

"밖에서 무슨 일 있었던 건 아니지?"

"네. 그냥 피곤해서요."

"그래. 올라가 쉬어."

계단을 올라 자신의 방 안으로 들어선 해영은 문에 등을 기대고 섰다. 역시 수현이 그녀의 예상을 저버릴 리가 없었다. 하지만 수현이 어떻게 나오든 그 계획에 휘말리지는 않을 것이다. 오늘 태주와 이야기를 나누는 동안 다시 한번 독립을 서둘러야겠다는 생각이 들었다. 잡음 없는 독립도, 모든 것이 준비된 독립도 모두 그녀의 핑계였고 욕심이었다. 우선 이모만 설득한 뒤 이 집을 나갈 것이다. 나머지는 이 집을 나간 뒤 하나씩 부딪히며 해결해도 될 것이다.

Rrrrr.

갑자기 울리기 시작한 휴대폰 벨 소리에 발신자를 확인했으나 이름이 뜨지 않았다. 잠시 망설이다 받은 전화에서 태주의 목소리가 흘러나왔다.

-나야.

"……네."

-내 전화번호 알려 준다고 했잖아.

"네."

짧은 대화 뒤 잠시 침묵이 흘렀다. 신기한 건 그 침묵이 전혀 불편하게 느껴지지 않는다는 사실이었다. 해영은 수화기 너머에서 나직하게 들려오는 그의 숨소리를 들으며 살며시 눈을 감았다. 마치 손을 뻗으면 닿을 거리에 그가 있는 것처럼 그녀의 마음이 잔잔해졌다.

-전화 끊은 건 아니지?

"네."

-집에는 아무 일 없고?

"네."

-그렇구나. 그런데 너 혹시 튤립 좋아하니?

"네?"

-우리 집 정원 한쪽에 튤립이 피었거든. 노란색이랑 빨간색인
데, 아무래도 어느 날 하늘에서 뚝 떨어진 것 같아.

뜬금없는 말에 해영은 감고 있던 눈을 떴으나 가만히 그의 다음
말을 기다렸다.

-농담이고. 아마 이른 봄부터 그 꽃을 피우려고 죽을힘을 다했
을 거야. 그런데 볼 사람이 나밖에 없네. 나 혼자 살거든. 생각 있으
면 언제 한번 보러 오라고. 답답한 일 있거나 훌쩍 떠나고 싶을 때.
네 얘기 들려주면 너는 속이 시원할 테고, 튤립은 세상 얘기 들어
서 좋을 거야. 나 다음 주에 집에 없다고 얘기했지? 우리 집 주소
랑 대문 열쇠 어디에 둘지, 그리고 현관 비밀번호 문자로 남길게.
아, 토요일에는 집안일 봐 주시는 아주머니가 다녀가시니까 불편
할 것 같으면 그날은 피하고.

"……."

-박해영.

"네?"

-내 생각이 세 번쯤 나면, 그때는 전화해라.

그 순간 해영은 깨달았다. 이별은 지긋지긋하게 싫었는데 그를
싫어할 타이밍은 이미 놓쳐 버렸다는 걸.

-만약 네 전화 받으면 귀국 서두르고 싶어질 거야.

"······."

-부담스럽니?

"······조금."

-훗, 부담 느끼라고 한 말이야. 그만 끊는다.

그의 짧고 담백한 미소가 영주에게 그랬던 것처럼 그녀의 머리카락을 가볍게 흐트러뜨리는 느낌이었다. 머릿속의 생각들이 어지럽게 흐트러졌다. 생각나는 건 한 가지였다.

"그 튤립, 지금 보러 가도 돼요?"

그 순간 수화기 너머에서 끼이익 하는 마찰음이 들려왔다.

"방금 그 소리, 무슨 일 있으세요?"

-지금 집 앞으로 갈게. 나와.

"네?"

전화는 이미 끊겨 있었다.

5.

"이모, 저 좀 나갔다 올게요."

"방금 들어왔는데 또 어딜 가려고?"

빠른 걸음으로 계단을 내려가 현관으로 향하는 해영을 이모가 걱정스런 표정으로 따라오며 물었다.

"영주가 지금 집 근처로 온대서요."

"그럼 집으로 데리고 오지."

"봐서요, 이모."

대답하며 해영은 소파 쪽을 바라보았다. 수현은 신 회장과 이야기를 나누느라 그녀와 이모의 대화에는 관심 갖지 않고 있었다.

"너무 늦지 않게 들어올게요."

"그래."

해영이 환하게 미소를 보이자 그제야 이모도 안심이 되는 듯한 표정이었다.

매일 아무 생각 없이 걸어 다녔던 골목길이 길다고 느껴진 건 오늘이 처음이었다. 현관 앞에서부터 한 번도 멈추지 않고 큰길가까지 달려간 그녀는 모퉁이를 돌기 직전 카페 유리에 자신의 모습을 비추어 보았다. 머리카락은 바람에 날려 흐트러져 있었고 거친 숨을 내쉬고 있는 볼은 발갛게 달아올라 있었다. 그녀는 재빨리 머리를 정리하고 입고 있는 블라우스와 스커트도 가볍게 털어 냈다. 그사이 숨결이 조금 진정되자 그녀는 언제 달려왔냐는 듯 얌전한 걸음으로 모퉁이를 돌았다.

　"빨리 왔네?"

　그녀가 태주의 차가 도착했는지 주변을 둘러보고 있을 때 뒤쪽에서 불쑥 말소리가 들려왔다. 고개를 돌리자 그가 그녀의 바로 뒤에 서 있었다.

　"언제 오셨어요?"

　"방금."

　그의 뒤로 도로 건너편에 차가 서 있는 것이 보였다.

　"뛰어왔어?"

　"아니요."

　그녀는 가볍게 고개를 저었다.

　"가자."

　"그런데 정말 제가 가도 되는 거예요?"

　"그 말은 내가 물어봐야 하는 거 아닌가? 나 혼자 사는 집인데 너 정말 가도 괜찮겠어?"

　대답 대신 고개를 끄덕이는 그녀의 입가에 잔잔한 미소가 맴돌고 있었다.

"이모님이 금방 들어왔다 또 어디 가냐고 하지는 않으셔?"

"영주 만난다고 했어요."

"영주. 영주 해외 지사로 보내는 거 당분간은 보류해야 하나?"

그의 차로 가기 위해 두 사람은 횡단보도 앞에 섰다. 그런데 가까이 붙어 서지 않은 그들이 일행처럼 보이지 않았는지 한 남자가 그들 사이에 서려 하자 태주가 손을 뻗어 그녀의 손을 잡았다. 당황한 남자는 재빨리 몇 걸음을 뒤로 물러섰고, 그는 해영의 옆으로 더 다가와 섰다. 연인 사이도 아닌데 가까이 붙어 서 계속 손을 잡고 있는 것이 어색해 그녀가 살며시 손을 빼내려 한 순간이었다.

"그냥 있지."

"네?"

"난 불편하지 않은데, 넌 불편해?"

"그런 건 아니지만……."

"그럼 그냥 있자."

분명 평소와 다르지 않은 시간일 텐데, 그와 손을 잡고 기다리는 신호는 유난히 느리게 바뀌는 느낌이었다. 그도 그녀와 같은 기분인지 어느 순간 그녀의 손을 잡은 손에 가볍게 힘이 실렸다 빠지는 것이 느껴졌다. 처음에는 착각인가 했는데, 다시 그의 손에 힘이 실렸다 빠졌다. 그녀는 고개를 들어 그를 바라보았다. 그도 그녀를 바라보고 있었다. 무언가가 그녀의 심장에 간지럼을 피우고 있는 것 같았다.

신호가 바뀐 줄도 모르고 그들이 서로를 바라보고 있을 때 뒤에 서 있던 남자가 먼저 횡단보도를 건너기 시작했다.

"신호 바뀌었다."

"네."

차에 도착하자 태주는 그녀가 먼저 탈 수 있게 조수석의 문을 열어 주었다. 그리고 운전석으로 올라탄 뒤 그녀의 안전벨트까지 확인하고는 차를 출발시켰다.

전화를 끊을 때만 해도 뭔가 들뜨고 굉장히 다급한 기분이었는데 막상 달리기 시작한 차 안은 차분하고 고요하기만 했다. 그녀에게 클래식 음악을 좋아하냐고 물은 그가 볼륨을 높여 주었으나 그녀는 무슨 얘기를 꺼내야 하나 하는 고민에 음악에는 제대로 집중하지 못했다.

"무슨 생각을 그렇게 골똘히 해?"

"아무 생각도 안 했는데요."

"표정이 심각해 보였는데. 그런데 정말 튤립 좋아해?"

"네."

거짓말은 아니었다. 예쁜 꽃을 싫어하는 사람이 어디 있겠는가.

"그 말은 나 때문에 나온 건 아니라는 뜻이네."

"튤립도 보고 싶고, 보여 주고 싶다는 사람도…… 보려고 나온 거죠."

"진짜 내가 어디서 이런 취급 당하는 일 없는 사람인데, 이상하게 지금은 기분이 나쁘지가 않단 말이야. 이유가 뭘까?"

"고마워요."

"뭐가?"

"오늘, 꽃 보여 주셔서요."

그녀의 말에 함축된 여러 의미를 그는 알아들은 것일까? 다른 질문 없이 운전을 하는 그가 고마워 해영은 공연히 가슴이 뜨거워지는 것 같았다.

십여 분을 달려 고급 주택가로 들어선 차는 흰색의 높은 담장으로 둘러싸인 집 앞에서 속도를 늦췄다.

"이제 다 왔어. 여기가 우리 집이야."

그녀는 차창 너머로 그의 시선이 가리키는 집을 바라보았다. 그녀의 자리에서 본 집은 높은 담장과 심플한 철제 대문 외에는 딱히 보이는 것이 없었다. 그럼에도 그녀는 이 집이 평범한 집은 아니라는 느낌을 받았다.

"담이 높아서 밖에서는 보이는 게 없을 거야."

"네."

"열쇠는 우체통 안에 넣어 둘 테니까, 혹시 다음에 생각나면 언제든 다녀가."

"정말 그래도 돼요?"

"응. 너 영주 친구잖아."

영주가 그에게는 그렇게나 특별한 사람인 것일까, 생각하며 차에서 내린 그녀는 대문으로 향하고 있는 그를 따라 걸음을 옮겼다. 대문 옆 돌기둥에는 그의 말대로 섬세한 디자인의 우체통이 달려 있었다.

"우체통이 독특하고 예쁘네요."

"그래? 이 집 설계부터 조경석, 작은 부속품 하나까지 전부 우리 외할아버지가 직접 골라서 완성한 집이야."

"외할아버지가 건축가셨나 봐요?"

"아니. 건축에도 조예가 깊으셨고 손재주도 많으셨는데 평생 몸담으셨던 곳은 은행이었어. 아마 많이 답답하셨을 거야."

"아……."

"들어가자."

대문을 열고 그를 따라 집 안으로 들어선 순간 해영은 잠시 그 자리에 멍하니 서 있을 수밖에 없었다. 가장 먼저 그녀의 눈을 사로잡은 것은 대문에서부터 집까지 굽이치듯 이어진 디딤돌 양옆으로 늘어선 크고 작은 주목나무였다. 마치 잘 관리된 작은 공원으로 들어선 것 같은 기분이었다.

일정한 크기의 조경석 위로 위치한 이층 주택 또한 언젠가 잡지나 광고에서 본 적 있지 않았나 싶을 만큼 예쁘고 독특한 외관을 자랑하고 있었다. 화려한 색상이나 뾰족한 지붕이 없었음에도 1층의 긴 통유리와 2층에 출입문처럼 나 있는 큰 유리문들 덕에 집은 전체적으로 시원하고도 화사하게 반짝이는 느낌이었다. 특히 일부러 나무를 심지 않아 깨끗함을 강조한 1층에 반해 2층의 테라스는 두 개의 공간으로 분리돼 다른 길이로 튀어나와 있어 세련된 갤러리 건물을 보고 있는 듯한 느낌도 주었다.

"정말 예쁘네요."

"그래?"

"그런데 외할아버지는 어디 계세요?"

"돌아가셨어. 8년 전에."

태주는 담담한 목소리로 말했지만 해영은 그 안에 담긴 그의 그리움을 느낄 수 있었다.

"이렇게 큰 집에 왜 나 혼자 사는지 궁금하지?"

"조금."

"어머닌 외할아버지보다 먼저 돌아가셨고 아버지는 재혼하셨어. 그래서 지금 딱히 가족이라고 여길 사람이 내 곁에 아무도 없 거든. 사실 이 집은 외할아버지가 어머니랑 함께 사시려 했던 곳인 데 그러지 못하고 나한테 물려주신 집이야. 아마 나한테 아주 큰 시련이 닥치지 않는 이상 이 집을 떠나는 일은 없을 거야."

"……."

"가자."

다시 그와 함께 걸음을 옮기며 해영은 알 수 없는 감정이 스며 드는 것을 느꼈다. 그 감정이 자신과 비슷한 아픔을 겪은 그에 대 한 동정인지 과거의 되새김인지는 알 수 없었다. 그러나 적어도 그 가 많은 것을 가진 만큼 행복하지는 않았다는 사실과 자신에게 장 난이었다면 이 집에는 데려오지 않았을 것이라는 사실, 그리고 그 도 자신의 감정에 동감해 줄 누군가가 필요했을 것이라는 건 알 것 같았다.

"예전에는 사람을 알아 가는 데 시간이 가장 중요하다고 생각했 어. 적어도 사계절은 겪어 보아야 그 사람을 안다는 말을 맹신했던 거지. 그런데 오래 겪어 본다고 그 사람을 다 알게 되는 건 아니더 라고. 반대로 몇 번 만나지 않아도 느낌이 좋은 사람이 있고."

"……."

"특히 내가 좋아하는 사람, 나와 친한 사람들이 좋아하는 사람 은 결국 나도 좋아하게 됐던 것 같아."

태주는 해영을 배려하며 천천히 한 발 한 발을 옮겼다.

이 집은 그에게 당연한 내 집인 동시에 가끔은 숨이 막힐 듯 답 답함을 주는 곳이었다. 외할아버지가 어머니와 함께 살기 위해 지 으려던 집이었는데 이 집의 설계 단계에서 어머니가 돌아가셨기 때문이다. 이 집에서 어머니를 떠올릴 때면 그는 매번 가슴이 깊게 아렸다. 어머니를 그리워하다 몇 해 후 돌아가신 외할아버지가 떠오를 때면 가슴에 무거운 바위 하나가 얹힌 느낌이었다. 마치 이곳에 혼자 남겨진 것에 대한 대가처럼.

그러니 누군가를 이 집으로 데려오는 건 그에게 별것 아닌 일이 될 수 없었다. 아주 가까운 친구나 회사 직원들이 급하게 그를 만나야 할 때 찾아왔을 뿐, 이 집에 사적으로 여자를 들인 건 오늘이 처음이었다.

"너는 어떤 편이야? 너와 친한 사람이 좋아하는 사람에 대한 보편적인 느낌이."

"아무래도 그 사람의 장점이 더 부각돼 보이긴 하죠."

"그래? 그럼 네가 본 내 장점은 뭔데?"

"그건……. 저기 있네요, 튤립."

해영이 정확히 튤립 쪽을 가리키며 말했다.

사실 꽃은 대문으로 들어서는 방향에서는 잘 보이지 않는 위치에 있었다. 담장 안쪽으로 빼곡히 늘어선 나무들에 가려 집 쪽에서 바라보거나, 꽃이 그곳에 있다는 사실을 알고 쳐다봐야 볼 수 있었다. 그래서 항상 바쁘게 집을 나섰다 늦은 시간이 되어서야 돌아왔던 그의 눈에는 일주일간이나 띄지 않았던 것인데 해영은 멀리서도 꽃을 단번에 찾아냈다. 그녀에게는 그의 말에 대꾸할 말을 찾는 것보다 꽃을 찾는 것이 더 쉬웠다는 사실에 그의 입술이 살며시 휘었다.

"눈이 되게 좋은가 봐. 거기에서 그 꽃이 보였어?"

"네."

"너 숨은그림찾기도 잘하지?"

"그랬던 것 같아요."

그녀의 걸음이 점점 더 빨라졌다.

그도 그녀를 놓칠세라 서둘러 걸음을 옮겼다.

"정말 예쁘네요. 색이 어쩜 이렇게 진할까."

"이 집에 온 지 5분쯤 된 것 같은데 '예쁘네요'만 벌써 몇 번째인 줄 알아?"

"제가 그랬어요? 그런데 정말 예쁘네요. 집도, 꽃도."

그녀가 꽃으로 할 걸음 더 다가가 몸을 웅크리고 앉았다.

그때 어딘가에서 바람이 불어왔다. 바람에 흔들리는 튤립의 꽃잎 사이사이로 햇살이 통과하며 꽃송이가 반짝였다. 군무를 추듯 무리지어 흔들리는 꽃송이와 바람에 날리는 그녀의 머리카락이 그의 머릿속에 사진처럼 선명하게 저장되고 있었다.

해영의 뒤에 서 있던 그는 그녀의 옆으로 한 걸음을 다가서 얼굴을 내려다보았다. 위에서 봐도 작고 하얀 얼굴이었다. 그 작은 얼굴 위로 긴 속눈썹이 그림자를 만들었다. 만져 보고 싶었다. 그림자를 만들 정도로 길게 휘어진 속눈썹도, 꽃의 고운 빛깔이 반사되어 반짝이는 투명한 볼도.

"참 신기해요. 꽃은 그냥 눈으로 보는 건데 어떻게 사람의 기분까지 좋아지게 만드는 걸까요?"

"예쁘니까."

"예쁘고…… 좋은 향기도 가져서……."

가만히 눈을 감고 향기를 맡던 그녀가 다시 눈꺼풀을 들어 올렸다. 희미하게 입꼬리를 끌어 올리고 있는 모습이 화사한 꽃에 뒤지

144

지 않을 만큼 싱그러웠다.

"이렇게 예쁜데 너무 금방 시든다는 게 아쉬워요."

"설마 일주일 만에 지지는 않겠지. 다음 주에도 보러 와."

그의 말에 그녀가 고개를 들어 그를 바라보았다. 해를 등지고 선 까닭에 그의 얼굴이 잘 보이지 않는지 둥근 이마가 희미하게 접혔다.

"이제 그만 일어나. 그러다 벌 쏘일라."

그는 그녀를 향해 손을 내밀었다.

"내 손 잡고."

"네."

그녀가 손을 잡자 그는 그녀를 일으켜 세움과 동시에 자신 쪽으로 끌어당겼다. 지금까지 누군가에게 이렇게 조심스럽게 다가간 적도, 상대의 마음을 얻지 못해 애가 탔던 적도 없었다. 적당히 시선을 주다 어느 순간 한 번 웃어 주면 여자들이 알아서 그에게 다가왔다. 그 후 그의 배경을 알고 나면 더 적극적인 쪽은 언제나 여자들이었다. 그래서 모두 오래갈 수 없었던 것일까? 마음이 아닌 눈과 머리로 결정했던 관계여서?

"고맙습니다."

그녀가 몸을 떼려는 순간 그는 손을 잡지 않은 손으로 그녀의 등을 감쌌다. 그러자 그녀의 몸을 훑고 지나가는 잔떨림이 그의 손에 고스란히 전해졌다.

"박해영."

"네."

"너는 내가 잡으면 무슨 짓을 할까 겁부터 나?"

"아닌데요."

"정말 아니야?"

그는 그녀의 손을 잡고 있던 손을 놓고 이번엔 뺨을 감쌌다. 그러자 해영이 재빨리 시선을 아래로 내렸다. 그의 숨결에 그녀의 속눈썹이 흔들렸다. 이미 그와 더 깊은 관계를 가졌음에도 매번 긴장하고 경직되는 그녀가 귀여우면서도 신기했다. 아니, 그가 겪었던 어떤 여자에게서도 느낀 적 없었던 섬세한 그녀만의 감성이 그를 더욱 자극하는 것 같았다.

"장담은 못 하지만 네가 싫다는 건 억지로 안 하려고 노력할 거야. 그러니까 떨지 좀 마."

그는 그녀를 잡았던 손을 놓았다. 그런데 이렇게 순순히 놓아주자니 뭔가 서운하고 아쉬운 생각이 들었다.

"박해영!"

"네?"

"움직이지 마."

"왜요?"

"네 머리에 벌 앉았어. 이 녀석 네가 꽃인 줄 알았나 보다."

"정말이에요? 어떻게 해요?"

"내 손 꽉 잡고 집까지 뛰는 거야. 할 수 있지?"

"네."

그는 해영의 손을 잡고 달리기 시작했다. 눈앞의 계단을 두고 일부러 잔디를 가로질러 반대쪽 돌계단 앞까지 걸어간 그는 계단을 오르기 전 그녀를 바라보았다. 거칠게 숨을 몰아쉬면서도 그녀의 표정은 싱그러운 생기로 가득했다. 골목 초입까지 달려 나와 모퉁이를 돌기 전 유리에 자신의 모습을 비춰 보던 때처럼 볼도 발갛게 달아 있었다.

왜 네가 웃는데 내 가슴이 벅찰까.

"이제 없어."

"정말이에요?"

"응."

자꾸 비어져 나오려는 웃음을 참고 있는 그를 보며 해영이 뭔가 이상하다는 생각을 한 듯 미간을 좁혔다. 그래도 끝까지 아닌 척 시치미를 뗐어야 하는데 그 순간 그는 참지 못하고 소리를 내 웃고 말았다. 이 집에서 이렇게 크게 소리 내 웃어 보긴 처음이었다. 그의 가슴을 꽉 막고 있던 알 수 없는 무언가에 천천히 금이 가는 것이 느껴졌다. 이제 좀 숨을 쉴 수 있을 것 같았다.

"그만 웃어요."

"너 정말 잘 속는구나."

"사실 좀 이상하긴 했어요."

"아닌 것 같은데."

"그렇다고 그렇게 크게 웃는 건, 너무해요."

"미안."

그는 웃음을 참기 위해 크게 심호흡을 했다.

"그런데 뛰었더니 배고프다. 집에서 점심 안 먹었지?"

"네."

"들어가자. 냉장고에 뭔가 있을 거야."

함께 계단을 오른 후 현관 앞에 도착했을 때 그는 잊지 않고 그녀에게 현관 비밀번호도 알려 주었다.

"실내도 근사하네요."

집 안으로 들어서 채광이 좋은 넓은 창과 높은 천장, 그리고 우아한 곡선을 그리며 2층으로 이어진 계단을 천천히 훑어보며 그녀가 말했다.

그는 그녀를 두고 먼저 주방으로 향했다.

"곧 저녁 먹어야 하니까, 간단하게 준비할게."

"저도 도울게요."

"꺼내기만 하면 돼. 너는 그냥 앉아 있어."

그는 냉장고에서 아주머니가 한 번 먹을 양만큼씩 일회용기에 담아 둔 다양한 종류의 샐러드를 꺼내 식탁으로 옮겼다. 그리고 주스와 호밀 빵도 챙겼다.

"음료는 커피, 우유?"

"주스면 돼요."

뒤이어 크림치즈와 버터까지 식탁 위로 옮긴 그는 뭔가 더 필요한 것이 없냐는 표정으로 해영을 바라보았다.

솔직히 그는 이런 행동에 익숙한 사람은 아니었다. 집에서도, 일할 때도 사람들이 그를 챙기는 상황에 익숙했다. 그렇기에 부족한 것은 없는지, 그가 꺼내 놓은 것을 좋아하는지 그녀의 반응을 살피고 있을 때 해영이 싱긋 미소를 보이며 말했다.

"이걸 다 먹고 가면 이모가 저녁을 너무 조금 먹는다고 걱정하시겠는데요."

"네가 뭘 좋아하는지 몰라서. 먹을 수 있는 만큼만 먹어."

"잘 먹겠습니다."

그도 그녀와 함께 접시에 먹을 만큼씩만 음식을 덜어 담았다.

점심이라고 치기엔 너무 늦은 식사였기에 둘은 한동안 말없이 음식만 먹었다. 그가 잔에 얼마 남지 않은 주스를 비우고 있을 때 해영이 그보다 먼저 자신의 빈 접시를 가지고 일어섰다.

"그냥 둬."

"얼마 안 되니까 제가 치울게요."

"너 오늘 손님이야."

"식사 대접도 받았는데 이 정도는 해야죠."

해영은 싱크대 안에 조심스럽게 접시를 내려놓았다. 그리고 고개를 들자 정면에 위치한 창으로 튤립 핀 곳이 똑바로 내다보였다. 태주도 그 사실을 알고 있는지 묻기 위해 그녀가 몸을 돌렸을 때는 그도 그녀 뒤로 다가와 있었다.

"식사 대접에 대한 답례라면 다른 걸로 해도 되는데?"

"다른 거요? 뭐요?"

"뭘 것 같아?"

이 넓은 집에 다른 사람은 아무도 없었다. 그리고 그는 너무 가깝게 서 있었다. 단지 그것뿐이었는데 그녀의 심장박동이 갑자기 빨라지기 시작했다.

"잘, 모르겠어요."

"……."

"뭔데요?"

"정말 모르겠어?"

그가 빈 접시를 싱크대 옆으로 내려놓으며 다시 물었다.

해영은 방금 주스를 마셨는데도 목이 타는 것 같았다.

"네."

"맛있게 잘 먹었다는 인사."

"아……."

"너, 무슨 생각 했던 거야?"

"아무 생각도 안 했는데요."

그녀는 강한 부정의 뜻으로 고개까지 저으며 대답했다.

"아닌 것 같은데."

"정말이에요."

"네 눈에 거짓말이라고 쓰여 있어."

그녀가 도망갈 수 없게 그가 그녀 양옆을 손으로 짚었다.

"사실대로 말해 봐. 무슨 생각 했어?"

"정말…… 말해요?"

"응."

"그러면 놀랄지도 모르는데."

그녀의 말에도 그의 눈은 여전히 웃고 있었다.

그가 자신을 보며 웃어 주는 것이 좋았다. 어떤 상황에서도 자신을 먼저 신경 써 주는 것은 더 좋았다. 그래서 문득 그를 놀라게 하는 건 어떤 기분일까, 하는 생각이 들었다. 아니, 그녀가 진짜 무슨 생각을 했는지 알게 되면 그는 놀랄 것이다.

이번에는 오래 망설이지 않았다. 피하지도 않았다. 그녀는 눈을 감고 뒤꿈치를 들었다. 그리고 곧장 그의 입술에 자신의 입술을 가져다 댔다. 그녀의 촉촉한 입술이 그의 단단한 입술 위로 살며시 겹쳐졌다. 입을 맞추는 건 그녀의 의지였는데 떼려는 순간 그의 손이 그녀의 목덜미를 감쌌다.

"겨우 이 정도로 놀라겠어?"

그의 목소리에 더 이상 웃음기는 없었다.

"이건 나를 놀라게 하려고 한 노력에 대한 답례."

그가 다시 그녀의 입술 위로 입술을 겹쳤다.

허공에 뻗어 있던 그녀의 손이 싱크대 위를 더듬었다. 태주가 올려 둔 접시가 밀리며 작은 마찰음을 냈지만 뜨거운 숨결과 함께 둘의 입술은 더욱 깊게 밀착되었다. 그녀는 그 순간 깨달았다. 키스가 달콤하다는 말은 다 거짓말이라는 것을. 닿아 있는 건 입술과 그의 손이 감싸고 있는 목덜미가 전부였는데 뜨거운 열기가 온몸을, 온 신경의 가닥가닥을 관통하는 느낌이었다.

느리게 그녀의 입술을 맛보던 그의 혀가 그녀의 입술을 갈랐다. 점점 더 빠르게 요동치던 그녀의 심장이 그 순간 움직임을 멈췄다. 이 남자의 키스를 받는 일이 이렇게 좋아도 되는 것인지, 이렇게 떨려도 되는 것인지…… 해영은 싱크대 끝을 움켜잡고 있던 손을 들어 그의 목을 감쌌다.

Rrrrr.

어딘가에서 휴대폰 벨 소리가 들려오는 듯했으나 둘의 키스는 더욱 깊어지고 있었다. 태주는 그녀의 허리를 들어 싱크대 난간 위로 앉게 했다. 이제 그가 아닌 그녀가 그의 뺨을 감싸는 자세가 되었다.

Rrrrr.

좀처럼 떨어지지 않으려는 그의 입술만큼이나 벨 소리도 집요했다. 그녀는 그 요란한 벨 소리가 자신의 휴대폰에서 들려오는 소리라는 사실을 뒤늦게 깨달았다. 그 사실을 깨닫고 입술을 떼려 했으나 그는 놓아주지 않았다. 받지 말라는 뜻이었다. 그러나 더욱 뜨겁고 다급하게 파고들던 그의 입술도 잠시 끊겼다 다시 울리기 시작하는 벨 소리에는 결국 움직임을 멈출 수밖에 없었다. 아쉬움을 뒤로하고 그의 입술이 아주 천천히 떨어졌다.

"영주예요."

태주의 도움으로 싱크대에서 내려서 테이블 위에 올려 둔 휴대폰을 확인하자 영주의 이름이 떠 있는 것이 보였다.

"받을 거야?"

어느새 그도 그녀 곁으로 다가와 있었다.

"지금까지 안 끊은 걸로 봐서는 받을 때까지 할 것 같아요."

그녀는 서둘러 통화 버튼을 눌렀다.

-해영아, 지금 어디야?

"아, 영주야. 나? 당연히 집이지."

-그럴 줄 알았어. 점심은 잘 먹었어? 나 지금 너한테 사죄하러 가는 중이야.

"지금 오는 중이라고? 우리 집으로? 아니야, 안 와도 돼. 정말 괜찮아. 정말이야, 영주야."

-이렇게 착해 빠졌으니 내가 더 맘에 걸리지. 10분 있으면 도착이야. 나머지 얘기는 집에서 얼굴 보며 하자.

해영은 영주가 전화를 끊음과 동시에 시간을 확인했다. 태주 차로 이곳까지 오는 데 10분이 넘게 걸렸다. 그럼 지금 당장 달려가도 영주보다 빨리는 도착하지 못할 것이란 뜻이었다.

"영주가 이모 집으로 오고 있대요. 10분 있으면 도착이라는데 어떻게 하죠?"

"데려다줄게."

그가 다시 그녀의 손을 잡았다.

빠르게 현관을 나서 정원을 가로지른 뒤 그녀를 먼저 조수석에 태운 그는 출발 전 그녀의 안전벨트도 잊지 않고 확인했다. 이렇게 여유 부릴 시간이 없어 애가 탔으나 그렇다고 그에게 투정을 부릴 수도 없는 상황이었다.

차는 출발부터 속도를 내 달리기 시작했다. 그러나 절반도 오지 못했을 때 시간은 이미 5분이 넘게 흘러 있었다. 그녀가 자꾸 시간을 확인하는 것을 바라보던 태주가 무슨 생각을 한 것인지 최근 통화 목록에서 영주의 연락처를 찾은 뒤 통화를 연결했다.

-오빠.

"영주야, 도훈 씨는 잘 만났어?"

-오빠, 오늘 정말 너무 고마웠어. 나 아빠가 생일 선물로 내가 원하던 차 뽑아 줬던 날보다 오늘이 더 행복했던 거 같아. 오늘 이 은혜 절대 안 잊을게.

"지금 그 말 절대 잊으면 안 된다. 그런데 너 지금은 어디야?"

-나 지금 해영이네 가는 길인데. 오늘 약속 내가 잡아 놓고 못 나갔잖아. 그래서 사과하러 가는 중이야.

"그래? 잘됐다. 그럼 가는 길에 소화제 좀 사 가지고 가. 해영이 나랑 밥 먹으면서 속이 좀 안 좋은 것 같더라."

해영은 뜬금없이 소화제 얘기를 꺼내는 태주의 얼굴을 바라보았다.

-그랬어? 근데 소화제 정도는 집에도 있지 않을까?

"내가 보기에는 해영이, 이모님 걱정하실까 봐 속 조금 안 좋은 정도는 그냥 참고 있을 것 같은데."

-하긴, 그런가? 해영이 걱정해 줘서 고마워, 오빠. 오빠는 정말 내가 아는 제일 멋진 사람인 것 같아.

"앞으로도 계속 멋진 사람 돼 줄 테니까, 소화제 잊지 마."

-아, 저기 약국 보인다. 다음에 또 통화해.

경쾌한 영주의 목소리를 끝으로 통화가 끊겼다.

적어도 5분 정도는 시간을 벌었을 듯해 해영이 소리 없이 안도 의 한숨을 내쉬고 있을 때 태주가 말했다.

"나 내일 새벽에 출국해. 도착하면 낮에는 정신없을 것 같고, 일 마치고 저녁에 전화할게. 한국 시간으로는 화요일이겠다. 기다리고 있을 거지?"

"네."

해영은 고개를 끄덕였다.

차는 어느새 그가 항상 그녀를 내려 주던 골목 앞에 도착해 있 었다. 멀리 보이는 약국 앞에 영주의 차가 서 있는 것도 보였다.

"여기에서 내릴게요."

"그래. 조심해서 들어가."

"네."

대답하는 그녀의 얼굴 위에 그의 시선이 잠시 머물렀다.

"갔다 와서 보자."

"네."

해영은 더 이상 지체하지 않고 차에서 내렸다.

그녀가 골목 초입의 모퉁이를 돌았을 때 태주의 차가 느리게 그 녀 앞을 지나갔다. 그 찰나의 순간에도 두근거리는 가슴을 심호흡 으로 진정시킨 그녀는 다시 모퉁이를 돌아 영주의 차가 서 있는 방향을 응시했다. 집으로 뛰어가다 만나게 되는 것보다는 마중 나온 쪽을 택한 것이다.

"영주야."

해영은 약국에서 나오는 영주에게 다가가며 그녀의 이름을 불렀다.

"나 마중 나온 거야?"

"응."

"해영아, 정말 미안해. 나 때문에 태주 오빠랑 둘이 밥 먹어서 많이 불편했지?"

"아니야."

"아니긴, 오빠한테 다 들었는데."

두 사람은 영주의 차를 타고 집으로 향했다.

"이모님, 저 왔어요."

"영주 왔구나. 영주 정말 오랜만에 보는 것 같다."

해영과 함께 들어서는 영주를 이모가 반갑게 맞아 주었다.

"그동안 별일 없으셨죠?"

"그럼. 영주는 못 본 사이 더 예뻐진 것 같다."

"제가 아무리 예뻐져도 이모님 미모는 못 따라가죠."

"칭찬으로 들을게. 올라가서 놀다 저녁 먹고 가."

"저 저녁 먹고 들어가면 저희 아버지 혼자 드셔야 해서 안 돼요. 해영이랑 얘기 조금만 하다가 갈게요. 그런데 수현이는요?"

"방금 친구 전화 받고 나갔어. 올라가 있어. 과일 가져다줄게."

"감사합니다."

두 사람은 누가 먼저랄 것도 없이 계단을 오르기 시작했다. 영주는 여고 시절 해영이 유일하게 집으로 데리고 왔던 친구였던 만큼 그녀들의 발걸음은 그 시절처럼 경쾌했다.

"속 많이 안 좋아?"

"걱정할 정도는 아니야. 어쨌든 고맙다, 영주야. 너는 도훈 오빠 어땠어?"

태주의 말처럼 그와 함께 먹은 밥 때문에 소화가 안 되는 것은 아니었으나, 음식을 먹자마자 너무 서둘러 움직였기에 속이 조금 불편한 것은 사실이었다. 그녀는 영주가 건네는 소화제를 바로 입에 넣고 물과 함께 삼켰다.

"말해 뭐 해, 끝내줬지. 실물은 화면보다 만 배는 더 잘생긴 거 있지. 그냥 앉아만 있는데도 머리 위에 조명이 있는 것처럼 눈이 부시고 눈에는 별이 박혀 있더라. 내가 눈을 깜빡이는 시간도 아까울 정도였어."

그 뒤로도 영주는 도훈의 외모에 대한 묘사와 무얼 먹었는지, 그가 했던 아주 사소한 말과 제스처들까지 끊임없이 늘어놓았다. 그 모습을 보고 있는 동안 그러지 않으려 해도 해영의 머릿속에는 태주의 얼굴이 한 번씩 스쳐 지나갔다.

"그런데 한태주 대표님은 어떤 분이야? 혼자 산다던데."

"한태주 대표님이 뭐야? 그냥 태주 오빠라고 불러. 오빠 앞에서 그렇게 불렀다가는 뒤로 넘어갈 거다. 너 설마 앞에서도 그렇게 부른 건 아니지?"

"그건 아니지."

"태주 오빠, 겉모습만 보면 세상에 부러울 게 없는 사람처럼 보이지만 알고 보면 상처 많은 사람이야."

"그래?"

영주의 말처럼 그녀도 처음에는 태주가 걱정 같은 것은 없는 사람일 줄 알았다. 뭐든 내키는 대로 하고 살아도 뒤탈 걱정 안 해도 되는 사람일 것이라고. 그런데 그를 알아 갈수록 그렇지 않다는 사실을 알게 되었다. 어쩌면 그는 견디기 위해, 살기 위해 일부러 상처를 잊고 덮어야 했던 것인지도 모른다.

"내가 이런 말 한 거 알면 오빠가 싫어할 텐데……. 사실은 오빠가 열 몇 살이었을 때, 아버지 외도로 어머니가 아버지랑 이혼하시고 외가에서 지내시다 돌아가셨다고 들었어. 그러니 오빠가 아버지랑 사이가 좋을 리 없었겠지. 그래서 20대 초반에 혼자 외국으로 나가 사업 시작한 뒤 갖은 고생 끝에 지금 자리까지 올라온 거야."

"아, 그랬구나."

"솔직히 난 이제 오빠가 아쉬울 것도 없는데 그냥 외국에서 정착할 줄 알았어. 전에 유석 오빠가 하는 얘길 우연히 들었는데, 오빠 아버지가 지금 오빠가 하는 사업도 못 하게 하려고 방해를 하셨던 것 같더라고."

"왜?"

혼자 힘으로 사업을 시작한 아들을 대견해하지는 못할망정 방해하는 아버지를 해영은 도무지 이해할 수가 없었다.

"아, 오빠 아버지도 사업을 하시는데 오빠가 자기 사업 한다고 본가로 안 들어오면 아버지 사업도 물려받지 않을까 봐 그러셨겠지. 젊었을 때는 그렇게 냉정하셨다더니 이제야 오빠가 필요하다고 생각하신 것 같은데, 방법이 한참 잘못됐던 거지."

"잘 웃고 성격도 좋은 것 같았는데, 그런 일들이 있었구나."

"아프고 힘들다고 티 내는 스타일 아니니까. 어쨌든 오빠 좋은 사람이니까 너무 어렵게 생각하지 말고 너도 친하게 지내. 알았지?"

"그래."

해영은 천천히 고개를 끄덕였다.

* * *

화요일, 오후 12시 18분. (한국)

"해영 씨, 오후 회의 때 쓸 디자인 시안 복사 좀 부탁해도 될까?"

"네, 대리님."

오후에 있을 중요한 회의를 앞두고 양 대리가 시안이 꽂힌 투명 파일을 해영에게 건넸다.

"고마워, 해영 씨."

"양 대리, 해영 씨도 오늘 할 일 많은데 내가 할게."

양 대리의 맞은편 자리에 앉은 홍 대리가 하던 일을 멈추고 해영의 자리로 다가왔다.

"아니에요, 홍 대리님. 제가 해도 돼요."

해영은 자신을 걱정하고 신경 써 주는 홍 대리가 고마웠지만 양 대리가 건넨 파일 속 시안을 꺼내 들고 서둘러 복사기 앞으로 향했다.

Rrrrr.

그녀가 막 복사 버튼을 누르고 났을 때 그녀의 휴대폰이 울리기 시작했다. 발신 번호로 국제전화인 것을 확인한 그녀는 서둘러 통화 버튼을 눌렀다.

"여보세요?"

-나야. 지금 일 마치고 숙소로 들어왔어.

"네. 거긴 지금 몇 시예요?"

-밤 11시 18분. 피곤하다.

어느 때보다 정신없고 힘든 날이었지만 해영은 마치 지금 사무실이 아닌 다른 곳에 있는 것처럼 살며시 눈을 감았다.

"시차 적응도 안 됐을 텐데, 얼른 쉬세요."

-벌써 끊으려고? 거긴 점심땐가? 점심은 먹었어?

"아직이요."

-일이 많이 바빠?

"아니요. 지금 하는 일 마무리 짓고 먹으러 갈 거예요."

-대충 먹지 말고 잘 챙겨 먹어.

"네."

곧이어 그가 의자에 털썩 주저앉는 듯한 소리가 들려왔다.

해영은 긴 비행과 고단했을 일정에도 약속을 잊지 않고 전화를 걸어 준 그에게 새삼 고마운 마음이 들었다.

-하고 싶은 얘기가 많았던 것 같은데 갑자기 생각이 안 나네.

"너무 피곤해서 그럴 거예요."

-그런가? 오늘 퇴근하고는 뭐 해?

"영화 보려고요."

-누구랑?

그가 낮게 잠긴 목소리로 다시 물었다.

"집에서 이모랑 볼 거예요."

-5일만 참았다 그 영화 나랑 보자.

"생각해 볼게요. 얼른 쉬세요."

-그래. 목소리 들었으니까 오늘은 그만 끊어야겠다. 또 전화할
게.

전화가 끊겼지만 해영은 휴대폰을 귀에서 떼지 않은 채 그가 있
을 방향의 하늘을 응시했다. 오늘따라 하늘이 유난히 파랬다. 그가
있는 곳의 하늘도 이렇게 맑을지…….

* * *

수요일, 오전 6시 20분. (미국)

태주는 아침에 눈을 뜨자마자 해영에게 전화를 걸었다.

Rrrrr.

-여보세요?

"아직도 내 생각 세 번 안 했어?"

그는 그녀가 전화를 받자마자 다짜고짜 물었다.

-했어요.

"그런데 왜 전화 안 해?"

-…….

그녀의 입에서 대답이 곧바로 흘러나오지 않았다.

길어지는 침묵에도 그의 입술은 조용히 곡선을 그리고 있었다.

-여기 시간이 저녁이면 거긴 아침인데, 바쁘실 거 같아서요.

"전화 받을 시간도 없을 만큼 바쁜 건 아닌데."

그는 창가로 걸어가 힘껏 커튼을 젖혔다. 뉴욕의 고층 빌딩 사이로 붉은 해가 얼굴을 내밀고 있었다. 그는 창문까지 활짝 열어젖힌 뒤 깊게 숨을 들이마셨다.

"나 보고 싶지는 않았어?"

……주말에 봬요.

"나 그냥 오늘 밤 비행기로 갈까?"

-오늘 일정 다 끝나요?

"아니. 난 보고 싶거든."

-…….

"보고 싶다고, 해영아."

미쳤구나, 한태주…….

* * *

금요일, 오후 5시 59분. (한국)

Rrrrr.

퇴근 준비를 하고 있을 때 울리기 시작한 벨 소리에 해영은 발신자를 확인할 여유도 갖지 못하고 바로 전화를 받았다.

"여보세요?"

-나야. 퇴근했어?

전화는 예상대로 태주에게 걸려 온 것이었다.

"이제 하려고요."

-오늘은 퇴근하고 뭐 해?

유난히 힘이 없는 그의 목소리에 그녀는 그가 아직 일이 끝나지 않았구나 하는 걸 본능적으로 짐작할 수 있었다. 그래서 지금 어딘지 물으려던 생각을 접고 아무렇지 않은 목소리로 대답했다.

"오늘은 집에 일찍 들어가려고요."

-거기 지금 금요일 오후 6시 아니야?

그녀의 시선이 벽시계로 향했다. 그의 말대로 이제 정각 6시가 되어 있었다.

"맞아요."

-그런데 집에 일찍 들어간다고?

"딱히 할 것도 없고 해서요."

-혹시 이모님한테 일찍 들어간다고 전화했어?

묻고 있는 그의 목소리에서 어렴풋이 긴장감이 전해졌다.

"아니요."

-다행이다.

"뭐가요?"

-지금 나와. 나 너희 회사 앞이야.

"정말이요?"

해영은 그의 대답도 기다리지 않고 휴대폰을 가방 안으로 밀어 넣었다.

6.

"또 뵙네요."

전화를 끊은 태주는 SG물산 본사 건물을 올려다보고 있었다. 해영의 사무실은 몇 층에 있을까 짐작해 보며. 그렇기에 곁에서 불쑥 들려온 말소리가 누군가 자신에게 한 말일 거라고는 생각지 않았다.

"해영이 만나러 오신 건가 봐요?"

해영의 이름이 귓가로 정확히 날아와 꽂히고 나서야 그의 미간이 희미하게 접혔다. 고개를 돌리자 방금 그의 차 앞으로 멈춰 선 빨간색 세단 옆에 수현이 서 있는 것이 보였다. 아찔한 힐에 몸매 라인이 그대로 드러나는 연보라색 원피스 차림의 그녀는 그가 뭐라고 대꾸를 하기도 전에 그의 앞으로 걸어와 섰다.

"네. 해영이 기다립니다."

"혹시 두 사람 사귀는 사이예요?"

그에게 묻고 있는 수현의 눈빛은 처음 만났던 날과 달리 조금 새치름했다. 그가 자신을 어떻게 생각하고 있는지 어느 정도는 알고 있다는 의미일 것이다.

"지난번 뵐 때 말씀드렸던 것 같은데, 해영이랑 저 이종사촌이에요. 이종사촌이지만 한집에 살고 있으니 가족이나 다름없고요. 그러니 두 사람이 사귀는 사인지 아닌지 정도는 저한테 말씀해 주실 수 있는 거 아닌가요?"

"우리가 어떤 사인지 해영이한테 듣지 못했습니까?"

"설마 그날 일 때문에 아직도 저를 오해하고 계신 거예요?"

"오해할 게 뭐가 있었나요?"

"저는 해영이랑 특별한 사이면 저한테도 잘 보이고 싶어 하실 줄 알았는데."

두 사람 사이에 잠시 불편한 침묵이 흘렀다.

"사실은 제가 한태주 씨가 어떤 분인지 궁금해서 영주한테 좀 물어봤어요. 방금도 말씀드렸던 것처럼 해영이는 저한테 가족이나 다름없으니까, 해영이가 어떤 분을 만나는지 궁금하고 걱정도 돼서요."

"……."

"솔직히 영주랑 친하다고 했던 말은 거짓말이었어요. 영주는 저 별로 안 좋아해요. 그래서 그런지 아무 말도 안 해 주더라고요. 그래도 영주 사촌 오빠랑 친구시라니까 어느 정도는 신분이 확실하지 않을까 하는 생각이 들었다가도, 요즘 이상한 사람들이 워낙 많으니 혹시 영주가 말을 못 해 주는 이유가 따로 있는 건 아닌지 괜히 더 걱정되고 신경도 쓰이더라고요. 저한테 해영이는 가족이니까요."

오늘 그녀의 콘셉트는 제 가족을 끔찍이 아끼고 걱정하는 여성인 모양이었다. 이미 수현의 본모습을 알고 있는 그였기에 무슨 말을 하든 끝까지 무시하려다 생각을 바꿨다.

"그래서 알고 싶은 게 뭡니까?"

"뭐 하는 분이시죠, 한태주 씨?"

"그게 왜 궁금하죠?"

"방금 말씀드렸던 것처럼 순진한 해영이가 어떤 사람을 만나고 있는지, 가족으로서 걱정되고 궁금해서요."

그녀의 표정에서는 어떻게든 그에게 원하는 답변을 듣고 말겠다는 집요한 고집이 묻어났다.

"내가 뭐 하는 사람인지 궁금하면 해영이한테 물어보지 그러셨어요?"

"누구한테 묻든 그건 제 자유 아닌가요? 왜요? 혹시 대답하기 곤란하세요?"

"그럴 리가요. 단지 신수현 씨가 나한테 궁금한 건 그거 한 가지가 아닐 것 같다는 생각이 들어서요. 나에 대해 궁금한 게 많으면 다음에 해영이도 함께 있는 자리에서 얘기하죠. 이종사촌 아니라 친자매라도 이렇게 불쑥 나타나 취조하듯 묻는 거, 보는 사람의 관점에 따라 이상하게 생각할 수도 있으니까 말입니다."

그의 말에 수현의 가는 목줄기가 움찔거렸다.

"한태주 씨, 해영이 진짜 좋아하는 거 맞아요? 보통은 자기가 좋아하는 사람의 가족은 어려워하기 마련인데."

"보통은 그렇군요."

그의 대답에 수현의 표정에 당황스러움이 스쳤다.

"해영이 정말 착하고 마음도 여린 애예요. 무슨 생각으로 해영이 만나려는 건지는 모르겠지만, 진심 아니면 그냥 지금 놓아주세요."

진심. 이 여자는 진심이 뭔지는 알고 말하고 있는 것일까?

"이제 할 말 다 했습니까?"

"아니요."

"나는 다 했습니다. 더 들을 말도 없을 것 같고요. 그럼 먼저 가 보겠습니다."

"이봐요, 한태주 씨. 제 말 다 안 끝났는데 그냥 가면 어떻게 해요?"

그는 집요하게 자신을 부르는 수현을 그 자리에 남겨 두고 SG물산 중앙 현관을 향해 걸음을 옮겼다.

Rrrrr.

그가 현관으로 막 들어서려 할 때 전화벨이 울렸다.

"한태줍니다."

-대표님, 도착하셨을 것 같아 연락드렸습니다.

전화는 오 팀장에게 온 것이었다.

"네, 방금 도착했습니다. 급하게 처리해야 할 일 없으면 오늘 회사에는 들어가지 못할 것 같습니다."

-중요한 일들은 대표님께서 바로바로 처리해 주셔서 당장 급한 일은 없습니다. 긴 비행으로 피곤하실 것 같아 오늘 꼭 아셔야 하는 몇 가지 사항만 통화로 간략히 보고를 드리겠습니다.

오 팀장은 그가 한국으로 회사를 옮기기로 결정한 뒤 곁에서 묵묵히 그를 도우며 가장 큰 힘이 되어 준 사람이었다. 이번 출장으로 그가 자리를 비웠을 때 역시 회사 업무들을 문제없이 처리하며 그가 꼭 해결해야 할 일이 생겼을 때만 연락을 주었다. 매사 일처리가 똑 부러지는 사람인 만큼 오 팀장은 미리 일목요연하게 정리해 둔 사항들을 그에게 막힘없이 보고하기 시작했다.

-그리고…….

"그리고요?"

-강문그룹 한건용 회장님께서 대표님 앞으로 난 화분을 보내셨습니다. 화분에 한국으로 이전을 축하한다는 리본이 붙어 있습니다.

오 팀장은 그의 아버지가 강문그룹 회장이라는 사실을 알고 있었다. 더불어 그와 가족들의 사이가 좋지 않다는 사실 또한 잘 알고 있었기에 소식을 전하는 목소리가 전에 없이 조심스러웠다.

"다른 일은요?"

-다른 일은 없었습니다.

"알겠습니다. 지난 한 주 고생 많았습니다, 오 팀장님."

-아닙니다. 대표님이 더 힘드셨을 텐데요. 그럼 주말 푹 쉬시고 월요일에 회사에서 뵙겠습니다.

"네. 오 팀장님도 주말 잘 보내세요."

그가 전화를 끊고 났을 때 저 멀리 엘리베이터에서 내린 해영이 그를 찾으려는 듯 주변을 둘러보고 있는 모습이 보였다. 그는 입가에 자연스럽게 번지는 미소를 지우지 않은 채 조용히 도로를 향해 돌아섰다.

* * *

엘리베이터에서 내려 홀을 둘러보던 해영은 중앙 현관 앞에 서 있는 태주를 발견했다.

그녀가 하루 종일 회사에서 본 남자 직원들은 하나같이 밝은 색 셔츠에 어두운 정장바지를 입고 있었다. 점심을 먹기 위해 회사 밖으로 나갔을 때 본 사람들도, 방금 엘리베이터를 함께 타고 내려온 사람들도 크게 다를 것이 없었다. 그 탓에 뒷모습만으로는 누가 누군지 분간이 쉽지 않았다. 그런데 그들과 크게 다를 것 없는 옷차림의 태주는 멀리서도 단번에 그라는 것을 알아볼 수 있었다. 뒤돌아 서 있는데도 큰 키와 단정한 머리, 그리고 얼굴에 부드럽게 번져 있을 미소가 보이는 듯했다. 그를 향해 걸어가는 그녀의 걸음이 점점 더 빨라졌다.

"오래 기다리셨어요?"

그녀가 다가오는 소리에 고개를 돌리는 그의 얼굴에 그녀의 예상대로 다정한 미소가 번져 있었다. 그 미소를 보자 달려온 것도 아닌데 그녀의 가슴이 요란하게 쿵쾅거리기 시작했다. 고작 5일 보지 못했을 뿐인데 아주 오랫동안 그를 기다린 것 같은 기분이었다.

"오래는 아닌데, 한 시간 같은 오 분이었어."

"죄송해요. 퇴근 시간이라 엘리베이터가 층마다 서는 바람에 늦었어요."

"사과할 필요는 없어. 기다리는 기분도 나쁘지 않았으니까."

태주가 그녀의 얼굴을 가만히 응시하며 말했다. 마치 그녀의 눈과 코와 입이 지난 5일간 아무 이상 없이 잘 있었는지 확인이라도 하는 듯 다정하고 따뜻한 시선이었다.

"나 없는 동안 잘 지냈어?"

"네."

168

"보고 싶지는 않았고?"

"보고 싶었으니까, 뛰어 나왔죠."

그녀가 수줍게 얘기하고 있을 때 어딘가에서 시선이 느껴졌다. 고개를 돌리니 예상대로 홀을 지나가며 그를 힐끔힐끔 쳐다보는 사람들의 모습이 보였다. 강행군이었을 일정과 긴 비행으로 지친 모습조차 이렇게 근사한 사람인데, 어떻게 보고 싶지 않을 수가 있을까. 해영은 다시 고개를 돌려 그를 바라보았다.

"그런데 도착하자마자 바로 오신 거예요?"

"응."

"시차 적응도 안 됐을 텐데, 오늘은 일찍 들어가 쉬어야 하는 거 아니에요?"

현관을 나서 그와 함께 차로 향하며 그녀가 물었다.

"아니. 정말 신기할 정도로 하나도 안 피곤해."

그의 말에 그녀는 조용히 미소를 지었다. 그녀도 지난 며칠 그를 생각하느라, 그에게 전화를 걸까 망설이느라 늦은 시간까지 잠들지 못했던 기억이 떠올랐기 때문이다. 그런데 지금 조금도 피곤하지 않았다. 정말 신기할 정도로…….

"왜 아무 말이 없어?"

"생각 많이 했어요."

"내 생각?"

그녀를 먼저 태운 뒤 차를 돌아 운전석으로 올라타며 그가 다시 물었다.

"지금쯤 뭐 하고 있을까, 밥은 먹었을까, 언제 돌아올까, 저도 모르는 사이 계속 생각하고 있었던 것 같아요."

"나도 그랬던 것 같아."

그가 무척이나 만족스러운 표정으로 그녀를 바라보았다.

"배고프시죠? 우리 저녁 먹으러 가요. 제가 맛있는 거 사 드릴게요."

"그건 좀 곤란할 것 같은데."

"왜요? 다른 일정 있으세요?"

해영은 혹시 다른 일정 때문에 잠깐 얼굴만 보고 바로 헤어져야 하는 것인가 하는 생각에 서둘러 물었다.

"아니. 내가 미리 예약을 해 뒀거든."

"방금 도착하셨다면서요?"

그녀는 깜짝 놀랐던 가슴을 소리 없이 쓸어내리고 있었다.

"출국하기 전에 해 놓은 거야."

"출국하기 전에요?"

"응. 사업하는 사람한테 이 정도 준비성은 기본이지."

그가 거만한 척 과장스럽게 핸들을 잡았다.

그 모습에 해영의 입에서 쿡 하고 짧은 웃음이 터져 나왔다.

"언제 돌아올지 몰랐던 거 아니었어요?"

"오늘까지는 돌아와야 하는 이유를 하나 더 만들어 놓고 간 거지. 그 탓에 지난 나흘 내내 밤늦게까지 직원들을 몰아붙이긴 했지만 말이야. 진짜 시달림의 주범은 여기 있는데 다들 나만 죽어라 욕했겠지?"

해영은 조용히 태주의 옆모습을 바라보았다. 이미 그가 좋았는데, 더 좋아지고 있었다. 앞으로 이 마음의 크기가 얼마나 더 커지게 되는지 불안한 마음이 들 만큼.

"저 미안해해야 하는 거예요?"

"아니. 좋아하면 돼. 이 남자가 나 때문에 빨리 돌아오려고 지난 나흘 정신 못 차리고 일했구나 생각하면서."

말을 마친 그의 입가에 나른한 미소가 번졌다.

그 미소를 바라보는 그녀의 가슴에는 퐁퐁 물수제비가 튕겨 나가듯 연이어 파장이 일고 있었다.

그가 얼마간 차를 몰아 도착한 곳은 시내를 조금 벗어난 곳에 위치한 작은 공원 근처의 건물 앞이었다. 밖에서 볼 때는 지어진 지 얼마 안 된 고급 레스토랑 건물처럼 보였는데 건물 앞의 넓은 주차장은 텅 비어 있었다.

"여기야."

"시내에서 조금 벗어났다고 조용한 것 같아요."

처음 와 본 곳이었기에 그녀가 낯선 주변을 둘러보고 있을 때 그가 말없이 손을 뻗어 왔다.

"그날 영화는 봤어?"

"아니요. 이모가 몸이 조금 안 좋다고 하셔서 다음에 보기로 했어요."

"그럼 오늘 나랑 보자. 어떤 장르 좋아해?"

"특별히 가리는 장르는 없어요. 하지만 결말은 해피엔딩인 영화를 선호하는 편이에요."

"해피엔딩. 그래. 꼭 해피엔딩인 영화로 보자."

그들이 영화에 대한 이야기를 나누며 레스토랑 출입구를 향해 걸어가고 있을 때였다.

레스토랑 건물 쪽에서 두 남녀가 툴툴거리며 걸어오고 있는 것이 보였다.

"문을 열어 놨으면 손님을 받아야지, 왜 못 들어오게 하는 거야?"

"그러게. 맛있다고 해서 일부러 시간 내 멀리까지 찾아왔더니, 완전 헛수고했네."

"저 사람들도 우리처럼 영업 안 하는 거 모르고 왔나 봐. 오늘 영업 안 한다는 거 알려 줘야 하는 거 아니야?"

"그냥 둬. 우리가 레스토랑 직원도 아닌데 뭐하러 그런 얘기까지 해 줘."

사람들이 그들 곁을 지나쳐 멀어졌다.

"여기 예약하신 거 맞아요? 오늘 영업 안 하는 모양인데."

"여기에 예약한 거 맞아. 들어가자."

"네? 네."

불이 완전히 꺼져 있는 것은 아니었지만 입구 가까이로 다가가니 정상적으로 영업을 하는 상황이 아니라는 것은 알 수 있었다. 그런데도 그는 그녀의 손을 잡은 채 무작정 출입문으로 향했다.

"오셨습니까, 대표님."

그가 문을 열고 안으로 들어서자 카운터 쪽에 서 있던 남자가 재빨리 그들에게 다가왔다. 그리고 앞장서 곧장 2층으로 올라가더니 창가 쪽 테이블로 그들을 안내했다.

해영은 어리둥절한 기분으로 직원이 빼내 준 의자에 앉았다. 그런데 자리에 앉고 보니 그들이 앉은 테이블 주변만 유난히 밝은 빛에 둘러싸여 있다는 것을 알 수 있었다.

"식사 바로 준비할까요?"

그들을 안내한 직원이 정중히 물었다.

"네. 준비해 주세요."

"알겠습니다."

직원이 돌아가고 난 뒤 해영은 태주의 얼굴을 바라보았다.

"어떻게 된 거예요? 설마 해 뒀다는 예약이, 이 레스토랑을 말했던 거였어요?"

"응."

"설마 전체를 다요?"

"응. 너랑 조용히 밥 먹고 싶어서."

"아무리 그래도."

해영은 다시 넓은 실내를 둘러보았다.

일부러 불을 꺼둔 듯 그들이 앉은 테이블 주변을 제외하고 다른 테이블 등은 전부 꺼져 있는 상태였다. 그럼에도 실내의 고급스런 분위기와 인테리어는 완전히 숨겨지지 않았다. 아마 이런 곳에서 한 끼 식사를 하는 것도 그녀에게는 큰마음을 먹어야 가능한 일일 것이다. 그런데 고작 조용한 한 끼 식사 때문에 이 건물 전체를 예약했다니.

"여자들은 이런 거 좋아하지 않나?"

"글쎄요. 저는 처음 겪는 일이라……."

"나는 너도 좋아할 줄 알았는데."

뭐라고 대답을 해야 좋을지 알 수 없었다. 자신이 받기에는 과분한 대우라는 생각이 들었다가, 태주는 그녀가 감당하기 벅찬 수준일 것이라 했던 수현의 말도 생각났다. 하지만 그녀는 이내 그가 자신을 위해 준비한 것이니 지금은 그의 마음을 먼저 생각하자고 결론을 내렸다.

"영화나 드라마에서 이런 장면이 나오면 정말 좋겠다, 부럽다 생각했던 적은 있었어요. 제가 이렇게 현실에서 직접 경험하게 될 거라고는 상상도 못 해 봤지만요."

"그러면 좋다는 뜻으로 해석할게."

"네."

그때 직원이 다가와 그가 미리 주문해 둔 식사와 와인을 차례로 테이블 위에 내려놓았다. 서빙을 마친 직원이 돌아가자 뒤쪽에 서 있던 셰프가 요리와 와인에 대해 설명한 뒤 그들의 잔에 와인을 따라 주었다. 더 필요한 것 있으면 벨을 누르라는 말을 마지막으로 셰프까지 조용히 아래층으로 내려가고 2층에는 다시 그들 두 사람만 남게 되었다.

"멋지네요. 진짜 드라마 주인공이 된 것 같은 기분이에요."

"그 드라마 제목은 '완벽한 디너' 어때?"

"잘 어울리는 것 같아요."

"그래?"

태주가 와인 잔을 들어 올리며 다시 말을 이었다.

"미리 연락 못 했는데 오늘 다른 약속 잡지 않아 줘서 고마워."

"오늘 돌아오지 않을까 생각했었어요. 그래서 누가 만나자고 했어도 아마 안 된다고 했을 거예요."

두 사람은 가볍게 잔을 부딪친 후 와인을 마셨다. 목을 타고 달콤 쌉싸름한 와인이 흘러내리자 해영은 조금 긴장하고 있던 마음이 풀리며 기분까지 한결 편안해지는 듯했다.

"맛 괜찮은데."

“네. 맛있어요.”

잔을 내려놓으며 그가 그녀의 얼굴을 빤히 바라보았다.

“왜요? 저 얼굴 빨개졌어요?”

“아니.”

“그럼 왜?”

들고 있던 잔을 내려놓은 해영은 자신의 손으로 두 뺨을 감쌌다.

“지난 나흘, 언제 네 생각이 제일 많이 났는지 알아?”

“언제요?”

“밥 먹을 때.”

“밥 먹을 때요?”

“이유는 나도 모르겠어. 그냥 밥 먹을 때 네 생각이 자꾸 나더라고. 이렇게 같이 먹고 싶어서 그랬나?”

그들 사이가 급진전된 것은 그의 집 주방에서 했던 키스 때문이었다. 그 때문인지 그녀 역시 같은 장소가 아닌데도 집 주방으로 들어서면 그의 생각이 불쑥불쑥 떠오르곤 했었다.

“음식 식겠다. 얼른 먹자.”

“네.”

두 사람 다 평소 말이 많은 편이 아니었다. 그런데 일주일간 어떻게 지냈는지에 대한 이야기를 나누며 식사를 하다 보니 어느새 두 시간이 훌쩍 지나 있었다.

“벌써 시간이 이렇게 됐네. 이제 우리 영화 보러 가자.”

“영화는 다음에 보고 오늘은 그만 들어가 쉬는 게 좋을 것 같은데요.”

"지금 내 걱정해 주는 건가?"

"네."

"그럼 지금 영화 보러 가자. 사실은 오는 비행기 안에서 조금 자 뒀어. 영화 보면서 절대 안 졸 거니까 걱정하지 말라고."

레스토랑을 나서며 두 사람은 결국 근처에 위치한 작은 극장에 서 영화를 보는 것으로 합의를 봤다.

"지난번 봤던 그 이종사촌이랑 한집에서 지내는 건 괜찮아?"

식사 중 마신 와인도 깰 겸 극장을 향해 나란히 걷다 태주가 불 쑥 말을 꺼냈다.

"수현이요?"

"내가 전에 우리 아버지 재혼하셨다고 말했었지? 사실은 나도 이복동생이 한 명 있거든. 만약 그 녀석이랑 계속 한집에서 지냈으 면 여러모로 견디기 힘들었을 것 같아서."

"저도 사이가 좋은 편은 아니에요. 그런데 수현이 입장에서는 제 존재가 막 환영할 만한 존재는 아니었을 거라는 생각이 들어 요."

그녀에게 수현은 언제나 거리를 두고 싶은 존재였다. 그런데 얼 마 전 이모와 이모부의 얘기를 듣고 난 뒤 자신이 수현을 불편해 하고 미워했던 것처럼, 수현 역시 불쑥 그녀의 인생에 끼어든 자신 이 불편하고 싫었던 건 아닐까 하는 생각이 들었다. 수현과 이모의 정확한 관계를 알고 나니 그녀의 생각도 조금 달라진 것이다. 물론 그렇다고 수현의 모든 행동이 이해되고 용서되는 것은 아니었지 만.

"그래도 그 집에서는 이제 나오는 게 좋을 것 같은데."

"그럴 생각이에요. 그래서 제 형편에 맞는 방이 있는지 알아보고 있어요."

"혹시 내 도움 필요하면 언제든 말해."

"네."

얼마 걷지 않아 두 사람은 극장 앞에 도착해 있었다. 중심가를 벗어난 위치에 시간도 늦은 탓인지 극장 안에는 사람이 많지 않았다. 태주는 그중에서도 상영을 시작한 지 꽤 많은 시간이 흘러 가장 작은 상영관으로 밀려난 영화를 선택했다.

"이 영화 봤어?"

"아니요."

"이거 볼까?"

"네. 좋아요."

언제부터인가 그녀에게 영화는 영화 자체의 줄거리만큼이나 누구와 언제 본 영화인지도 기억에 오래 남는 요소로 작용했다. 가령 작년에 가장 많은 관객이 봤던 영화보다는 고등학교 졸업식 날 영주와 봤던 영화가 기억에 더 선명하게 남아 있는 식으로 말이다. 그렇기에 그녀는 그가 선택한 영화를 두말 않고 찬성했다.

예상대로 상영관 안에는 그들을 비롯해 두 커플이 더 자리를 잡고 있을 뿐 대부분의 좌석이 비어 있었다. 게다가 태주가 가장 끝열의 좌석을 선택한 탓에 그들은 계단을 끝까지 올라 상영관이 한눈에 내려다보이는 위치에 앉았다.

"바로 시작하나 봐요."

"그러네."

광고 없이 곧바로 시작된 영화는 조용한 상영관 실내처럼 잔잔하게, 조금은 지루하게 이어졌다. 사실 그녀가 영화가 지루하다고 느낀 이유는 꼭 스토리가 잔잔해서만은 아닐 수도 있었다. 자신도 모르게 다른 두 커플은 얼마나 영화에 집중하고 있는지, 또 태주는 영화를 재미있게 보고 있는지 신경을 쓰다 보니 시선과 생각이 흐트러지며 이야기의 흐름까지도 놓쳐 버린 탓인지도. 그녀가 다시 영화에 집중하기 위해 노력하고 있을 때였다.

"영화 재미없어?"

영화에 집중하는 줄 알았던 그가 불쑥 말을 걸었다.

"아니요."

"집중 못 하는 거 같은데."

귓가에 대고 나직하게 속삭이는 그의 목소리에 해영은 귀가 간지러워 어둠 속에서 살며시 주먹을 움켜쥐었다.

"아니에요. 저 신경 쓰지 말고 계속 보세요."

"사실은 나도 별로 재미가 없거든."

태주의 말에 그녀는 고개를 돌려 그의 얼굴을 바라보았다. 그도 스크린이 아닌 그녀를 바라보고 있었다. 화면 속 배경에 따라 그의 얼굴에 어둡게 그늘이 졌다 다시 밝아지고 있었다.

"그런데 내가 이 영화 보겠다고 한 진짜 이유가 뭔 줄 알아?"

"……뭔데요?"

그의 시선이 느리게 스크린 쪽으로 향했다.

해영도 그를 따라 시선을 옮기자 앞쪽 좌석에 자리를 잡고 앉은 커플이 영화 감상이 아닌 키스에 열중하고 있는 모습이 보였다. 해영은 공연히 얼굴이 뜨거워지는 듯해 재빨리 그들에게서 시선을 돌렸다.

그녀의 행동에 그가 싱긋 미소를 보였다. 그런데 개구쟁이 꼬마처럼 미소가 번져 있던 얼굴에서 천천히 미소가 사라지자 세상에 다시없을 섹시한 남자만 그녀 앞에 남겨졌다. 그를 따라 미소 짓던 그녀의 얼굴에서도 느리게 미소가 사라져 갔다. 이대로 계속 그를 바라보고 있어야 하는 것인지, 다시 스크린을 향해 고개를 돌려야 하는 것인지 그녀가 짧은 순간 고민하고 있을 때 그의 얼굴이 그녀의 얼굴 앞으로 성큼 다가왔다.

"계속 생각났어."

"네?"

"너랑 했던 키스."

그의 뜨거운 시선에 해영은 자신도 모르게 혀끝으로 살며시 입술을 축였다.

"나 지금 시간 충분히 준 것 같은데."

나직하게 속삭이며 아직 달큰한 와인 향이 남아 있는 그의 입술이 그녀의 입술 위로 겹쳐졌다. 그리고 손을 뻗어 목덜미를 감싸며 그녀의 아랫입술을 자신의 뜨거운 입술 사이로 살며시 빨아 당겼다.

해영도 저항 없이 입술을 열었다. 그러자 기다렸다는 듯 그의 손이 목덜미를 타고 올라가 그녀의 동그란 뒤통수를 감쌌다. 그들의 키스는 처음부터 뜨거웠고 빠르게 깊어져 가며 타액은 거침없이 서로의 입 안을 넘나들었다.

아무리 마셔도 끝나지 않는 갈증에 시달리는 사람처럼 좀처럼 떨어질 줄 모르고 서로의 입술을 탐하던 그들은 태주의 상체가 그녀를 향해 점점 다가오다 팔걸이에 걸려 더 이상 다가올 수 없게 되자 어쩔 수 없이 천천히 떨어졌다.

"이럴 줄 알았으면 그냥 내 차에 태울 걸 그랬나 봐. 이 팔걸이가 키스 방지용이었다는 걸 오늘 알았네."

"그래서 연인석에는 팔걸이가 없대요."

"아, 그럼 우리 다음엔 꼭 연인석이 있는 극장으로 가자."

그녀의 입술 위로 그의 입술이 다시 겹쳐졌다. 그는 아쉬움이 담긴 짧은 입맞춤을 한 번 더 남긴 후 그녀를 완전히 놓아주었다.

"이대로 들여보내기 아쉬운데, 시간이 너무 늦었지?"

영화가 끝난 뒤 극장을 나서며 태주는 자연스럽게 그녀의 손을 잡았다.

"네."

해영은 고개를 끄덕이며 생각했다. 오늘 본 영화는 제목이 아닌 다른 세 가지로 더 선명히 기억될 것이라고. 태주와 함께 본 첫 영화. 6명을 위해 상영됐던 영화. 영화 줄거리보다 그와 나눈 키스가 더 자극적이었던 영화.

얼마 걷지 않은 것 같은데 두 사람은 어느새 그의 차 앞에 도착해 있었다.

"주말에는 뭐 해?"

그녀의 집을 향해 차를 몰며 그가 물었다.

"특별한 약속은 없는데, 이모랑 얘기도 좀 해야 할 것 같고 시간되면 방도 좀 알아보러 다니려고요."

"그럼 얘기 잘하고 혹시 방 알아보러 다닐 때 혼자 다니게 되면 나한테 전화해."

"그럴게요."

그녀의 집 근처에 도착해 차에서 내린 두 사람은 약속이라도 한 것처럼 느린 걸음으로 골목을 걸었다. 이미 걸어온 길에 무언가를 떨어뜨리고 온 사람처럼 점점 느려지던 그녀의 걸음이 집이 보이는 위치에서 멈춰 섰다.

"들어갈게요."

"그래."

"운전 조심하세요."

"응. 도착하면 전화할게."

"네."

그와 얼마를 더 같이 있어도 들어가기 싫은 마음이 사라지지는 않을 것 같았다. 그래서 그녀는 일부러 가볍게 손을 한 번 흔들어 보인 후 곧장 대문을 열고 집 안으로 들어섰다. 오늘은 누가 뭐래도 그에게 휴식이 필요한 날이었으니까.

태주와 함께 있는 동안 설레었던 감정을 되새김질하며 정원을 걸어온 그녀가 현관문을 열었을 때였다. 불 꺼진 거실 소파에 누군가 앉아 있는 듯 거무스름한 형체가 보였다. 이모라면 현관문이 열리는 소리에 바로 일어났을 테니, 수현일 것이다. 그녀가 불을 켜지 않고 거실을 가로질러 2층으로 올라가려 할 때였다.

"너 뭐 하다 이제 들어와?"

소파에서 일어선 수현이 그녀에게 먼저 말을 걸었다.

"시간도 늦었는데 내일 얘기하자."

"대답하는 데 몇 분이나 걸린다고?"

"누구 좀 만났어."

"누구?"

"이모랑 이모부 주무시는 거 아냐? 할 얘기 있으면 내일 하자, 수현아."

"그렇게 우리 부모님 걱정한다는 애가 지금까지 어디에서 뭘 하다 왔을까?"

나직하게 콧방귀를 뀐 수현이 느린 걸음으로 그녀 앞으로 걸어와 섰다.

"친구랑 밥 먹고 영화 봤어. 됐니?"

"친구? 친구 누구?"

어둠 속에서 수현의 눈이 서늘하게 반짝였다.

"왜? 말하기 곤란한 친군가 봐?"

"그런 거 아니야."

"너 그날 아버지가 고 변호사랑 만날 자리 만들 거라고 말씀하시는 거 들었지? 그런데 사생활이 이렇게 엉망이면 아버지 얼굴이 뭐가 되니?"

그녀의 의사도 묻지 않고 멋대로 일을 꾸며 놓고 도리어 당당하게 얘기하는 수현의 태도에 해영은 할 말을 잃고 말았다.

"난 그 사람 만날 생각 전혀 없는데."

"너 이제 아주 막 나가는구나? 아버지가 너 생각해 잡은 약속에 네 멋대로 나가지 않겠다고?"

"내 의사도 묻지 않고 마음대로 잡으신 약속까지 내가 책임질 이유 없다고 생각하는데."

해영은 어금니에 지그시 힘을 실은 채 나직한 어조로 대꾸했다.

"그래서 우리 아버지 체면은 어떻게 되든 너랑은 상관없는 일이라는 거야? 너 우리 아버지 아니었으면 지금 그 모습으로 있기나

했을 것 같아? 이게 어디 은혜도 모르고!"

"무슨 말이 하고 싶은 거야?"

"그래도 아버지는 너 생각해 변호사씩이나 되는 남자랑 만나게 해 주려는 거야. 그러니까 아버지가 하라는 사람이랑 결혼해서 이 집에서 나가라고."

"싫은데."

"이게 정말!"

예고 없이 두 손을 뻗어 온 수현이 순식간에 해영의 멱살을 움켜잡았다.

그 상태로 있는 힘껏 옷자락을 비트니 해영은 숨을 쉴 수 없을 것 같았다. 수현의 손을 옷에서 떼어 내 보려 했으나 옷에 감긴 손을 떼어 내는 것은 생각처럼 쉬운 일이 아니었다. 수현의 어깨를 밀치다 해영도 결국 양손을 뻗어 수현의 머리카락을 움켜잡았다.

"야, 너 어딜 잡아? 안 놔?"

"네가 먼저 놔."

"너 진짜 미쳤구나?"

"네가 먼저 시작했어. 그러니까 네가 먼저 놔."

두 사람 다 그간 쌓인 감정의 골이 깊은 탓에 좀처럼 손에서 힘을 빼지 않았다.

"너 내 머리카락 한 올만 뽑아 봐."

"머리카락 뽑히기 싫으면 네가 먼저 손 놓으면 되잖아."

"네가 먼저 아버지가 만나라는 사람 만나겠다고 말해."

어둠 속에서 두 사람이 서로를 사납게 노려보고 있을 때였다.

"너희들 지금 이게 뭣들 하는 짓이야?"

이모와 이모부가 방에서 걸어 나오며 거실 불을 켰다.

불이 켜지는 순간 수현은 재빨리 잡고 있던 해영의 블라우스 자락을 놓았다. 해영도 움켜쥐고 있던 머리카락을 놓았으나 수현은 이미 커다란 눈에 그렁그렁 눈물방울을 매달고 있었다.

"너희 이게 무슨 일이니?"

엉망으로 흐트러진 그녀들의 옷과 머리를 차례로 훑어본 이모가 낮게 깔린 목소리로 물었다.

"엄마, 해영이가 저한테 다짜고짜 욕을 하면서 제 머리카락을 움켜잡았어요. 제가 아프다고, 놓고 좀 말하자고 했는데, 흐흐흑……."

"아무 이유도 없이 해영이가 네 머리카락을 잡았다고?"

화윤이 수현의 얼굴을 똑바로 응시하며 물었다.

"사실은, 아버지가 고 변호사랑 만날 약속 잡을 거라고 하니까 아버지 멋대로 잡은 약속 자기는 나갈 이유 없다면서 다짜고짜 제 머리카락을 잡았어요."

"……."

"자긴 결혼으로 은혜 갚을 생각 없다면서."

"정말 해영이 네가 그랬니?"

"아니에요, 이모."

"사실이에요, 엄마. 너 왜 거짓말해?"

자신의 말에도 화윤의 표정이 달라지지 않자 수현이 이번에는 신 회장을 바라보았다.

"저는 강문그룹 회장 아들과 만나게 하면서 어떻게 자기한테는 겨우 변호사를 만나라고 하냐고까지 했어요."

"......."

"설마 제가 없는 말을 지어냈겠어요?"

말을 마친 수현은 자신의 볼을 타고 흘러내린 눈물을 손등으로 닦아 냈다. 그 눈빛과 표정이 영락없이 억울함을 호소하고 있는 듯 보였다.

해영은 지금 자신이 계속 결백을 주장해야 하는 것인지 침묵해야 하는 것인지 알 수 없었다. 마치 초등학교 시절 수현이 고의로 어항을 깨 놓고 해영이 자신을 밀었다고 거짓말을 하던 그 순간으로 돌아간 것 같은 기분이었다.

그때는 어른들이 자신의 말을 믿어 주지 않으면 어쩌나, 자신을 나쁜 아이라고 생각하면 어쩌나 그저 두렵고 무섭기만 했었다. 하지만 지금은 그때와는 다른 감정이었다. 누구도 혼나지 않고 일이 마무리된 걸 다행이라 여겼던 그 시절의 자신이 참 안쓰럽다는 생각이 들었다. 만약 지금 어린 해영이 앞에 있다면 넌 잘못한 게 없다고, 그러니 두려워할 필요도 없다고 말해 주고 싶었다. 너를 가장 믿고 사랑해야 하는 사람은 네 자신이라고.

해영은 고개를 돌려 수현을 바라보았다. 수현이 커다란 눈에 원망과 미움, 그리고 분노를 가득 담고 자신을 바라보고 있는 것이 보였다. 그 순간 해영은 만약 자신이 이모 집에서 지내지 않았다면 지금 그녀들의 모습은 달랐을까, 하는 생각이 들었다. 이모 역시 원망이 아닌 지치고 피곤한 시선으로 그녀들을 바라보고 있었다.

"다들 그만해. 이제 그만하자."

이모가 나직한 목소리로 다시 입을 열었다.

"그리고 해영이 너는 그만 이 집에서 나가. 너도 이제 성인인데 충분히 혼자 살 수 있잖니?"

"이모……."

이모가 머리가 아픈 것처럼 이마를 손바닥으로 감쌌으나 해영이 선 자리에서는 손바닥 아래 붉어진 이모의 눈시울이 보였다.

"어린 나이에 부모 잃은 너 불쌍해 거둬 줬지만, 나도 15년이면 너한테 할 만큼 했다고 생각해. 언니도 이 정도면 나한테 서운해하지 않을 거야. 집은 내가 알아봐 줄 테니까 그렇게 알고 준비해."

"엄마?"

"여보."

"다들 그렇게 알아요."

"이모, 제가 잘못했어요."

"너 잘못한 거 없어. 내가 진작 내보냈어야 하는데……. 너도 이제 네 앞가림 정도는 할 수 있는 나이니까 고생되더라도 나가서 살아 봐."

낮고 차분한 목소리로 말한 이모는 곧장 몸을 돌려 자신의 방으로 향했다.

매정한 사람처럼 돌아섰는데 이모의 처진 어깨가, 도망치듯 빠른 걸음이 해영의 가슴을 뜨거움으로 가득 차게 만들었다.

'이모…….'

7.

잘 관리된 수목과 조각상을 비추고 있는 환한 조명, 그리고 라이브로 연주되고 있는 음악을 따라 태주는 긴 다리로 성큼성큼 걸음을 옮겼다.

"태주야."

멀리서도 단번에 그를 알아본 유석이 곧장 그에게로 다가왔다.

"언제 온 거야?"

"아버지랑 함께 오느라고 서둘렀더니 생각보다 너무 일찍 도착했네. 너는 지금 도착한 거야?"

큰 키와 균형 잡힌 골격 덕에 검은 턱시도 차림의 유석이 새삼 근사해 보였다.

"응. 너희 아버지는 어디 계셔?"

"저쪽에. 그런데 너희 아버지한테 먼저 인사드려야지."

"나중에."

태주는 자신의 아버지가 아니라 유석의 아버지이자 강산그룹 회장인 강정혁 회장을 찾아 걸음을 옮겼다.

"오는 길에 아버지한테 들은 얘긴데, 너희 아버지랑 신우물산 신 회장님 사이가 최근에 부쩍 돈독해졌다더라."

"알고 있어."

오늘 태주의 표정과 말투는 평소와 달랐다. 공적인 자리에서, 정확히 투엔터테인먼트의 대표나 강문그룹 회장 아들로 나서는 자리에서 그는 좀처럼 웃거나 농담을 건네는 일이 없었다. 유석은 이런 상황이 익숙한 듯 그의 곁에서 차분한 표정으로 함께 걸음을 옮겼다.

"네가 이것도 알고 있는지 모르겠는데, 신우물산 해영이 이모부가 운영하시는 회사야. 왜 지난번에 우리 집에서 봤던 영주 친구 말이야. 다시 말해 해영이 이모부가 신우물산 회장님이라고."

처음에는 오늘 이 자리에 해영을 초대하지 않을 생각이었다. 수현과의 일을 전부 정리한 뒤 자신의 아버지가 강문그룹 회장이라는 사실을 밝히는 것이 좋을 것이라 판단했기 때문이다. 그런데 지난주 아닌 척해도 해영의 표정이 좋지 않았던 것이 마음에 걸렸다. 그녀의 표정이 그럴 이유, 그가 생각할 수 있는 것은 수현뿐이었다.

그리고 수현은 오늘 이곳에서 그와 아버지의 관계를 알게 될 것이다. 그 뒤 상황이 그와 해영에게 즐거울 리 없을 거라는 것쯤은 경험해 보지 않아도 알 수 있었다. 그런데도 그냥 두 손을 놓고 기다릴 수는 없었다. 고민 끝에 그는 수현을 통해 거짓을 듣게 하는 쪽보다는 해영이 이곳에서 직접 모든 사실을 알게 하는 쪽을 택하기로 했다. 이미 해영에 대한 자신의 마음에는 확신을 가졌으니 말이다.

"해영이? 잘 기억이 안 나는데."

"정말?"

"혹시 그때 그 얼굴 하얗고 예쁘장했던 아가씨?"

태주의 표정은 어느 때보다 진지했다.

"태주 네가 그날 집까지 데려다줬잖아. 그 후에 영주가 자기 때문에 단둘이 식사도 했다고 했던 것 같은데……."

유석이 자신의 기억이 잘못된 것인가 싶은지 고개를 갸웃거렸다.

"영주랑 너는 비밀 같은 건 없나 봐?"

"그러는 너는 나한테 비밀 있고? 역시 기억 못 하는 거 아니었지? 그런데 왜 모른 척했어?"

유석이 수상하다는 듯 미간을 접었다.

"해영이 네 타입 아니잖아?"

"내 타입? 그건 또 무슨 소리야?"

"네가 지금까지 만났던 여자들 다들 연예인처럼 예쁘고 화려하고 집안도 대단한 여자들뿐이었던 것 같은데."

"그쪽이 내 타입이 아니라, 그런 여자들이 날 좋아했던 거겠지."

"어쨌든. 잠깐만, 그런데 너 오늘 이 자리에 신 회장님 딸도 초대된 건 알고 있어?"

"응."

그는 길게 말하지 않았다.

그의 대답에 같은 보폭으로 잔디를 가로지르던 유석이 걸음을 멈추고 섰다.

"그게 무슨 의민지도?"

"나하고는 상관없는 일이야."

걸음을 멈췄던 유석이 다시 그를 따라오고 있을 때 어딘가에서 홀연히 불어온 바람이 그들의 옷깃을 흔들었다.

"그게 네 맘대로 될까?"

유석의 질문에 태주는 얼음처럼 차가운 시선을 들어 화려한 옷차림의 사람들로 소란스런 정원 중앙을 응시했다.

"너 영주 앞에서 쓸데없는 소리 하지 마."

"해영이 얘기, 아니면 신 회장님 딸 얘기?"

"둘 다."

누군가에게 해영에 대한 마음을 털어놓는다면 분명 가장 처음은 유석이었다.

"역시……."

유석이 그를 바라보며 음흉한 미소를 지었다.

"태주 오랜만에 보는구나."

그들이 다가가자 강 회장이 반갑게 태주를 맞았다.

"네. 그동안 별일 없으셨죠?"

"나야 늘 그렇지. 너 하는 사업이 이제 기반이 잡혀 간다는 얘기는 유석이한테 들었다. 혼자 힘으로 사업을 시작한다는 게 보통 일이 아닌데, 아주 대견하구나."

"이제 겨우 시작 단계인데요."

"지금처럼만 하면 앞으로도 문제없을 거다. 혹시라도 내 도움 필요한 일 생기면 언제든 얘기하고."

강 회장이 애정이 묻어나는 손길로 그의 어깨를 두드렸다.

"감사합니다."

"아버지께는 인사드렸고?"

"이제 드려야지요."

"기다리고 계시겠다. 얼른 가서 인사드려."

"네."

때마침 그의 어깨를 툭 건드리는 유석의 시선을 따라 고개를 돌리자 아버지와 이야기를 나누고 있는 신 회장의 모습이 보였다. 곁에는 그의 아내 화윤과 수현도 함께였다.

"너희 아버지한테 나도 아직 인사 못 드렸는데, 같이 갈까?"

"아니야. 너는 이따가 드려."

"그래, 그럼. 어서 가 봐."

아버지를 향해 걸음을 옮기려던 태주는 다시 유석을 바라보았다.

"참, 조금 있다 영주랑 해영이도 올 거야. 네가 잘 좀 챙겨 줘."

"영주랑 해영이를 여기로 불렀다고? 왜?"

"오면 좋아할 것 같아서."

"그 얘기를 지금 하면 어떻게 해?"

오늘 이곳에서 어떤 일이 벌어질지 잔뜩 걱정스런 표정의 유석을 뒤로하고 태주는 아버지를 향해 걸음을 옮기기 시작했다.

그가 마지막으로 강문그룹 창립 파티에 참석했던 것은 9년 전, 외할아버지와 함께였다. 아버지에 대한 증오는 가득했지만 혼자서는 아무것도 할 수 없었던 그때. 아마 외할아버지가 계시지 않았다면 누구도 그날의 그에게 관심 갖지 않았을 것이다.

오늘 다시 이곳에 찾아온 그는 혼자였다. 하지만 사람들의 호기심 어린 시선은 외할아버지와 함께일 때보다 더 뜨겁게 피부로 와 닿고 있었다. 그도 그럴 것이 국내의 내로라하는 그룹의 총수 일가에만 한정적으로 초대장이 전달됐다고 했다. 그러니 사람들은 그가 어느 그룹의 일원으로 참석한 것인지 궁금할 것이다. 그 이유를 제외하고도 어떤 화려한 행사장에서도 사람들의 시선을 잡아끌던 그의 외모는 오늘 이곳에 참석한 사람들의 시선 또한 여지없이 그에게 향하게 만들고 있었다.

"태주 왔구나?"

그에게 향하는 사람들의 시선과 관심이 싫지 않은 듯 한 회장이 환하게 웃는 얼굴로 태주를 맞았다.

"네. 태경이가 안 보이네요?"

"귀국한 지가 언젠데 너는 이제야 얼굴을 보여 주면서 태경이부터 찾는 거냐?"

지난겨울 강문그룹 회장실에서 마지막으로 얼굴을 마주했으니 5개월 남짓 만에 다시 아버지와 마주한 것이다. 그사이 약간 마르긴 했으나 아버지는 크게 달라진 것이 없어 보였다. 신 회장을 지나치게 의식하며 그를 대하는 말투와 표정을 제외한다면 말이다.

"태경이는 오늘 제 어머니랑 있을 거다. 그보다 인사 먼저 드려라."

태주는 아버지가 가리키는 신 회장 부부와 수현을 향해 고개를 돌렸다.

신 회장과 화윤은 이미 그를 알고 있는 듯 얼굴에 인자한 미소를 띠고 있었다. 그러나 푸른 드레스 차림의 수현은 마치 밀랍 인

192

형처럼 창백한 얼굴에 아무런 표정이 없었다. 그를 보고 얼마나 놀란 것인지 시선이 마주치자 무언가를 숨겨야 하는 사람처럼 재빨리 시선까지 바닥으로 떨어뜨리고 있었다.

"제 큰아들 놈입니다. 신우물산 신 회장님 내외분이시다."

"한태주라고 합니다."

그는 신 회장과 화윤에게 예의를 갖춰 고개를 숙였다.

"우리 은행장님 생전에 만난 적이 있었는데 기억하려나 모르겠네요. 그때는 학생 티를 완전히 벗지 못했을 때였는데 이제는 아주 근사한 사업가처럼 보이는군요, 한 군. 아니, 이제는 한 대표라고 불러야 하나?"

"편하게 대하세요, 신 회장님. 지금은 저 혼자 뭘 좀 해 보겠다고 해서 경험 삼아 해 보게 내버려 두고 있기는 한데, 조만간 강문으로 불러들여야죠."

"요즘 젊은 사람 같지 않게 편한 길 놔두고 혼자 힘으로 자기 사업까지 일으켜 본 사람을 편하게 대하라니요. 아주 대견하고 자랑스러우시겠습니다, 한 회장님."

낯간지럽게 오가는 덕담 사이로 태주는 수현의 얼굴을 응시했다. 신 회장 곁에서 마치 보호가 필요한 어린아이처럼 두 손을 가지런히 포갠 채 서 있는 얼굴이 여전히 핏기 없이 창백했다.

"태주야, 수현 양과도 인사 나눠라."

한 회장의 재촉에 그제야 수현이 고개를 들어 그의 얼굴을 바라보았다.

"처음 뵙겠습니다, 신수현이라고 합니다."

"한태줍니다."

그들이 인사를 나누는 모습을 흐뭇한 시선으로 바라보던 한 회장이 다시 말문을 열었다.

"수현 양은 S대에서 경영학을 전공하고 신우물산 경영기획팀에 입사를 했다는구나. 이런 재원을 곁에 두고 계시니 정말 든든하고 좋으시겠습니다, 신 회장님."

"한 대표에 비하면 부끄러운 여식입니다."

"무슨 그런 말씀을. 저는 오히려 신 회장님이 부럽습니다. 태주 너도 이제 그만 강문으로 돌아와야지."

한 회장이 더없이 다정하고 친구 같은 아버지처럼 말했다.

"저는 강문으로는 안 들어간다고 이미 말씀드렸습니다."

그의 단호한 대답에 신 회장을 보기가 민망했는지 아버지가 살며시 미간을 찌푸렸다.

"한 대표, 강문그룹은 하루가 다르게 국내외로 규모가 커지고 있어요. 아마 앞으로는 더 커지겠죠. 그런데 언제까지 그 많은 짐을 아버지 혼자 짊어지시게 할 겁니까? 이제 아버지 연세도 적지 않으신데, 본인 사업도 좋지만 그만 아버지의 깊은 뜻을 헤아려 드려야 하지 않겠어요?"

"한태경 이사가 경영 수업을 착실히 받고 있으니 앞으로 아버지를 도와 강문그룹을 잘 이끌어 나갈 겁니다."

공손한 말투 뒤에 숨겨진 고집과 냉정함을 읽어 낸 듯 신 회장의 얼굴에서도 점점 미소가 옅어졌다.

"장남이란 녀석이 이렇게 아버지 생각은 조금도 해 주질 않으니 제가 이만저만 서운한 게 아닙니다. 어서 좋은 아가씨를 만나 결혼이라도 하면 아내 말은 좀 들으려는지……."

"한 회장님께서 애처가로 유명하시니 한 대표도 그렇지 않겠습니까?"

"이 녀석은 일밖에 모르는 녀석이라, 어서 누굴 만나기라도 했으면 좋겠습니다."

"이거 우리 수현이도 도통 연애를 안 하는 것 같아 걱정인데, 한 회장님과 제가 동병상련의 처지였습니다, 하하하."

"어머닐 닮아 이리 미인인데 믿기지 않는 말씀입니다."

한 회장과 신 회장이 만담이라도 나누듯 이야기를 주거니 받거니 하고 있을 때 검은 정장 차림의 남자가 빠른 걸음으로 다가오더니 한 회장에게 귓속말을 전했다.

"방금 오성그룹 오 회장님께서 도착하셨답니다. 젊은 애들끼리 이야기 나누게 두고 우린 오 회장님께 인사드리러 가죠."

"그러시죠."

한 회장과 신 회장 그리고 화윤이 함께 자리를 뜬 뒤 그 자리에는 태주와 수현 두 사람만 남게 되었다. 두 사람 사이에 얼마간 불편한 정적이 감돌았다. 그 침묵을 깨고 먼저 말을 꺼낸 사람은 태주였다.

"우리가 이미 알고 있는 사이라는 걸 아셨으면 더 좋아하셨을 것 같은데, 왜 처음 본다고 했습니까?"

"그건……. 그보다 왜 아버지가 강문그룹 한 회장님이라고 진작 말씀 안 해 주셨던 거예요?"

"그게 그렇게 중요한 얘긴가요?"

"그거야……."

지금 수현의 머릿속이 얼마나 복잡한지 그녀의 얼굴에 드리워진 그늘만으로도 그는 충분히 짐작할 수 있을 것 같았다.

* * *

"해영아, 너 정말 너무 예쁘다."

"드레스가 너무 많이 파인 것 같지 않아? 치마도 좀 짧고."

"전혀. 요즘 이 정도는 기본이지. 완전 널 위해 만들어 놓은 드레스 같아. 머리를 올리니까 목선도 예술이고."

V넥이 가슴골 바로 위까지 파이고 무릎을 살짝 웃도는 길이의 새하얀 원피스는 세련되고 고급스러웠지만 해영의 기준에서 조신하다고는 할 수 없는 디자인이었다. 게다가 영주의 말대로 틀어 올린 머리 탓에 노출 부위가 더 강조되는 듯했기에 그녀의 손은 자신도 모르게 자꾸만 목과 쇄골 주변을 맴돌고 있었다.

"그런데 정말 내가 가도 되는 자리 맞아?"

"당연하지. 태주 오빠가 우리 둘이 같이 오라고 드레스를 두 벌 보낸 거라니까."

지난주 이모가 가족들 앞에서 그녀에게 독립을 하라고 얘기한 뒤 그녀는 주말부터 이모와 회사 근처의 오피스텔을 알아보러 다니기 시작했다. 마치 당장 그녀를 내보내야 하는 것처럼 이모는 그녀가 살 집을 알아보는 일을 서둘렀고, 그 결과 이미 오피스텔 한 곳과 가계약도 마친 상태였다. 그 때문에 태주와 자주 만날 수도 없었지만, 시간을 내 만나도 마음이 심란해 예전처럼 그의 말과 표정에 집중하지 못했었다. 그런데 갑자기 영주와 그녀를 어디로 초대한 것인지…….

"뭐 하는 곳인데 이런 옷까지 입고……."

"가 보면 알겠지."

"너도 정말 모르는 거야?"

"응. 나도 정말 몰라. 근데 태주 오빠가 오라는 거니까 무조건 기대돼."

그때 숍 안쪽에서 직원이 검은 벨벳에 싸인 상자 두 개를 들고 그녀들에게 다가왔다. 상자를 열자 하나는 작은 다이아들이 꽃 모양으로 촘촘히 박혀 있는 가는 줄의 목걸이와 귀걸이 세트가 들어 있었고, 다른 하나는 길고 화려한 귀걸이와 반지 세트가 들어 있었다.

"넌 이 귀걸이랑 반지 세트로 하고 난 목걸이랑 귀걸이 세트로 하면 되겠다. 역시 태주 오빠 센스 있어."

"이것까지 다 준비해 주신 거야?"

"그렇다니까. 여기에서 준비하고 기다리면 6시 30분까지 차 보낸다고 했어."

"어디로 오라고 말도 안 해 주고?"

"그게 뭐가 중요해? 어딜 가든 이런 옷차림으로 가면 자신감이 넘칠 것 같은데."

핑크빛이 도는 베이지 드레스 차림의 영주가 상자에서 목걸이를 들어 해영에게 건넨 뒤 목에 걸어 달라는 듯 돌아섰다.

몸매 라인이 그대로 드러나는 롱 드레스에 힐을 신고, 웨이브 진 머리를 하나로 묶어 늘어뜨린 영주는 오늘 정말 우아하고 아름다웠다. 액세서리를 한 모습은 더욱 마음에 드는지 거울에 자신의 모습을 비춰 보고 뱅그르르 돌아보며 그녀는 한동안 거울 앞을 떠

날 줄을 몰랐다. 그 모습을 지켜보는 해영의 가슴도 조용히 두근거리고 있었다.

"벌써 6시가 넘었네. 클러치 고르고 나가서 기다리면 시간 맞겠다."

영주의 말에 그녀들 뒤에서 대기하고 있던 직원이 클러치가 전시돼 있는 곳으로 그녀들을 안내했다.

"너는 클러치까지 흰색으로 하면 너무 포인트가 없겠지? 그럼 눈에 확 띄는 금색? 아니야, 핑크색이 더 나은가?"

영주는 마치 인형 놀이를 하듯 해영의 손에 이것저것 클러치를 들려 주었다. 하지만 딱히 이거다 싶은 것은 찾지 못한 듯 연신 고개를 갸웃거렸다.

"뭐 하는 자린지라도 알면 선택하기 좀 수월할 것 같은데. 유석 오빠한테라도 전화해 봐야겠다."

혼잣말처럼 중얼거린 그녀는 재빨리 자신의 휴대폰을 집어 들었다.

"오빠, 나야. 특별한 용건이 있는 건 아니고, 그냥. 그런데 혹시 지금 태주 오빠랑 같이 있어?"

유석과 통화를 하며 영주가 해영을 향해 손가락으로 동그라미를 그려 보였다. 유석이 태주와 함께 있다는 뜻이었다.

"그런데 주변에 사람들이 많나 봐? 음악 소리도 들리는 것 같고……. 아, 큰아버지도 같이 계셔? 알았어, 오빠."

통화를 마친 영주가 미리 골라 둔 자신의 클러치 안으로 휴대폰을 밀어 넣었다.

"뭐 하는 곳인데 큰아버지가 같이 계신다는 거지?"

"너희 큰아버지면 강산그룹 회장님?"

"응."

영주가 정말 영문을 모르겠다는 표정으로 어깨를 으쓱 들어 올렸다.

강산그룹 회장님까지 계신 자리에 정말 자신이 가도 괜찮은 것인지 해영은 갑자기 마음이 무거워지는 것 같았다.

* * *

정원 한편에 세팅된 테이블을 향해 걷는 동안 수현은 말없이 그의 뒤를 따랐다. 그러다 갑자기 걸음을 멈추고 자리에 섰다.

"그동안 혼자 재미있었겠어요."

수현이 그의 등 뒤에서 나직한 목소리로 입을 열었다.

"사실은 해영이랑 만나기 전에 한 회장님께 저랑 만날 거라는 얘기 들었고, 해영이 처음 만났던 날 저와의 관계까지도 알았던 거죠?"

지금 그들이 서 있는 곳에서는 정원을 가득 메운 사람들과 화려하게 세팅된 테이블, 그리고 커다란 스크린과 사람들의 대화에 방해가 되지 않을 정도로 잔잔한 음악을 연주하고 있는 연주자들의 모습까지 한눈에 들어왔다. 그는 이보다 훨씬 화려하고 호화로운 장소에서도 이질감을 느끼지 못했던 사람이었다. 그런데 오늘 이곳은 그 어떤 화려한 시상식장보다 낯설고 불편했다. 이곳에 온 것이 그의 의지 이전에 타인의 의지가 먼저 작용했기 때문일 것이다.

"그러니까 오늘 절 보고 전혀 놀라지 않았던 거겠죠?"

그는 사람들을 등지고 천천히 돌아섰다.

"아니라고 부정 안 하시네요?"

"뭐, 어느 정도는 사실이니까."

그는 자신의 주머니 안으로 손을 밀어 넣었다.

"어느 정도라고요?"

"해영이와 처음 만난 건 아버지께 신우물산에 대한 얘기를 듣기 전이었고 지금까지 계속 만났던 것 역시 신수현 씨와는 상관없는 일입니다. 그러니 지금은 해영이 얘기 빼고 하죠."

"처음에는 정말 모르고 만났다 하더라도 저와 만나게 될 거라는 사실 알게 된 이상 해영이와는 거리를 뒀어야 했던 거 아닌가요?"

"내가 왜 그래야 하죠?"

"설마 어른들이 오늘 이 자리에 우리 두 사람을 부른 이유를 모른다고 하진 않겠죠?"

"난 이미 거절 의사 밝힌 거 같은데."

두 사람의 시선이 차갑게 뒤엉켰다.

"신 회장님은 내가 강문그룹을 물려받지 않으면 나한테 더 이상 관심 갖지 않을 겁니다."

"정말 그 이복동생한테 전부 주겠다고요?"

신 회장에게 태경에 대해 어떻게 들은 것인지 묻고 있는 수현의 눈빛에 이해가 가지 않는다는 기색이 역력했다.

"내가 가졌던 적이 없으니 내가 주는 건 아니죠."

"설마 해영이 때문은 아니죠?"

자신이 물어 놓고 수현이 말이 되지 않는 얘기라는 듯 고개를 저었다.

"예전에는 아니었지만, 앞으로는 모르죠."

"강문그룹이 학교 앞 구멍가게도 아니고 누구 때문에 포기하고 말고 한다는 게 말이 되는 얘긴가요?"

"생각하는 입장에 따라 다를 수 있다는 건 인정합니다. 이제 우리 얘긴 다 끝난 거 같으니 저 먼저 가 보죠. 찾아야 할 사람이 있어서."

"잠깐만요."

돌아서려는 태주의 팔을 수현이 재빨리 잡았다.

"해영이 정말 좋아하는 거 맞아요?"

"……."

"한 번도 이 질문에 제대로 대답을 해 준 적이 없었던 것 같아서요."

"무슨 뜻이죠?"

"해영이, 한 회장님 뜻 거스르기 위한 방패 아닌가 싶어서요."

그녀에게는 지금껏 해영이 자기 인생의 한결같은 조연이었으니 이 모든 상황이 당황스럽고 이해가 되지 않는 모양이었다. 오히려 그가 아버지의 뜻을 거스르기 위해 해영을 이용했다고 생각하는 편이 납득이 쉬울 만큼.

"그렇게 궁금하다면 대답해 주죠. 네. 내가 해영이 많이 좋아합니다. 그리고 난 강문그룹에 욕심이 없으니 어떤 식의 협박도 통하지 않을 겁니다."

"하, 어떻게……."

"다른 질문에는 대답할 생각 없습니다. 그러니 우리가 이런 일로 다시 만나는 일도 없었으면 합니다."

"이런 일이라는 게, 우리 결혼 얘기를 말하는 거죠?"

"어른들 일에 어이없게 이용당하는 상황을 말하는 겁니다."

"어이없게라고요?"

태주는 아직까지 자신의 팔을 잡고 있는 수현의 손을 냉정하게 떼어 냈다.

"한 회장님 절대 두 사람 허락 안 하실 거예요."

"허락 받을 생각 없습니다."

"……그 정도로 해영이가 좋다는 뜻인가요?"

수현의 입술 끝이 파르르 떨렸다.

"한태주 씨는 본인이 해영이를 얼마나 안다고 생각하세요?"

당찬 목소리였으나 더 들어보지 않아도 억지스런 말들을 늘어놓을 것이란 것이 짐작이 됐다.

"한태주 씨가 해영이가 신우물산 회장의 처조카라는 사실을 이미 알고 있었던 것처럼 해영이도 한태주 씨가 강문그룹 회장의 아들이라는 사실 알고 있었을 수도 있다는 생각은 안 해 보셨어요? 처음엔 모르고 만났어도, 영주 사촌 오빠 친구인데 그 후에 얼마든지 영주 통해 들었을 수 있지 않을까요?"

"무슨 말이 하고 싶은 겁니까?"

"해영이 예쁘지만 정말 영리한 아이거든요. 그리고 어릴 때부터 저한테 경쟁의식이 심했어요. 이모랑 이모부가 사고로 일찍 돌아가신 뒤 다른 걸로는 절 이길 수 없게 되니까 남자 친구로라도 절 이기고 싶어 했을 정도로요."

태주는 그녀의 말을 묵묵히 듣고 있었다.

"보통 법대생, 의대생 아니면 아버지가 대기업 간부 이상은 돼야 만나고, 만난 지 얼마 되지도 않았는데 꼭 저한테 소개해 주며 자랑하고. 도대체 어떻게 매번 그런 사람들만 만나나 싶어 제가 친구들 통해 좀 알아보니 전부 해영이가 계획적으로 접근했던 거더라고요. 지금 제 얘기 믿고 싶지 않겠지만 해영이는 항상 애정에 목말라 있고 어떻게든 절 이기고 싶어 했어요. 그런데 한태주 씨가 누군지 알고도 모른 척할 수 있었을까요? 강문그룹 회장 아들에, 저랑 만날 거라는 사실까지 알았다면 어느 때보다 더 빼앗고 싶었을 거예요."

"지금 누구 얘기 하는 겁니까?"

"그야 당연히……."

"연기가 여우주연상감이라 혼자 보기 아깝네."

갑자기 들려온 말소리에 그가 소리가 나는 쪽으로 시선을 돌리자 검은 정장 차림의 호진이 그들을 향해 걸어오고 있는 것이 보였다. 그와 함께 시선을 돌린 수현도 호진을 발견하고는 믿을 수 없다는 듯 눈을 가늘게 뜨며 얼굴을 찌푸렸다.

"아, 연기가 아니라 전부 몸소 경험했던 일들이라 더 실감이 나는 건가?"

"장호진…… 씨가 여긴 어쩐 일이세요?"

"당연히 초대장을 받았으니까 왔지."

그들 곁으로 다가오는 호진의 안경이 불빛을 받아 반짝였다.

"그러니까 어느 그룹과 연관이 있어서 온 거냐고요?"

그녀의 목소리에는 이곳은 감히 당신 같은 사람이 올 곳이 못 된다는 빈정거림이 깔려 있었다.

"갑자기 웬 존댓말? 당연히 신우물산이지."

"뭐?"

수현의 얼굴이 험악하게 일그러졌다.

"그때 네가 나와 특별한 사이가 되고 싶다고 하지 않았었나? 계획적으로 내 주변을 맴돌아 우연이 아닌 운명인 것처럼 여러 차례 마주친 다음에 말이야."

"내가, 언제 그랬다는 거죠? 사람들 부르기 전에 당장 여기에서……."

"그때 우리가 주고받았던 문자 메시지들 난 아직도 다 가지고 있는데."

호진이 어깨를 으쓱 들어 올렸다.

"그리고 혹시 네가 지금처럼 그때 일 기억 못 할까 봐 예전에 우리가 함께했던 아주 특별한 영상도 하나 가지고 왔고."

호진이 자신의 주머니 안에 무언가 중요한 것이 들어 있는 것처럼 손으로 주머니 위를 쓰다듬었다.

"당신, 미쳤어. 제정신 아니야. 지금 여기가 어떤 자린 줄 알고?"

"의대에 다니는 미친놈도 있나?"

"당장 사람들 불러와 끌어낼 거야. 이봐요! 누가 여기 이 사람……."

수현이 도움을 청하려는 듯 주변을 두리번거리며 소리치려 할 때였다.

"그러면 네가 더 곤란해질 텐데."

"……?"

"설마 내가 지난번에 그렇게 당하고도 그 정도도 예상 못 했을 것 같아?"

"나한테 이러는 이유가 뭐야?"

"정말 모르는 거야?"

호진이 흘러내린 안경을 다시 똑바로 올려 쓰며 차가운 목소리로 물었다.

* * *

"저기 좀 봐, 해영아."

"와, 분수대도 있네."

차에서 내리기 전 두 사람은 절대 촌스럽게 굴거나 주변을 두리번거리지 말자고 다짐했었다. 그런데 차에서 내린 그들의 눈앞에 펼쳐진 풍경은 도무지 한 개인의 집이라고는 생각할 수 없는 규모였다.

"저기 사람들 좀 봐."

얼마를 걷자 넓은 잔디를 환하게 비추고 있는 불빛과 그 주변으로 화려한 옷차림의 사람들이 서 있는 것이 보였다. 처음 사람들을 보고는 누군가의 생일 파티인가 하는 생각도 언뜻 스쳤으나 나이와 성별이 제각각인 것으로 봐선 생일 파티는 아닌 것 같았다.

"영주 너, 혹시 아는 사람 없어?"

"이렇게 많은 사람들 틈에서는 우리 아버지도 한 번에 못 찾겠다. 어, 잠깐만, 해영아. 저기 유석 오빠다."

엄살을 하더니 영주가 유석을 빠르게 찾아냈다.

턱시도 차림의 유석도 영주가 힘껏 두 손을 흔드는 모습을 발견한 듯 긴 다리로 성큼성큼 그녀들을 향해 다가오기 시작했다.

"너희 온다는 얘기 들었어."

"태주 오빠한테? 그런데 여기가 어디야? 태주 오빠는 또 어디 있고?"

영주가 더 이상 궁금증을 참기 힘들다는 듯 유석에게 곧장 물었다.

"그것도 모르고 온 거야? 여기 강문그룹 한 회장님 저택이잖아. 오늘 강문그룹 창립 기념일이라 한 회장님과 친분 있는 기업 총수 일가만 초대됐고."

"아, 강문그룹 회장님 댁이구나. 어쩐지……."

"여기가 어디라고요?"

사람들이 모여 있는 곳을 향해 함께 걸음을 옮기던 해영은 강문그룹이란 말에 깜짝 놀라 그 자리에 멈춰 서고 말았다. 태주가 자신들을 초대한 장소가 강문그룹 회장 저택이라는 사실도 놀랄 일이었지만, 강문그룹이라면 수현과 혼담이 오가고 있는 집안이었기에 더욱 당황하지 않을 수 없었다.

"강문그룹 회장님 댁."

"그러니까 여기에는 왜……?"

"해영아, 사실은 태주 오빠 아버지가 강문그룹 회장님이거든."

"뭐?"

"내가 전에 너한테 말했었지? 오빠 아버지도 사업하신다고."

"……."

"너 많이 놀랐구나? 나는 오빠가 아버지에 대해서 말하는 걸 별로 안 좋아해서 너한테 자세히 말을 안 했지. 딱히 말할 필요성도 느끼지 못했고. 그런데 오늘 여기에 올 줄 알았으면 진작 얘기해 둘 걸 그랬다."

'여기가 강문그룹 회장의 저택이고 태주가 강문그룹 회장의 아들이라고?'

해영은 머릿속이 점점 뿌옇게 흐려지는 느낌이었다. 태주가 자신들을 초대한 장소가 어디일까? 드레스 입은 모습을 보고 어떤 반응을 보일까? 궁금하고 들떴던 마음도 얼음물을 뒤집어쓴 것처럼 싸늘하게 식었다.

그러고 보니 오늘 오후 이모가 수현과 함께 강문그룹 행사에 다녀오겠다며 외출을 했다. 그녀도 이미 알고 있던 일이었기에 그때 이모에게 잘 다녀오시라고 인사까지 했는데. 그러니까 이모와 수현은 오늘 이곳에 오기 위해 집을 나섰던 것이다. 태주의 존재만 빼고 모두 알고 있던 사실에 태주를 끼워 넣었을 뿐인데 숨이 잘 쉬어지지 않는 느낌이었다. 서늘한 밤바람에도 손바닥에 땀이 차고 입 안이 말라 갔다.

"해영이 진짜 많이 놀랐나 봐, 오빠."

영주의 말도 귀에 잘 들려오지 않았다. 사실 그녀도 처음부터 태주와 자신이 어울리지 않는다는 사실을 알고 있었다. 그런데 그와 있는 게 좋아서, 미리부터 무언가를 걱정하기엔 그의 말들이 너무 달콤해서 잠시 잊고 있었다. 그가 그녀에게 어떤 확신을 줬던 것도 아니고, 그녀 혼자 멋대로 그의 감정까지 넘겨짚었던 것일 수도 있는데…….

"태주 오빠 아버지가 강문그룹 회장님이라고 우리가 아는 오빠가 달라지는 것도 아닌데 뭘 그래. 오빠 기다리겠다, 해영아."

영주가 그녀의 팔을 잡으며 재촉했다.

"혹시 오늘 수현이도 여기에 왔어요?"

"수현이면, 신우물산 신 회장님 딸?"

"네."

"지금 태주랑 같이 있을 것 같은데."

"뭐? 태주 오빠가 왜 수현이랑 같이 있어?"

미간을 잔뜩 찌푸린 영주가 잠시도 유석의 대답을 기다리지 못하고 다시 물었다.

"다른 곳도 아니고 태주 오빠 아버지 집에서 왜 두 사람이 같이 있냐고? 설마 둘만 있는 건 아니지?"

"영주야, 그게……"

"빨리 말해. 왜 태주 오빠가 수현이랑 같이 있는 건지. 오빠도 내가 얘기해서 알잖아, 신수현 걔……"

"강영주, 목소리 좀 낮춰."

점점 목소리가 높아지고 있는 영주에게 유석이 주의를 줬으나 소용없었다.

"혹시 두 사람 집안에서 이상한 얘기라도 오간 거야? 가만, 지난번에 신수현이 뜬금없이 나한테 전화를 해 태주 오빠에 대해서 물었던 적이 있었는데. 그러니까 그때 이미……. 와, 오빠 아버지 정말 너무하시네. 아무리 있는 집안에서는 자식 결혼으로도 거래를 한다지만 지금까지 오빠한테 해 준 게 뭐가 있다고?"

"여기 우리만 있는 거 아니잖아, 영주야."

영주의 팔을 움켜잡고 말한 유석이 해영을 돌아보며 나직하게 덧붙였다.

"그리고 태주도 지금 좋아서 같이 있는 거 아니야."

유석의 말대로 오늘 이 자리가 어떤 자린지 미리 알았다 해도 태주는 자기 마음대로 거절할 수 없었을지 모른다. 강문그룹처럼 대기업은 무언가를 얻기 위해 결혼도 이용해야 한다는 건 그녀도 귀동냥으로 들어 어느 정도 알고 있었으니까.

그래서 그는 오늘 그녀를 이곳으로 초대한 것일까? 말로 설명하고 사과하는 것보다는 어쩔 수 없는 상황이었다는 것을 직접 보여 주고 이해시키려고? 미리부터 자책하거나 비참해지고 싶지 않았지만, 그녀는 오늘 그의 배려가 그다지 고맙지 않았다. 차라리 이곳에서 돌아온 수현에게 듣는 편이 지금보다 나았을지도…….

"그럼?"

"나도 잘은 몰라. 그냥 좀 기다려 봐."

"아, 답답해."

영주가 우아한 드레스에 어울리지 않게 툴툴거리며 걸음을 옮기고 있을 때였다.

저 멀리 어느 때보다 근사한 모습의 태주와 여신처럼 푸른 드레스를 우아하게 소화하고 있는 수현이 나란히 걸어오고 있는 것이 보였다. 두 사람의 모습을 보고 있자니 그림 같은 한 쌍이란 표현을 어떤 순간 사용해야 하는 것인지 알 것 같았다. 사람들 사이를 자연스럽게 걸어오고 있을 뿐인데 마치 그들이 이 파티의 주인공인 것처럼 주변 사람들의 시선이 그들에게로 향했다.

"오빠!"

태주를 발견한 영주가 손을 흔들며 그를 불렀다.

"영주 왔구나?"

"오빠, 드레스 너무 고마워. 완전 내 취향이야. 해영이 드레스도 어쩜 이렇게 잘 골랐어?"

영주의 말에 태주의 시선이 해영에게 닿았다. 그녀의 얼굴에서 섬세한 목선을 타고 천천히 미끄러져 잘록한 허리에 잠시 머물렀던 시선은 다시 한 손에도 잡힐 듯 희고 가는 그녀의 발목으로 내려갔다.

그사이 해영은 수현의 옆에 서 있는 그의 얼굴을 똑바로 바라볼 수 없어 살그머니 시선을 피했다.

"해영아."

달라진 것은 없다. 그녀를 바라보는 그의 시선은 여전히 따듯했고 이름을 부르는 목소리는 다정했다. 그렇기에 그녀는 그의 얼굴을 더 바라볼 수가 없었다.

"해영이 정말 예쁘지, 오빠? 아까도 걸어오는데 사람들이 다 해영이만 쳐다보더라고."

"그래. 정말 예쁘다, 해영아."

"고맙습니다."

수현을 철저히 무시한 영주의 태도에 수현도 그녀들을 바라보지 않고 있다 해영의 드레스를 힐끗 쳐다보는 것이 보였다. 그러고는 마음에도 없는 말을 상냥한 목소리로 내뱉었다.

"여기에서 해영이 널 보게 될 줄은 몰랐는데. 드레스 정말 예쁘다, 너한테도 잘 어울리고. 그런데 흰색이라 좀 조심해야겠다, 해영아."

"별 걱정을 다 해 주네."

영주가 심통을 부리듯 곧장 수현의 말을 받아쳤다.

"영주야, 네가 아무리 해영이랑 친하다고 해도 너보다는 가족인 내가 해영이를 더 걱정하지 않겠니?"

"네가?"

나직하게 콧방귀를 뀌던 영주와 수현의 시선이 팽팽하게 부딪혔다. 해영은 그러지 말라는 뜻으로 영주의 팔을 잡았다.

"우린 그만 저쪽으로 가자, 영주야."

"가만있어 봐. 야, 신수현."

"영주야, 정말 왜 그래?"

해영이 다시 팔을 잡아당기자 그제야 영주도 자리를 의식한 듯 수현을 바라보던 시선을 태주에게로 돌렸다.

"오빠, 이렇게 좋은 자리에서 내가 너무 예의 없게 굴어서 미안해."

"아니야. 유석이 옆자리로 가서 앉아."

"알았어. 해영아, 유석 오빠 저쪽에 있다. 우리도 저쪽으로 가자."

"그래."

해영이 영주를 따라 유석이 먼저 자리를 잡고 있는 테이블로 향하려는 순간이었다. 발끝에 무언가가 걸리며 그녀의 몸이 앞으로 쏠렸다.

"괜찮아?"

태주였다. 그가 재빨리 손을 뻗어 그녀의 어깨를 잡아 주며 괜찮은지 물었다.

"네. 괜찮아요."

"조심해야지, 해영아. 예쁜 드레스 망가질 뻔했잖아."

곁으로 바짝 다가와 걱정하는 척하는 수현을 의식하며 해영은 어깨에서 태주의 손을 떼어 냈다. 그녀가 잘못 본 것이 아니었다면 조금 전 발에 걸렸던 것은 수현의 구두였다. 하지만 이런 장소에서 별것 아닌 일로 소란을 일으킬 수는 없었기에 그냥 넘어가려 할 때 수현이 그녀를 부축하는 척하며 팔을 감쌌다.

"걸을 수 있겠어? 나한테 기대, 해영아."

기대라는 말을 빌미로 몸을 더욱 바짝 붙여 온 수현은 해영의 귓가에 대고 아주 작은 소리로 속삭였다.

"너 영주도 속이고 한태주 씨한테 접근했던 거였니?"

"뭐?"

"처음부터 한태주 씨가 강문그룹 회장 아들인 거 알고 그랬던 거지? 우리 엄마, 아버지, 그리고 강영주까지 다시는 안 볼 거 아니면 네가 스스로 정리하는 게 좋을 거야."

나직한 경고의 말을 끝으로 수현의 손이 그녀의 팔에서 떨어졌다. 그리고 태주를 바라보며 얼굴 가득 생글생글 미소를 지었다.

"태주 씨, 우리 아까 하다 만 얘기 있죠. 지금 마무리 짓고 싶은데."

"지금이요?"

"네. 조용한 곳에서, 둘이 얘기하고 싶은데."

"해영아, 영주 옆자리로 가서 앉아."

"……."

"갈 데는 내가 데려다줄 거니까 절대 먼저 가지 말고."

해영은 태주의 말에 대답 대신 수현의 얼굴을 바라보았다.

"빨리요, 태주 씨."

수현이 해영의 시선을 무시한 채 태주에게 빨리 가자고 재촉을 했다. 그러자 태주가 수현보다 앞서 어딘가로 걸음을 옮기기 시작했다.

점점 멀어져 가는 두 사람의 모습을 잠시 바라보던 해영도 이내 시선을 돌려 영주 곁으로 향했다.

"괜찮아, 해영아?"

"응."

"두 사람은 어디 가는 거야?"

"글쎄."

"예쁜 옷 입고 잔뜩 들떠서 왔는데 신수현 때문에 완전 기분 망쳤어. 너도 그렇지?"

영주의 말에 뭐라 대꾸할 말이 없어 가벼운 미소로 얼버무리고 있을 때 그들 테이블의 빈 의자에 누군가 앉는 것이 보였다. 낯선 상대를 향해 무심코 고개를 들었던 해영은 그의 얼굴을 확인하고는 너무 놀라 그대로 굳어 버렸다.

"오늘 진짜 이상한 날이네. 장호진 씨는 또 여기 무슨 일이세요?"

해영이 너무 놀라 입조차 열지 못하고 있을 때 영주가 마치 대변인처럼 호진에게 쏘아붙였다.

"아는 사람이야?"

영주의 반응에 유석도 호진을 바라보았다.

"아니. 신경 쓸 필요 없는 사람이야, 오빠."

"잘 지냈어? 해영이 너는 더 예뻐진 것 같다."

영주의 냉대에도 호진은 해영에게 태연히 말을 건넸다.

"여기 어떻게 온 거야?"

"여기 초대장 없이는 입장 안 되는 곳이던데. 나도 당연히 초대 받고 왔지."

"그러니까 누가 장호진 씨한테 초대장을 보내 준 거냐고 묻는 거잖아요."

"초대한 사람은 말 못 하고, 수현이한테 선물 하나 주려고 온 거야."

"수현이한테?"

대답을 회피하려는 듯 호진이 씩 미소를 보였다.

해영은 왠지 느낌이 좋지 않았다. 오래 만났다고는 할 수 없지만 그녀가 알고 있는 장호진은 자신에게 상처 주고 배신한 사람의 행복을 빌어 줄 만큼 마음이 넓은 사람이 아니었다. 오히려 머리가 똑똑한 만큼 계산도 정확한 사람이었다.

"뭔데, 그 선물이란 거?"

그가 수현에게 무슨 억하심정이 있든 이곳에는 이모와 이모부도 함께였다. 그리고 오늘 이 파티의 주최자는 태주의 아버지였다.

"여기에서 얘기하긴 그렇고, 조용한 곳으로 가서 얘기할까?"

"가지 마, 해영아. 그냥 여기에서 얘기하세요."

"금방 갔다 올게, 영주야."

그녀도 썩 내키지는 않았으나 사람들이 많은 곳에서 들을 얘기가 아닐 수도 있었다. 해영이 먼저 자리에서 일어서자 호진도 따라 일어섰다.

"언제 너한테 제대로 사과하고 싶었는데, 네가 내 전화 안 받을 거 같아서 전화도 못 했어."

두 사람은 일부러 사람들이 없는 곳으로 걸어가 마주 섰다.

"나 네 사과 기다린 적 없고 받을 생각도 없어."

"그래. 네 마음 이해해. 그런데 나 정말 후회 많이 했고, 네 생각도 많이 했어. 늦었지만 너한테 그때 정말 미안했다고 꼭 말하고 싶었어."

"그냥 본론만 얘기해. 뭐야, 그 선물이란 거?"

"아, 대단한 건 아니고. 아마 조금 있다 저기 저 스크린에 신수현과 내가 클럽에서 키스하는 영상이 나올 거야."

"뭐?"

그녀는 호진이 가리키는 스크린을 바라보았다. 멀리서도 한눈에 들어올 만큼 크기가 큰 스크린에는 비비안 리가 주연을 맡았던 고전영화 '애수'의 영상이 소리 없이 상영되고 있었다.

"신수현은 자기가 원하는 걸 위해서는 남이 얼마나 상처받든, 괴로워하든 그런 거 신경 쓰지 않는 애야. 네가 누구보다 잘 알잖아? 저런 애는 자기가 똑같이 당해 보기 전에는 절대 그 고통 모른다고."

"그래서? 네가 주겠다는 선물이 정확히 뭔데?"

"깨달음."

호진의 대답에 해영은 다급하게 빔프로젝터가 있는 방향을 확인했다.

"소용없어. 신수현이 한태주 씨보다 먼저 의자에서 일어서면 그 순간 영상이 나올 거야. 오늘 여기 정말 대단한 그룹 총수 일가들만 참석했다던데. 그럼 신수현, 오늘 여기 참석한 집안의 자제들이랑은 결혼하기 힘들어지겠다. 그렇지?"

호진의 말에 해영의 가슴이 터질 듯 빠르게 요동치기 시작했다.

"하지 마. 멈춰 줘. 네가 시작했으니까 넌 멈출 수 있을 거 아니야."

"내가 빔프로젝터에 도착하기 전에 신수현이 의자에서 일어서면?"

"오늘 여기에 널 초대한 사람이 도대체 누구야?"

"누굴 것 같아?"

* * *

해영과 호진이 자리를 비운 뒤 수현의 시선은 수시로 두 사람의 빈 의자로 향했다. 태주 역시 좀처럼 돌아오지 않는 두 사람이 신경 쓰였지만 애써 식사에 집중하고 있는 중이었다.

조용히 식사를 이어 가던 수현이 마침내 결심을 한 듯 포크를 내려놓았다. 해영 앞에서는 무언가 대단한 얘기를 할 것처럼 말해 놓고는 식사가 끝날 때까지만 자신에게 생각할 시간을 달랬던 그녀였다. 그런데 표정으로 보건대 지금 이 자리만 벗어나면 모든 일이 자신의 뜻대로 흘러갈 것이라 생각하고 있는 듯했다.

"저, 식사하시는데 죄송한데요."

수현이 입을 열자 한 회장과 신 회장의 시선이 곧장 그녀에게로 향했다.

"무슨 일인데 그러니, 수현아?"

"사실은 제가 오늘 이 자리에 참석한다는 생각에 긴장이 돼서 아침부터 계속 식사를 하지 못했거든요. 그런데 음식이 너무 맛있어서 갑자기 많이 먹었더니 속이 조금 좋지 않아서요. 죄송한데 저 먼저 일어서도 될까요?"

"뭐 대단한 자리라고 긴장을 했을까. 우린 괜찮으니까 어디 조용한 곳으로 가서 좀 쉬도록 해요. 태주 네가 안내해 주면 되겠구나."

"아니에요. 한 대표님은 아직 식사 중이신데. 저 혼자 가서 쉬고 있을게요."

어른들이 자신의 말을 의심 없이 믿어 주자 수현의 얼굴에 줄곧 보이지 않았던 생기가 흘렀다. 그러나 그녀가 조신한 몸짓으로 의자에서 몸을 일으킨 순간이었다.

"어? 저 스크린 속 영화가 바뀌었네? 저건 무슨 영화지?"

"영화가 아닌 것 같은데. 저거 누가 직접 찍은 영상 아닌가? CCTV에 녹화된 영상 같기도 하고."

"어, 저 여자 신우물산 신 회장님 딸 아니야? 닮은 것 같은데."

"맞네, 신 회장님 따님."

주위에서 들려오는 말소리에 수현의 시선이 스크린으로 향했다. 한 회장과 신 회장을 비롯해 테이블에 앉은 사람들 대부분의 시선도 함께.

소리가 나오지 않는 스크린 속 공간은 젊은이들로 가득한 클럽 안이었다. 그런데 역동적인 몸짓으로 제각각 몸을 흔들던 화면 속 젊은이들이 갑자기 조금씩 뒤로 물러서기 시작했다. 그리고 얇은 어깨끈 상의에 허벅지 위까지 절개가 들어간 타이트한 스커트 차림의 여자 주변을 둥그렇게 에워쌌다. 공간이 생기자 중앙에 서 있던 여자는 조금씩 앞으로 걸어 나오며 더욱 선정적인 춤동작을 선보이기 시작했다.

잔잔하게 울려 퍼지던 클래식 선율도 어느 순간 연주를 멈췄다. 고요함 속에서 스크린 안팎의 시선을 한 몸에 받으며 춤을 추던 여자는 이내 반무테 안경의 남자에게로 똑바로 걸어가더니 그의 목을 끌어안고 진한 키스를 퍼붓기 시작했다. 남자의 손이 그녀의 엉덩이를 감싸자 여자의 길고 늘씬한 다리가 남자의 허리에 올라

타듯 감겼다. 절개로 벌어진 스커트는 그녀의 속옷을 아슬아슬하게 가려 주고 있을 뿐이었다.

스크린 속 사람들의 손동작으로 그곳에서는 엄청난 환호가 쏟아지고 있다는 걸 짐작할 수 있었다. 그러나 스크린 밖은 어느 때보다 차가운 정적이 감돌고 있었다.

"세상에나, 아까 보니 그렇게 조신하게 서 있더니 낯 뜨겁게 저게 뭐래……."

"요즘 젊은 사람들 밖에서는 다 저러고 노는 거 아니죠? 아무리 그렇더라도 난 저러고 다닌 아가씨는 내 며느리로 못 들여."

"어머나, 남사스러워라."

주변 테이블 이곳저곳에서 들려오는 수군거림에 수현이 망연자실한 표정으로 한 회장을 바라보았다.

태주는 수현이나 한 회장 누구에게도 시선을 주지 않고 그대로 자리에서 일어섰다. 아무도 그를 잡을 생각을 하지 못하는 사이 그는 조금 전 해영과 호진이 걸어간 방향으로 빠르게 걸음을 옮기기 시작했다.

"해영아. 박해영!"

그는 두 사람이 사라진 방향의 정원을 샅샅이 훑어보기 시작했다. 그러나 한참 동안 정원을 확인했음에도 두 사람의 모습은 어디에도 보이지 않았다. 답답한 마음에 아직 자리를 지키고 있을 영주에게 전화를 걸어 보았으나, 영주에게서 돌아온 대답은 두 사람 모두 아직 돌아오지 않았다는 것이었다. 그는 목을 옥죄는 넥타이를 신경질적으로 잡아당겼다.

"박해영!"

턱을 타고 흐르는 땀을 의식하지 못할 정도로 머릿속이 복잡했다. 해영을 초대한 것도, 호진을 초대한 것도 자신이었다. 그런데 두 사람이 한자리에 있게 됐을 때 오고 갈 말이나, 다른 일이 생길 수도 있다는 생각은 하지 못했다. 생전 느껴 본 적 없는 지독한 초조함이 그의 어깨를 내리눌렀다. 그는 그 불안을 떨쳐 버리기 위해 더욱 큰 소리로 해영을 불렀다.

"해영아!"

그의 간절한 부름에도 돌아오는 건 그를 조롱하는 듯한 음습한 바람 소리뿐이었다. 거친 숨을 몰아쉬면서 그는 정원의 구석진 곳까지 빼놓지 않고 모두 돌아보았다. 그래도 두 사람의 모습이 보이지 않자 집 안에는 두 사람이 없다는 판단을 내리고 차고를 향해 걸음을 옮기기 시작했다.

그가 거친 숨결을 정리할 새도 없이 넥타이를 주머니 안으로 구겨 넣으며 어둠을 가로질러 차로 향하고 있을 때였다. 벽 쪽에 붙어 있던 검은 그림자가 그가 있는 방향으로 천천히 다가오는 것이 보였다. 처음엔 잘못 본 것인가 싶었는데 분명 어둠 속에 몸을 숨기고 있는 무언가가 있었다.

"누구……?"

여전히 가쁘게 뛰고 있던 그의 심장도 그 순간 움직임을 멈췄다.

"해영이니?"

"……."

"해영아."

"네."

비스듬히 열린 문으로 새어 드는 빛을 향해 천천히 다가오는 그녀는 양손으로 자신의 어깨를 감싸 쥔 채였다. 그는 그녀가 다가오기 전에 먼저 그녀를 향해 걸음을 옮겼다.

"왜 여기에 있는 거야? 무슨 일 있었던 건 아니지?"

"네."

"내가 얼마나 찾아다녔는지 알아?"

"영상은 어떻게 됐어요?"

5월의 밤이 얇은 드레스 차림의 그녀에게는 쌀쌀했는지 그를 바라보는 입술이 파랬다.

그는 해영을 품으로 강하게 당겨 안았다. 자신의 팔 안으로 쏙 들어오는 그녀의 차가운 감촉을 느끼며 그는 긴 안도의 한숨을 내쉬었다. 그제야 미친 듯 질주하던 심장도 제 박동을 찾아가기 시작했다.

"내가 얼마나 걱정했는지 알아? 영주한테는 말을 하고 나왔어야지."

"미안해요. 다시 돌아가 이모 얼굴을 볼 용기가 안 났어요. 그보다 영상은 어떻게 됐어요?"

그는 자신의 재킷을 벗어 그녀의 어깨 위에 둘러 준 뒤 다시 품 안으로 끌어당겼다.

"우선 여기에서 나가자."

8.

"아직도 추위?"

"이제 괜찮아졌어요. 다들 기다릴 텐데 들어가 봐야 하는 거 아니에요?"

"아니. 안 들어가도 돼."

그는 드레스만큼이나 희게 빛나는 그녀의 얼굴을 내려다보았다. 어둠 속에서도 그녀의 모습은 눈이 부실만큼 아름다웠는데 혼란이 가득 담긴 시선은 그에게 왜 그랬는지를 묻고 있는 듯했다.

"여기에서 나가서 얘기하자."

해영은 태주의 얼굴을 바라보았다.

처음 호진에게 그를 초대한 사람이 태주라는 말을 들었을 때 그녀의 머릿속에는 아무 생각도 떠오르지 않았었다. 이어지는 말도, 그녀가 그의 말에 집중하지 못하자 팔을 잡으며 걱정스레 건네는 말도 귓가에 제대로 들려오지 않았다. 단지 자신의 심장이 거칠게 뛰고 있다는 사실만 느낄 수 있었다.

다음 순간 그녀는 호진의 손을 뿌리치고 걷고 있는 자신을 발견했다. 그리고 얼마를 더 걸었을 때 눈앞에 불 꺼진 차고가 보였다. 그녀는 무작정 그 안으로 들어섰다. 어둠 속에 온전히 몸을 숨기고 나서야 그녀는 제대로 된 생각이란 것을 할 수 있게 되었다.

그녀도 호진 이상으로 수현이 미웠다. 그러나 그녀와 수현 사이에는 이모가 있었다. 그건 수현에게 하는 어떤 복수도 이모를 비켜 오롯이 수현에게만 향할 수는 없다는 뜻이었다. 오늘 영상을 본 사람들의 시선 또한 수현을 거쳐 이모와 이모부에게 향했을 것이다. 그 비난의 시선을 감당하게 만든 것이 꼭 자신인 것만 같아 그녀의 입에서 뜨거운 한숨이 연거푸 터져 나왔다.

반면 태주는 이곳에 참석한 호진의 의도와 그가 가져온 영상을 본 사람들의 반응까지 짐작했을 것이다. 그건 두 번 생각할 것도 없는 수현에 대한 거절이었다. 그녀를 이곳으로 불러 그 거절을 보여 줄 생각이었던 것이고. 생각이 거기에 닿았을 때 그녀의 머릿속은 안도감이 아니라 더 짙은 혼란스러움으로 뒤엉켰다. 지금 누구를 만나도 담담히 그 사람을 마주 볼 수 없을 것 같았다.

혼자라도 돌아가야겠다는 결론을 내린 그녀는 곧장 영주에게 전화를 걸었다. 자신도 함께 가겠다는 영주에게 이미 저택을 나왔다고 거짓말을 둘러대고 났을 때였다. 저 멀리서 그녀의 이름을 부르는 태주의 목소리가 들려왔다. 귀를 막아도 선명하게 들려오는 그 목소리에 그녀는 아무것도 보이지 않는 짙은 어둠 속에서 다시 눈을 깊게 감았다.

불 꺼진 차고는 그가 당연히 그냥 지나칠 것이라 생각했다. 이 파티의 주인공이나 마찬가지인 그가 길게 자리를 비울 수는 없을 테니. 그런데 그녀의 예상을 깨고 그가 차고 안으로 들어섰다. 망설임 없이 걸어가는 방향으로 보건대 어둠 속에 세워진 차들 중 하나가 그의 차인 모양이었다. 만약 그가 차의 시동이라도 건다면 차고 안은 환하게 밝아질 것이다.

"누구……?"

"……."

"해영이니?"

선택의 여지없이 그를 향해 걸어가는 순간까지도 해영은 그에게 고마워해야 하는 것인지, 화를 내야 하는 것인지 결론을 내리지 못한 상태다. 그런데 느리게 걸음을 옮겨 그의 앞에 선 순간 그녀는 자신의 고민이 얼마나 쓸데없는 것이었는지를 깨달았다.

언제나 정갈하고 좋은 향기를 풍겼던 그의 이마에 땀방울이 맺혀 있었고 메마른 숨결은 더없이 거칠었다. 뒤늦게 슈트에서 사라진 타이가 주머니 밖으로 삐죽 나와 있는 것을 발견했을 때 그가 그녀에게 성큼성큼 다가와 끌어안았다. 그녀의 심장에 닿은 그의 심장이 터질 듯 거칠게 뛰고 있는 것이 느껴졌다.

'……내가 얼마나 찾아다녔는지 알아?'

그의 입에서 흘러나온 목소리가 아니라 심장이 먼저 그녀에게 말해 주었다. 그녀의 몸이 추위가 아닌 다른 이유로 희미하게 떨렸다.

"이렇게 찾았으니까 됐어."

정수리로 하염없이 쏟아져 내리는 그의 뜨거운 숨결을 느끼며 해영은 눈을 감았다.

그를 알지 못했을 때가 기억나지 않았다. 그의 싫은 점이 단 한 가지도 생각나지 않았다. 언제나 다정한 눈빛이 좋았고, 자신의 감정을 솔직하게 말해 주는 저음의 목소리가 좋았고, 그녀를 세심하게 신경 써 주는 마음이 좋았다. 아무리 생각해도 좋은 기억뿐이라, 그를 더 이상 만나지 못하고 살아가는 삶이 상상되지 않았다. 이것이 사랑일까? 그녀가 그를 이렇게나 사랑하고 있는 것일까?

"어두우니까 내 손 잡아."

"정말 그냥 가시려고요?"

"응. 너만 찾으면 돌아갈 생각이었어."

품에서 그녀를 떼어 낸 그가 서둘러 차에 태웠다. 그리고 차 안의 공기가 조금 덥혀지자 천천히 차를 몰아 차고를 벗어났다.

"이모님은 만났어?"

"아니요."

"만나지 못한 게 오히려 다행인가?"

차는 빠르게 저택의 정문을 통과했다. 그리고 얼마를 더 달려 눈에 조금 익숙한 번화가를 달리고 있을 때였다.

"옷 갈아입고 갈래, 아니면 그냥 갈래?"

"어디를 가는데요?"

"오늘 너희 집 분위기 별로 좋지 않을 것 같아서, 우리 집으로 데려갈까 하는데."

"네?"

그녀는 눈을 동그랗게 뜨고 그를 바라보았다.

"다른 데 갈 데 있어?"

"아니요. 그런 건 아니지만……."

"너도 알다시피 우리 집에 남는 방이 꽤 되거든. 이모님한테 친구네 집에서 자고 가도 되냐고 물어봐서 된다고 하면 자고 가. 물론 너도 불편하지 않다면."

그의 말대로 오늘 집으로 돌아가면 분위기가 어떨지 충분히 짐작이 갔다. 그는 그녀가 그 소란을 피해 가길 바라는 것뿐이었다. 그의 배려에 멋대로 의미를 더하지 말자고 생각한 그녀는 일부러 가벼운 어조로 대답을 했다.

"옷 갈아입고 전화해 볼게요."

"그래."

조용히 달리던 차는 어느새 그녀가 드레스를 처음 입었던 숍 앞에 도착해 있었다. 숍 전용 주차장에 차를 세운 그는 그녀와 함께 건물 안으로 들어섰다.

"어서 오세요, 대표님. 오신다는 연락 못 받았는데. 선생님께 연락드릴까요?"

매장 안으로 들어서는 그를 보고 직원이 서둘러 말했다.

"아니에요. 저 신경 쓰지 말고 여기 이분 옷 갈아입는 것 좀 도와주세요."

"아, 네."

해영은 홀에서 기다리겠다는 태주를 남겨 두고 직원과 함께 탈의실로 향했다.

서둘러 옷을 갈아입고 태주와 다시 숍을 나선 해영은 그를 먼저 주차장으로 보내고 이모에게 전화를 걸었다. 다행히 이모는 별다른 질문 없이 그녀의 외박을 허락해 주었다. 지금 정신없을 이모에게 거짓말을 한 것은 마음에 걸렸으나 그녀는 서둘러 전화를 끊고 자신을 기다리고 있을 태주에게로 향했다.

"이모님께 허락받았어?"

"네."

"그럼 이제 우리 집으로 간다."

"네."

그녀의 대답에 그가 지체하지 않고 차를 출발시켰다.

"튤립은 다 졌겠죠?"

"나 없을 때 한번 다녀가지 그랬어."

"주인 없는 집에 용건 없이는 못 가겠더라고요."

"왜 용건이 없어? 튤립한테 네 얘기 들려주면 되지."

"아, 그 용건이 있었죠."

아쉬워하는 그녀의 표정에 그가 핸들을 잡지 않은 손으로 그녀의 손을 잡았다.

"그렇게 아쉬워할 필요 없어. 내년도 있잖아."

내년. 내년을 기약해 주는 그의 말에 그녀의 가슴 한편이 저릿해졌다. 그와 함께하는 내년이 과연 그녀에게 허락될지.

"네."

늦은 밤이 아니었음에도 고급 주택가 안쪽에 위치한 그의 집은 사람이 살지 않는 빈집처럼 적막했다. 그 짙은 고요를 뚫고 집 안으로 들어서자 집을 향해 부표처럼 띄엄띄엄 늘어선 등이 보였다. 긴 타원형의 불투명 유리로 이루어진 등이 어둠에 잠긴 정원을 교교히 내리비추고 있었다.

"지난번에 볼 때는 몰랐는데, 밤에 보니 등도 참 예쁘네요."

"그래? 저 등도 우리 외할아버지 취향."

"외할아버지 참 멋진 분이셨을 것 같아요."

"응. 정말 멋진 분이셨지."

그가 보일 듯 말 듯 희미하게 고개를 끄덕였다.

"튤립은 이미 졌고, 오늘은 다른 거 보여 줄게."

"다른 거요?"

그가 그녀의 손을 잡고 옥외로 난 하얀 계단을 통해 곧장 2층의 테라스로 올라갔다.

"와……."

아래에서 봤을 때는 정원 등치고는 흔치 않은 디자인이다 싶었을 뿐 특별할 것이 없어 보였던 등이었다. 그런데 테라스에서 정원 쪽을 내려다보니 고가의 앞마당을 청사초롱이 밝히고 있는 것 같은 모습이었다. 등에서 뿜어지는 빛이 시간과 공간을 거스른 듯 아련하고도 몽환적이었다. 곁에서는 태주의 향기가 은은하게 풍겨 왔고 눈앞에는 어둠을 더욱 황홀하게 만드는 빛의 물결이 바람결에 일렁이고 있었다.

"정말 아름답네요."

"외할아버지가 이 테라스에서 정원을 내려다보는 걸 좋아하셨어. 왠지 너랑도 잘 통하셨을 것 같다는 생각이 들어."

"그러셨을까요?"

해영은 잠시 넋을 잃고 정원의 아름다움을 감상했다.

태주는 곁에서 그녀의 모습을 말없이 바라보고 있었다.

"해영아."

"네."

"너, 나한테 물어볼 거 있지 않아?"

그녀는 정원을 바라보던 시선을 태주에게로 돌렸다.

"오늘 우리 아버지 집에서 있었던 일들과 관련해서 말이야."

"……"

"언제 처음 신수현이 신우물산 회장 딸인 거 알았는지 먼저 말할까? 아니면 영상에 대해서부터 말할까?"

해영은 다시 정원으로 시선을 돌렸다. 그 순간 잔디와 주목나뭇잎이 쏴 소리를 내며 흔들렸다.

"솔직히 아까는 놀라고 당황했던 게 사실인데, 지금은 별로 궁금하지 않아요."

그가 그녀를 더욱 빤히 바라보는 것이 느껴졌다. 해영은 담담한 목소리로 말을 이었다.

"10살 때 이모 집으로 들어가 살게 되면서 수현이 다니는 학교로 전학을 했어요. 제가 전학을 간 날 이미 반 친구들이 다 알고 있더라고요. 저희 이모부가 신우물산 회장이라는 거. 그날 너무 이상하고 신기해서 누가 나한테 장난이라도 쳤나 집에 오자마자 옷이며 가방이며 전부 확인을 해 봤는데 쪽지나 글씨 같은 건 없었어요. 그 후 전교생이 그 사실을 다 알고 있다는 걸 아는 데도 얼마 안 걸렸던 것 같아요. 그렇게 초등학교를 졸업하고 별다를 것 없었던 중, 고등학교까지 졸업하고 나니까 누가 그 사실을 알고 있는 것보다 모르고 있는 게 더 신기해지더라고요."

이제 아무렇지도 않게 할 수 있는 얘기였다. 사실 그 당시에도 그런 일들이 견딜 수 없을 만큼 힘들었던 것 같지는 않다. 부모님이라는 가장 안전한 세상을 잃은, 도저히 감당되지 않을 고통을 겪은 충격에 작은 괴로움 정도는 대부분 그냥 그런가 보다 감정 없

228

이 넘기거나, 오히려 자신은 더 큰 벌을 받아야 한다는 생각에 외롭고 힘든 강도를 제대로 인지하지도 못하던 시기였기 때문이다.

"그리고 영상은 수현이 거절하려는 거였잖아요. 그러려면 아버지께 거절의 이유 보여 드려야 했을 거고."

"맞아, 보여 주고 싶었어. 그런데 아버지한테만 보여 주려고 했던 건 아니었어. 너한테도 보여 주고 싶었어."

"저한테 왜……?"

"네가 그 자리에 있어야 신수현이 돌아가 너한테 어떤 거짓말도 하지 못할 거 아니야."

그녀를 초대한 이유가 거절을 보여 주려는 것이 다가 아니라, 수현의 거짓말에 상처 입지 않게 지켜 주기 위해서였다니…….

"지금 말은 이렇게 하지만 사실은 네 반응 걱정되고 신경 쓰였어. 우리 아버지가 누군지 알게 됐을 때 네가 무슨 생각을 할까도 그렇고 내가 지금껏 일부러 감췄다고 생각할 수도 있으니까. 그리고 무엇보다 대단한 사람들만 모인 자리에서 신우물산 오너가의 위신이 바닥으로 추락하는 거니 네 이모님 체면도 구겨지게 만드는 거잖아. 그걸 네가 어떻게 받아들일지가 제일 걱정됐어. 하지만 네가 화내도 다 감당할 생각이었어. 이모님께 찾아가 화가 풀어질 때까지 사죄하라면 그것도 할 생각이었고."

이모의 화가 풀어질 때까지 사죄를 할 생각이었다고? 그는 그녀가 생각하는 것 이상으로 더 많이 생각하고 고민하고 걱정한 뒤 그녀를 파티에 초대했던 것이다. 솔직히 이제는 자신이 화를 낼 자격이 있다는 생각도 들지 않았다. 오히려 이모, 이모부, 수현, 그리고 그의 아버지까지 그 누구에게도 자신들의 관계를 명확히 말할 수 없는 상황에 그에게 어떻게 대꾸를 해야 하는 것인지도 알 수 없는 기분이었다. 생각이 많아질수록 머릿속이 아득해져 왔고, 원하는 것이 많아질수록 겁도 많아졌다.

"……진심이세요?"

"응."

이 순간 확실한 것은 한 가지뿐이었다. 그의 말이 진심이라면 그녀에게 다른 것은 아무것도 중요치 않다는 사실.

"진심이면 됐어요."

그녀의 대답에 그가 그녀의 어깨를 잡아 자신을 바라보게 만들었다. 그와 마주 서자 어둠 속에서도 그에게서 뿜어지는 숨 막히는 분위기에 그녀의 가슴이 더욱 요란하게 쿵쾅거리기 시작했다.

"신수현과는 어떤 식으로든 다시 얽힐 일 없을 거야. 그리고 나, 너한테 진심이야."

"……."

"너 정말 좋아한다고."

그를 알고 난 후 시간이 흐를수록 점점 그에 대한 생각이 많아져 갔다. 그가 정말 자신을 좋아하는 것인지, 얼마나 좋아하는 것인지. 그녀는 그를 계속 좋아해도 괜찮은 것인지, 그에게 더 이상 빠져들면 안 되는 것인지.

그러나 어떤 질문에도 정확한 답을 얻을 수 없기에 한 번씩 밀려드는 불안을 막을 방법은 없었다. 그렇다고 해서 쉬이 사그라지길 바라기엔 이미 너무 커져 버린 마음이었다. 그런데 그가 진심이란다. 진심으로 그녀를 좋아한단다. 해영의 심장이 고장 난 시계처럼 움직임을 멈췄다.

"앞으로 내가 널 힘들게 할 수도 있다는 거 아는데, 그래도 네가 내 옆에 있어 줬으면 좋겠어."

"……."

"어릴 때는 어떻게든 강문그룹을 물려받을 생각이었어. 그래서 떠나는 어머니를 잡지 못했고, 전부 버리고 어머니에게 갈 수도 없었어. 그런데 지금은 아니야. 아버지한테 절대 휘둘리지 않아. 너를 다치게 하는 일은 없을 거야."

그에게 힘없이 끌려간 그녀의 몸이 그의 넓은 가슴에 폭 안겼다. 지금 요란하게 뛰고 있는 것이 그의 심장인지 그녀의 심장인지 분간이 되지 않았다.

"나 믿고 내 곁에 있어 줄래?"

"전……."

"네가 걱정하는 게 뭔지 잘 알아. 네가 그러고 싶다면 당분간 주변 사람들한테는 비밀로 할게."

그녀도 그가 너무 좋았다. 아니, 사랑했다. 분명 사랑이었다. 이제는 정확히 알 수 있었다. 하지만 주변 사람들에게 알리는 것부터 무엇 하나 쉬운 일이 없을 것이라는 걸 알았다. 그 모든 과정을 그가 그리고 자신이 흔들림 없이 견뎌 낼 수 있을지 그녀는 여전히 겁이 났다.

"아니. 네가 먼저 말할 때까지 아무에게도 말하지 않을게. 네가 준비가 될 때까지 기다릴게."

"……."

"해영아?"

그가 살며시 몸을 떼고 그녀의 얼굴을 내려다봤다. 그녀가 사랑하는 사람이 그녀의 대답을 기다리고 있었다.

"저도 좋아해요."

그녀의 대답에 굳어 있던 그의 입술에 느리게 미소가 번졌다.

"그런데 우리가…… 괜찮을까요?"

"너도 날 좋아하면 됐어. 지금 내가 듣고 싶은 대답은 그거 하나였어."

더 요란하게 뛰기 시작하는 가슴에 살며시 눈을 감은 그녀의 이마 위로 그의 입술이 내려앉았다. 그다음엔 눈꺼풀, 그다음엔 콧등. 그녀가 다시 눈을 떴을 때는 그의 코끝이 그녀의 코끝에 닿을 듯 가까웠다.

해영이 다시 눈을 감자 그의 입술이 그녀의 입술 위로 내려앉았다. 혀끝으로 도톰한 입술 선을 훑어 가던 그가 그녀가 옅게 뱉어내는 숨을 놓치지 않고 그녀의 입 안으로 천천히 혀를 밀어 넣었다. 그리고 보드라운 늪을 헤집으며 한 손으로 그녀의 가는 허리를 감싸 안았다. 아마 그때부터 그녀가 내쉬는 숨의 일부는 그의 폐부를 다시 덮혔을 것이다. 그리고 그가 내쉬는 숨은 다시 그녀에게 돌아와 그녀를 채우고. 점점 깊어져 가던 키스는 어느 순간 해영이 숨을 몰아쉬다 가볍게 몸을 떨자 그제야 아주 천천히 끝이 났다.

"추워? 그만 내려갈까?"

"아니에요."

"아니야. 그만 내려가자."

따듯한 거실, 푹신한 소파에 그녀가 얌전히 앉아 있을 때 태주가 따듯하게 데운 우유를 가져왔다.

"따듯할 거야. 마셔."

그녀에게 머그컵을 건넨 그는 그녀의 맞은편 소파에 앉았다.

"고맙습니다."

해영은 컵을 양손으로 잡고 후 하고 길게 바람을 분 뒤 조금씩 우유를 마시기 시작했다. 따듯한 우유를 마시자 긴장되고 놀랐던 마음이 조금씩 진정되는 듯했다. 그런데 이번에는 자신을 너무 뚫어져라 바라보는 그의 시선이 점점 의식되기 시작했다. 게다가 그의 마음을 확인하고 자신의 마음도 말했는데 언제까지 어색하게 마주 앉아 우유만 홀짝이고 있을 수는 없지 않은가.

"잘 마셨어요."

"왜 더 안 마시고?"

그녀가 우유가 반쯤 남겨진 컵을 테이블 위로 내려놓자 그가 물었다.

"많이 마셨어요. 이제 다른 거 먹고 싶은데."

"다른 거?"

"이를테면 같이 먹을 수 있는 그런 거."

"같이 먹을 수 있는……? 와인 마실래?"

"네. 와인이 좋겠네요."

어색한 분위기에는 적당한 양의 알코올이 도움이 될 것이란 생각에 그녀가 곧장 대답했다.

"그럼 네가 좋아할 만한 게 있는지 찾아보고 올게."

"안주거리는 제가 찾아볼게요."

"그럴래?"

해영은 그를 따라 자리에서 일어섰다.

그가 주방 한편의 다른 문으로 들어가 와인을 꺼내 올 동안 그녀는 냉장고 문을 열었다. 그리고 냉장고 안을 재빨리 살핀 뒤 치즈와 과일을 커내고, 호밀 빵도 챙겼다.

"뭐 만들려고?"

어느새 주방으로 돌아온 그가 찬장에서 와인 잔을 두 개 꺼내 놓으며 물었다.

"별거 아니에요. 금방 되니까 잠깐만 앉아 계세요."

해영은 호밀 빵을 얇게 자르고 그 위에 생 모차렐라와 토마토를 얹은 뒤 바질드레싱을 만들 재료를 찾기 시작했다. 재료가 어디에 있는지 알지 못해 문을 이곳저곳 열어 보고 있을 때 태주가 그녀에게 다가왔다. 그러나 이 넓은 주방 안에 어디에 무엇이 있는지 모르는 건 그 또한 마찬가지였기에 두 사람은 한참을 헤맨 끝에 몇 가지 안 되는 재료들을 모두 찾을 수 있었다.

드디어 그녀가 재료들을 섞기 시작하자 그가 다시 등 뒤로 다가왔다. 그리고 그녀가 완성된 드레싱을 토마토 위에 얹는 것을 말없이 지켜보았다. 파티에서 봤던 음식들에 비하면 너무 소박했지만, 그런대로 봐 줄 만한 토마토 카나페가 완성됐을 때 해영은 하나를 집어 들어 그에게 내밀었다.

"드셔 보실래요?"

"만드느라 고생했으니까 네가 먼저 먹어 봐."

"그럴까요? 그럼."

평소 사용하던 것과 조금 다른 재료라 드레싱의 맛이 궁금하던 차였기에 해영은 들고 있던 카나페를 자신의 입으로 가져갔다. 한 입을 살며시 베어 물자 평소 먹던 것과 크게 다르지 않은 드레싱의 맛이 입안으로 은은하게 퍼졌다. 그녀가 카나페를 오물오물 씹고 있을 때 그가 그녀의 손에 남겨진 카나페를 자신의 입으로 가져갔다.

"내가 태어나서 먹어 본 카나페 중에 제일 맛있는데."

"에이, 말도 안 돼요."

"정말이야. 그런데 네 입술에, 묻었다."

"어디요?"

그가 가리킨 곳을 손끝으로 꼼꼼히 털었으나 아직 떨어지지 않았다는 듯 그가 고개를 저었다. 그녀가 다시 손으로 입술 끝까지 꼼꼼히 확인했으나 그는 여전히 고개를 젓고 있었다. 사실 처음부터 묻은 것이 없었으니 떨어질 것도 없었던 터였다.

"내가 떼 줄게."

"네."

그가 손을 뻗어 그녀의 뺨을 감쌌다. 그리고 입술 선을 따라 엄지손가락을 천천히 움직이기 시작했다. 단지 손가락이 입술을 스치는 것뿐이었다. 그것도 입술에 묻은 무언가를 떼어 주기 위해. 그런데 그 느낌, 기분이 설명되지 않을 만큼 묘했다. 게다가 너무 가깝게 붙어선 까닭에 그의 뜨거운 숨결이 뺨 위로 쏟아지자 해영은 잠시 숨을 멈췄다. 그냥 있으면 자신의 심장 뛰는 소리가 그에게도 들릴 것 같았기 때문이다.

"왜 숨 안 쉬어?"

"네?"

그녀를 바라보고 있는 그의 눈에 웃음이 가득했다.

"혹시 거짓말이었어요?"

그가 표정으로 거짓말이었음을 순순히 인정했다.

"다음에는 절대 안 속을 거예요."

"그래. 다른 사람한테는 절대 속으면 안 돼."

"다른 사람한테만요?"

"나한테는 그냥 속아 주면 안 될까?"

"어떤 의도든 거짓말은 나쁜 건데, 다음에 또 하려고요?"

"그렇게라도 만지고 싶을 만큼 네가 좋은데 어떻게 해."

낮고 허스키한 목소리로 속삭이며 그가 이번엔 그녀의 도톰한 입술 위로 자신의 입술을 겹쳤다.

처음 해영에게 호감을 느꼈을 때 그 호감에는 자신이 그녀를 다치게 하지는 않을까? 언젠가 지금의 행동을 후회하지 않을까? 하는 불안이 동반돼 있었다. 하지만 그럴수록 그의 머릿속에는 그녀에 대한 생각들이 집요하게 떠올랐다.

우연인지, 필연인지, 운명인지 알 수 없는 만남들이 이어지며 혼자 그녀를 생각하다 더없이 심각해지기도 했고, 실없이 웃기도 했다. 모두 그녀로 인해 그에게 생겨난 변화였다. 그리고 그 시간들을 돌이켜 보는 그는 언제나 미소를 짓고 있었다. 이제는 해영과 관련된 어떤 것도 감추거나 망설이지 않을 것이다.

그는 으스러뜨릴 듯 그녀를 끌어안았다. 그러자 얇은 블라우스를 통해 그녀의 온기가 갈비뼈 아래로 고스란히 전해져 왔다. 말캉한 젖가슴과 잘록한 허리, 그의 이성을 뒤흔드는 향기까지. 그는 자신 안에서 아우성치는 본능에 희미하게 신음을 흘리며 그녀의 가는 목덜미에 코를 비볐다. 그녀의 몸이 잘게 떨리는 것만으로도 그의 본능은 자제력을 잃은 괴수처럼 펄떡거리고 있었다.

"큰일이야. 이제는 다른 남자가 널 쳐다보는 것도 싫을 것 같아."

"그건 저도 그래요."

"앞으로는 어떤 남자와도 단둘이 있지 마. 술도 안 되고. 아, 클럽에 가는 것도 절대 안 돼."

"우리 이모도 이런 잔소리는 한 적 없는데."

"나도 내가 이런 말을 하게 될 줄은 몰랐어."

손바닥으로 블라우스를 쓸었을 뿐인데 그녀의 우아한 실루엣이 손바닥에 고스란히 느껴졌다. 아직 와인은 개봉도 하지 않았는데 마치 와인 통에 빠졌다 나온 것처럼 그에게 남은 이성은 빠르게 증발하고 있었다. 그는 그녀의 팔을 잡고 있던 손을 목덜미로 움직여 블라우스 단추에 대려다 그녀의 턱을 감싸 자신의 눈을 바라보게 했다. 그녀도 자신과 같은 감정인지, 같은 것을 느끼고 원하는지 확인이 필요했다.

'왜요?'

시선이 마주치자 그녀가 눈으로 물었다.

"내 방으로 갈래?"

"네?"

"내가 원래는 참을성이 정말 많은 편인데……."

그가 말을 잇지 못하자 그녀의 입가에 은근한 미소가 번졌다. 그는 그녀의 손을 들어 어느 때보다 빠르게 뛰고 있는 자신의 심장 위에 얹었다.

"느껴져?"

그녀가 고개를 끄덕였다. 그는 다시 그녀의 입술 위로 입술을 겹쳤다. 어느새 손은 그녀의 손을 놓아주고 블라우스 단추를 풀고 있었다. 잠시 허공에 떠 있는 듯하던 그녀의 손도 그의 셔츠 단추를 풀기 시작했다.

"읏."

그의 다급한 손길에 조금씩 뒤로 밀리던 몸이 대리석 식탁에 부딪친 듯 그녀가 나직하게 신음을 흘렸다. 그는 재빨리 그녀의 몸을 자신 쪽으로 끌어당겼다.

"괜찮아?"

"네."

"내 방으로 가자."

그녀를 끌어안은 채 그가 갈라진 목소리로 말했다.

"와인은요?"

"지금 나한테 필요한 게 와인은 아닌 것 같은데."

"사실은 저도 그래요."

그를 올려다보며 그녀가 고개를 끄덕였다.

* * *

해영이 최소한의 가구만 갖추어진 그의 심플한 방 안을 천천히 둘러보기 시작했다. 느리게 눈을 깜빡이며 방을 둘러보고 있을 뿐인데 그 모습이 태주의 눈에 표현할 수 없을 만큼 매혹적으로 보였다. 나비의 날개처럼 팔랑거리는 긴 속눈썹, 볼터치를 한 듯 붉어진 뺨, 그가 단추를 풀어 놓은 블라우스 사이로 슬쩍슬쩍 보이는 브래지어 선……. 그는 오래 기다리지 못하고 그녀의 손을 잡아 침대로 이끌었다.

"정말 예뻐."

그녀의 블라우스를 침대 아래로 떨어뜨리고 브래지어까지 단번

238

에 풀어낸 그가 감탄하며 중얼거렸다. 가녀린 몸에 비해 볼륨이 있는 새하얀 가슴과 그를 경계하듯 꼿꼿이 일어선 선홍빛 정점이 그의 호흡을 더욱 거칠어지게 만들고 있었다. 그의 집요한 시선에 그녀가 부끄러운 듯 팔을 들었으나 그가 더 빨랐다. 한 손으로 그녀의 손을 잡고 나머지 손으로 등을 받친 뒤 그녀의 몸을 침대 위로 눕혔다.

긴장한 그녀의 가슴이 빠르게 오르내리는 모습을 지켜보며 그는 서둘러 자신의 셔츠 단추를 풀었다. 셔츠를 벗어 바닥으로 떨어드린 그는 곧장 그녀를 향해 상체를 숙였다. 그의 시선을 피하면서도 점점 가빠지는 그녀의 숨소리에 그는 자신의 이성이 욕망에 맥없이 잠식당하는 것을 느꼈다.

"해영아."

그가 이름을 부르자 그녀가 손을 들어 그의 가슴 위로 얹었다. 그녀의 손가락에서 전해지는 열기를 느끼며 그도 손을 뻗어 그녀의 뽀얀 가슴을 움켜잡았다. 그의 손길에 그녀의 속눈썹이 파르르 떨렸다. 그는 더 이상 참지 못하고 고개를 숙여 그녀의 희고 탐스런 둔덕에 천천히 입을 맞추다 붉게 도드라진 정점을 입 안으로 집어삼켰다. 본능적으로 점점 강해지는 그의 흡력에 그녀가 손을 움찔하며 그의 가슴을 움켜잡았다.

"흐음……."

"괜찮아?"

"네."

이번에는 반대쪽으로 입술을 옮겼다. 실크처럼 매끈한 피부에 입을 맞추다 점점 더 단단하게 솟아오르는 정점을 입술로 감싸 당기자 그녀의 입에서 다시 신음이 흘러나왔다. 그의 가슴을 움켜쥔 손가락 끝에도 바짝 힘이 들어갔다. 그는 통제되지 않는 욕망에 자신도 모르게 이를 세워 입 안의 여린 살을 물고 말았다.

"흐읏!"

고통스러워하는 그녀의 신음이 오히려 그의 흥분을 부추기는 느낌이었다. 그는 다시 그녀의 입술에 입술을 겹쳤다. 혀를 휘감아 거칠게 당기다 입 안 구석구석을 휘젓고 핥았다. 그사이 그의 손은 그녀의 바지와 속옷을 끌어 내렸다. 뒤이어 자신의 바지도 다급하게 벗어 던졌다.

"너 때문에 지금 내가 제정신이 아닌 것 같아."

"저도 그래요."

두 팔로 그의 목을 끌어안으며 그녀가 속삭였다.

태주는 자신이 너무 서두르고 있다는 것을 알았다. 마음은 처음인 것처럼 아주 소중하게, 아주 천천히 그녀를 안고 싶었다. 하지만 더 이상은 자신의 본능을 억제할 자신이 없었다. 이렇게 그녀와 시선이 마주치고, 달뜬 호흡이 귓가를 간질이는 것만으로도 저릿저릿한 전율이 온몸을 휘감으며 감각을 마비시키는 듯했으니……

그는 손을 내려 그녀가 자신을 받아들일 준비가 됐는지 확인했다. 그 손길이 낯선지 해영의 몸이 움츠러들었다. 그는 다시 뜨겁게 키스를 퍼부으며 그녀의 다리 사이로 몸을 움직였다. 그리고 곧바로 그녀 안으로 자신을 밀어 넣었다.

"하아……"

"후우."

그를 받아들이며 경직됐던 그녀의 몸이 천천히 이완되는 것을 느끼며 그는 다시 한번 그녀 안으로 깊게 파고들었다.

세상을 집어삼킨 어둠 속에서 그들의 뒤엉킨 호흡은 점점 더 거칠어져 갔다.

* * *

해영은 잠결에도 자신을 끌어안는 그의 다정한 손길을, 자신을 내려다보는 그의 따뜻한 시선을 느낄 수 있었다. 그래서 어렴풋이 잠에서 깼지만 눈을 뜨지 않았다. 자신보다 먼저 잠에서 깬 태주가 무엇을 하는지 조금 지켜볼 생각이었다. 그런데 이 남자, 분명 잠에서 깬 것 같았는데 움직임이 없다. 인기척이 없었으니 침대에서 내려가지는 않았을 텐데, 다시 잠이 든 건가?

입맞춤으로 자신을 깨워 주길 바랐던 것은 지나친 로망이었나 싶어 살며시 눈꺼풀을 들어 올린 순간 한쪽 손으로 머리를 괸 채 그녀를 내려다보고 있는 그와 시선이 마주쳤다. 그는 모닝 키스 대신 나른한 모닝 미소로 그녀의 남은 잠을 완전히 달아나게 만들었다. 이제 막 잠에서 깨어난 남자의 눈빛이, 입술이…… 이렇게 숨 막히게 섹시해도 되는 것인가? 어젯밤 저 입술이 자신의 몸 구석구석에 닿았었다는 생각에 해영은 얼굴이 붉어지려 하자 이불을 머리 위로 끌어당겼다.

"왜 숨어?"

그가 이불을 들추고 그녀 곁으로 파고들었다.

"아무것도 아니에요."

"아닌 것 같은데."

이불 속에서 그가 다시 그녀를 끌어안았다.

"잘 잤어?"

"네."

"나도. 꿈도 안 꾸고 잔 것 같아."

숨바꼭질을 하는 아이들처럼 이불을 걷어 내지 않은 채 그녀도 그의 허리로 손을 뻗었다. 이불에서 풍기는 산뜻한 향기보다 막 잠에서 깨어난 그의 살 냄새가 더 좋았다. 이대로 눈을 감으면 이번에는 그의 꿈을 꿀 것 같았다.

"이대로 또 자려는 건 아니지?"

"더 자고 싶어요."

"내가 못 자게 할 건데."

그가 귓가에 입술을 대고 나직하게 속삭이며 그녀를 안은 팔에 힘을 실었다. 그러자 단단하게 부풀어 있는 그의 남성이 그녀의 허벅지에 닿았다. 그 순간 그녀의 몸이 자신도 모르게 움찔하며 뒤로 움직였다. 그러나 그가 그녀의 허리를 다시 당겨 안았기에 조금 생겨났던 틈은 금세 사라졌다.

"놀랐어?"

"조금……."

"너 때문이잖아."

갑자기 이불 속이 너무 덥게 느껴졌다.

"덥지 않아요? 우리 이제 그만……."

"난 좋은데."

그가 등을 감싸지 않은 손으로 그녀의 가슴 위를 더듬으며 말했다.

그를 밀어내야 하나, 잠시 그냥 있어도 괜찮은 것인가. 그녀가 갈등하는 사이 예민한 가슴은 그의 손길에 단단하게 솟아오르고 있었다. 그는 그 반응이 만족스러운 듯 꾹 다물고 있는 그녀의 입술에 가볍게 입을 맞춘 뒤 목덜미를 타고 입술을 미끄러뜨리다 속옷을 걷어 올렸다. 어젯밤의 뜨거웠던 흔적이 아직 사라지지 않은 여린 살에 다시 압력이 가해지자 해영의 입에서 의도하지 않은 신음이 저절로 흘러나왔다.

"흐음……."

그러나 그의 집요한 애원에도 그녀는 허벅지를 꼭 붙이고 열어 주지 않았다.

"이제 집에 가야 돼요."

"아까는 더 자고 싶다면서?"

"정말 못됐어요."

"그래?"

"그러니까 이제 그만……."

"나도 이런 나 때문에 미치겠어."

그가 자신의 몸 아래로 그녀의 몸을 똑바로 눕히며 말했다.

똑같은 장소에서 똑같은 사람과 나누는 사랑임에도 밤에 나누는 사랑과 아침에 나누는 사랑은 달랐다. 아무도 보는 이가 없어도 해가 환한 아침에 나누는 사랑은 이유 없이 부끄러움이 앞섰다. 하지만 그는 그녀와 생각이 다른 듯 더욱 부풀어 오른 자신의 하체를 그녀의 허벅지 사이로 점점 더 깊게 밀어붙였다. 결국 해영은 웃음을 터뜨리며 허벅지에서 힘을 뺄 수밖에 없었다.

* * *

그가 그녀를 데려다주며 항상 차를 세우는 곳에 정차를 했다.

피하고 싶다고 피할 수 있는 일이 아니라는 걸 알면서도 차에서 내리는 그녀의 발걸음은 천근처럼 무거웠다.

"같이 들어가 줄까?"

"농담이라도 그런 말 하지 마세요."

"농담 아니야. 어차피 언젠가 한 번은 겪어야 할 일이라고 생각하고 있어."

"그 한 번이 오늘은 아닐 거예요."

"그럼 언제쯤이 될까?"

"글쎄요. 우선 이모한테는 제가 상황 봐서 말할게요. 그때까지는 기다려 줄 수 있죠?"

"그래. 알았어."

두 사람은 어느새 집 앞에 도착해 있었다. 해영은 자신을 걱정하는 태주에게 괜찮다는 미소를 보였다.

"이제 여기로 데려다주는 것도 얼마 안 남았네."

"네."

이모와 가계약을 해 놓은 집은 회사에서 멀지 않은 곳에 위치한 깨끗한 오피스텔이었다. 주말까지 다른 집을 찾지 못하면 이모가 다음 주에 도배와 청소를 하고 바로 그녀의 짐을 옮기자고 했으니 그의 말대로 이제 이 길을 그와 함께 걷는 날도 정말 얼마 남지 않았다.

"너 독립하면 내가 아침마다 출근시켜 줄게."

"회사 주변으로 얻을 거라 괜찮아요."

"내가 아침마다 얼굴 보고 싶어서 그래."

"그럼 바쁘지 않을 때만요."

"좋아."

그녀의 입술 위로 그의 입술이 재빨리 닿았다 떨어졌다.

"누가 보면 어쩌려고요?"

"마음 같아서는 너희 회사 앞에서 하고 싶어. 다른 남자들이 다 너 애인 있는 거 알게."

"그럼 창피해서 못 다니죠."

"나처럼 멋진 애인이 있는 게 창피한 일이야? 더 자랑하고 싶어야 하는 거 아닌가?"

"그런 뜻 아니라는 거 알잖아요."

해영은 손바닥으로 제 얼굴을 감쌌다.

"알았어. 그만 들어가. 집에 도착하면 전화할게."

"네."

그녀는 짧게 손을 흔들어 보이고 서둘러 집 안으로 들어섰다.

태주는 집 안에서 점점 멀어져 가는 그녀의 발걸음 소리가 들리지 않을 때까지 같은 자리에 서 있었다. 어제 일로 분명 아버지에게 전화가 올 것이라고 생각하니 웃고 있던 표정에서 점점 미소가 사라졌지만, 그래도 가슴은 여전히 뜨거웠다. 마치 해영이 그곳에 살고 있는 것처럼. 심장 위로 한 손을 올린 채 그가 자신의 차로 가기 위해 돌아선 순간이었다.

언제부터 그곳에 있었던 것인지 어제의 우아하고 아름다웠던 모습 대신 핏기 없이 창백한 안색의 화윤이 그 앞에 서 있었다.

"안녕하세요?"

"안녕, 못한 것 같네요."

9.

화윤을 향해 정중히 숙였던 고개를 들어 올리는 순간 그녀의 손에 들린 하얀 약 봉투가 그의 눈에 들어왔다.

"어디가 편찮으신 겁니까?"

"내가 아니라 수현이가 몸이 좋지 않아서요."

"네."

그는 화윤의 얼굴을 똑바로 응시했다. 그러나 그녀의 얼굴에 어떤 표정도 드러나 있지 않은 탓에 그녀가 지금 무슨 생각을 하고 있는지는 조금도 짐작할 수 없었다. 언제부터 그곳에 있었던 것인지, 그와 해영의 대화를 들은 것인지도…….

"경황없으실 줄은 알지만 저한테 잠시만 시간을 내주실 수 있으세요?"

"오래 있을 수는 없어요."

"알겠습니다."

두 사람은 골목 초입에 위치한 카페로 자리를 옮겼다.

문을 연 지 얼마 되지 않은 카페 안에 다른 손님은 없었다. 그럼에도 화윤은 밖에서 잘 보이지 않는 안쪽의 테이블을 택했고 그도 그녀를 따라 들어갔다.

"주문하시겠어요?"

그들이 자리에 앉자 직원이 다가와 물었다.

"레몬차로 할게요."

"저는 오렌지 주스로 주세요."

주문을 받은 직원은 곧장 카운터 안쪽의 주방으로 사라졌다.

"어제는 먼저 돌아간 것 같더군요."

정적만 감도는 카페 안에서 잠시 서로를 응시하다 먼저 입을 연 사람은 화윤이었다.

"네. 일이 생겨 먼저 일어섰습니다."

"한 회장님께서도 찾으시는 것 같던데."

"급한 일이어서 아버지께도 인사를 드리지 못했습니다."

"그랬군요."

대답하는 화윤의 목소리는 차분했다.

어제 해영이 파티에 참석했었다는 사실을 수현에게 들었을 수도 있다고 생각했는데 그렇지는 않은 모양이었다.

"한 회장님께도 말씀드렸지만 어제 일은 매우 유감스럽게 생각하고 있어요. 그런 중요한 자리에서 소란을 일으킨 점도 그렇고 영상 속 내용도. 우리 수현이가 잘했다는 건 아니지만, 이제 막 사회생활을 시작한 스물다섯의 철없는 아가씨가 술기운에 실수를 한 거라고 너그럽게 이해를 해 줬으면 좋겠어요."

"어제 그 자리에 계셨던 분들도 다들 그렇게 생각하셨을 겁니다."

처음 호진에게 영상에 대한 이야기를 들었을 때 그는 크게 관심을 갖지 않았다. 어제 파티에 참석했던 그룹의 오너 자제들 중에는 수현과 비교도 되지 않을 정도로 부박한 언행과 문란한 사생활, 더러는 약물에 의존해 생활하는 이들도 있다는 것을 알았기 때문이다. 그러니 아마 어제의 분위기에 동조했던 사람이든, 아니든 차후 신우물산과 수현의 행실을 문제 삼을 사람은 많지 않을 것이다. 그럼에도 그가 그 영상을 제재하지 않은 것은 자신의 체면에 있어서는 철저한 아버지가 그 영상을 본 뒤 자신의 자존심과 야망 중 어느 쪽을 선택할지가 궁금했기 때문이었다.

"이해해 줘서 고마워요. 그런데 어제 강문그룹에 들어가지 않겠다고 했던 말은 혹시 우리 수현이 아빠를 의식해서 했던 말인가요?"

"저희 아버지께 진작부터 말씀드렸던 일입니다. 하지만 제가 강문그룹을 물려받을 생각이 없다는 사실을 신 회장님께서도 아셔야 한다면 조금이라도 빨리 아시는 게 맞다고 생각했던 건 사실입니다."

"왜 강문그룹을 물려받지 않으려는 건지 이유를 물어봐도 될까요?"

태주는 화윤의 얼굴을 똑바로 바라보았다.

그녀의 질문에 제대로 된 대답을 하기 위해서는 아주 오래전 얘기부터 꺼내야 했다. 어머니가 왜 본가를 나가셨는지, 어머니를 잃고 난 후 그의 삶은 어땠는지, 그리고 혼자 미국으로 건너가 투엔터테인먼트를 만들며 그가 어떤 생각들을 했는지……. 그렇기에 그는 오히려 짧게 대답을 하는 쪽으로 택했다.

"저는 아버지의 경영이념을 따라 강문그룹을 이끌고 싶은 마음이 없기 때문입니다. 그리고 저희 회사 직원들이 지금껏 저를 믿고 함께 고생했는데 의리 없이 제가 그들을 버릴 수는 없지 않겠습니까?"

그의 대답을 들은 후에도 화윤의 표정은 고요하기만 했다.

"직원들에게 한 대표는 아주 좋은 오너일 것 같네요."

"이해해 주셔서 감사합니다."

"이해한다는 뜻은 아니었어요."

화윤은 조금 차가운 어조로 대꾸한 뒤 지긋한 시선으로 그를 바라보았다. 그녀는 나이를 가늠할 수 없을 정도로 고운 피부에 창백한 안색에도 지적인 분위기가 감춰지지 않았으나 좀처럼 웃는 모습은 상상이 되지 않았다.

사실 해영에게 이모에 대한 얘기를 들었을 때 그의 머릿속에는 조금 편안한 체격에 미소가 따뜻한 여인의 모습이 그려졌었다. 그런데 화윤과 마주 앉아 있는 지금 이 순간이 그에게 그 어떤 대단한 배우나 제작자와 대면했던 순간보다 더 어렵고 조심스럽게 느껴지고 있었다. 그건 화윤의 외모에서 풍기는 분위기를 제외하고도 해영에게 부모나 다름없는 존재이기 때문일 것이다.

"내가 사업하는 사람의 생각을 쉽게 이해할 수는 없겠죠."

"……."

"하지만 만약 한 대표가 한 회장님의 말씀에 따른다면 우리 수현이는 두말 않고 아버지 뜻에 따를 거예요."

"제가 아버지의 뜻에 따른다는 게 강문그룹으로 들어가는 걸 말씀하시는 겁니까? 어른들의 뜻에 따라 따님과 만나는 걸 말씀하시는 겁니까?"

"정확히 말하자면 두 가지 다겠죠."

때마침 직원이 주문한 음료를 가져와 그들의 테이블 위에 내려놓고 돌아갔다.

화윤은 자신 앞에 놓인 찻잔을 들어 레몬차를 한 모금 마셨다.

"수현이는 자라는 동안 아버지의 기대와 관심을 한 몸에 받으며 자랐어요. 그런 영향 때문인지 회사에 입사한 뒤로는 회사와 아버지를 위해서라면 자신이 무엇이든 해야 한다는 생각을 갖기 시작했던 것 같았어요. 만약 이대로 한 대표가 수현이를 거절하면 그 일만도 감당하기 벅찰 텐데, 어제의 영상 때문에 거절당한 걸로 알려진다면 수현이가 받을 상처는 작지 않을 거예요. 어젯밤에도 밤새 그 일을 걱정하는 것 같았고요."

"따님의 빠른 쾌유를 바랍니다. 하지만 제 거절은 따님에 대한 거절이 아니라 상대가 누구였더라도 거절이었을 겁니다."

"그 누구였더라도요?"

그 순간 태주의 머릿속에 해영의 얼굴이 떠올랐다. 처음 거절의 이유야 어떻든 지금은 그녀가 가장 큰 이유였기 때문일 것이다. 하지만 해영과 누구에게도 자신들의 관계를 밝히지 않겠다고 약속을 했으니 그는 그 약속을 지킬 수밖에 없었다.

"네. 지금 당장은 따님에게 상처가 될지 몰라도 자신의 진짜 삶을 찾게 되면 지금 일은 작은 사건에 불과할 겁니다."

"모든 사람들이 다 한 대표 같지는 않아요. 자신이 원하는 삶을 찾아가기보다 어른들의 기대에 부응하고 순응하길 원하는 사람들도 있다는 뜻이에요. 그리고 수현이는 누구보다 아버지가 자신을 가장 잘 알고 믿는다는 걸 아니까, 아버지가 골라 준 사람과 미래를 함께할 생각까지 할 수 있었던 거겠죠."

화윤은 자신들의 선택이 수현을 위한 선택이었다고 말하고 있었다. 냉정하게 판단해 신우물산과 수현을 생각한다면 대기업과의 정략결혼이 잘못된 선택은 아닐 수도 있다. 하지만 남편이 원하는 뜻과 그 뜻을 수용하는 딸을 지켜보는 화윤의 말에서 어머니로서의 감정은, 딸의 행복을 바라는 애정은 느껴지지 않았다. 결국 화윤도 그의 아버지와 비슷한 부류의 사람인 것일까?

"알고 있는지 모르겠는데 수현이는 이종사촌과 함께 자랐어요. 우리에게는 조카도 딸 같은 존재죠. 나는 그 아이의 결혼 상대자도 가능하면 직접 골라 줄 생각이에요."

"⋯⋯."

"우리 부부만큼 그 아이를 잘 알고 그 아이에게 어울리는 상대를 알아볼 사람도 없다고 생각하니까요."

화윤이 태주의 얼굴을 똑바로 응시했다.

그 순간 그는 화윤이 자신과 해영의 이야기를 들었다는 사실을 직감할 수 있었다. 전부 듣지는 못했어도 적어도 그들이 서로에게 어떤 감정을 가지고 있는지는 정확히 알고 있는 듯했다. 그래서 수현에 대한 얘기를 하다 일부러 해영의 이야기로 말을 돌린 것이다.

"수현이는 사교적이고 영리한 아이라 대기업의 안주인이 되어도 제 본분에 맞게 처신을 잘 할 거예요. 반면 조카는 차분하고 조용한 아이라 평범한 집안에서 나고 자란 조금은 소탈한 사람과 어울릴 거라고 생각해요."

"……."

"다복한 중산층 가정의 막내쯤이면 좋겠네요. 특히 부모님의 사이가 유별나게 좋아서 자신이 받았던 사랑이 사소한 말과 행동에서 물 흐르듯 자연스럽게 배어 나오는 그런 따뜻한 사람이요."

잠시 말을 멈춘 화윤이 다시 앞에 놓인 잔을 들어 차를 한 모금 마셨다. 그녀는 잔을 자리에 내려놓은 뒤에도 잠시 그것을 응시했다. 마치 지금 자신의 감정을 정리하고 다스리기 위해 애쓰고 있는 것처럼.

"함께 직장 생활을 하며 조금씩 집을 넓혀 가고 아이들은 때때로 할머니, 할아버지와도 온종일 시간을 보내는…… 몸은 조금 피곤해도 가족들과 있는 시간이 즐겁고 커 가는 아이들의 내일 모습이 기대되는 그런 가정을 이루고 살면 그 아이는 행복해할 거예요."

말을 마친 화윤이 눈을 감았다. 마치 그렇게 살고 있는 해영의 모습을 그려 보는 듯한 표정이었다.

태주는 그제야 알 것 같았다. 화윤은 그가 수현을 거절할 것이라는 걸 이미 알고 있었다. 단지 해영과 그가 안 된다고 선을 긋기 전 그 이유를 먼저 설명하려 했던 것이다. 그렇게 하는 것이 모두를 위한 선택이라고 생각하고 있는 것인지도…….

"만약 조카분에게 이미 좋아하는 사람이 있다면요?"

"결혼은 당사자 두 사람의 일이 아니고 가족 간의 결합이에요. 자신이 선택한 사람의 가족이 그 아이를 인정하지 않거나, 그 선택으로 인해 가족 중 누군가 불행해진다면 해영이는 끝까지 그 사람을 고집하지 않을 거예요."

화윤의 목소리는 여전히 조금 차가웠다.

* * *

집 안이 빈집처럼 고요했다. 평소에도 시끄러울 일이 많지는 않았으나 일요일 정오에 가까운 시간이면 적어도 주방에서 달그락거리는 소리, 음식 냄새 정도는 풍겨 와야 했다.

똑똑.

주방이 빈 것을 확인한 해영은 곧장 이모의 방으로 향했다.

"이모, 저 왔어요."

"이모 약국에 가셨다."

방이 아닌 그녀의 등 뒤에서 이모부의 목소리가 들려왔다. 돌아서니 서재 쪽에서 이모부가 걸어오고 있었다.

"이모 어디 편찮으세요?"

"수현이 약 사러 간 거니까 곧 돌아올 거다."

"네."

이모부는 그녀를 지나쳐 방으로 들어섰다.

15년을 한집에서 살았지만, 해영에게 이모부는 여전히 어렵고 힘든 사람이었다. 그 이유는 아마도 이모부가 마치 딸의 친구, 혹은 이모의 집에 잠시 놀러 온 조카를 대하듯 꼭 필요한 말이나 대답 외에는 해영과 대화를 나누지 않았기 때문일 것이다. 그렇다 보니 그녀 또한 이모부에게 먼저 다가가거나 말을 건네는 일이 어색하기만 했다. 짧은 대화를 끝낸 그녀도 곧장 자신의 방으로 향했다.

"하!"

방 안으로 들어선 해영은 눈앞에 펼쳐진 광경에 깜짝 놀라지 않을 수 없었다. 자신의 옷장에 있던 옷과 가방, 그리고 화장대 위의 화장품들이 모조리 바닥에 떨어져 엉망으로 흐트러져 있었던 것이다. 이 집에서 이런 짓을 저지를 사람은 한 사람뿐이었다. 어렵지 않게 상황을 짐작할 수 있었지만 그녀는 수현에게 쫓아가 따지는 대신 묵묵히 바닥에 떨어진 옷들을 집어 들어 옷장 안에 걸기 시작했다. 가방과 화장품도 모두 제자리에 두고 뚜껑이 열린 화장품에서 쏟아져 나온 내용물도 남김없이 닦아 냈다.

빠르게 정리를 마치고 빠뜨린 것은 없는지 그녀가 다시 방 안을 둘러보고 있을 때였다. 그녀의 머릿속에 불쑥 이모와 태주는 어제 파티에서 인사를 나눴을 테니 이미 서로 알고 있을 것이라는 생각이 떠올랐다. 그리고 뒤이어 만약 이모가 골목 어귀에 위치한 약국에 갔던 것이고 때마침 돌아가던 태주와 길에서 마주쳤다면…….

거기까지 생각이 미치자 그녀는 그대로 방을 나서 1층으로 내려갔다. 정원을 가로지르고 대문을 나서 골목을 달렸지만 곧 돌아올 것이라던 이모의 모습은 그때까지도 보이지 않았다. 그 대신 골목을 빠져나온 그녀의 눈에 태주가 그녀를 데려다주며 차를 세웠던 곳에 여전히 그의 차가 세워져 있는 것이 보였다. 그녀의 가슴이 터질 듯 빠르게 쿵쾅거리기 시작했다. 아직 확인한 것은 아무것도 없는데 초조함에 그녀는 주먹을 힘껏 움켜쥐고 있었다.

기어이 약국까지 걸어가 이모가 없다는 사실을 확인하고 돌아오는 길에 그녀의 시선에 카페가 들어왔다. 마침 직원이 카페 문을 열고 밖으로 입간판을 내놓고 있는 상황이라 해영은 가볍게 목 인사를 하고 카페 안으로 들어섰다. 문을 연 지 얼마 되지 않은 듯 손님은 보이지 않았는데 홀의 안쪽에서 나직한 말소리가 들려왔다. 조금 더 귀를 기울이니 이모의 목소리였다.

"결혼은 당사자 두 사람의 일이 아니고 가족 간의 결합이에요. 자신이 선택한 사람의 가족이 그 아이를 인정하지 않거나, 그 선택으로 인해 가족 중 누군가 불행해진다면 해영이는 끝까지 그 사람을 고집하지 않을 거예요."

"가족 때문에 자신이 좋아하는 사람과 헤어져야 한다는 겁니까?"

"알아요. 내가 그 아이에게 희생을 요구하는 것처럼 보일 수 있다는 거. 하지만 내가 이 나이까지 살아 보니 상처와 후회는 쉽게 잊히지가 않더군요. 나는 해영이가 온갖 역경과 상처를 이겨 내고 단단하고 빈틈없는 어른이 되기보다는 따뜻하고 이해심 많은 사람들 곁에서 평온하고 조금은 지루한 행복을 누리며 살게 되길 바라서 어쩔 수가 없네요."

"……진정한 부모는 자식에게 희생을 강요하지 않을 겁니다."

"한 대표가 거기까지 걱정해 줄 필요는 없을 것 같은데요."

"적어도 강요는 하지 않아 주셨으면 합니다. 조카분이 어떤 선택을 하든."

그때까지도 힘주어 움켜쥐고 있던 해영의 손에서 스르르 힘이 빠졌다. 이모는 그녀와 태주의 관계를 알고 있었다. 태주도 이모가 자신들의 관계를 알고 있다는 사실을 알았다. 알면서 자신들이 이기적인 사람이 되길 자처하고 있었다. 해영은 차마 두 사람에게 다가갈 용기를 낼 수 없었다.

"한 대표는 직원들에게도 그렇고 일면식도 없는 내 조카에게도 참 다정한 사람인 것 같네요."

해영의 발길이 소리 없이 카페의 출입문으로 향하고 있었다.

* * *

그녀가 집에 도착하고 얼마 지나지 않아 집으로 돌아온 이모는 곧장 수현의 방으로 들어갔다. 그리고 잠시 후 다시 1층으로 내려가 서둘러 식사 준비를 하기 시작했다.

"해영이 언제 왔니?"

"조금 전에요."

자신의 방에서 옷을 갈아입고 내려온 해영도 곁에서 이모를 돕기 시작했다.

"이모부가 수현이 아프다고 하던데, 좀 어때요?"

"밤에 잠을 잘 못 자서 그런지 아직도 자네."

"이모도 못 주무셨겠어요."

"나는 왔다 갔다 하면서 좀 잤지."

"그래도 식사하고 좀 주무세요. 그런데 아까 보니까 서재에 이모부 손님이 와 계신 것 같던데."

그녀가 잠시 나갔다 온 사이 손님이 왔는지 현관 앞에 낯선 남자 구두가 놓여 있었다. 그리고 서재 쪽에서 대화 소리도 들려왔다.

"이모부 회사 사람이 잠깐 다녀갈 거라고 하더니 그 사람인가 보네."

이모는 대수로운 일이 아니라는 목소리로 대답했다.

태주를 만나고 돌아온 이모는 안색이 조금 창백해 보이기는 했으나 표정도 말투도 평소와 다를 것이 없었다. 주말에는 집안일을 봐주는 아주머니가 쉬기 때문에 오히려 더 분주하게 몸을 움직이고 있을 뿐이었다. 만약 카페에서 이모가 태주와 만나는 모습을 보지 못했다면 그녀는 그런 일이 있었다는 사실은 짐작도 하지 못했을 것 같았다.

"이모."

"응?"

"저 방 얻어 주신 거 고맙다고 말도 못 했어요. 고맙고 죄송해요."

접시에 잘 구워진 생선을 담고 있던 이모가 움직임을 멈추고 그녀를 바라보았다.

"뜬금없긴. 사실 너 대학 입학하고 독립하고 싶다고 말했을 때, 그때 얻어 주고 싶었어. 그런데 네 이모부 반대가 심해서 그러지 못했지. 그동안 네가 말은 안 했어도 수현이랑 이모부랑 한집에 사는 거 불편했을 거라는 거 알고 있었어. 너무 늦게 알아봐 줘서 오히려 이모가 미안해, 해영아."

"아니에요."

"막상 네가 나간다고 생각하니까 내 기분이 더 이상한 것 같다. 우리 해영이 보고 싶으면 이모가 가끔 보러 갈게."

"네."

"힘든 일 있으면 언제든 전화하고."

"그럴게요."

"이모가 더 잘해 주지 못해서, 미안해."

아무렇지도 않은 듯 말을 하던 이모가 끝내 입술을 물었다.

해영은 평소와 달리 자꾸만 미안하다고 말하는 이모의 모습이 낯설었다. 이모가 그녀에게 미안해야 할 일 같은 건 없었는데. 그러다 문득 지금 이모가 태주를 허락해 주지 못해서 미안하다고 말하는 것은 아닐까 하는 생각이 들었다.

"아니에요. 제가 이렇게 잘 클 수 있었던 거 다 이모 덕인데요. 앞으로는 이모가 걱정하는 일 없게 제 앞가림 제가 잘할게요."

"넌 잘할 거야."

이모가 그녀의 어깨를 가볍게 토닥였다.

"해영아, 그만 이모부한테 가서 식사하시라고 할래?"

가지런히 반찬 접시들을 정리하고 심심한 소고기 맑은 국을 식탁으로 옮기며 이모가 그녀에게 말했다.

"네."

주방을 나선 해영은 서재로 향하기 전 잠시 2층을 바라보았다. 수현의 방은 여전히 조용하기만 했다.

"……그건 그 정도로 마무리하고, ……오늘 오전에 회장 부인들한테 이번 시즌 가장 고가라인으로 선물을 보냈는데 돌려보낸 곳은 한 곳도 없었어. 그렇다고 안심할 수는 없으니까 이상한 얘기 들려오는 곳은 없는지 항상 신경 쓰라고."

서재 문에 노크를 하기 위해 손을 올렸던 해영은 안에서 들려오는 이모부의 목소리에 잠시 행동을 멈췄다.

"알겠습니다."

"우리 애 혼사만 차질 없이 잘 이루어지면 내가 절대 고 변호사

섭섭하게 안 해.”

“실망시켜 드리지 않겠습니다.”

“그래야. 우리 수현이도 자넬 아주 좋게 생각하고 있는데.”

우리 애 혼사. 이모부는 어제 있었던 일 정도로는 수현과 태주의 혼사가 깨지지 않을 것이라고 생각하고 있는 모양이었다. 그녀가 과연 자신들을 반대하는 사람들에 맞서 끝까지 흔들리지 않을 수 있을지, 이모의 염려가 너무나 당연한 것은 아닌지……. 그녀의 입에서 의도하지 않았던 긴 한숨이 흘러나왔다.

그녀가 잠시 서재 앞에 서 있을 때 예고 없이 서재의 문이 열렸다. 그리고 깔끔한 정장 차림의 남자가 밖으로 걸어 나오더니 그녀에게 물었다.

“혹시, 박해영 씨?”

“……네, 그런데요”

“처음 뵙겠습니다. 신우물산 법무팀 소속의 고재윤 변호사라고 합니다.”

단정한 이목구비에 은테 안경을 쓴 남자는 그녀에게 곧장 자신을 소개했다.

그러고 보니 이모부가 대화 중 고 변호사라고 상대를 부르는 소리를 들었었다. 그러니까 지금까지 서재에서 이모부와 대화를 나눴던 사람은 수현이 그녀와 만나게 하려고 했던, 그 법무팀의 고 변호사였던 것이다.

“안녕하세요.”

그들이 인사를 나눈 뒤 어색하게 마주 서 있을 때 서재의 문이 다시 열리더니 신 회장도 그들 곁으로 걸어 나왔다.

"두 사람 마침 함께 있었네. 해영아, 인사해라. 우리 신우물산 법무팀 소속 고재윤 변호사다. 지난번에 고 변호사한테 내가 얘기했던 처조카, 해영이."

"인사 나눴습니다, 회장님. 그런데 제가 생각했던 것보다 훨씬 더 미인이시라 좀 놀랐습니다."

"원래 우리 처가 쪽이 인물들이 좋아. 우리 안사람 지금도 예쁘지만 젊었을 때는 얼마나 미인이었는지 아나?"

"사모님이 미인이신 건 아마 대한민국 사람들이 다 알고 있을 겁니다."

"그런가? 그럴 거야."

재윤의 말에 신 회장이 기분이 좋은 듯 너털웃음을 터뜨렸다.

"이모가 식사하시라고 하셨어요."

"잘됐네. 마침 식사 때니 고 변호사도 함께 들고 가지."

"저는 오후에 선약이 있어서 그만 가 봐야 할 것 같습니다, 회장님."

"오후 선약이면 어차피 어디든 가서 식사를 해야 하지 않나? 쉬는 날까지 내가 불러들여 일을 시켰으니 식사는 우리 집에서 하고 가게. 우리 먹는 밥상에 숟가락 하나 더 놓는 거니 부담 갖지 말고."

"그럼 사양하지 않겠습니다."

해영은 재윤이 신 회장의 호의를 끝까지 거절하길 바랐으나 그는 그러지 않았다.

"그래, 이쪽으로 오게. 해영이 너도 어서 와라."

신 회장은 그들을 앞질러 주방으로 성큼성큼 걸음을 옮겼다.

항상 수현이 앉던 자리는 비어 있었다. 대신 비어 있던 해영의 옆자리에 재윤이 앉았다. 해영은 낯선 방문자와 나란히 앉아 식사를 하는 것이 불편하기만 했는데, 신 회장은 기분 좋은 생각이라도 하는 듯 식사 중 한 번씩 입꼬리가 곡선을 그렸다.

"음식이 입에 맞는지 모르겠어요."

"너무 맛있습니다, 사모님."

"다행이네요."

재윤의 모범 답변에도 이모의 얼굴에는 별다른 표정이 드러나지 않았다.

"고 변호사 아버지랑 형님, 두 분이 다 대양에 몸담고 계시다고 했던가?"

"아버지는 몇 해 전까지는 대양에서 근무하셨는데 지금은 고향으로 내려가셔서 작은 변호사 사무실을 개업하셨습니다."

"든든한 두 아들이 있으니 서울에 크게 변호사 사무실을 내셔도 괜찮을 텐데, 소탈하신 분인가 보군?"

신 회장이 관심을 보이며 다시 물었다.

"아버지가 저희 어릴 적부터 저희들이 사회인이 되면 고향으로 내려가겠다고 하시더니 제가 사법고시에 합격한 바로 다음 날 대양에 사직서를 내셨습니다. 지금은 고향에서 작은 변호사 사무실을 운영하고 계시는데, 정말 작은 시골 마을이라 변호사 일보다는 그냥 텃밭을 가꾸시는 데 더 많은 시간을 할애하시는 것 같습니다."

"저런, 어머니는 불만이 없으시고?"

"젊으셨을 때 아버지가 워낙 바쁘셔서 어머닌 지금 아버지랑 함께 텃밭은 가꾸시는 게 오히려 더 즐거워 보이십니다.”

“두 아들이 이렇게 훌륭하게 컸으니 더 바랄 게 없으신 거겠지. 그래도 멋지시네. 부부가 고향으로 내려가 전원생활이라니. 당신은 어떻게 생각해?”

“쉬운 결정이 아니었을 텐데 정말 멋진 분들이시네요.”

재윤의 맞은편 자리에서 조용히 식사를 하던 이모가 이모부의 질문에 대답했다.

“감사합니다. 그런데 사모님 예전에 뉴스 진행하실 때 저희 어머니께서 정말 팬이셨답니다. 언제 뵐 기회가 있으면 너무 좋아하실 것 같습니다.”

이모와는 오늘 처음 만난 것 같은데 재윤은 공손한 말투와 표정으로 이모와도 자연스럽게 대화를 이어 갔다.

“그럼 언제 회사 행사에 한번 모시고 오게. 큰 행사에는 종종 우리 와이프도 참석하니까.”

“네. 그렇게 하겠습니다.”

처음 식사를 시작할 때는 여느 이모부 회사 사람을 대하듯 안주인으로서 품위와 정중함을 잃지 않았던 이모였다. 그런데 시간이 흐를수록 재윤의 붙임성 좋은 언변에 동화되는 듯, 한 번씩 얼굴에 온화한 미소가 스쳤다.

해영은 그 모습에 왠지 가슴이 답답해지는 느낌이었다. 입맛이 없어 조금씩 밥을 뜨던 젓가락질도 점점 느려져 갔다. 더 이상 억지로 먹었다가는 도리어 고생을 할 것 같다는 생각에 그녀가 들고 있던 젓가락을 내려놓는 순간이었다.

차려 준 사람이 뿌듯할 정도로 가리는 음식 없이 맛있게 식사를 하던 재윤도 빈 밥공기 옆으로 살며시 숟가락을 내려놓았다.

"정말 맛있게 잘 먹었습니다, 사모님."

"밥 더 있는데, 부족했으면 조금 더 줄까요?"

"아닙니다. 딱 알맞게 잘 먹었습니다."

"그래요?"

"식사만 하고 일어서서 죄송한데, 제가 오후에 처리해야 할 일이 있어서 먼저 일어서야 할 것 같습니다, 사모님."

재윤이 자리에서 일어서 정중히 고개를 숙였다.

"식사 다 했으면 그만 가 보게. 바쁜 사람을 계속 잡아 둘 수는 없지."

"그래요. 맛있게 먹어 줘서 고마워요."

"아닙니다. 정말 모든 반찬이 다 맛있었습니다, 사모님. 회장님, 그럼 그만 가 보겠습니다."

재윤은 다시 한번 예의를 갖춰 이모와 이모부에게 인사를 했다.

"마침 해영이 너도 밥을 다 먹은 모양이구나. 네가 고 변호사 배웅 좀 하고 오면 되겠다."

"제가요?"

"이모부 때문에 온 손님인데 네가 배웅 정도는 해 줄 수 있잖니?"

신 회장은 평소에도 건강을 생각하며 느리게 식사를 하는 편이었다. 아니나 다를까 식사가 끝나려면 아직 한참 남은 자신을 대신해 배웅을 해 달라는데 딱히 거절할 핑계가 떠오르지 않았다.

"네. 그럴게요."

결국 해영은 재윤을 따라 현관을 나섰다.

"저 때문에 불편하셨죠?"

"아니요."

"식사를 잘 못 하시는 것 같던데."

"배가 별로 고프지 않아서요."

"네."

아직 5월이었으나 구름 한 점 없이 맑은 날씨 탓인지 바람이 제법 덥게 느껴졌다.

"그런데 아까 제가 미인이시라고 했던 말은 진심이었습니다, 해영 씨."

"칭찬 감사합니다."

"원래 성격이 조용하신 편인가 봐요."

재윤이 그녀와 나란히 정원을 걸으며 말했다.

해영은 잘 알지 못하는 상대가 자신의 보폭에 맞춰 걸어 주는 상황이 낯설고 어색했으나 그는 그런 행동이 몸에 밴 듯 자연스러운 걸음걸이였다.

"지금 제가 이런 얘기 하는 거 어떻게 생각하실지 모르겠는데, 사실은 얼마 전 회장님께서 해영 씨 얘기를 하시면서 언제 자리를 만들 테니 한번 만나 보라고 하셨거든요. 해영 씨도 얘기 들으셨는지 모르겠네요?"

재윤이 다시 건넨 말에 해영은 그 자리에 걸음을 멈추고 섰다.

"제 의사와는 상관없이 이모부 혼자 생각으로 하신 말씀 같네요."

"아, 그러셨구나. 전 그것도 모르고 밥 먹으면서 해영 씨랑 다음에 어디에서 만나면 좋을까 하고 생각했네요. 저 혼자 너무 앞서갔던 모양입니다."

신우물산에서 직접 스카우트를 해 왔을 정도면 재윤은 실력도

경력도 보잘것없는 사람이 아닐 것이다. 그런데 이모부가 없는 자리에서도 한결같이 겸손했다. 그럼에도 재윤에 대한 불편함과 경계심이 좀처럼 사라지지 않았던 이유는 분명 지금과 같은 대화가 오고 갈 것이라는 걸 알았기 때문일 것이다.

"대문 저기 보이는데, 혼자 가실 수 있으시죠?"

"저기, 해영 씨."

"네."

"초면에 이런 질문 실례라는 거 아는데, 혹시 만나는 분 있으세요?"

"……."

"제가 정말 마음에 안 드는 게 아니라면 우리 다음에 한 번 더 만나 볼 수 있을까 해서요."

해영은 재윤의 얼굴을 똑바로 응시했다.

그도 진지한 표정으로 그녀의 대답을 기다리고 있었다.

"지금 물어보지 않고 돌아가면 두고두고 후회할 것 같아서요. 한 번만 더 만나 보고 그래도 제가 마음에 들지 않는다고 하면 그때는 깨끗하게 물러서겠습니다. 회장님께서 다시 해영 씨에 대한 얘기 꺼내시면 거절도 제 쪽에서 하도록 하고요."

어쩌면 재윤이 오늘 보여 준 모습은 가식 없는 진짜 그의 모습일지 모른다. 하지만 그녀는 그가 어떤 사람인지 더 알고 싶지 않았다. 그리고 자신의 행동이 그에게 어떻게 비춰질지도 생각하고 싶지 않았다. 지금 그녀에게는 태주 말고 다른 사람에 대해 생각할 여유가 조금도 없었다.

"대답이 늦었는데, 저 만나는 사람 있어요. 만약 제가 고재윤 씨를 다시 만난다면 그 사람이 정말 싫어할 거예요."

그녀의 대답에 희미하게 곡선을 그리고 있던 재윤의 입매가 어색하게 굳었다.

"만나는 분이 있으시군요."

"네. 그럼 조심해 들어가세요."

"그래도 만약 우연히 만나게 되면, 알은체 정도는 해도 되죠?"

지금껏 한 번도 웃지 않았던 해영을 보며 재윤이 다시 미소를 보였다. 그 미소가 그녀의 마음을 더 불편하게 했다. 그냥 뭐 이런 사람이 다 있나 하는 표정을 하고 휙 돌아서거나, 기분 나쁘다는 걸음걸이로 돌아가는 쪽이 그녀에게는 더 마음 편했을 것 같았다. 그녀는 표정을 더욱 딱딱하게 굳히고 재윤에게 가볍게 고개를 숙였다.

"안녕히 가세요."

* * *

점심 식사 후 이모부는 약속이 있다며 외출을 하고 이모는 죽과 약을 챙겨 수현의 방으로 올라갔다.

집 안은 여느 날처럼 조용하고 평화로웠는데 해영의 마음은 장마전의 하늘처럼 어수선함이 가라앉지 않고 있었다. 한동안 자신의 방안에 우두커니 앉아 있던 그녀는 다시 몸을 일으켜 1층으로 향했다.

"이모 뭐 하세요?"

언제 내려왔는지 이모가 주방 창가에서 정원을 내다보고 있었다.

"어, 해영아. 왜? 뭐 필요한 거 있니?"

"아니요. 그냥 내려와 봤어요. 그런데 뭘 그렇게 보고 계세요?"

"아무것도 아니야. 네 오피스텔 그냥 월요일에 계약할까 하는데."

"저는 아무 때나 괜찮아요."

"그럼 다음 주에 청소랑 도배 마치고 바로 짐 옮기는 걸로 하자."

"네."

그녀와 태주가 만나고 있다는 사실을 알면서도 마치 아무 일 없었던 것처럼 예정대로 오피스텔을 계약해 주려는 이모가 해영은 조금 이해가 되지 않았다. 아니, 이모가 무슨 생각을 하고 있는 것인지 더욱 궁금한 생각이 들었다.

"저기, 이모."

"응?"

"만약에요. 정말 만약에 제가 좋아하는 사람이 생겼는데 이모 마음에 안 들면 어떻게 하실 거예요?"

"그럴 리 없을 것 같은데."

이모의 대답에 해영은 가슴이 쿵 하고 내려앉는 기분이었다. 그녀가 알아서 태주와 헤어질 것이라고 믿고 있다는 말처럼 들렸기 때문이다.

"왜요?"

"글쎄, 해영이 넌 지금까지 한 번도 날 실망시켰던 적이 없으니까, 그냥 앞으로도 그렇지 않을까 하는 막연한 믿음 같은 거 아닐까. 그런데 그런 건 갑자기 왜 물어? 혹시 좋아하는 사람 생겼니?"

"아니에요."

"그럼 누가 만나자고 따라다녀?"

"아니요."

"싱겁긴. 그리고 고 변호사는 신경 쓰지 마. 적어도 이모는 네가 싫다는 사람은 절대 강요 안 할 거야."

"네."

"나는 수현이 죽 다 먹었는지 다시 한번 올라가 봐야겠다."

이모가 주방을 나서 다시 2층으로 올라갔다.

홀로 주방에 남겨진 해영은 이모가 바라보던 창을 통해 정원을 내다보았다. 태주의 집 주방 창으로 보이던 튤립처럼 예쁜 꽃 같은 것은 없었다. 담장 안쪽으로 심어 놓은 이름 모를 나무들만 무성했다. 이모는 저 나무들을 보며 무슨 생각을 했을까? 나무를 본 것이 아니라 혼자만의 생각에 빠져 있었던 것은 아니었을까?

잠시 창밖을 응시하던 그녀도 주방을 벗어나 정원으로 나왔다. 조금 뜨겁다 싶은 햇살이 정원 가득 쏟아져 내리고 있었다. 그녀는 주방 창으로 보았던 곳을 향해 천천히 걸음을 옮기기 시작했다.

Rrrrr.

그녀가 잔디를 밟는 소리뿐이었던 정원에 불쑥 휴대폰 벨 소리가 울려 퍼졌다. 깜짝 놀라 휴대폰을 바라보니 태주의 이름이 떠 있었다. 그의 이름을 확인한 순간 그녀는 반가움보다 혹시 그도 지금 자신처럼 마음이 심란한 것은 아닐까 하는 생각이 먼저 들었다. 그래서 일부러 깊게 심호흡을 한 번 한 뒤 밝은 목소리로 전화를 받았다.

"여보세요?"

―나야. 통화 괜찮아?

"네, 당연하죠. 그런데 지금 어디세요?"

그가 지금 있는 곳은 집이 아닌 듯 전화기 너머에서 희미하게 자동차 소리가 들려왔다.

―지금 운전 중.

"어디 가는 길인데요?"

걸음을 멈춰 선 그녀는 그의 목소리에, 감정에 집중하기 위해 눈을 감았다.

-회사.

"일요일인데도 일하는 거예요?"

-집에 혼자 있는 것보다는 할 일이 있는 게 낫지. 시간도 잘 가고.

"혹시 말로만 듣던 일중독자신가요?"

-아닌데. 일이라도 해야지 안 그러면 너 보고 싶을 것 같아서. 이 정도면 나 일이 아니라 박해영 중독 아닌가?

그의 목소리에 다정한 웃음기가 배어 있었다.

그런데 그녀는 미소가 지어지지 않았다. 그가 지금 웃고 있었지만 이모의 말을 듣고 마음이 흔들리진 않았을지, 생각이 많아져 머릿속이 복잡한 것은 아닐지 여전히 걱정되고 두려웠기 때문이었다. 아니, 가장 겁이 나는 것은 지금 자신들의 상황 때문에 어느 순간 슬그머니 자신이 먼저 그를 포기하고 멀리하게 될지 모른다는 사실이었다.

"그럼 우리 또 볼까요?"

-정말?

"네."

-그럼 우리 회사 구경하러 올래?

"제가 가도 돼요?"

-오늘은 직원들 아무도 없을 거야.

"그럼 갈게요. 점심 식사는 하셨어요?"

마음이 불안한 만큼 그가 보고 싶었다. 누군가 보고 싶어 미칠 것 같다는 표현이 심하게 과장된 말이라고 생각했었는데, 군더더기 없는 아주 담백한 표현이었다는 사실을 그녀는 이제야 깨닫고 있었다.

-난 별로 생각이 없어서. 넌?

"저는 먹었어요. 그럼 제가 가는 길에 샌드위치 좀 사 가지고 갈게요."

-그럴 필요 없어. 그럴 게 아니라 내가 지금 데리러 갈게.

"그냥 제가 찾아갈게요. 외출 준비하려면 시간도 좀 거릴 거 같고. 택시 타면 되니까요."

-너무 예쁘게 하고 오면 곤란한데.

"왜요?"

-그럼 내가 일을 더 못 할 것 같아서.

그의 대답이 사실이든, 아니든 해영의 가슴이 빠르게 두근거리고 있었다.

"알았어요. 그럼 영주 만날 때처럼 편안한 차림으로 갈게요."

-그래. 문자로 주소 보내 줄게. 혹시 마음 바뀌면 언제든 전화해. 데리러 갈 테니까.

"이따 봐요."

전화를 끊은 해영은 빠르게 정원을 가로질러 자신의 방으로 향했다.

* * *

회사 주차장에 주차를 마친 태주는 곧장 1층 현관으로 들어섰다. 그런데 그다지 넓지 않은 홀에 익숙한 뒷모습의 중년 남자가 서 있는 것이 보였다.

"여긴 어쩐 일이세요?"

"아들 회사에 아버지가 오는데 꼭 무슨 일이 있어야 된다든?"

그의 목소리에 전혀 놀라지 않고 천천히 돌아서며 한 회장이 대답했다.

"오늘 일요일이에요. 정말 제가 회사에 있을 거라고 생각하신 거예요?"

"그냥 지나던 길에 들러 본 거다."

"그냥이요?"

"그래. 네가 날 닮았다면 오늘 같은 날 심란한 마음을 달래러 회사로 나올지도 모른다는 생각을 하긴 했다만……."

그가 해영에게 말했던 것처럼 회사는 텅 비어 있었다. 하필 날까지 지나치게 맑아 공중에 떠다니는 먼지 한 톨까지도 보일 정도였다. 이렇게 좋은 날 해영을 만나기 전 아버지와 단둘이 회사에서 대면을 하게 되다니.

"그래서 나온 거 아닌데요."

"네가 아무리 부정해도 넌 날 닮았어. 태경이 녀석은 제 어미를 닮아 머릿속에 돈 쓸 생각밖에 없는데, 너는 날 닮아서 성공을 위한 고통까지도 즐길 줄 알지."

"용건이 있으신 거예요? 지나던 길에 그냥 들러 보신 거면 둘러보고 가시고요."

그의 말을 무시하고 엘리베이터를 찾아 주위를 살피던 아버지가 먼저 걸음을 옮기기 시작했다. 그도 어쩔 수 없이 아버지를 따라 걸을 수밖에 없었다.

"네 사무실은 몇 층이냐?"

"5층이요."

엘리베이터에 나란히 올라탄 뒤 그가 대답했다.

"건물이 아주 아담하구나."

"지금 저희 회사 규모는 5층 건물이면 충분해서요."

조금도 당황하지 않는 태주의 얼굴을 빤히 바라보던 아버지가 짧게 혀를 찼다.

"내가 강남 쪽으로 쓸 만한 건물 하나 마련해 둘 테니 자존심 세우지 말고 그쪽으로 이전해라."

"다 왔네요."

"건물이 작으니 올라오는 건 빨라서 좋네."

그는 아버지의 말에 대꾸하지 않은 채 자신의 사무실을 향해 걸음을 옮겼다. 그냥 돌아가라고 한다고 한들 순순히 돌아갈 아버지가 아니었다. 그리고 곧 해영이 올 텐데 공연한 말씨름으로 시간을 낭비할 수는 없었다.

"이쪽으로 앉으세요."

자신을 따라 사무실로 들어선 아버지에게 소파를 가리켜 보인 뒤 그도 맞은편 자리에 앉았다.

"연락도 없이 찾아오신 진짜 용건이 뭐예요?"

"매정한 놈."

"차 드려요?"

태주는 자리에서 일어섰다. 아버지가 차를 내오지 않은 것을 두고 한 말이 아니라는 것을 알면서도 그는 일부러 비서실에 있는 냉장고에서 음료수를 꺼내 왔다.

"드세요."

뚜껑을 딴 음료를 아버지 앞에 내려놓은 그는 다시 자리에 앉았다.

"하실 말씀이 뭐예요?"

"어제 일 네가 관여한 일이라는 거 알고 있다. 하지만 제 자식 허물이니 앞으로 신우 쪽에서 우리 눈치를 더 살필 거다."

"……."

"일이 너한테 유리하게 돌아가고 있으니 눈 딱 감고 약혼만 해라. 두 사람 다 아직 한창 젊어 결혼을 미룰 명분은 얼마든지 있고, 2, 3년 후에는 내가 나서서 파혼하는 쪽으로 일을 진행하마."

"정말 그 방법밖에 없으신 거예요?"

"무슨 뜻이냐?"

최근 강문그룹이 경제란에 이름을 올리고 있는 이유는 비단 위기 상황 때문만은 아니었다. 곧 출시될 전자 쪽의 신제품과 지금 위기의 근본적인 원인인 바이오에서 성공 막바지에 달한 신약의 특허 상황에 대한 기사도 심심치 않게 실리고 있었다. 기사를 흘리는 쪽이 강문그룹일 테니 아버지는 지금 상황은 물론이고 앞으로의 상황까지 충분히 예견하고 있을 것이다. 그런데도 그에게 약혼을 강요하는 것은, 신우물산의 자금이 목적이 아니라 그가 목적이라는 쪽이 더 설득력 있었다.

"이 정도 위기 예전에는 즐기며 해결하셨던 것 같은데, 이제 정말 아버지가 나이가 드신 건가 하는 생각이 들어서요."

아버지도 그가 이미 강문그룹의 상황이나 아버지의 의도를 파악했다는 것을 알았을 텐데 표정에 변화가 없었다.

"그렇게 싫은 이유가 뭐냐?"

"뭐가요?"

"강문으로 들어오는 게 말이다."

"아버지는 이제야 그 이유가 궁금하세요?"

이번에는 아버지가 자리에서 일어섰다.

그의 사춘기 시절까지는 그보다 키도 크고 체격도 좋았던 아버지였다. 그런데 이제는 아버지가 그를 올려다보아야 할 정도로 그의 키가 자라 있었다. 자리에서 일어선 채 잠시 삐뚜름한 시선으로 그를 내려다보던 아버지가 창가로 느리게 걸음을 옮겼다.

"네가 끝까지 신우물산을 거부한다면 태경이가 검찰에 소환되는 방법도 있기는 하지. 그럼 조만간 태경이가 횡령과 조세포탈 혐의로 검찰에 소환될 거다. 넌 그 시기에 맞춰 강문으로 들어오면 되는 거고."

"이제 와 왜 제게 이러시는 거냐고요?"

"……너도 알 텐데. 나한테는, 강문그룹에는 네가 필요하다."

네가 필요하다고? 그 말은 15년 전, 아니 적어도 8년 전에는 그에게 했어야 하는 말이었다.

"신 회장 말처럼 나 혼자 감당하기에 강문그룹은 이미 너무 커졌고 태경이 놈한테 전부 맡기기엔 내가 강문에 쏟은 애정이 너무 크다. 그래도 너라면 강문을 지켜 줄 수 있지 않을까……. 그게 내가 이제 와 네게 이러는 이유라면 설명이 되는 거냐?"

"……."

"네가 날 이긴 거다."

해명도 아니었고 부탁도 아니었다. 사과는 더욱 아니었다. 하지만 진심이라는 것은 느껴졌다. 그 진심에 더 화가 난 것은 그만큼 아버지에 대한 미움이, 원망이 컸기 때문일 것이다. 그는 이를 악물고 느리게 고개를 저었다.

"강문의 모든 원칙은 내가 만들어 갈 거다. 장자 계승으로 못을 박으면 되니 넌 다른 건 신경 쓸 필요 없을 거다."

"그 기회 태경이한테 주세요. 아버지의 신임을 얻기 위해서라면 불속에도 뛰어들 마음일 텐데."

"그 녀석은 누군가가 제 위에 있어야 해. 혼자서는 아무것도 감당 못 할 그릇이야. 네게 너 대신 불속으로 뛰어들 누군가가 필요하다면 그 녀석을 그렇게 쓰면 되겠구나."

태경과 그의 사이가 좋았던 적은 없었다. 하지만 태경은 한 번도 그를 도발하거나 싸우려 들지 않았다. 어쩌면 녀석은 어린 나이부터 아버지를 꿰뚫어 때를 기다렸거나, 제 어머니를 보며 싸우지 않고 이기는 법을 익혔는지도 모른다. 결국 그 집을 스스로 나왔던 쪽은 그였으니 말이다.

8년 전 집을 나온 뒤 태경과 만난 적은 없었다. 강문그룹에서 우연히 얼굴을 마주쳐도 서로 모른 체 그냥 지나쳤으니 만났다고 할 수 없었다. 하지만 그는 태경이 있어 아버지를 마음껏 미워할 수 있었던 것인지도 모른다. 아버지가 태경을 언제든 쳐낼 수 있을 만큼 잔인한 사람이라는 사실은 망각한 채……

"하실 말씀 다 하셨으면 이제 그만 가시죠."

"네 외할아버지가 계시지 않았다면 강문은 지금의 절반만큼도 성장하지 못했을 거다. 그건 너도 잘 알고 있을 거라고 생각한다. 그러니 네가 네 외할아버지 걸 대신 찾아간다고 생각하는 건 어떻겠냐?"

태주는 대답 대신 문을 활짝 열었다.

"멀리 안 나갑니다."

복수를 하고 싶었다. 아버지가 고통으로 몸부림치며 아파하는 것을 보고 싶었다. 어머니를 버리고 그를 잃은 걸 뼈저리게 후회하고 자책할 만큼……. 그가 정말 그 복수를 한 것인지, 하지 못한 것인지 알 수 없는 이 상황에 그의 가슴에 가득 들어차는 감정은 공허함과 허탈함뿐이었다.

* * *

"도착했습니다."

"감사합니다."

요금을 치르고 택시에서 내린 해영의 눈에 외관 전체가 깔끔한 대리석으로 마감 처리된 건물이 들어왔다. 건물로 들어서기 전 입구의 검은 대리석에 '투엔터테인먼트'라고 고딕체로 쓰인 글자를 확인한 그녀는 샌드위치 포장이 흔들리지 않도록 조심하며 유리문을 열었다.

혼자 엘리베이터를 타고 5층으로 올라온 그녀가 대표실이 어느 쪽인지 복도의 좌우를 살피고 있을 때였다. 오른쪽 복도 끝에서 엘리베이터 방향으로 걸어오고 있는 중년 남성의 모습이 보였다. 회사에 아무도 없을 거라던 태주의 말과 달리 갑자기 등장한 사람에 조금 당황했던 그녀는 이내 그 중년 남성이 태주의 아버지이자 강문그룹의 한건용 회장이란 사실을 알아차렸다.

"아가씨?"

이곳에서 한 회장과 마주치게 될 것이라고는 상상도 하지 못했기에 그녀가 잠시 머뭇거리고 있는 사이 한 회장이 그녀 앞으로 다가왔다.

"네?"

"여기 직원인가요?"

그녀를 똑바로 바라보며 묻고 있는 한 회장은 눈빛으로도 사람을 얼릴 수 있을 것 같았다. 눈을 찌푸리거나 인상을 쓴 것도 아닌데 해영은 자신의 몸이 뻣뻣하게 굳는 것을 느꼈다.

"아닌데요."

"그럼 층을 잘못 찾아온 것 같은데. 여기 5층에는 대표실이랑 회의실밖에 없는 것 같으니 말이에요."

한 회장이 친절하게 설명을 해 주었다.

"아, 네."

"혹시 그 물건 배달을 온 건가요?"

그녀의 손에 들려 있는 종이가방을 바라보며 한 회장이 다시 물었다.

"아닌데요."

"그럼 일요일에 이 건물에는 무슨 용건일까?"

"개인적인 일로 한 대표님을 뵈러 온 길이라서요."

"아, 개인적인 일로."

그의 시선이 그녀의 흰 티셔츠와 청바지, 그리고 소매를 걷어 올린 회색 린넨 재킷을 차례로 훑은 뒤 다시 얼굴로 돌아왔다.

"그럼 어서 들어가 봐요."

"네."

가볍게 고개를 숙이는 해영을 지나쳐 가는 듯하던 한 회장이 몇 걸음 걷지 않아 다시 걸음을 멈췄다.

"그런데……."

"네?"

"내가 여기 한태주 대표 아버지 되는 사람인데, 우리 태주를 개인적인 일로 찾아올 정도의 사이라면 태주가 만나는 아가씨가 있다는 사실도 알고 있겠군요?"

"네?"

"뭘 그렇고 놀라고 그러나? 그냥 궁금해서 물어본 건데."

"아, 네."

"모르면 어서 가 봐요. 태주가 기다고 있을 것 같은데."

한 회장은 해영이 내린 뒤 계속 5층에 머물러 있는 엘리베이터 안으로 여유 있게 걸어 들어갔다.

그녀는 엘리베이터의 문이 닫힌 뒤에도 그 자리에 얼어붙은 듯 서 있었다. 머릿속에는 아무 생각도 떠오르지 않았다. 한 회장이 건넨 질문의 의도가 무엇이었는지, 자신의 표정에 놀라고 당황한 감정이 전부 드러나 보였던 것은 아닌지 뒤늦은 후회와 걱정을 하고 있을 때 누군가 불쑥 그녀의 어깨 위로 손을 얹었다.

"무슨 생각을 그렇게 심각하게 하고 있어?"

"깜짝이야."

고개를 돌리니 태주가 그녀 바로 뒤에 서 있었다.

"도대체 언제부터 여기 이러고 있었던 거야?"

"아, 방금 왔어요."

"내 사무실이 어딘지 헷갈렸구나? 전화를 하지 그랬어?"

"그 생각을 못 했네요."

그는 그녀가 더는 다른 생각을 할 여유를 주지 않고 곧장 손을 잡고 자신의 사무실로 데려갔다.

넓은 창과 깔끔한 인테리어가 돋보이는 사무실 안에는 커다란 책상과 책꽂이, 소파 외에 다른 가구는 없었다. 하지만 허전한 느낌보다는 그의 취향과 성격이 그대로 묻어나는 듯했다. 마치 그의 방처럼.

"제가 너무 늦게 왔죠? 배 많이 고프겠다."

사무실을 둘러본 뒤 그를 따라 소파에 앉으며 그녀가 말했다. 머릿속으로는 방금 엘리베이터 앞에서 그의 아버지를 만났다는 말은 굳이 할 필요 없을 것이라고 조용히 결론을 내리고 있었다.

"응. 이제 배고프다."

"아보카도 샌드위치랑 기본 샌드위치로 사 왔어요. 음료는 뭘 좋아하실지 몰라서 주스랑 커피로 사 왔는데."

그녀는 서둘러 자신이 사 온 샌드위치와 음료를 테이블 위로 꺼내 놓았다.

"얼른 드세요."

"너도 같이 먹자."

"전 집에서 점심 먹었어요."

"그래도 조금만 먹어."

"저는 먹는 것만 봐도 좋을 것 같으니까 얼른 드세요."

그녀의 말에 알겠다며 샌드위치의 집어 든 그가 곧장 크게 한 입을 베어 물었다. 그러고는 정말 맛있다는 듯 고개까지 끄덕이며 다시 한 입을 더 베어 물었다.

"목 막히겠다. 같이 드세요."

해영은 서둘러 음료를 그에게 내밀었다.

그의 커다란 손에 들려 있던 샌드위치는 순식간에 작아지더니 곧이어 마지막 조각이 그의 입 안으로 사라졌다. 그가 샌드위치를 다 먹을 때까지 그녀는 그에게서 시선을 떼지 못하고 있었다.

"정말 맛있다."

음료까지 깨끗하게 비워 낸 후 그가 말했다.

"잘 드시는 거 보니까 제가 괜히 기분이 좋아지는 것 같아요."

"그럼 남은 것도 마저 먹을까?"

장난스런 표정으로 묻고 있는 그를 보며 해영도 미소를 지었다.

"아니에요. 무리해서 드시진 마세요. 그런데 일하셔야 되는데 제가 와서 방해된 건 아니에요?"

"전혀. 그런데 해영아."

그가 갑자기 진지한 표정으로 그녀를 바라보았다.

"네?"

"너 지금까지 나를 어떤 호칭으로도 부르지 않았다는 거 알아?"

"제가요? 그럴 리가요. 불렀던 것 같은데······."

사실 그의 말이 맞았다. 그녀는 지금까지 그를 어떤 호칭으로도 부르지 못했었다.

"네가, 나를?"

"네. 분명 오빠라고······."

시치미를 뗐지만 역시 처음 부르는 호칭이 입에 붙을 리 없다. 어색함으로 목덜미가 후끈거리는 듯해 슬그머니 테이블 위를 정리하려 할 때 태주가 다시 말했다.

"그럼 다시 불러 봐."

"오빠."

"한 번 더."

"오빠."

그녀가 부르는 소리가 달콤함 초콜릿이라도 되는 듯 그가 나른한 표정으로 그녀를 바라보았다.

"그래, 해영아."

"이제 됐죠?"

그녀의 물음에 그가 별다른 말 없이 그녀를 향해 손을 내밀었다.

잠시 그 손을 바라보던 해영은 무언가에 이끌리듯 자리에서 일어섰다. 그리고 그에게 다가가 그가 내민 손을 잡았다.

"왜요?"

"더 가까이 있고 싶어서."

그가 손을 잡지 않은 손으로 그녀의 허리를 감싸자 그녀의 몸이 그에게로 점점 당겨졌다. 서 있는 그녀의 무릎이 앉아 있는 그의 무릎에 닿았고, 어느 순간 그녀의 손은 그의 어깨를 짚고 있었다.

"집에서는 아무 일 없었어?"

"네. 그런데 수현이가 조금 아픈가 봐요. 그리고 이모가 지난번에 가계약해 놓은 오피스텔로 다음 주에 짐을 옮기자고 하셨어요."

"정말? 잘됐다."

"오랫동안 기다렸던 순간인데 막상 닥치니까 기분이 조금 이상해요. 이모 집에서 차로 이삼십 분밖에 안 되는 거리인데 굉장히 멀리 떠나는 것 같은 느낌도 들고요."

"처음이라 그럴 거야."

"그렇겠죠?"

"응."

그녀를 올려다보고 있는 그의 눈동자에 그녀가 오롯이 담겨 있었다.

"그런데 해영아."

"네?"

"우리 사이는 언제까지 비밀로 해야 하는 거야?"

"그건……. 수현이나 가족들한테는 시간이 조금 더 필요할 것 같아요. 파티에서 일로 많이 속상했을 텐데, 우리가 만나고 있다는 거 바로 사람들한테 말해 버리면 아무래도……."

해영은 말끝을 얼버무리고 말았다.

"나는 네가 조금만 덜 착했으면 좋겠어."

"저 별로 착하지 않아요."

"아니. 넌 착해. 그리고 생각도 너무 많고 걱정도 너무 많아. 나는 이제 어떤 순간에도 네가 네 생각을 먼저 했으면 좋겠어. 주변 사람들도, 가족들도 말고 너 자신 먼저 말이야."

그의 말을 듣고 있는 순간 그녀의 가슴에 설명할 수 없는 저릿한 기운이 스쳐 지나갔다. 그의 말처럼 자신만을 위해 무언가 결정하고 실행해 본 적이 언제였는지 기억이 나지 않았기 때문이다. 하지만 그가 곁에 있으면 이제 그럴 수 있을 것 같았다. 이미 그를 욕심내고 있는 그녀는 착한 박해영이 아니라 자신을 먼저 생각하는 박해영에 더 가까운 모습이었으니까.

"우리 남들처럼 평범하게 연애하는 중이잖아. 그러니까 내가 감당해야 할 일이라면 그 일이 아무리 힘들어도 피하지 않고 부딪히며 해결해 나가고 싶어. 그리고 넌 그때까지 어디 가지 말고 내 옆에 꼭 붙어 있어야 돼."

"저 아무 데도 안 가고 이렇게 딱 붙어 있을게요."

"그래. 이렇게 꼭 붙어 있어."

그녀를 안은 그의 팔에 더욱 강한 힘이 실렸다.

"네, 그럴게요."

그녀는 그의 눈을 가만히 바라보다 어깨를 짚고 있던 손을 들어 그의 얼굴을 감쌌다. 그리고 자신을 바라보고 있는 그를 향해 천천히 고개를 숙였다. 스치듯 가볍게 입을 맞춘 뒤 고개를 들자 다시 그와 시선이 마주쳤다. 그녀는 다시 한번 그의 입술에 입을 맞췄다. 그리고 고개를 들자 그는 여전히 그녀를 바라보고 있었다. 그 다음 입맞춤은 조금 더 깊고 길었다. 마치 무언의 약속처럼……

* * *

"저 때문에 일은 하나도 못 하셨죠?"

그가 집으로 데려다주는 차 안에서 해영이 말했다.

그의 사무실에서 얼마간 대화를 나눈 뒤 그는 회사를 구경시켜 주겠다며 그녀를 데리고 사무실을 나섰다. 그 후 함께 녹음실, 연습실, 회의실 등등 내부 이곳저곳을 둘러보고 나니 어느새 오후 시간은 바람처럼 흘러가 버린 상태였다.

"괜찮아. 오늘 꼭 처리해야 할 일이 있어서 나갔던 건 아니었어."

"정말이요?"

"응. 나는 오늘 너랑 같이 있어서 더 좋았어."

"그럼 다행이고요. 아, 오늘은 혼자 내릴게요."

"왜?"

차를 골목 입구에 세운 뒤 그가 그녀를 바라보며 물었다.

"제가 가서 일도 못 하게 방해만 했는데, 시간을 너무 많이 뺏으면 안 될 것 같아서요."

"골목이 몇백 미터 되는 것도 아닌데 괜찮아."

"그럼 집 보이는 곳까지만 가 주세요."

"알았어."

그는 마지못해 합의를 하고 그녀와 차에서 내렸다.

"이제 그만 가 보세요."

혹시 이모와 다시 마주치게 되는 것은 아닌가 싶어 말도 아껴 가며 집이 보이는 곳까지 걸어왔을 때 해영은 서둘러 그를 돌려세웠다.

"그래. 어서 들어가."

"전화할게요."

"응."

그녀에게 손을 흔들어 보이며 태주가 돌아가고 난 뒤 해영은 대문을 열고 집 안으로 들어섰다.

10.

　금요일 오후 6시였다. 하지만 여느 날과 달리 투엔터테인먼트 대표실과 비서실의 전화기는 쉴 새 없이 울리고 있었다.

　"이 시간 이후로는 대표님께 전화 돌리지 마세요."

　통화를 막 끝낸 그의 귓가에 어렴풋이 오 팀장의 목소리가 들려왔다. 그리고 뒤이어 그의 사무실 문에 노크 소리가 이어졌다.

　똑똑.

　"네."

　그의 대답에 문을 열고 들어온 사람은 역시나 오 팀장이었다.

　"대표님, 오늘은 그만 퇴근을 하시죠. 급하게 처리하셔야 할 일이 생기면 제가 바로 연락드리겠습니다."

　"오 팀장님도 저 못지않게 고생하신 것 같은데요. 그보다 사진 속 여자에 대해서는 뭐 좀 알아냈습니까?"

　지금 회사의 전화기가 쉴 없이 울리고 있는 이유는 바로 투엔터테인먼트의 대표 배우 중 한 사람인 윤도훈의 스캔들 기사 때문이었다. 어제 처음, 한 포털에 올라온 도훈의 기사는 오늘 신문과 TV에서까지 다루어졌으니 회사 전화기가 불이 날 듯 울리는 건 조금도 이상할 것이 없는 일이었다.

기사는 며칠 전 도훈이 방송국 주차장에 쓰러져 있던 배우 홍세영을 그녀가 부탁한 병원으로 데려다주고 나오는 모습이 한 기자의 눈에 띄었던 것이 뒤늦게 기사화된 것이었다. 어제 처음 기사가 올라왔을 때만 해도 홍세영의 말 한마디면 금방 수습이 될 것이라 생각을 했었다. 그런데 마흔 후반의 홍세영은 싱글맘이 될 자신의 상황을 밝히는 걸 극도로 꺼리다 잠적을 해 버렸다.

그리고 어제 늦은 오후 도훈과 반대쪽에서 걸어오고 있는 여자의 모습이 담긴 사진이 다시 포털에 올라오며 사건은 점점 더 커지기 시작했다. 모자이크 처리된 여성은 모 그룹 회장의 딸이며 그들은 각자의 차를 타고 산부인과 병원을 찾은 뒤 함께 엘리베이터를 타고 사라졌다는 설명이 이어졌기 때문이다.

사진과 기사가 함께 공개되자 포털과 소셜 네트워크를 통해 도훈을 옹호하는 글과 비난하는 글, 그리고 그의 이야기로 소설을 써 내 놓는 부류까지 온갖 글들이 뒤엉켜 쏟아지기 시작했다. 서둘러 상황을 수습하지 않는다면 도훈의 향후 이미지는 물론이고 계약 중인 광고와 계약 예정인 드라마와 광고까지, 파장이 어디까지 이어질지 알 수 없는 상황이었다.

"병원 CCTV 확인해 봤는데 그 여자 정말 작정하고 신분을 숨기려고 한 건지 택시를 병원에서 멀리 대고 내렸고 모자에 마스크까지 쓰고 있어 정확한 신분 확인은 어려웠습니다. 택시 회사에도 연락해 봤는데, 이미 그곳까지 손을 쓴 건지 딱히 소득은 없었고요. 사진을 올린 기자는 회사에서도 연락이 안 된답니다."

모두 짐작하고 있었다는 듯 태주는 오 팀장의 보고가 끝나자 자리에서 일어섰다.

"어디 가시려고요?"

"잠깐 나갔다 오겠습니다."

"미디어펙트에는 제가 낮에 다녀왔습니다. 그쪽 대표 정말 그 기자가 어디에 있는지 모르는 것 같았습니다."

"병원에도 직접 다녀왔습니까?"

"네."

"그럼 남은 곳은 한 곳뿐이네요. 제가 들렀다 퇴근할 테니 오 팀 장님도 오늘은 그만 퇴근하세요."

"네? 어디 가시는데요, 대표님?"

태주는 걱정스런 얼굴로 자신을 따라 나오는 오 팀장에게 전화할 테니 걱정 말라고 얘기한 후 사무실을 나섰다.

그가 자신의 차를 몰아 도착한 곳은 홍세영의 소속사인 하늘엔터테인먼트였다.

"한 대표가 직접 찾아올 줄은 몰랐는데."

출발을 하면서 미리 전화를 넣어 두었기에 하늘엔터테인먼트의 김 대표는 퇴근을 하지 않고 태주를 기다리고 있었다. 한 층 전체를 대표실로 사용하고 있는 김 대표의 사무실로 들어선 태주는 그와 악수를 나눈 뒤 소파에 마주 앉았다.

"늦은 시간에 갑자기 찾아봬 죄송합니다."

"우리 배우 때문에 피해를 보고 있는 게 투엔터인데 우리 쪽에서 도울 수 있는 건 도와야지요."

업계의 톱3로 많은 유명 배우와 가수들이 소속된 하늘엔터테인먼트의 김 대표는 환갑을 바라보는 나이와 자신이 가진 것에 비해서 겸손할 줄 아는 사람이었다.

"그런데 오 팀장한테도 말했던 것처럼 우리도 정말 홍세영 씨랑 연락이 안 되고 있어요."

"짐작 가는 곳도 없습니까?"

"갈 만한 곳은 진작 다 확인해 봤죠. 그런데 없었어요."

"오늘까지 연락이 안 되면 저희 쪽에서도 다른 방법이 없을 것 같습니다."

"어쩔 수 없지요."

빼어난 미모로 주연을 도맡았던 젊은 시절과는 달리 최근 홍세영은 비중 있는 조연을 주로 맡고 있었다. 안정적인 연기력과 뛰어난 캐릭터 분석력을 가진 그녀를 찾는 감독과 작가는 여전히 많았기 때문이다. 그렇기에 하늘엔터테인먼트에서도 그녀와 오랜 기간 계약을 유지하고 있는 것이었고.

하지만 한창 주가가 올라 있는 도훈에 비하면 지금 그녀와 계약이 유지되고 있는 광고나 작품 수는 현저히 적었다. 그리고 무엇보다 지금 상황은 도훈의 선의가 오히려 피해를 보고 있는 상황이었다.

모든 정황을 전해 듣고 도훈의 소속사 대표인 태주까지 직접 찾아와 미리 양해를 구하고 있으니 김 대표도 충분히 이해한다는 표정으로 고개를 끄덕였다.

"그럼 내일 오전 중에 저희 쪽에서 기자 회견을 갖는 걸로 일을 처리하겠습니다."

"그렇게라도 해야죠."

"이해해 주셔서 감사합니다."

"홍세영 씨와는 연락되는 대로 내가 연락드리죠. 그러니까 너무 걱정 말아요, 한 대표."

"그만 가 보겠습니다."

태주는 현관 앞까지 따라 나온 김 대표의 배웅을 받으며 하늘엔 터테인먼트를 나섰다. 그러나 아직 일이 완전히 해결된 것은 아니었기에 마음 한 곳은 여전히 무거웠다.

그가 처음 투엔터테인먼트를 한국으로 이전할 결정을 내린 것은 한국 시장을 만만하게 보았기 때문이 아니었다. 이제 겨우 기반이 잡혀 가는 회사로 아버지에게 무언가를 보여 주기 위해서는 더욱 아니었다. 아마 처음부터 언젠가는 돌아와야지라고 생각하고 있었기에 직원 대부분을 한국인으로 채용했던 것인지도 모른다.

하지만 처음 시작할 때부터 차근차근 인맥과 경험을 다져 제법 운영이 수월해졌던 미국에서와는 달리 지금 이곳에는 말 그대로 밑바닥부터 다시 시작하고 있는 기분이었다. 그가 믿고 도움을 청할 수 있는 사람이 너무 적었고, 상황을 수습하는 절차까지 달라 헤매는 경우도 생겼다. 그렇다 보니 어제오늘 정신없이 뛰어다녔음에도 아직 일은 완전히 수습되지 않은 상태였다.

그리고 해영과도 고작 짧은 전화 통화 두 번을 했을 뿐이었다. 그녀를 떠올리자 어느 때보다 간절히 그녀가 보고 싶어졌다. 지금 차로 돌아가 그녀에게 먼저 전화해야겠다고 생각한 그는 차를 향해 빠르게 걸음을 옮기기 시작했다.

"오빠?"

하늘엔터테인먼트의 주차장을 향해 걷고 있을 때 갑자기 들려온 익숙한 목소리에 태주는 걸음을 멈추고 섰다.

"태주 오빠."

"영주야."

"오빠가 여긴 무슨 일이야?"

검은 포인트가 들어간 하얀 원피스 차림의 영주가 그의 앞으로 빠르게 걸어왔다.

"그러는 넌?"

"나는, 하늘엔터테인먼트에 볼일이 좀 있어서."

태연한 척 말하고 있었으나 영주답지 않게 그의 시선을 슬그머니 피하는 것이 보였다.

"네가 하늘엔터테인먼트에는 무슨 볼일?"

"사실은 홍세영 씨 좀 만나려고."

"네가 홍세영 씨는 왜?"

"그럴 일이 좀 있어서."

"그러니까 그럴 일이 뭐냐고?"

입을 꾹 닫고 말을 하지 않으려던 영주가 갑자기 마음을 바꾼 듯 그의 팔을 잡고 길가 쪽으로 이끌었다.

"사실은 도훈 오빠 때문에. 오빠도 도훈 오빠 때문에 여기 온 거지?"

"계속 말해 봐."

도훈 때문에 홍세영을 만나러 왔다는 것은 영주도 그날 저녁 도훈이 홍세영을 병원으로 데려다줬다는 사실을 알고 있다는 뜻일 것이었다. 그렇기에 그는 대답 대신 그녀의 다음 말을 재촉했다.

"그러니까 어디서부터 얘기를 해야 하는 건지……. 우리 여기에서 이럴 게 아니라 어디로 좀 들어갈까, 오빠?"

"그래."

두 사람은 근처의 카페로 자리를 옮겼다. 하늘엔터테인먼트가 신우물산 본사 근처에 자리를 잡고 있었기에 두 사람이 들어선 카페에서는 신우물산 본사의 중앙 현관이 빤히 내다보이고 있었다.

"오빠도 그날 도훈 오빠가 그 병원에 갔던 이유가 홍세영 때문이라는 건 알고 있지?"

서둘러 차를 주문하고 자리에 앉기가 무섭게 영주가 입을 열었다.

"응."

"그럼 그 얘기만 하면 일이 쉽게 해결됐을 텐데 왜 그 얘길 안 하고 있는 거야?"

"너는 그 사실을 어떻게 안 거야?"

"실은 그 사진 속 병원 원장님이 우리 아버지 고향 후배거든. 예전에 아버지랑 가 봤던 기억이 있어서 다시 찾아가 봤더니 역시 맞더라고."

그렇다면 영주도 병원 CCTV를 본 모양이었다.

"그랬구나. 사진이 올라오기 전에는 홍세영 씨 쪽에서 조금만 생각할 시간을 달라고 해서 기다렸던 건데, 사진이 올라온 뒤로는 홍세영 씨가 잠적을 했어."

"뭐? 잠적?"

영주가 믿을 수 없다는 듯 눈을 동그랗게 뜨고 그를 바라보았다.

"분명 어제 내가……. 그래도 병원 진료 기록도 있잖아."

"오늘까지 홍세영 씨랑 연락 안 되면 내일은 우리도 조치를 취할 생각이야."

"그렇구나."

대답하는 영주의 표정에 그에게 아직 말하지 않은 무언가가 더 있는 듯 보였다. 영주의 성격을 알기에 이번에는 재촉하지 않고 조용히 그녀의 다음 말을 기다렸다.

"사실은 오빠……. 내가 어제 홍세영이랑 수현이랑 같이 있는 걸 봤어."

"신수현?"

태주는 자신의 귀를 의심하며 영주에게 물었다.

"응. 어제저녁에 해영이네 집 근처에 갈 일이 있어서 갔었는데, 분명 그 두 사람이 같이 있었어."

"홍세영 씨는 유명인이니까, 신수현이 알은체를 했을 수도 있지 않을까?"

"아니야. 그런 분위기가 아니었어. 꼭 싸우는 것 같았다고 해야 하나? 특히 수현이가 화가 잔뜩 난 것 같았고 홍세영은 수현이한테 무슨 약점이라도 잡힌 사람처럼 쩔쩔매는 듯 보이던데. 한마디로 두 사람 분위기가 절대 모르는 사이는 아닌 것 같았다고."

영주가 본 것이 사실이라면, 어제 이후 홍세영이 잠적을 했으니 마지막으로 그녀를 만났던 사람은 신수현일 수도 있다는 얘기였다. 그런데 두 사람은 늦은 시간 수현의 집 근처에서 왜 만난 것이며, 무슨 얘기를 나눈 것일까? 아니, 두 사람은 언제부터 아는 사이였던 것일까?

"하지만 영주야."

"나도 알아. 그래서 내가 수현이랑 통화도 했어."

때마침 그들이 주문한 차가 나왔기에 두 사람의 대화는 잠시 중단되었다.

"내가 전화해서 너 혹시 홍세영 씨랑 아는 사이냐고, 내가 우연히 두 사람이 같이 있는 걸 봤다고 말했거든. 그랬더니 펄쩍 뛰면서 자기가 홍세영을 어떻게 아냐고 다른 사람을 잘못 본 거라고 딱 잡아떼더라고."

영주가 잠시 숨을 돌리며 자신이 주문한 주스의 절반을 단숨에 들이켰다.

"그런데 내가 수현이 차 번호도 분명히 확인했거든. 전화를 끊고 난 뒤 생각을 해 보니까 그 사진 속 여자가 혹시 수현이였던 건 아닐까 하는 생각도 들고……."

"정말 차 번호도 확인했어?"

"그렇다니까. 수현이 차 빨간색 세단이야. 그렇게 눈에 띄는 색에 차 번호도 동그라미가 세 개나 들어가는데 어떻게 헷갈릴 수가 있겠어?"

영주의 말대로 그도 수현의 차를 한 번 봤지만 분명히 기억하고 있었다. 영주가 거짓말을 할 리는 없을 것이고, 수현은 왜 거짓말을 한 것일까? 그리고 정말 사진 속 여자는 수현이 맞는 것일까?

"물론 내가 넘겨짚은 걸 수도 있어. 하지만 홍세영 만난 걸 나한테 거짓말한 건 사실이고, 어쩌면 수현이가 홍세영 잠적을 도운 걸 수도 있잖아?"

말이 되는 얘기였다. 분명 어제 두 사람이 만났었다면 충분히 가능성이 있는 얘기였는데, 신수현이 왜? 라는 질문에 대한 답은 찾을 수가 없었다.

"알아보느라고 고생했고, 알려 줘서 고맙다, 영주야. 네 말 참고해서 내가 좀 더 알아볼게."

"응. 빨리 수습됐으면 좋겠어. 어제오늘 도훈 오빠 기사에 달린 댓글 보기 정말 너무 무서웠어. 오빠도 많이 힘들었지?"

"곧 해결될 거니까 너무 걱정 마."

"그래야지. 그런데 오빠 바쁜데 내가 시간 너무 많이 뺏은 거 아니야? 그만 일어나자."

"아니야. 차 마시고 일어나도 돼."

그의 말에 잔에 남아 있던 주스를 쭉 들이켜던 영주가 잠시 생각에 잠겨 있다 다시 그를 바라보았다.

"그런데 홍세영이랑 신수현 좀 닮지 않았어? 이목구비가 닮은 건 아닌데, 웃을 때 눈매랑 분위기가."

"그만 생각해. 이제 오빠가 알아볼게."

"알았어."

"영주가 오빠 때문에 고생했는데, 이번 일 잘 해결되면 우리 유석이네 집에서 한번 뭉치자. 도훈 씨도 부르고 해영이도 부르고."

"도훈 오빠도?"

"그래."

"도훈 오빠를 유석 오빠 집에서 볼 수 있다니."

영주가 너무 좋아 어쩔 줄 모르겠다는 듯 어깨를 부르르 떨었다.

"그렇게 좋아?"

"응. 너무 좋아. 빨리 잘 해결됐으면 좋겠다."

마냥 어리게만 보였는데 누군가를 좋아하는 영주의 모습이 문득 사랑에 빠진 한 여인처럼 보였다. 그리고 그런 영주를 바라보고 있는 기분이 왠지 좀 이상했다. 마치 여동생을 누군가에게 빼앗긴 오빠처럼.

"전화해, 오빠."

"그래. 운전 조심해."

"응."

카페 근처의 주차장에 차를 세워 둔 영주를 먼저 보낸 그는 다시 자신의 차를 세워 둔 하늘엔터테인먼트의 주차장을 향해 걷기 시작했다. 그런데 길을 걷다 무심코 돌린 시선에 건널목 앞에 멈춰 서 있는 하얀색 승용차가 들어왔다. 그리고 그 안에 앉아 있는 여자…… 해영이었다.

운전석의 젊은 남자는 해영을 한 번씩 힐끔거리며 기분 나쁜 미소를 띠고 있는데 해영은 그런 사실을 아는지 모르는지 창밖 어딘가를 가만히 응시하고 있었다. 그는 곧장 주머니에서 휴대폰을 꺼내 해영에게 전화를 걸었다. 하지만 몇 차례 걸었던 전화는 끝내 연결이 되지 않았다. 그리고 이내 신호가 바뀌며 차는 어딘가로 달려가기 시작했다. 재빨리 차 번호를 외운 그는 차가 해영의 집 방향으로 가는 것을 확인하고 자신의 차를 향해 미친 듯이 달리기 시작했다.

* * *

"해영 씨."

퇴근길 회사 정문을 나서는 해영의 이름을 부르는 이가 있었다.

소리가 나는 방향으로 고개를 돌리니 재윤이 갓길에 세워진 차에서 내려 그녀에게 다가오는 것이 보였다.

"안녕하세요."

"지금 퇴근하는 길인가 봐요?"

"네. 그런데 여긴 어쩐 일이세요?"

"지나던 길에 해영 씨가 여기에 다닌다는 얘기를 들은 기억이 떠올라 잠시 차를 세웠는데, 거짓말처럼 해영 씨가 나오더라고요."

"아, 네."

"집으로 가실 거면 제가 태워다 드릴게요."

그가 자신의 차를 가리키며 말했다.

"아니에요. 괜찮아요."

"약속 있으세요?"

"그런 건 아닌데. 바쁘실 텐데 가시던 길 가세요."

"제가 오늘 외근을 나왔다 바로 퇴근하던 길이어서 시간이 많습니다."

해영은 솔직하게 약속이 없다고 말했던 것에 뒤늦은 후회가 밀려왔다. 하지만 이미 말을 해 버린 상황이었기에 어떤 핑계로 거절하는 것이 좋을까 생각하고 있을 때 재윤이 그녀의 팔을 덥석 잡았다.

"다른 뜻은 아무것도 없고 그냥 회장님 조카분을 우연히 만났으니 댁까지 모셔다 드리려는 겁니다."

결국 해영은 재윤이 문을 열어 주는 조수석 자리에 올라탈 수밖에 없었다.

"그런데 오늘은 데이트 안 하시나 봐요?"

"네?"

"많이 바쁘신 분이신가 보네요. 금요일 저녁에 여자 친구랑 데이트도 못 하는 걸 보니."

"네. 요즘 바쁜 일이 있어서요."

해영은 어제부터 태주가 걱정되고 보고 싶은 마음이 굴뚝같았으나 그 마음을 꾹꾹 눌러 참고 있는 중이었다. 그가 지금 어느 때보다 바쁘고 힘들 것이라는 걸 잘 알았기 때문이다. 그런데 자신은 이렇게 기다리는 것 말고는 아무것도 할 수 있는 것이 없다는 사실에 그녀는 미안함 마음이 더욱 커지는 듯했다.

"그런데 회장님께는 왜 말씀 안 하셨어요?"

"뭘요?"

"만나는 사람 있다는 얘기요. 전혀 모르시는 것 같던데."

"말씀드려야죠, 조만간."

"아, 네."

"……."

"음악 좀 틀까요?"

해영이 아무 말이 없자 어색한 분위기를 바꿔 보려는 듯 재윤이 음악을 틀었다.

곧 차 안에 감미로운 팝송이 울려 퍼지기 시작했다. 그녀가 팝송을 들으며 창밖의 도심을 바라보고 있는 사이 차는 집으로 가는 길목에 위치한 신우물산 본사 앞에 도착해 있었다. 그리고 마침 바뀌는 신호에 걸리며 잠시 건널목 앞에 멈춰 섰다. 어느 때보다 길고 지루하게 느껴지는 시간, 재윤이 자신을 바라보는 시선까지 분명하게 느낄 수 있었기에 그녀는 일부러 정면에 시선을 고정시켜 두고 움직이지 않았다.

"참, 해영 씨한테 할 말이 있었는데."

다시 차를 출발시키며 재윤이 입을 열었다.

"이 말을 해야 하나 말아야 하나 아직도 좀 망설여지기는 하는데 아무래도 가족이니까 알고 있는 쪽이 낫지 않을까 싶어서요."

"무슨 얘긴데요?"

"사실은 어제 신수현 팀장이 저한테 찾아와 초상권 침해에 대한 법적 절차를 묻고 갔어요. 대충 알려 주기는 했는데 무슨 일이 있는 건 아닌지 걱정이 되더라고요."

재윤의 말을 듣는 순간 해영의 머릿속에 강문그룹 창립 파티에서 호진이 공개했던 영상에 대한 생각이 떠올랐다. 그녀는 그날 그 영상을 직접 보지는 못했었다. 하지만 파티에서 돌아온 수현이 그녀의 방을 엉망으로 만들어 놓은 것을 보면 분명 무척 화가 나고 자존심도 상했다는 걸 알 수 있었다. 수현은 아직도 화가 풀리지 않아 법적 절차까지 알아본 것일까?

그런데 진짜 문제는 수현이 생각하고 있는 대상이 호진이 아닌 태주일지 모른다는 사실이었다. 이미 호진은 그녀의 관심 밖의 사람이었고 태주가 끝까지 아버지들의 뜻에 따르지 않는다면 그 문제를 역으로 이용할 생각을 한 것일지도……. 그래서 지난 며칠 불안할 정도로 수현이 조용했던 것일까? 그녀에게 화풀이를 하는 대신 다른 방법을 생각하느라고?

"다른 얘기는 안 하고 그렇게만 물어보던가요?"

"무슨 일이 있는 건지 걱정은 됐는데 표정이 너무 심각해 보여서 자세히 묻지는 못하겠더라고요. 혹시 해영 씨는 뭐 아는 거 있으세요?"

"아니요."

"네. 퇴근 시간이라 그런지 차가 많이 막히네요."

지금 차가 달리고 있는 혼잡한 도로만큼이나 그녀의 머릿속 또한 혼란으로 가득 찬 느낌이었다.

"표정이 안 좋아 보이는데 무슨 걱정 있으세요?"

"아무것도 아니에요."

"답답하거나 걱정되는 일 있으면 저한테라도 얘기하세요. 혹시 또 모르잖아요, 제가 법적인 도움이라도 드릴 수 있을지."

"아니에요."

어느새 차는 그녀의 집 근처 골목 입구에 도착해 있었다. 서둘러 안전벨트를 푼 해영은 고맙다는 인사를 하기 위해 재윤을 바라보았다.

"데려다주셔서 고맙습니다."

"아니에요."

그런데 차에서 내리는 그녀와 함께 재윤도 차에서 내리고 있었다.

"제가 집 앞까지 바래다 드릴게요."

"아니에요. 괜찮아요. 그만 가 보세요."

"사실은 해영 씨한테 할 말이 더 남아 있어서요."

"……."

"길에서 하긴 좀 그렇고 괜찮으시면 잠깐 카페에 들어가서 해도 될까요?"

이곳까지 함께 차를 타고 왔는데 이제 와서 할 말이 더 남아 있다니. 해영은 그가 무슨 말을 할지 듣고 싶은 기분은 아니었으나, 자신의 의사를 분명하게 밝혀야 하는 일이라면 조금의 여지도 남기고 싶지 않았다.

"그래요."

잠시 후 두 사람은 카페 안에 마주 앉아 있었다. 그리고 재윤은 주문한 차가 나올 때까지 회사와 자신의 가족에 대한 이야기를 늘어놓았다. 한마디로 그녀에게는 조금도 재미있거나 흥미롭지 않은 이야기들이었다.

"제 얘기가 별로 재미없으신가 봐요."

해영이 자신의 말에 반응 없이 찻잔만 만지작거리고 있자 재윤이 말했다.

"저한테 하실 말씀 있다고 하셨잖아요."

"네. 제가 지금 하려는 얘기 해영 씨가 어떻게 생각할지 모르겠는데, 오늘 아니면 다시는 말할 기회가 없을 것 같아서요."

"⋯⋯."

"지난 주말에 해영 씨 만나고 난 뒤에 계속 해영 씨 생각이 났어요. 그리고 오늘 지나가다 우연히 보게 됐다고 했던 말도 사실은 거짓말이었어요. 어제도 일이 조금 일찍 끝나 6시부터 해영 씨 회사 앞에서 기다렸는데·어제는 못 만나고 오늘 만나게 됐던 거예요. 신수현 팀장 일이 걱정됐던 건 사실이지만요."

잠시 말을 끊은 재윤이 해영의 표정을 살폈다.

"그날 만나는 사람 있다고 했던 말, 제가 부담스럽고 그냥 거절하기 뭐해서 했던 말이면, 저랑 몇 번만 더 만나 보지 않으실래요? 저는 정말 해영 씨가 너무 마음에 들어서 이대로 놓치고 나면 계속 생각나고 후회될 것 같거든요."

해영은 잡고 있던 찻잔에서 손을 떼고 그의 얼굴을 똑바로 바라보았다.

"저 만나는 사람 있다고 했던 말 정말이에요. 제가 왜 고재윤 씨한테 거짓말을 하겠어요? 분명히 말하는데 저 지금 만나는 사람 있고, 그 사람 정말 많이 좋아해요. 그러니까 다시는 이런 일로 만나는 일 없었으면 좋겠네요. 그럼 저 먼저 일어설게요."

"저기, 해영 씨."

가방을 들고 자리에서 일어서는 해영의 손목을 재윤이 재빨리 잡았다.

"금요일 저녁에 여자 친구랑 데이트도 못 할 정도로 바쁜 사람이면 정말 잘나가는 유능한 사람일 텐데, 그런 사람을 왜 아직까지 신 회장님께 소개시키지 않은 건데요?"

"……."

"저 정말 나쁜 사람 아니고 신원도 확실한 사람입니다. 그리고 처음 해영 씨 존재 알게 된 건 회장님 때문이었지만, 그렇게 알게 되지 않았더라도 그날 회장님 댁에서 얼굴 봤다면 지금이랑 달라지지 않았을 거예요."

"이러지 마세요."

해영은 재윤에게 잡힌 손목을 빼내려 했으나 그는 그녀를 잡은 손에서 힘을 빼지 않았다.

"제 어디가 그렇게 마음에 안 드시는 건데요?"

그때 그들 테이블을 향해 저벅저벅 다가오고 있는 그림자가 있었다.

"저 정말 진심이에요, 해영 씨."

"제발 이 손 좀……."

"해영아."

해영은 불쑥 들려온 자신의 이름에 소리가 나는 쪽으로 고개를 돌렸다. 그곳에는 이제껏 그녀가 본 적 없는 서늘한 눈빛의 태주가 서 있었다.

"여길 어떻게……?"

"이리 와, 가자."

조금 더 다가온 그가 재윤이 잡지 않은 그녀의 반대쪽 손을 잡았다. 해영은 재윤에게 잡힌 손목을 더욱 힘껏 비틀었다. 그러나 그럴수록 그의 손에는 힘이 실리고 있었다.

"당신 뭡니까? 뭐 하는 사람인데 갑자기 나타나 이러는 거죠?"

"그 손 그만 놓죠."

그가 이번에는 해영의 손목을 잡은 재윤의 손을 잡았다.

"이건 이 여자분이랑 내 일입니다. 그러니까 그쪽은……."

자신의 손을 잡고 있는 태주의 얼굴과 잔근육이 도드라진 팔을 번갈아 바라보던 재윤의 눈이 어느 순간 점점 가늘어지기 시작했다. 그러다 나직한 목소리로 다시 입을 열었다.

"설마 강문그룹 한건용 회장님의……?"

재윤은 태주를 이미 알고 있었던 듯 이번에는 고개를 돌려 해영의 얼굴을 바라보았다. 그의 눈빛이 마치 두 사람 정말 무슨 사이냐고 묻고 있는 듯했다.

"어떻게 해영 씨와. 신 팀장과 만나는 사이 아니었습니까? 분명 회장님께서……."

"이제 그 손 좀 놓죠."

"해영 씨?"

해영은 자신이 태주와의 관계를 재윤에게 말해야 하는 것인지, 하면 안 되는 것인지 망설여졌다. 그에게 말하면 다른 사람도 아닌 이모부의 귀로 곧장 소식이 전해질 것이 뻔했기 때문이다. 하지만 자신의 손을 잡고 있는 태주의 손을 보자 용기가 생겼다. 그의 말처럼 그들은 평범하게 연애를 하는 중이었다. 그러니 언젠가 감당해야 할 일이라면 그와 함께 부딪혀 나가고 싶었다.

"제가 분명 만나는 사람 있다고 말씀드렸었죠."

"네?"

"제가 말한 그 사람이에요."

해영의 설명에 재윤의 손에서 스르르 힘이 빠져나갔다.

"가자."

그녀가 의자를 밀고 태주 곁으로 걸어가자 그가 그녀의 손을 놓고 재윤에게 보란 듯 어깨를 감쌌다.

하지만 카페를 나선 뒤에도 그는 아무 말 없이 걷기만 했다. 이렇게 화가 난 그의 모습을 본 것은 처음이었다. 게다가 그가 아무 말도 하지 않으니 해영은 자신이 마치 엄청난 잘못이라도 저지른 것 같은 기분이 들어 섣불리 입을 열 수가 없었다. 그래서 그가 이끄는 대로 조용히 걷기만 했다.

"아까 그 사람, 이모부 회사 직원이에요."

얼마를 걷다 그녀가 더 이상은 안 되겠다는 생각에 마침내 용기를 냈다.

"회사 앞에서 우연히 만났는데 데려다주겠다고 해서, 그리고 지금은 할 말이 있다고 해서 카페에 들어간 건데, 숨기거나 뭐 그럴 얘기 한 건 없었어요."

그녀의 말에도 그는 아무 대꾸 없이 그녀를 자신의 차로 데려갔다.

"혹시 화났어요?"

"……."

"미안해요."

"박해영."

그는 차에 올라타고 난 뒤에야 그녀의 얼굴을 똑바로 바라보았다.

"네."

"뭐? 나한테 숨길 얘기가 아니야? 그럼 고백받았다고 자랑이라도 할 생각이었어? 물론 숨겨야 했다는 뜻은 더 아니고."

"미안해요."

그가 충분히 기분 나쁠 수 있는 상황이라는 것을 알았다. 만약 상황이 바뀌어 자신이 태주가 다른 여자의 손목을 잡고 있는 모습을 봤다면 지금 그가 화를 내고 있는 것보다 더 화가 나고 실망했을 것이다.

"그게 어쩌다 보니까, 이모부 회사 직원이기도 하고 수현이랑도 잘 아는데……. 다시는 이런 일 없게 할게요. 잘못했어요."

"그 사람이 누구든 너를 이성으로 생각하고 관심 갖고 있다는 거 알았으면 네가 더 거리 두고 조심했어야지."

"앞으로는 그럴게요. 걱정하게 해서 미안해요."

"다시는 이런 일 생기면 안 돼."

그녀가 그와 눈도 마주치지 못하며 잘못을 시인하자 차가웠던 그의 목소리가 조금 누그러졌다.

"이제 그만 나 쳐다봐."

"화 풀렸어요?"

"그래."

그가 손으로 그녀의 뺨을 감싸 얼굴을 들게 했다.

"다행이다. 그런데 제가 그곳에 있는 건 어떻게 아셨어요?"

"길을 걷고 있는데 네가 웬 낯선 남자 차를 타고 가는 게 보이잖아."

"그래서 무작정 따라온 거예요?"

"남자는 널 계속 힐끔거리고 있는데 너는 그것도 모르고 창밖만 바라보고 있으니 내가 제정신일 수 있었겠어?"

"그럼 전화를 하시지."

다시 조금 서늘해진 그의 눈빛에 해영은 서둘러 가방에서 휴대폰을 꺼내 들었다.

"안 받던데."

그의 말대로 그에게 걸려 온 부재중 전화가 여러 통이었다.

"아, 오후에 회의가 있어서 진동으로 해 놨다가 깜빡했어요."

"잘한다. 얼른 벨 소리로 바꿔."

"네."

태주가 그녀의 코를 가볍게 잡아다 놓고는 차를 출발시켰다.

"그런데 이제 곧 이모부도 알게 된 텐데 어떻게 하죠?"

"어차피 언젠가 알려야 했는데, 잘됐다고 생각하자."

"정말 그렇겠죠."

그녀는 대답과는 달리 홀가분한 것 같기도 하고 아닌 것 같기도 한, 단정 짓기 오묘한 기분을 느꼈다. 그래도 그가 잘된 것이라고 말해 주니 마음만은 든든했다.

"그런데 지금 어디 가는 거예요?"

"저녁 먹으러."

"회사에 안 들어가도 돼요?"

"이제야 걱정돼?"

"걱정은 많이 했는데, 아무 도움도 못 주고……."

어제 기사가 터진 뒤 태주는 바로 그녀에게 전화를 걸어 도훈의 일에 대한 상황 설명을 해 주고 금방 수습될 거라며 그녀를 안심 시켜 주기까지 했다. 그는 그렇게까지 그녀를 신경 써 줬는데 그녀는 도리어 그에게 걱정만 안겨 주었다는 생각에 말을 끝맺지 못하자 그가 한 손을 뻗어 그녀의 손을 잡았다.

"괜찮아. 내일은 해결될 거니까."

"정말이에요? 그 사진 속 여자 찾은 거예요?"

"그런 건 아니고. 그런데 영주가 어제 수현이가 홍세영 씨를 만나는 걸 봤다고 하던데, 혹시 둘이 전부터 아는 사이야?"

"아니요. 수현이한테 그런 얘기 들은 적 없는데."

"그래? 만약 내일까지 사진 속 여자나 홍세영 씨 찾지 못하면 기자회견 하고 도훈 씨가 홍세영 씨 때문에 그 병원에 갔던 블랙박스도 공개할 거야. 그러니까 넌 걱정할 필요 없어."

"네."

그녀의 손을 잡은 그의 손에 더욱 다정한 기운이 실렸다.

"우리 저녁 뭐 먹을까?"

카페에서 그를 처음 봤을 때는 너무 놀라 미처 생각지 못했는데, 다시 보니 고작 이틀을 보지 못했을 뿐인데 그의 얼굴이 야윈 듯 보였다. 얼마나 신경 쓰고 고생했을지 짐작해 보는 그녀의 마음이 미안함으로 저릿해졌다.

"제가 아는 한정식집이 있는데 괜찮으면 거기로 갈래요?"

"한정식?"

"네. 혹시 안 좋아하세요?"

"아니. 나도 좋아."

얼마 후 그들은 전통 한옥의 특징을 잘 살린 한정식집에 도착했다. 손때 묻은 소품들로 장식된 입구를 지나 홀로 들어서자 직원이 재빨리 다가와 일행이 몇 명인지 물었다.

"둘이요."

"이쪽으로 오세요."

그들은 직원이 안내하는 자리로 걸어가 앉았다. 음식을 주문한 뒤 잠시 이야기를 나누고 있자 직원이 주문한 음식을 가져와 테이블 가득 가지런히 올려놓았다.

"여기 정말 맛있어요."

"그래? 그럼 많이 먹어야겠다. 너도 많이 먹어."

"네. 많이 드세요."

해영은 맛있게 밥을 먹기 시작하는 태주를 보고 있는 것만으로도 신기하게 기분이 좋아지는 듯했다. 그래서 그의 밥 위에 고기도 올려 주고 물도 따라 주며 자꾸만 그를 바라보게 됐다.

"너도 얼른 먹어."

"먹고 있어요."

이번에는 그가 그녀의 밥 위에 고기 한 점을 얹어 주었다.

"정말 맛있어요."

"응. 맛있다."

식사를 이어 가면서도 그녀의 시선은 연신 그에게 향했다. 함께 마주 앉아 밥을 먹는 것만으로도 너무나 행복했다.

"내 얼굴 닳겠다."

"그러면 안 되는데."

"그러니까 나 그만 보고 얼른 밥 먹어."

"네."

그의 말 대로 그녀가 음식에 집중을 하려는데, 그 순간 그녀의 행복을 시샘하듯 머릿속에 불쑥 수현이 재윤에게 물었던 초상권 침해에 대한 이야기가 떠올랐다.

"저 할 얘기 있는데."

"무슨 얘긴데?"

"아까 저랑 카페에 같이 있었던 사람, 사실은 이모부 회사 법무팀 소속 변호사예요. 그런데 수현이가 그 사람한테 초상권 침해에 대해서 물어봤다고 하더라고요."

"초상권 침해에 대해 물어봤다고?"

"네. 혹시 강문그룹 창립 파티 때 영상 때문에 수현이가 알아본 거라면, 미리 알고 있어야 하지 않을까 싶어서요."

그녀의 말을 듣고도 그의 표정에 걱정스러운 기색은 보이지 않았다. 정확히 무슨 생각을 하는 것인지는 알 수 없었으나 그녀가 걱정했던 것만큼 그가 큰일로 느끼지 않는다는 것은 알 수 있었다.

"걱정 안 되세요?"

"그런 일은 나중에 문제 되면 그때 내가 수습할 거니까 너는 걱정할 필요 없어. 다 먹었으면 그만 일어날까?"

"네."

다시 밖으로 나오자 이르게 찾아온 더위에 후덥지근했던 낮의 기온이 내려가고 제법 선선한 바람이 불어왔다.

"오늘 금요일인데 우리 영화 볼까?"

"시간 괜찮아요?"

"지금 내 걱정 하는 거야? 나는 박해영이 오늘 집에 안 들어가겠다면 더 좋은 사람인데."

그가 자신이 물은 질문의 의도를 알면서 일부러 장난스럽게 대답했다는 것을 알았다. 그럼에도 그녀의 얼굴은 발그레 달아오르고 있었다.

"집에 안 들어갈 수는 없고, 영화만 봐요."

"그래."

"그런데 근처에 극장이 있는지 모르겠어요."

"오늘은 특별히 내가 잘 아는 극장으로 데려갈게."

자신이 잘 아는 극장으로 그녀를 데려가겠다던 그가 차를 몰아 도착한 곳은 그의 집이었다.

"여긴 집이잖아요?"

왜 집으로 온 것인지를 묻는 그녀에게 그는 설명 대신 내리라며 문을 열어 주었다.

"극장에 가는 거 아니었어요?"

"와 보면 알아."

그는 그녀의 손을 잡고 정원을 걸어 집 안으로 들어섰다. 그리고 그녀를 1층의 가장 안쪽에 위치한 방으로 데려갔다.

방 안으로 들어선 그녀의 눈에 가장 먼저 쿠션이 편안해 보이는 빨간색 소파와 벽 쪽에 세워진 커다란 스피커가 들어왔다. 그리고 천장에 달린 빔프로젝터도 보였다. 그녀가 방 안을 둘러보고 있는 사이 그가 버튼을 누르자 소파의 맞은편 천장에서 커다란 전동 스크린이 펼쳐졌다. 그의 말대로 뭐 하나 부족한 것 없는 작고 예쁜 극장이었다.

"집에 이런 방이 있는 줄 몰랐어요."

"설치한 지 얼마 안 됐어."

"네?"

"지난번에 극장에서 영화 보고 온 다음 날 설치한 거야."

그녀는 그가 이끄는 대로 소파로 걸어가 앉았다.

"잠깐만 기다려."

그녀를 방에 두고 잠시 나갔다 돌아오는 그의 손에 와인과 와인 잔 두 개가 들려 있었다.

"이건 지난번에 못 마신 와인."

그가 그녀 옆에 앉아 잔을 건넨 뒤 와인을 따라 주었다.

"오늘 볼 영화 제목은 뭐예요?"

그가 따라 준 와인을 한 모금 마신 뒤 그녀가 물었다.

"어바웃타임. 봤어?"

"아니요."

"불도 끄고 볼까?"

"네."

"내가 끄고 올게."

영화가 시작되자 해영은 그가 건네준 얇은 담요를 무릎 위에 덮고 와인 잔을 두 손으로 꼭 잡은 채 영화에 집중하기 시작했다.

이미 몇 차례 본 영화였기에 그는 영화 대신 영화를 보고 있는 해영의 얼굴을 바라보았다. 영화에 집중하며 느리게 깜빡이는 커다란 눈, 살며시 곡선을 그렸다 어느 순간 동그랗게 힘이 들어가는 도톰한 입술, 그리고 소리 내 웃음을 터뜨리다 와인을 한 모금 마시고 그를 보며 싱긋 보여 주는 미소. 그 작은 몸짓, 작은 소리 하나하나가 그를 너무도 행복하게 만들고 있었다.

"영화 재미있어?"

"쉿."

그의 물음에 그녀가 손가락을 자신의 입술 중앙에 가져다 댔다.

만약 먼 훗날 영화 주인공처럼 그에게 시간을 되돌릴 수 있는 기회가 주어진다면 바로 지금 이 순간으로 돌아올 것이라고 생각하며 그는 해영의 어깨를 팔로 감쌌다. 그러자 그녀가 그에게 몸을 붙이며 어깨에 살며시 머리를 기댔다. 달콤한 향기, 사랑스런 체온, 섬세한 숨결. 그는 해영의 머리카락에 가볍게 입을 맞췄다. 그녀도 잡고 있던 와인 잔을 바닥으로 내려놓은 뒤 그의 손을 잡았다.

이렇게 나란히 앉아 손을 잡고 있는 것만으로 키스가 하고 싶어졌다. 하지만 키스를 시작하면 그에 만족하지 못하고 안고 싶은 마음이 들 것이다. 그는 키스 대신 그녀의 손등에 가볍게 입을 맞췄다. 이제 해영이 없는 자신의 삶이 어떨지 상상조차 되지 않았다. 그가 다시 그녀의 머리카락에 입을 맞추고 있을 때 그녀가 자신의 손바닥 위로 그의 손바닥을 넓게 폈다.

한동안 그녀는 그의 손바닥 위에 자신의 나머지 손을 얹고 있었다. 그는 여전히 영화보다 그녀에 더 집중하고 있었고, 그런데 영화를 보던 그녀가 갑자기 그의 손바닥에 무언가를 쓰기 시작했다. 처음에는 간지럽다는 느낌이 강해 정확히 무슨 글씨인지 읽을 수 없었다. 그런데 느낌이 아닌 눈으로 손가락의 움직임을 따라가자 곧 글자 '랑'이라는 것을 알 수 있었다. '랑'의 여운이 다 가시기 전에 이어 쓰기 시작한 글자는 '해'였다. 가만히 다음 글자를 기다리자 그녀의 손가락이 '요'를 그의 손바닥에 새겨 넣었다. 그녀가 쓰려고 한 문장이 무엇이었는지 충분히 짐작할 수 있었으나 그는 모르는 척 그녀에게 말했다.

"무슨 그림이야?"

"그림 아닌데."

"그럼?"

"글자잖아요."

"정말? 나 간지러워서 제대로 못 읽었어. 다시 써 줘."

"이번에는 잘 봐야 돼요."

"응."

그의 요구에 그녀가 그의 손바닥 위로 하얀 손가락을 신중히 움직여 가며 다시 한 글자씩 글자를 쓰기 시작했다. 사, 다음엔 랑, 그다음엔 해, 마지막으로 요. 그는 '요'를 쓴 뒤 이번에는 마침표까지 찍은 그녀의 손가락이 손바닥에서 떨어지기 전에 주먹을 움켜쥐었다. 그가 갑자기 손가락을 움켜쥐고 놓아주지 않자 그녀가 고개를 돌려 그를 바라보았다.

"왜요?"

"……"

"이번에도 못 읽었어요?"

"아니. 이번에는 읽었어."

그의 대답에 그녀가 해사한 미소를 보였다.

"나도."

태주는 웃고 있는 그녀를 보며 나직하게 속삭였다.

"나도 사랑해."

그는 자신을 빤히 바라보고 있는 해영을 향해 고개를 숙였다. 그녀의 입술에 가볍게 입맞춤을 한 뒤 그녀의 손가락을 움켜쥐고 있던 손에서 천천히 힘을 빼자 그녀가 팔을 올려 그의 목을 감싸 안았다.

"만약 저 주인공처럼 저한테 시간을 되돌릴 수 있는 능력이 주어진다면 저는 열 번이고 백 번이고 지금 이 순간으로 돌아올 거 같아요. 제가 지금 이렇게 고백받고, 또 고백하고 있는 이 순간으로요. 저도 사랑해요."

그녀가 그의 입술에 자신의 입술을 겹쳐 왔다.

"사랑해요."

"나도 사랑해."

뜨겁게 겹쳐진 그들의 입술은 오랫동안 떨어질 줄을 몰랐다.

11.

해영은 영화를 보고 11시가 조금 넘은 시간 집으로 돌아왔다. 가족들은 이미 잠자리에 든 듯 집 안은 고요 속에 잠겨 있었다. 그녀는 소리 나지 않게 거실을 가로질러 곧장 2층으로 향했다. 수현도 일찍 잠자리에 들었는지 그녀의 방 역시 아무런 기척 없이 조용하기만 했다.

자신의 방으로 들어가려던 그녀는 잠시 걸음을 멈추고 수현의 방문을 응시했다. 지난주 내내 수현과는 아침에 스치듯 얼굴을 마주쳤을 뿐 이야기를 나눈 적조차 없었다. 퇴근 후에도 그녀가 태주를 만나는 날은 그녀가 늦게 들어왔고 그렇지 않은 날은 수현이 늦게 들어왔다. 마치 그러기로 약속이라도 한 듯 지난주 내내 그녀들의 퇴근 후 일과는 엇갈렸다.

그런데 가만히 생각해 보면 파티에서 그녀에게 태주와의 관계를 정리하라고 경고했던 수현의 행동으로는 뭔가 석연치 않은 부분이 있다는 생각이 들었다. 재윤에게 초상권 침해에 대해 물은 뒤 그녀에게 한마디 말도 하지 않았던 것 역시. 태주는 그녀에게 걱정하지 말라고 말했지만, 해영은 도무지 종잡을 수 없는 수현의 행동들이 여전히 신경 쓰였다.

오늘은 너무 늦었으니 얘기는 내일 해야겠다고 생각한 그녀는 그만 자신의 방으로 들어섰다. 서둘러 옷을 갈아입고 미리 준비해 둔 박스를 꺼낸 그녀는 박스 안에 담을 자신의 짐들도 꺼내 놓았다. 오피스텔의 도배와 청소를 모두 마쳐 일요일에 그곳으로 짐을 옮길 예정이었기 때문이다. 그녀가 꺼내 놓은 물건들 중 중요한 것부터 차곡차곡 박스 안에 챙겨 넣고 있을 때였다.

쾅.

고요하기만 하던 밖에서 무언가가 부딪히는 듯한 소리가 들려왔다. 깜짝 놀랄 만큼 큰 소리는 아니었으나 짐을 챙겨 넣고 있던 그녀의 손동작은 그대로 멈췄다. 그리고 조금 전보다는 작지만 다시 무언가 물건이 벽에 부딪히는 듯한 마찰음이 연이어 들려왔다. 그녀는 자리에서 일어서 방문을 열었다.

와장창.

이번에 들려온 소리는 얇은 유리로 된 물건이 깨지는 소리였다. 소리가 들려온 쪽은 수현의 방이 있는 곳이었다. 그녀는 곧장 방을 나서 수현의 방으로 향했다.

똑똑.

노크를 하고 기다렸지만 안에서는 아무 소리도 들려오지 않았다.

똑똑.

"수현아."

"……."

"수현아."

연이은 노크에도 아무 기척이 없자 왠지 더 불안한 마음이 들었다.

"수현아, 무슨 일 있어?"

그녀가 다시 문을 두드리며 묻고 있을 때 예고 없이 방문이 벌컥 열렸다.

"왜?"

수현은 문을 완전히 열지 않은 채 몸으로 방을 가리고 섰다. 잠을 잤던 것도 아닌지 옷도 잠옷 차림이 아니었다.

"무슨 일 있나 해서."

"아무 일 없어."

"그런데 방금 그 소리……."

"신경 쓰지 마."

수현이 그대로 방문을 닫으려 했다.

그 순간 해영은 재빨리 손으로 문을 잡았다. 문을 닫으려는 수현의 손에서 피가 흐르는 것을 보았기 때문이다. 그뿐 아니라 수현의 몸과 문 사이의 틈으로 언제나 깔끔하던 방이 엉망으로 어질러져 있는 것도 보였다.

"네 방 왜 이래?"

"너랑 상관없는 일이야. 그냥 가."

"너 무슨 일 있지?"

"있으면 뭐? 어차피 너 이제 이 집에서 나가면 우리 남 되는 건데 그냥 지금부터 신경 끄지 그래?"

"우리가 어떻게 남이 돼?"

수현이 문을 잡은 손에 다시 잔뜩 힘을 주었는지 반대쪽에서 문을 밀고 있는 해영의 손이 부들부들 떨렸다.

"손은 어쩌다 다친 거야? 내가 아래층에 내려가서 약 가지고 올게. 우선 지혈이라도 시키자."

"착한 척 좀 하지 마. 역겨워."

"이러다 이모랑 이모부 깨시겠어."

"네 도움 따위 필요 없으니까 그냥 가라고. 너 나랑 한태주 씨가 잘 안 될 것 같으니까 네가 갑자기 대단한 사람이라도 된 것 같은 기분이 드나 본데. 너는 여전히 불쌍한 고아 그 이상도 그 이하도 아니야."

"네 마음대로 생각해. 그래도 너 다친 거 이모가 알면 걱정하시니까 약만 가져다줄게."

"엄마가 내 걱정을 해?"

수현의 입꼬리가 비릿하게 말렸다.

"너 정말 왜 그래?"

"다 꼴도 보기 싫어."

수현이 두 손으로 문을 밀기 시작하자 해영의 몸이 조금씩 뒤로 밀렸다.

"좋아. 내가 약만 가져다줄 테니까 그것만 가지고 들어가. 잠깐만 기다리고 있어."

해영은 문을 잡고 있던 손을 천천히 놓고 아래층으로 향했다. 그런데 그녀가 약상자를 찾아 다시 위층으로 올라왔을 때는 수현이 재킷을 들고 방 밖으로 나와 있었다.

"이 밤에 어디 가려고?"

"알 거 없어."

"그럼 손에 밴드라도 붙이고 가."

그녀가 서둘러 약상자를 열어 가장 큰 사이즈의 밴드를 꺼내 건네자 수현이 그것을 낚아채 그대로 계단을 내려갔다.

이 밤에 어딜 가려는 것인지 걱정이 됐지만 그녀가 따라나선다고 순순히 데려갈 성격도 아니었다. 수현이 나가고 현관문이 닫히는 소리가 들린 뒤 수현의 방문을 열어 보려 했으나 문은 굳게 닫혀 있었다.

그녀가 자신의 방으로 돌아와 하다 만 짐 정리를 마친 뒤 침대에 누운 시간이 새벽 1시였다. 그때까지도 수현이 들어오는 소리는 들리지 않았다. 잠시 침대에 누워 있던 해영은 다시 몸을 일으켜 자리에 앉았다. 이내 바닥으로 내려서 카디건을 걸친 그녀는 조용히 계단을 내려가 현관을 나섰다.

언제 비가 내렸는지 축축하게 젖은 정원의 새벽은 고요하고 서늘했다. 풀잎 사이에서 이슬을 피하던 풀벌레들만이 바람이 풀잎을 흔들릴 때마다 제 존재를 알리는 울음소리를 내고 있었다. 그 소리를 들으며 그녀는 한동안 정원을 서성였다.

그곳에서 그녀가 얼마나 시간을 보냈는지는 알 수 없었다. 사실 얼마 되지 않는 시간인데 추위 때문에 더 길게 느껴졌을지도 모른다. 어쨌든 수현이 돌아오지 않자 점점 더 커지는 걱정에 그녀가 대문 앞까지만 나가 보자는 생각으로 대문을 향해 걸어가고 있을 때였다.

"……나한테 다시는 전화하지 말라고 했잖아요."

문 밖에서 수현의 나직한 목소리가 들려왔다.

"……그러니까 왜 그때 나한테 연락을 했냐고요? 애 아빠한테나 하지. 지금껏 나한테 해 준 게 뭐가 있다고. 나 낳아 줬으니까 필요한 땐 딸 노릇이라도 바라는 거예요? 돈에 팔아 버릴 때는 언제고……. 분명하게 얘기해 두는데 난 아버지랑은 달라요. 아버지처럼 당신 협박에 하라는 대로 고분고분 움직이지 않는다고……."

화가 잔뜩 담겨 있었지만 수현의 목소리는 크지 않았다. 하지만 해영은 자신도 모르게 손을 들어 입을 감싸고 있었다.

"변명 필요 없고, 다시는 이렇게 전화하지 말아요. 그리고 어디서든 윤도훈이랑 같이 찍힌 사진 속 여자가 나라는 얘기 들려오면 나 소송 걸 거예요. 나 버릴 때 친권 포기하는 조건으로 챙길 건 다 챙겨 놓고 이제 와 이러는 건 정말 아니지 않아요? 다시 한번 말하는데 지금 사태 나랑 상관없이 수습할 방법 생각나면 그때 당신 집으로 돌아가든 말든 하세요. 그리고 우리 죽을 때까지 다시는 어떤 일로도 얼굴 볼 일 없길 바라겠어요."

해영이 미처 걸음을 옮기지 못했을 때 대문이 열렸다. 문 앞에 서 있던 해영과 귀에서 휴대폰을 떼고 있던 수현이 그대로 얼굴을 마주하게 된 것이다.

"너, 언제부터……."

수현이 휴대폰을 든 손을 내리지도 못한 채 커다란 눈을 느리게 깜빡였다.

마치 암흑 속에 자신들 둘만 남겨진 것처럼 해영의 머릿속도 새카매지는 느낌이었다.

"넌 어디 갔다 이제 오는 거야?"

"너 어디부터 들은 거냐고 물었잖아?"

"손은 괜찮아?"

무슨 말을 해야 하는 건지 아무 생각도 떠오르지 않아 불쑥 내뱉은 말이었다.

수현은 그녀의 질문에 더욱 사납게 그녀를 노려보더니 어깨를 밀치고 그대로 정원을 가로지르기 시작했다.

"방금 네가 뭘 들었든, 기억에서 전부 지워."

"너, 정말 괜찮은 거야?"

"나 동정할 생각 같은 건 안 하는 게 좋을 거야."

"내가 널 왜 동정해?"

"그럼 아까 그 눈빛은 뭔데?"

"……"

"설마 협박이라도 할 생각이야?"

수현이 갑자기 걸음을 멈추고 섰다. 그녀를 향해 휙 돌아선 수현의 안색이 창백하다 못해 파르스름했다. 얼마나 힘을 주어 이를 물고 있는지 매끈하던 턱선까지 도드라져 보였다.

"네가 어떤 협박을 해도 나는 하나도 겁 안 나."

"……"

"왜 아무 말이 없어?"

"혹시 네 친엄마가 배우 홍세영 씨야?"

수현이 더욱 매섭게 눈을 치떴다.

"강영주지? 강영주가 너한테 얘기한 거지? 남의 비밀 한 가지 알아냈다고 그새를 못 참고……"

"영주한테 들은 거 아니야."

"그럼?"

"그냥 나 혼자 생각했어. 아니, 이모가 네 친엄마가 아니라는 건 이미 알고 있었어. 전에 이모랑 이모부가 말씀하시는 거 우연히 들었거든."

이번에는 해영의 목소리가 미세하게 떨리고 있었다.

"아, 그래서 네가 한태주 씨 앞에서 그렇게 당당했던 거구나? 너랑 나랑 같은 처지라고 생각해서."

"지금 네 반응 보니까 내가 지금 들은 얘기로 협박하면 어떤 협박을 해도 다 통할 거 같아 보인다."

그녀도 모르게 튀어나온 말이었다. 지금껏 수현에게 당했던 것이 너무 억울해서인지, 수현이 고작 이 정도 말에 겁먹을 아이가 아니라는 사실을 알았기 때문인지는 그녀도 모른다. 어쨌든 그녀의 말이 어떤 식으로든 조금은 효과가 있었던 모양이다. 도드라졌던 수현의 턱선이 조금 느슨해지며 입술 끝에 비웃음이 매달렸다.

"너 이제 보이는 게 없나 보구나?"

"그럴지도 모르지."

수현이 다시 그녀 앞으로 걸어와 섰다.

"어디 해 봐, 협박."

"지금 투엔터테인먼트 홍세영 씨 때문에 시끄러운 건 너도 알고 있는 것 같던데. 윤도훈 씨 사진 속 여자가 신우물산 경영기획팀의 신수현 팀장이고 그날 홍세영 씨가 널 병원으로 불렀던 거라고 밝힐 거야."

"……."

"네가 한태주 씨 포기 안 한다면."

둘 사이에 날카로운 시선이 오고 갔다.

"내 말이 맞았네. 결국 네가 나를 이길 수 있는 방법은 남자밖에 없었던 거야."

"네 마음대로 생각해. 고재윤 변호사가 우리 관계 알게 됐어. 그러니까 이모부가 그 사실 알게 되기 전에 네가 먼저 이모부한테 한태주 씨한테 관심 없다고 말해."

수현이 처음으로 자신의 마음을, 분노를 억누르고 그녀의 말에 귀를 기울이고 있었다. 해영은 그 순간 어이없게도 수현이 지금껏 이런 기분이었겠구나 하는 생각이 들었다. 이 아이 별거 아니구나. 어쩌면 내가 이 아이보다는 행복한 사람일 수 있구나, 상대의 고통을 보며 느끼고 위안 삼았던 것이었을지도 모른다는 생각…….

"네가 그렇게 하지 않겠다면…… 나 네 비밀 못 지켜."

수현은 지금 버티고 있었다. 정말 괜찮아서가 아니라, 이를 악물고 도망치고 싶은 감정을 겨우 억누르고 있었다.

"한태주 씨 선택한 건 아버지였어. 그리고 나는 아버지 결정 못 꺾어. 그건 너도 알 텐데."

수현의 말처럼 그녀는 지금껏 이모부의 말에 반항하거나 거역한 적이 없었다. 해영은 문득 그것이 사랑받기 위한 방법이 아니라 자신을 지키기 위한 몸부림이었을지도 모른다는 생각이 들었다.

"그럼 홍세영 씨 있는 곳이라도 알려 주든지."

"너 제정신이야? 내가 그 여자 있는 곳을 너한테 알려 줄 것 같아?"

"……."

"그리고 너 다시 한번 내 앞에서 그 입으로 홍세영이라는 이름 말하면 내가 너 죽일지도 몰라."

움켜쥔 수현의 주먹이 부들거리는 것이 보였다. 마치 그녀 대신 주먹이 울고 있는 것 같았다.

"한 가지만 물어볼게."

"……."

"내가 그렇게 싫었으면서 왜 이 집에서 나가게 하지 않았어? 내 기억에 우리 아주 어릴 적에는 제법 잘 지냈었던 것 같은데, 넌 우리 부모님이 돌아가신 뒤로 갑자기 변했어. 내가 이 집으로 들어와 함께 사는 게 그렇게 싫었으면 그냥 나를 이 집에서 나가게 하는 게 나았을 것 같은데."

"내가 누구 좋으라고 널 내보내?"

수현이 서늘한 표정으로 빈정거렸다.

"나는 한순간도 잊었던 적이 없었어, 내가 엄마 딸이 아니라는 사실을. 내가 이 집에 처음 왔던 날도, 네가 너희 부모님 손잡고 이 집으로 처음 놀러 왔던 그날도, 너희 부모님 장례식장에서 엄마가 너를 안고 두 눈이 퉁퉁 붓도록 울고 또 울던 모습도 잊은 적 없다고. 지금까지 20년 넘게 나는 엄마를 엄마라고 불렀지만 엄마한테 나는 진짜 딸이었던 적이 없으니까."

"그게 무슨 말이야?"

"내가 널 이 집에서 나가게 만들면 분명 엄마는 날 더 싫어하셨을 거야. 엄마한테 난 불청객 같은 존재였고, 넌…… 아무 노력 하지 않아도 그냥 가족이고 아픔이었으니까."

수현의 말대로 이모에게 사랑받으려는 노력 같은 건 해 본 적 없었다. 이모는 한 번도 그녀에게 이모가 아니었던 적이 없었으니까. 하지만 수현은 달랐던 것이다. 처음부터 엄마였던 것이 아니니

딸이 되기 위해 노력했을 것이고, 그녀가 받은 사랑과 관심에 질투도 했을 것이다. 그리고 그 과정에서 시행착오를 겪고 상처도 받았을 것이다. 아주 오랫동안 혼자서 아파했을 것이다.

"그래도 너는 이모 딸이야."

"너한테 인정받고 싶은 생각 같은 거 없어. 그러니까 잘난 체하지 마."

수현은 그대로 몸을 돌려 집으로 걸어갔다.

* * *

"하늘엔터테인먼트에서 연락 왔습니까?"

"아니요. 오늘 맘 편히 그냥 쉬기로 했는지 전화도 안 받는데요."

토요일이었음에도 태주의 사무실 풍경은 평일 오전과 다를 것이 없었다.

"그럼 어제 얘기 해 뒀으니 우리는 정오에 기자회견 하는 걸로 하죠."

"기자회견 장소랑 시간 기자들한테 다시 한번 공지하겠습니다."

오 팀장이 재빨리 그의 사무실을 나갔다.

Rrrrr.

오 팀장이 그의 사무실에서 나간 뒤 잠시 찾아왔던 평화를 휴대폰 벨 소리가 무참히 깨 버렸다. 그는 휴대폰을 집어 들었다.

"한태줍니다."

-신수현이에요.

자신이 누군지를 밝힌 수현이 잠시 침묵을 지켰다.

-잠깐 만날 수 있을까요?

"무슨 용건입니까?"

갑자기 걸려온 수현의 전화도, 만나자는 제안도 모두 예상치 못했던 일이었기에 태주는 용건을 먼저 물었다.

-강영주 만났죠?

"네."

-아, 진짜 강영주…….

전화기 너머에서 수현이 영주를 욕하는 소리가 작게 들려왔다.

-그럼 저한테 먼저 만나자고 했어야 하는 거 아니에요?

"연락해도 안 만나 줄 거라고 생각했습니다."

-맞아요. 먼저 연락해 왔으면 안 만났을 거예요. 그런데 지금은 만나고 싶어졌어요. 제가 계신 곳으로 갈까요? 아니면 이쪽으로 오실래요?

"거기가 어디죠?"

-저 지금 로열 호텔에 있어요.

"그럼 이쪽으로 오시죠."

-그러죠. 그럼 조금 있다 봬요.

얼마 후 수현은 1층에서 그녀를 기다리고 있던 오 팀장과 함께 그의 사무실로 들어왔다. 그리고 오 팀장이 잠시 나갔다 차를 가져다 두고 다시 나갈 때까지 그의 사무실을 구경하는 척 내부를 둘러보며 자리에 앉지 않았다. 한껏 여유로운 듯 행동하고 있었으나 얼굴은 지난번 파티에서 봤을 때보다 야위어 있었고 짙은 남색 원피스 때문인지 건강해 보이던 피부색도 창백하게 보였다.

"자리에 앉아서 얘기하죠."

"그 전에 괜찮은지 먼저 안 물어보세요?"

"뭐가 괜찮은지 물어야 하는 거죠?"

책상을 돌아 나온 태주는 수현을 기다리지 않고 먼저 소파에 앉았다.

"그날 장호진 초대했던 사람 한태주 씨잖아요. 그럼 그 영상에 대해서도 미리 알았을 거고. 사람을 그렇게 망신 줘 놓고 사과는 아니어도 괜찮은지는 물어봐야 하는 거 아닌가 해서요."

"괜찮아 보이는데."

"한태주 씨 참 한결같은 분이네요. 번번이 사람 할 말 없게 만들기도 하고요."

"용건 먼저 얘기하시죠."

그제야 수현도 소파를 향해 똑바로 걸어와 그의 맞은편 자리에 앉았다.

"저랑 거래를 하시죠."

"……."

"홍세영 씨가 어디에 있는지 알고 있어요."

이제 기자회견까지 두 시간도 남지 않은 상황이었다. 홍세영이 스스로 나타나 그날의 정황을 밝히면 더할 나위 없이 좋겠지만 수현과 거래를 하면서까지 홍세영을 기자들 앞에 세울 필요는 없다는 뜻이었다.

"원하는 게 뭡니까?"

그녀가 그를 마주 보며 한쪽 입가를 비스듬히 끌어 올렸다.

"제가 원하는 건…… 한태주 씨가 해영이와 더 이상 만나지 않는 거예요."

"그리고?"

"저와도 만나지 않겠다고 한 회장님과 저희 아버지께 확실히 선을 그어 주세요."

해영에 대한 얘기는 어느 정도 짐작할 수 있었다. 그런데 두 번째 조건은 조금 의외였다.

"왜죠?"

"한태주 씨 같은 사람이랑 살면 좀 피곤할 것 같아서요. 해영이랑 몰래 만났던 것도 신경 쓰이고요."

"정말 그게 답니까?"

"네."

수현의 짧은 대답에 태주는 자리에서 일어서 출입문으로 걸음을 옮겼다.

"시간 아깝게 헛걸음했네요."

"거절인가요?"

그녀의 질문에 그는 대답 대신 문을 열어 주었다.

"거절이 깔끔해서 좋네요."

이미 예상했다는 듯 수현이 자리에서 일어섰다. 그런데 컨디션이 좋지 않은 듯 일어선 상태에서 잠시 눈을 감고 있다 다시 천천히 눈꺼풀을 들어 올렸다.

"홍세영 씨는 잠적했고 사진 속 여자는 절대 모습을 드러내지 않을 거예요. 그래도 잘 해결하시길 바랄게요."

"신수현 씨, 한 가지만 물어봅시다. 홍세영 씨와 정말 모르는 사입니까?"

"진짜 몰라서 묻는 거예요?"

수현의 매끈한 미간이 좁아졌다.

"알면 물을 필요가 없겠죠."

"제가 전에 한태주 씨는 박해영 잘 모른다고 경고한 적 있었죠?"

"······."

"여전히 잘 모르시는 것 같네요."

수현이 문을 향해 걸음을 옮기다 갑자기 자리에 멈춰 섰다.

"우리가 어떻게 되든 아버지랑 엄마는 절대 해영이랑 한태주 씨 허락 안 해 주실 거예요. 또 착해빠진 해영이는 엄마가 허락 안 하면 결국 포기하겠죠. 하지만 실망하지 마세요. 세상에 예쁘고 착한 여자는 많으니까."

끝까지 그를 돌아보지 않은 채 말을 마친 수현이 다시 문을 향해 걷기 시작했다.

그가 문을 열어 두었을 때부터 문 앞에 서 있던 오 팀장이 그녀를 향해 깍듯하게 허리를 굽혔다. 그 모습을 본체만체 그대로 지나치는 수현의 뒷모습을 잠시 바라보던 태주가 돌아선 순간이었다.

"이보세요! 괜찮으세요?"

당황한 오 팀장의 목소리가 사무실 전체에 울렸다.

"무슨 일입니까?"

태주가 서둘러 오 팀장 쪽으로 걸어가자 사무실 바닥에 수현이 힘없이 쓰러져 있는 것이 보였다.

"걸어가다 갑자기 쓰러지셨어요."

"구급차부터 부르죠."

"네. 지금 부르겠습니다."

"아니에요. 내가 직접 병원으로 데려갑니다."

"대표님이 직접이요?"

"내가 운전할 거니까 차만 현관 앞으로 빼 주세요."

"네."

태주는 축 늘어졌음에도 그다지 무게가 나가지 않는 수현을 번쩍 안아 들었다.

* * *

해영은 수현이 병원에 있다는 태주의 전화를 받고 급히 응급실로 향했다.

"어떻게 된 거예요?"

커튼이 쳐진 응급실 침대에 잠자듯 가만히 누워 있는 수현을 바라보며 그녀가 태주에게 물었다.

"우리 회사에 찾아왔다가 쓰러졌어."

"투엔터테인먼트에요? 거길 왜?"

"도훈 씨 기사 때문에 왔던 것 같아."

도훈의 기사. 해영의 머릿속에 어젯밤 자신이 수현을 협박했던 기억이 떠올랐다. 그 때문이 아니어도 많이 힘들고 지쳤을 텐데, 태주에게 직접 찾아갔었다니. 잠든 수현의 얼굴을 바라보는 해영의 마음이 더욱 좋지 않았다.

"혹시 어제 둘이 무슨 일 있었어?"

"특별한 일은 없었어요."

해영은 수현의 친엄마가 홍세영이란 사실을 차마 태주에게 말할 수 없어 거짓말을 하고 말았다.

"이제 저 혼자 있어도 되니까 그만 가 보세요."

"정말 혼자 있을 수 있겠어? 같이 있어 주고 싶은데, 조금 있다 기자회견이 있어서 가 봐야 할 것 같아."

"걱정 마세요. 수현이 일어나면 제가 집으로 데리고 갈게요."

"내가 회사 일 정리되는 대로 전화할게."

"네. 얼른 가 보세요."

태주가 돌아가고 수현과 단둘이 남겨진 해영은 잠든 수현의 얼굴을 가만히 바라보고 있었다. 15년을 한집에 살았는데 수현이 잠자는 모습을 보는 건 처음이었다. 언제나 그녀 앞에서 눈을 크게 뜨고 있거나, 시선도 주지 않으며 무시하거나, 가식적으로 웃는 모습에 익숙했다. 그렇기에 잠든 모습은 마치 수현이 아닌 것처럼 순하고 약해 보였다.

"음……."

얼마나 시간이 흘렀을까. 잠든 수현 옆에 엎드려 깜빡 잠이 들었던 해영은 작은 신음에 잠에서 깼다. 몸을 일으키니 수현이 링거 바늘이 꽂혀 있는 팔이 불편한 듯 팔을 한 번씩 움찔거리며 눈꺼풀을 가늘게 떨고 있었다.

"수현아."

그녀가 부르는 소리에 마침내 수현이 눈을 떴다. 몇 차례 느리게 눈을 깜빡인 뒤 천천히 고개를 움직여 주변을 살피던 수현은 해영과 시선이 마주치자 일어나 앉으려는 듯 이를 악물고 몸을 움직였다.

"일어나려고?"

"설마 여기 병원이야? 왜 내가 여기에 있는 거야?"

"너 투엔터테인먼트에서 쓰러졌다면서."

"아……. 그래서 한태주 씨가 너한테 연락했구나?"

"그래. 그런데 팔이 많이 불편해? 자면서 움찔거리던데."

"간호사나 불러 줘."

해영이 데려온 간호사가 그녀의 팔에서 주삿바늘을 빼고 돌아갔을 때였다.

커튼으로 가려진 옆 침대에서 대화 소리가 들려왔다.

"그럼 그렇지. 지난번 그 윤도훈 사진, 윤도훈이 홍세영 병원에 데려다주고 나오다 우연히 기자 카메라에 찍힌 거였단다. 같이 찍혔던 여자는 그냥 지나가던 행인이었는데 기자가 소설 쓴 거였고. 그러니까 한마디로 윤도훈만 홍세영 임신인 거 알고도 끝까지 의리 지켰다 재수 없게 피해 봤던 거였어."

"정말? 그런데 홍세영은 나이가 몇인데 임신이야? 거기다 결혼도 안 했잖아. 그럼 쉰 다 된 나이에 싱글맘 되겠다는 거야?"

"그런가 봐. 그 여자가 싱글맘이 되든 말든 그건 관심 없는데, 이렇게 밝힐 걸 며칠 동안 왜 잠적은 해서 엉뚱한 사람만 피해를 보게 한 건지……."

"혼자 개념 있는 척은 다 하더니 결정적인 순간에 본성 드러난 거지. 그런데 애 아빠는 누굴까?"

"그러게. 그 남자는 그 애가 자기 애인 줄 알겠지? 누군지 나도 진짜 궁금하다."

"어쨌든 만약 내가 홍세영이면 지금껏 벌어 둔 돈도 많을 텐데 연예계 은퇴하고 조용히 숨어서 낳고 키우겠다. 아무리 자기 멋에 사는 세상이라지만 나이 오십이 다 돼서 결혼도 안 하고 애 낳는 게 자랑은 아니잖아?"

"창피한 걸 아는 여자가 이렇게 당당하게 임신 사실을 밝혔을까? 내가 볼 때는 나중에는 애 데리고 CF도 찍을 것 같은데."

해영은 자신의 휴대폰을 꺼내 뉴스를 검색했다. 옆 침대에서 들려온 소리대로 홍세영 쪽에서 그날 오후 8시경 윤도훈이 자신을 병원으로 데려다줬다는 사실을 밝혔다는 기사가 올라와 있었다. 그리고 그녀는 현재 임신 3개월로 절대 안정을 요하는 상황이라 추가 인터뷰는 하지 않을 예정이라고 기사도 적혀 있었다.

"나도 줘 봐."

수현이 그녀의 손에서 휴대폰을 낚아채 갔다. 그 뒤로 한동안 아무 말 없이 기사를 확인하던 수현이 갑자기 침대 아래로 내려섰다. 그리고 옆 침대를 향해 걸어가 둘러쳐져 있는 커튼을 확 열어젖혔다.

"이보세요. 이 응급실 댁들이 전세 내셨어요?"

"아, 죄송합니다."

잠시 여자들을 응시하고 있던 수현은 다시 커튼을 제자리로 당겨 놓았다. 그리고 들릴락 말락 작은 소리로 중얼거렸다.

"남이야 애를 낳든 말든 오지랖은."

수현은 그대로 응급실을 걸어 나갔다.

* * *

절대 오지 않을 것 같았던 이삿날이 드디어 돌아왔다. 그녀가 오늘 오피스텔로 나간다는 사실을 가족들도 모두 알고 있었을 것이다. 그런데 아침 식사를 하는 풍경은 평소와 크게 다를 것이 없었다. 이모부는 그녀의 이사에 대해서는 어떤 질문이나 당부도 없이 이모와만 대화를 했고, 수현은 가족 누구와도 시선을 마주치지 않은 채 홀로 앉아 있는 것처럼 묵묵히 식사에 집중했다.

사실 집 안 분위기가 이런 데는 어제저녁의 일이 원인이었다. 병원에서 돌아온 수현이 이모부에게 미국 지사로 발령을 내 달라는 말을 꺼냈고 이모부는 안 된다고 단칼에 거절을 했던 것이다. 평소 이모부의 말이면 그것이 어떤 말이든 군말 없이 수용했던 수현이었다. 그런데 어제의 그녀는 달랐다. 이모부 앞에서 무릎을 꿇고 꼭 가고 싶다고 다시 간청을 했다. 이모부는 그녀의 갑작스런 발언만큼이나 태도에도 크게 놀란 듯 보였다. 물론 이모도, 해영도 그런 그녀의 모습이 낯설기는 마찬가지였다.

"수현이는 식사 마치고 나 좀 보자."

"네."

가장 먼저 식사를 마친 수현이 자리에서 일어서고 뒤이어 해영도 자리에서 일어섰다.

"수현아."

"왜?"

"정말 갈 생각이야?"

"그래."

"나도 나가는데 너까지 나가면 이모랑 이모부 너무 외롭지 않으실까?"

"어차피 시집보내려고 했었는데, 외롭긴."

절대 그럴 리 없을 거라는 표정을 보인 수현이 서재 쪽으로 걸음을 옮기려다 다시 멈춰 섰다.

"우리 끝까지 약속은 지키자."

"뭐?"

"아니다. 이제 나만 지키면 되나?"

수현이 서재에서 기다리고 있다는 것을 알면서도 이모부의 식사는 한없이 여유롭고 고요하기만 했다. 드디어 식사를 마친 이모부가 서재로 들어가고 해영은 이모를 도와 식탁을 정리하기 시작했다. 하지만 그녀의 온 신경은 서재에 가 있었다.

한동안 들릴 듯 말 듯 들려오던 대화 소리 중 태주의 이름이 거론되는 듯한 소리가 들려왔다. 해영은 그제야 수현이 말했던 약속이 무엇이었는지 깨달았다. 자신이 그녀의 비밀을 지켜 줬던 것처럼 수현도 재윤이 말하기 전에 먼저 태주와의 관계를 정리하는 발언을 한 것이다. 분명 어제오늘의 수현은 지금껏 그녀가 알던 수현과는 조금 차이가 있었다. 그녀뿐 아니라 이모부 역시 갑자기 달라진 수현의 모습이 당황스러운지 두 사람은 한동안 서재에서 나오지 않았다.

"어떻게 해요, 이모?"

"언젠가 한 번은 겪어야 할 일이었어."

"하지만……."

"수현이 인생이고 수현이 선택이야. 우리는 그냥 곁에서 지켜봐 주자."

이모는 담담한 목소리로 얘기한 뒤 그녀의 방으로 올라가 한곳에 정리해 놓은 짐들을 차로 옮기기 시작했다.

가전은 대체로 오피스텔에 설치가 되어 있었고 필요한 가구는 새로 장만을 했기에 챙겨 갈 짐이 많지는 않았다. 짐을 차에 모두 싣고 났을 때 대화가 어떻게 결론이 났는지 수현이 딱딱하게 굳은 표정으로 서재를 나와 제 방으로 올라갔다. 해영은 아직 서재에 남아 있는 이모부에게 그만 가 보겠다는 인사를 한 후 이모의 차에 올랐다. 정말 자신이 이 집을 떠난다는 사실이 백미러로 보이던 집이 보이지 않게 됐을 때까지도 실감이 나지 않았다.

오피스텔에 도착하자 이모는 서둘러 짐을 나르고 정리를 하기 시작했다. 바닥도 다시 닦고 침구나 필요한 물품 중 빠진 것은 없는지도 모두 다시 확인했다. 해영이 이제 자신이 알아서 하겠다고 이모에게 좀 앉아서 쉬라고 말했지만, 이모는 잠시도 앉지 못하고 이곳저곳 확인하고 닦아 내다 쫓기듯 가방을 들고 일어섰다.

"이모 그만 가 볼게, 해영아."

"벌써요?"

"오늘 아주머니도 쉬는데, 가서 이모부랑 수현이 점심 준비해 줘야지."

"네."

"너도 점심 꼭 챙겨 먹고. 챙겨 온 밑반찬은 냉장고에 넣어 뒀는데 국이 없어서……."

"제가 알아서 먹을 게요, 이모."

대답하는 눈시울이 공연히 뜨거워졌다.

"이모부 기다리시겠다. 너도 정리 끝내고 좀 쉬어."

"네."

멀리 나오지 말라는 이모 때문에 해영은 배웅을 현관 앞에서 해야 했다. 하지만 문이 닫히고 정말 혼자 남겨진 순간 그녀는 다시 창가로 걸어가 바쁘게 차로 향하는 이모의 모습이 보이지 않을 때까지 지켜보았다.

띵동.

이모가 돌아가고 그녀 혼자 오롯이 남아 아직 정리를 끝내지 못한 작은 물건들을 정리하고 있을 때 초인종이 울렸다.

"누구세요?"

"나야, 해영아."

그녀의 집에 처음 찾아온 손님은 영주였다.

"얼른 들어와."

"와, 집 정말 예쁘다. 그런데 벌써 짐 정리랑 청소까지 다 끝낸 거야?"

문을 열어 주자 거창한 감탄사와 함께 집으로 들어온 영주가 작은 화분과 상자 하나를 그녀에게 건넸다.

"상자에 든 건 디퓨저야. 짐 정리는 조금 기다렸다 나랑 같이 하지. 혼자 하느라 힘들었지?"

"아니야. 가져온 짐도 많지 않았고 이모가 거의 다 해 주셨어."

"이모님이? 그럼 나보고 빨리 오라고 하지 그랬어."

"아니야. 짐이 많지 않았어."

영주는 곧장 오피스텔을 구석구석 둘러보기 시작했다. 소파에 앉아 보고, 침구를 만져 보고, 옷장도 열어 보며 그녀는 연신 좋다는 말을 연발했다.

"침대 완전 푹신하고 좋다. 새것이라 그런가?"

어느새 팔을 넓게 펴고 풀썩 침대 위로 누운 영주가 혼잣말처럼 중얼거렸다. 해영도 영주가 사 온 화분을 주방 창가 쪽에 올려 두고 영주 곁으로 갔다. 그때 졸음이 쏟아지는 듯 나른한 표정으로 눈을 깜빡이던 영주가 마치 중요한 무언가가 떠오른 듯 벌떡 일어나 앉았다.

"우리 자장면 시켜 먹자, 해영아."

"자장면?"

"이사한 날에는 다들 자장면 시켜 먹던데. 우리도 먹자."

"그래?"

"나 배고파, 해영아. 빨리 시켜 줘."

"알았어."

해영은 영주가 말한 대로 근처의 중국집에 자장면과 탕수육을 시켜 놓고 그녀 옆에 나란히 누웠다.

"이제 좀 편하게 지내."

"내가 언제는 안 편했나?"

"그냥 내가 느끼기에 넌 이모님 집에서 마음이 편하지는 않았던 것 같아서."

"……"

"나도 어릴 적에 큰집에서 지낸 적 있었잖아. 그때 큰어머니랑 큰아버지가 아무리 잘해 주셔도 마냥 편하지는 않더라고. 난 그 어린 나이에도 그랬는데……."

천장을 바라보고 있던 영주가 해영을 향해 돌아누웠다.

"아니야. 나 그렇게 불편하진 않았어."

"그래도 이제 더 행복해져."

"그래. 고마워."

둘이 앉아 이런저런 얘기를 하다 보니 주문한 자장면이 도착했고 두 사람은 거실에 마주 앉아 맛있게 자장면을 먹기 시작했다.

Rrrrr.

한참 자장면을 먹고 있을 때 해영의 휴대폰이 울렸다. 발신자를 확인하니 태주였다. 그녀는 잠시 망설이다 전화를 받았다.

"여보세요? 저 친구랑 점심 먹고 있는데요."

태주가 입을 열기도 전에 해영이 상황을 설명하자 영주가 무슨 전화를 그렇게 받느냐는 시선으로 그녀를 쳐다보았다.

-그래? 그럼 친구 가면 전화해.

"네."

통화는 불과 몇 초 만에 끝이 났다.

"무슨 전화를 그렇게 받아?"

"아, 우리 팀 대리님인데 이렇게 받지 않으면 말씀을 너무 많이 하셔서. 내가 통화 너무 오래 하면 너 심심할까 봐."

"그렇긴 하지. 면 부니까 얼른 먹어."

"그래. 너도 얼른 먹어."

"응."

자장면을 다 먹고 다시 집을 둘러보다 해영과 창가에 나란히 서 수다를 떨던 영주가 아버지에게 온 전화를 받고 오늘은 그만 가 봐야겠다며 자리에서 일어섰다.

"나 다음에는 와서 자고 가도 되지?"

"당연하지."

"그럼 언제 주말에 날 잡아서 주말에 와야겠다."

"그래."

"오늘은 이사하느라 힘들었으니까 푹 쉬어."

"알았어. 너도 조심해서 가."

영주를 배웅하고 돌아온 해영은 서둘러 태주에게 전화를 걸었다. 그리고 아까는 너무 당황해서 전화를 그렇게 받았다고 사과한 뒤 영주가 돌아갔다는 사실을 알렸다. 짧은 통화를 끝낸 그녀가 다시 하다 만 물건 정리를 시작하려는데 초인종이 울렸다. 태주와 통화를 끝낸 지 5분도 되지 않은 상황이었기에 누가 온 것이지? 생각하며 인터폰을 바라봤는데 문 앞에 태주가 서 있었다.

"어떻게 이렇게 빨리 오셨어요?"

해영은 서둘러 현관문을 열었다.

"전화 받을 때 오피스텔 주차장에 있었거든. 이건 선물. 그림이야."

그가 고급스런 포장지에 쌓인 액자를 거실 벽 쪽에 세워 두었다.

"고마워요. 그럼 아까 전화했을 때부터 주차장에 있었던 거예요?"

"그때 집에서 출발할까 하고 전화했던 건데, 친구랑 같이 점심 먹는다고 해서 나도 집에서 간단하게 먹고 나왔지."

집 안으로 들어선 태주는 소파에 앉지 않고 곧장 집 안 이곳저곳을 날카로운 시선으로 훑어보기 시작했다. 그와 영주의 가장 다른 점이라면 그는 주로 창 쪽을 유심히 살피고 방범창이 달려 있는지를 일일이 확인했다는 점일 것이다.

"방범창도 있고 현관문 안전 고리도 튼튼한 것 같네."

"이모도 똑같이 말했었는데. 잠깐만 앉아 계세요. 마실 것 좀 가져올게요."

해영은 아직 몇 가지 들어 있지 않은 냉장고에서 주스를 따라 거실에 놓인 테이블로 가져갔다.

"짐 정리는 벌써 다 끝난 거야?"

태주는 어느새 침실로 들어가 건너편 건물을 주시하고 있었다.

"네. 짐이 많지 않기도 했고 이모가 도와주셔서 금방 끝났어요."

"집 깔끔하고 예쁘다. 너랑 닮은 것 같아."

해영은 태주 옆으로 걸어갔다. 창밖 저 멀리 자리한 야트막한 산들을 보고 있을 때 그가 그녀를 자신의 앞쪽으로 당기더니 등 뒤에서 안았다.

"산도 보이고 좋네."

"네."

"이곳에서 좋은 일들만 많이 생기길 바랄게."

"네."

해영은 자신을 안고 있는 그의 손등을 손으로 감쌌다. 한 손으로는 다 감싸지지 않아 두 손으로 감싸고 있을 때 그가 다시 나직한 목소리로 입을 열었다.

"그리고 너한테 생기는 그 좋을 일들이 아무리 작아도 항상 내가 제일 먼저 축하해 줄게."

그가 자신의 한 손으로 다시 그녀의 두 손을 감쌌다.

"고마워요."

"사랑하는 사람한테는 고맙다고 말하는 거 아니라던데."

해영은 그의 손을 풀고 그를 향해 돌아섰다.

"그럼요?"

"……."

그가 알아맞혀 보라는 듯 대답하지 않고 그녀를 바라보았다.

"사랑해요."

그녀는 그의 허리를 자신의 두 팔로 끌어안으며 속삭였다.

"나도 사랑해."

그녀를 끌어안은 그의 팔에 더욱 따듯한 힘이 실렸다. 그리고 그의 입술이 그녀의 입술 위로 내려앉았다.

"아직 그림 안 풀어봤지?"

"네. 무슨 그림이에요?"

"직접 확인해 봐."

그의 말에 해영은 곧장 거실로 가 벽에 세워진 액자를 집어 들었다. 크기가 아주 큰 것은 아니었지만 제법 묵직한 액자의 포장을 조심조심 풀어내자 생화처럼 싱그러운 튤립이 그녀 앞에 모습을 드러냈다.

"튤립이네요."

"응. 마음에 들어?"

"네. 정말 예뻐요."

언제부터인가 그녀의 머릿속에 튤립은 자신과 태주를 연결해 준 꽃이라는 생각이 자리하기 시작했다. 그렇기에 더욱 특별하고 마음에 드는 그림을 바라보며 그녀가 미소 짓고 있을 때 태주가 곁으로 다가오며 말했다.

"내가 벽에 걸어 주고 갈게. 그런데 집에 못이랑 망치 있어?"

"없는데요."

"그래? 그럼 어떻게 하지?"

"우선은 침실 창가에 세워둘게요. 매일 아침에 눈 뜨면 제일 먼저 볼 수 있게."

"왜 사람이 아닌데 그림한테 질투가 나려고 하지?"

그의 대답에 해영은 그림을 내려놓고 다시 그의 허리에 팔을 둘렀다.

"고마워요."

"뭐가?"

"저한테 선물처럼 찾아와 주셔서요."

"네가 나한테 온 선물인데."

웃고 있는 둘의 시선이 마주쳤다. 그리고 누가 먼저랄 것도 없이 자연스럽게 입술이 겹쳐졌다.

* * *

강문그룹 한건용 회장의 두 번째 부인이자 한태경 이사의 모친 양희란이, 장미가 양평 별장 주변을 온통 붉은색으로 물들인 6월의 이른 새벽 조용히 눈을 감았다. 전해진 바로는 당시 그녀는 간병인과 함께 별장에 머물던 중이었으나 사망 당시 그녀의 곁에는 간병인조차 없어 정확한 사망 시간은 확인할 수가 없었다고 한다. 여인으로 살며 자신이 원하는 모든 것을 가졌으나 인간으로의 마지막은 더없이 쓸쓸하고 초라했던 여인. 양희란의 마지막을 전해 들은 사람들은 하나같이 당연한 결과라는 듯 고개를 저었다.

태주는 양희란의 장례식에는 참석하지 않았다. 공식적으로 출장 일정을 잡아 국내를 떠나 있었다. 그것이 아내를 잃은 아버지에게 그가 해 줄 수 있는 최대한 배려였다.

* * *

해영도 태주로부터 전해 들어 알고 있던 장례식 일정이 모두 끝난 주말 아침이었다. 낯선 번호로 그녀의 휴대폰에 전화가 걸려 왔다.

Rrrrr.

"여보세요?"

-박해영 양?

낮고 서늘한 목소리가 대뜸 그녀의 이름을 불렀다.

"……누구세요?"

-나, 한태주 아버지 되는 사람입니다.

전화를 걸어온 사람이 한 회장이라는 사실을 알게 된 해영은 더욱 놀라지 않을 수 없었다.

-우리 잠깐 만났으면 하는데. 오늘 시간 어떻습니까?

"저를 무슨 일로요?"

-그건 만나서 얘기하죠. 아, 태주는 출장 중이니 굳이 알 필요 없을 것 같은데.

"알겠습니다."

-정오에 차를 보낼 테니 타고 오도록 해요.

한 회장은 그녀의 대답을 기다리지 않고 전화를 끊었다.

그리고 정말 정오가 되자 그녀가 살고 있는 오피스텔 앞에 검은 승용차 한 대가 멈춰 섰다. 차에서 내린 검은 정장 차림의 남자는 미리 나가 기다리고 있던 해영에게 이름을 물은 뒤 한건용 회장님께서 기다리고 계시다는 말과 함께 차의 뒷좌석 문을 열어 주었다.

그녀를 태운 차가 한참을 달려 도착한 곳은 한건용 회장 저택이었다. 지난번 파티 때 이미 와 본 적이 있었으나 곧 한 회장을 만나게 된 사실에 그녀는 손바닥에 배어나는 땀을 연신 손수건에 문지르고 있었다.

"도착했습니다."

도착 사실을 알린 뒤 먼저 차에서 내린 남자가 그녀를 저택 안으로 안내했다.

밖에서 봤을 때 이미 그 크기에 압도당했던 저택의 내부는 마치 중세시대의 성안으로 들어선 것 같은 기분을 느끼게 했다. 전반적인 인테리어부터 놓여 있는 가구들까지 모든 것들이 웅장하면서도 세련되고 조화로웠다. 그녀가 주변을 둘러보며 걷고 있을 때 넓이가 가늠되지 않을 정도로 넓은 1층을 앞서 가로지른 남자는 어느 방문 앞에서 걸음을 멈춘 뒤 문에 정중히 노크를 했다.

똑똑.

"회장님, 모셔 왔습니다."

"들어와요."

"들어가시면 됩니다."

남자는 그녀에게 깍듯이 고개를 숙여 보인 뒤 자신이 걸어왔던 길을 되돌아갔다.

깊게 심호흡을 한 번 한 해영은 문을 열고 안으로 들어섰다. 그녀가 들어선 공간은 서재였다. 양 벽면이 책으로 빼곡하게 채워져 있었고 그 중앙에 웅장한 마호가니 책상이 놓여 있었다. 서재 안으로 천천히 걸어 들어간 그녀는 책상 앞에 앉아 있는 한 회장에게 정중히 고개를 숙이며 인사했다.

"안녕하세요. 박해영이라고 합니다."

고개를 들었지만 커튼이 열린 창으로 들어오는 빛 때문에 그녀는 한 회장의 정확한 표정은 확인할 수 없었다.

"앉아요. 앉아서 얘기하죠."

자리에서 일어선 한 회장이 책상을 돌아 서재 한쪽에 놓인 소파로 걸어왔다. 그가 먼저 자리에 앉은 뒤 해영도 그의 맞은편 자리에 앉아 무릎 위로 두 손을 얌전히 올렸다.

"우리 구면이죠?"

그날 투엔터테인먼트에서 그녀를 만났던 일을 언급하는 한 회장의 목소리는 권위적이거나 서늘하지 않았다. 일상적 대화를 나누듯 조금은 편안한 말투였다. 그럼에도 그녀는 한 회장의 눈을 똑바로 쳐다보는 것이 쉽지 않았다.

"네."

"태주와 만나고 있다고 들었는데. 언제부터 만난 거죠?"

"오래되지는 않았습니다."

"신 회장도 알고 있는지 모르겠군요?"

한 회장이 이모부를 언급하는 순간 그녀는 한 회장의 얼굴을 똑바로 바라보았다. 하지만 이내 자신의 연락처와 주소를 알아냈을 정도인데 이모부에 대해서 모르고 있다면 그것이 더 이상한 일일 것이라는 생각이 들었다.

"이모부한테는 아직 말씀드리지 못했습니다."

해영의 대답에 한 회장이 그녀의 얼굴을 가만히 응시했다.

"태주가 그러자고 하던가요?"

"아닙니다. 저희가 만난 지 오래된 것도 아니고 아직 말씀드릴 기회가 없었습니다."

"기회야 생각하기 나름이겠지. 물론 좋은 기회가 아무 때나 오는 건 아니겠지만."

그때 서재 문이 열리고 정장 차림의 여자가 들어와 테이블 위로 찻잔을 내려놓았다.

"들어요."

"네."

"내가 왜 갑자기 아가씨를 집으로 불렀는지 이유가 궁금할 것 같은데, 그 얘기 먼저 하죠. 나는 태주가 필요해요. 어쩌다 보니 아들 녀석과 사이가 조금 멀어졌는데 강문으로 태주를 데려올 생각이에요."

"……."

"우리 거래를 하죠."

한 회장의 목소리가 조금 낮아졌다. 정말 은밀한 거래를 원하는 사람처럼.

"태주가 강문으로 돌아오면 아가씨와 만나도 관여하지 않겠다고 약속하죠. 신 회장 일도 내 선에서 해결하고."

해영은 다시 고개를 들어 한 회장의 얼굴을 바라보았다. 그가 제법 괜찮은 제안 아니냐고 그녀에게 시선으로 묻고 있었다.

"지금 태주 회사를 강문으로 그대로 가져와 강문엔터테인먼트로 만든 뒤 규모를 키우고 다른 계열사 하나를 더 맡는 정도로 일을 시작하면 태주도 크게 부담을 느끼지 않을 것 같은데."

강문엔터테인먼트?

"들었는지 모르겠는데 강문그룹이 커 가는 과정에 태주 외할아버지가 많은 힘이 되어 주셨죠. 그러니 태주도 몸은 떨어져 있어도 마음까지 완전히 강문에서 떼어 놓을 수는 없을 거예요. 아가씨가 내 뜻을 잘 전달해 주면 태주한테 좋은 기회가 될 것 같은데."

"……."

"지금 이 자리에서 당장 대답은 하지 않아도 되니 돌아가서 천

346

천히 생각해 보도록 해요. 나와 아가씨, 그리고 태주까지 모두를 위하는 길이 무엇인지."

해영은 대답 대신 자신의 앞에 놓인 찻잔을 들어 올렸다. 찻잔에 담긴 차는 국화차였다. 그녀는 맛도 제대로 느끼지 못하며 차를 한 모금 마셨다. 머릿속은 한 회장이 정말 자신과 태주를 허락할 마음으로 이런 말을 하는 것인지, 지금 당장 태주가 필요하니 그녀를 이용하려는 것인지 혼란스럽기만 한 상태였다.

하지만 정말 그의 외할아버지가 강문그룹을 위해 애쓰셨다면 태주도 강문그룹에서 완전히 마음을 떼어 놓을 수는 없을 것이란 말은 사실일 것이다. 그럼에도 그녀는 자신이 이들 부자 사이의 일에 관여하는 것이 현명한 행동이라는 생각은 들지 않았다. 한 회장이 자신의 대답을 기다리며 얼굴을 바라보고 있는 것만으로도 심장이 쪼그라드는 것 같았으나 천천히 찻잔을 내려놓은 그녀는 온몸에 용기를 끌어모아 입을 열었다.

"제가 지금 드리는 말씀이 건방지게 들릴 수 있다는 거 아는데, 정말 아드님이 돌아오길 바라시면 누군가를 통해서가 아닌 직접 진심을 전하시는 게 어떨까요?"

"……."

"누군가를 통해서 전해지는 마음은 그 의도가 다르게 해석될 수도 있고, 뜻하지 않았던 오해가 생길 수도 있다고 생각합니다."

"내가 직접 전해 보지 않았을까요?"

"한 번으로 마음이 모두 전해지길 바라지 마시고 두 번, 세 번 회장님께서 먼저 다가가면 분명 진심을 알게 될 겁니다."

그녀의 말이 끝났는데 한 회장의 반응은 침묵이었다. 얼굴도 표정 없이 딱딱했다. 두 사람 사이의 일을 잘 알지도 못하면서 자신이 주제 넘는 말을 한 것은 아닌지 해영의 가슴이 터질 듯 빠르게 두근거렸다.

"그게 아가씨 대답인가요?"

"네."

"그럼 내 제안을 거절했으니 내 허락도 거절했다고 생각해도 되겠군요?"

고작 몇 초 만에 후회를 하고 싶지는 않았다. 해영은 자신의 두 손을 꼭 맞잡았다.

"어쨌든 오늘 나와 만났던 건 태주한테 비밀로 합시다."

"알겠습니다."

해영은 자신을 한 회장의 저택으로 데려갔던 차를 타고 다시 집으로 돌아왔다. 오피스텔 앞에 도착해 차에서 내려섰는데 심장은 여전히 한 회장과 마주 앉아 있을 때처럼 진정되지 않고 빠르게 뛰고 있었다. 그녀는 가방에서 휴대폰을 꺼내 곧바로 태주에게 전화를 걸었다.

Rrrrr.

-그래, 해영아.

"그냥 보고 싶어서 했어요."

말을 마친 그녀는 소리 나지 않게 긴 숨을 토해 냈다. 그제야 폐를 가득 채우고 있던 무거운 공기가 쏟아져 나온 느낌이었다.

-나도 막 전화하려던 참이었는데.

"정말이요?"

-당연히 정말이지. 그런데 네 목소리 들으니까 더 보고 싶다.

주말이었지만 이른 오후의 오피스텔 주변은 고요했다. 해영은 마치 텅 빈 것처럼 조용한 건물을 향해 느리게 걸음을 옮기기 시작했다.

"저도요."

-지금 밖인가 봐?

"네. 잠깐 나왔다 들어가는 길이에요. 거긴 새벽이죠?"

-응. 너한테 전화하고 자려던 참이었어.

그러고 보니 피곤한 듯 그의 목소리가 평소보다 낮게 잠겨 있었다.

-일 빨리 끝내고 갈게.

"네. 빨리 오세요. 보고 싶어요."

-빨리 오라는 말이 이렇게 섹시한 말인 줄 오늘 처음 알았네.

그의 달콤한 목소리에 그녀의 얼굴에 그제야 미소가 번졌다.

"사랑해요."

-나도 사랑해.

"그만 끊을게요. 주무세요."

-그래. 내일 또 통화하자.

전화가 끊겼다. 아직 얼굴에서 미소를 지우지 못한 채 엘리베이터 앞으로 걸음을 옮기던 그녀는 다음 순간 그 자리에 그대로 얼어붙고 말았다.

"이모……."

손에 종이가방을 들고 서 있는 이모도 움직임이 없이 그녀를 바라보고 있었다. 그녀가 통화하는 소리를 모두 들은 것이 분명했다. 해영은 지금 바닥에 무릎이라도 꿇어야 하는 것인지 머릿속이 아득해지는 느낌이었다. 그런데 다행히 그때 1층에 도착한 엘리베이터 문이 열렸고 두 사람은 아무 말 없이 엘리베이터에 올라탔다.

현관문이 닫히고 거실로 들어선 해영은 아무 말 없이 무릎을 꿇고 앉았다. 처음이었다, 이모 앞에서 무릎을 꿇은 것은. 하지만 지금 그녀는 그만큼 간절하고 미안한 마음이었다.

"해영아."

"죄송해요, 이모."

이모는 진작부터 그들이 만난다는 사실을 알고 있었다. 그래서 시간과 기회를 주었다. 그런데 그들은 그 기회를 받아들이지 않았다. 그리고 만약 이모부가 재윤을 통해 그들 관계를 알게 됐다면 이모와 이모부 사이는 줄곧 냉전 상태였을 것이다. 아무 죄 없는 이모가 이번에도 그녀 때문에 얼마나 힘들었을지…….

"저, 한태주 씨랑 만나요."

"……."

"사실은 얼마 전에 이모랑 카페에서 같이 있는 거 봤어요. 제가 이러면 이모가 힘들어진다는 거 너무 잘 아는데……. 그런데도 그 사람이 너무 좋아요. 그 사람이 저를 좋아해 주는 게 너무 좋아요."

사랑받지 못해 외롭고 힘들었다는 고백은 아니었다. 그냥 지금 그의 사랑이 너무 좋고 행복하다는 고백이었다. 그 고백을 하는데 왜 눈물이 나는 것인지.

"일어나서 얘기하자."

이모가 그녀의 팔을 잡았다.

"이모한테 허락해 달라고는 안 할게요. 근데 그 사람 그만 만나 겠다는 약속은 못 할 것 같아요."

그녀의 뺨을 타고 다시 눈물이 주르륵 흘러내렸다.

"그만 일어나, 해영아."

"이모, 힘들게 해서 죄송해요. 정말 죄송해요. 그런데 그래도 그 사람을 안 좋아할 수는 없어요."

"해영아."

이모도 그대로 그녀 앞에 무릎을 꿇었다. 그리고 팔을 들어 그녀의 어깨를 감쌌다. 그녀의 몸이 이모의 작은 품 안으로 천천히 당겨졌다.

"이모, 죄송해요."

"……."

"정말 죄송해요."

이모는 아무 말 없이 그녀의 등을 끌어안았다. 이모의 품 안에서 그녀는 더욱 서러운 듯 눈물을 쏟아 냈다.

한동안 눈물을 쏟아 낸 뒤 잠잠해진 그녀를 이모가 일으켜 소파에 앉게 했다. 그리고 이모는 챙겨 온 밑반찬들을 냉장고 안에 넣기 시작했다. 해영은 이모가 가져온 물건의 정리를 마칠 때까지 멀뚱멀뚱 그 모습을 바라보고만 있었다.

"우리 맥주 한잔할까?"

이모가 냉장고에서 캔 맥주 두 개를 꺼내 들고 그녀에게 다가왔다.

"아침은 챙겨 먹고 다니는 거야?"

그녀에게 캔 하나를 건넨 이모는 그녀의 옆자리에 앉아 탁 소리를 내며 뚜껑을 열었다.

"아침엔 토스트 정도 먹고 가요."

"왜 밥을 안 먹고? 일찍 일어나기 힘들어서?"

"밥을 해 먹으니까 차리고 치우는 데 시간도 너무 오래 걸리고 혼자 먹기엔 빵이 편해서요."

"그래. 뭐라도 먹고 다니면 됐지."

해영도 캔 뚜껑을 열었다. 그리고 한 모금을 들이켰다. 이모 집에서도 가끔 캔 맥주 하나 정도는 함께 마시곤 했었다. 하지만 오늘같이 무거운 기분으로 함께 맥주를 마셨던 날은 없었다. 해영은 맥주를 길게 한 모금 더 마신 뒤 캔을 테이블 위로 내려놓았다.

"뭐부터 말할까요, 이모?"

"한 대표는 언제 처음 만났니?"

"봄에, 혼자 클럽에 갔다가…… 술에 취해 우연히요."

그녀의 대답이 의외였는지 이모도 맥주 캔을 테이블 위로 내려놓고 그녀의 얼굴을 빤히 응시했다.

"클럽에서?"

"네. 사실은 제가 그날 남자 친구한테 차였어요. 그래서 속상한 마음에 혼자 들어갔다가 정말 우연히 만났어요."

"그럼 한 대표 귀국하고 바로였겠구나?"

"귀국하던 날이었어요. 그 자리가 친구들이 귀국을 축하해 주려고 만든 자리였다니까요."

"친구들하고 있었다고?"

"네."

"수현이도 너희 두 사람 관계 알고 있니?"

그날 그곳에 수현도 함께였다. 정확히는 수현 때문에 그녀는 태주와 만나게 된 것이나 다름없었다. 그 뒤 그와 가까워지는 과정에도 알게 모르게 수현의 많은 개입이 있었다. 그랬던 수현이 이제 떠나려 하고 있었다.

"네."

"언제부터?"

"강문그룹 창립 파티 전부터요."

"그랬구나."

이모가 다시 맥주 캔을 들었다. 조용한 공간에 맥주가 목을 타고 흘러내리는 소리만 한동안 울렸다.

"수현이가 네 이모부한테 한 대표랑도 만나지 않겠다고 말한 모양이야."

"⋯⋯."

"수현이랑 한 대표는 그렇게 정리가 됐더라도 너희 두 사람을 받아들이려면 이모부한테는 시간이 필요할 거야."

"네."

해영도 다시 맥주 캔을 들었다. 하지만 마시지 않고 캔의 표면만 엄지손가락으로 문질렀다.

"수현이는 미국 지사로 나가는 건 어떻게 됐어요?"

"이모부가 허락하셨어. 너희 이모부도 결국은 평범한 아버지였나 봐."

해영은 수현이 이모부에게 미국 지사 이야기를 꺼낸 뒤, 수현이 친엄마를 만났고 자신도 수현의 비밀을 모두 알고 있었다는 사실을 이모에게 말해야 하는 것인지, 침묵해야 하는 것인지 계속 고민했었다. 수현이 갑자기 그런 결정을 내린 데는 분명 태주와 친엄마의 일이 결정적인 이유였을 것이었기 때문이다. 그리고 결국 수현이 떠나는 것으로 결정이 됐다면 떠나기 전에 이모는 그 이유를 알고 있는 것이 낫지 않을까 하는 생각에 해영은 조심스럽게 입을 열었다.

"저 이모한테 말할 게 있어요."

"뭔데?"

"제가 수현이 친엄마를 알게 됐어요."

"뭐?"

"정말 우연히 수현이가 이모 친딸이 아니라는 걸 알게 됐어요. 그리고 수현이가 친엄마와 통화하는 소리를 듣게 됐고요. 수현이도 제가 알고 있다는 사실은 알고 있어요. 어쩌면 그게 수현이가 미국 지사로 나가기로 결심한 결정적 이유 중 하나가 아닐까 하는 생각이 들어서요."

그녀의 말을 듣고도 이모는 아무 말이 없었다.

"제가 가지 말라고 말해 볼까요?"

"수현이가 네가 가지 말란다고 가지 않을까?"

한동안 생각에 잠겨 있던 이모가 얼마 후 다시 차분한 목소리로 입을 열었다.

"수현이를 처음 만났던 날이 아직도 생생하게 기억이 나……. 한 번도 내 삶이 내 뜻대로 흘러가지 않았던 적이 없었는데, 결혼하고 4년간 아이가 생기지 않았어. 그게 내가 경험한 첫 절망이었던 것 같아. 이모부랑 시댁에서 신우물산을 물려줄 아이를 기다린다는 사실을 알아서 아마 그 절망이 더 크고 암담하게 느껴졌겠지."

"……"

"그런데 어느 날 홍세영 씨가 인형처럼 예쁜 여자아이의 손을 잡고 우리 집에 찾아왔어. 처음부터 느낌이 좋지 않았는데, 예상대로 아이를 받아들이지 않으면 언론에 자신이 신우물산가의 사생아를 낳았고 밝히겠다고 협박을 하더라고. 이모부가 내 눈치를 조금 보기는 했지만, 그때는 유전자 검사 결과까지 홍세영 씨의 말을 뒷받침하는 마당에 내가 받아들이지 않으면 아이는 어떻게 될까 싶은 생각이 먼저 들었던 것 같아. 나한테는 그토록 간절한 아이가 그 여자에게는 마치 물건처럼 다뤄지는 것도 도무지 용서가 되지 않았고……."

이모가 맥주 캔을 완전히 비운 뒤 테이블 위로 내려놓았다.

"홍세영 씨가 원하는 조건을 들어주고 대신 친자 포기 각서를 받았어. 그렇게 수현이를 우리 아이로 받아들였는데, 4살이나 된 아이가 말을 하지 못하더라고. 홍세영 씨가 아이를 집에 숨기고 방치한 채로 키워 제대로 된 말을 배운 적도 없었던 모양이야. 할 수 있는 말은 단어 몇 마디, 그리고 원하는 건 쳐다보거나 손가락으로 가리키는 게 다였어. 그때 정말 내 처지가 슬퍼서, 아이가 불쌍해서, 이유 없이 화가 나서 많이도 울었던 것 같아."

이모의 공허한 한숨이 방 안을 오래도록 맴돌았다.

"도통 아이의 말이 늘지 않아 반포기 상태에 이렀을 때 네가 언니랑 우리 집에 찾아왔어. 같이 놀고 싶어 하는데 너랑 대화가 통하지 않으니 내 뒤에 숨어만 있던 수현이가 네가 돌아가고 난 뒤에 나한테 다가와 아주 작은 소리로 '이모'라고 부르더라고. 그게 그 아이가 처음으로 나를 부른 말이었어. 이모……. 그때까지 나는 아이가 말을 하길 강요만 했지, 나를 어떻게 불러야 하는 건지조차 가르쳐 주지 않았던 거야."

자신을 버린 엄마 대신 이모를 믿고 의지해야 했던 수현 앞에 어느 날 그녀가 나타났던 것이다. 수현에게는 어렵기만 했을 낯선 이모에게 너무도 친근하게 굴었을 그녀. 그리고 그녀가 부르는 대로 따라 불렀더니 달라진 이모의 행동…….

돌이켜 보면 부모님이 살아 계셨던 시절 수현은 뭐든 그녀가 하자는 것에 수긍하고 따라 주었었다. 그래서 함께 소꿉놀이를 했고 모래성을 쌓기도 했었다. 언제나 높게 쌓았던 모래성을 먼저 부수는 쪽은 그녀였었다. 그러면 수현이 웃으면서 그녀의 행동을 따라 했었다. 그런 수현이었기에 이모를, 자신의 엄마를 그녀가 빼앗아 갈까 본능적으로 두려움을 느꼈던 것인지도 모른다.

"언니의 사고 무렵 내 몸 상태가 많이 좋지 않아서 시험관도 힘들어지게 되면서 내가 우울증을 앓았던 것 같아. 그리고 너까지 우리집으로 오면서 수현이는 더 소외감을 느꼈을 거야. 그래서 자신의 존재를 보여 주고 관심받기 위해 노력했겠지. 너희 둘 모두에게 항상 미안한 마음이었어. 내가 너희 관계를 망쳐 놓은 것 같아서……."

이모가 가라앉은 목소리로 말을 이었다.

"수현이한테 미국 지사 경험도 나쁘지 않을 거야, 해영아."

"이모."

"한 대표 말처럼 그곳에서 수현이가 자신의 진짜 삶을 찾게 되길 바라자."

고작 맥주 한 캔을 마셨을 뿐인데 이모의 얼굴이 사과처럼 발개져 있었다. 한동안 눈을 깜빡이던 이모가 피곤한 듯 소파 팔걸이에 몸을 기대더니 살며시 눈을 감았다. 해영은 어린아이처럼 그 자세 그대로 잠이 든 이모에게 얇은 담요를 덮어 주었다. 그리고 언니가 동생에게 해 주듯 천천히 등을 다독여 주었다.

12.

한국으로 돌아온 태주가 공항을 벗어나자 그를 기다리고 있던 오 팀장이 곧장 다가왔다.

"지금 바로 호텔로 출발하시면 될 것 같습니다."

"네."

오 팀장은 그에게 뒷좌석의 문을 먼저 열어 준 뒤 자신도 서둘러 운전석으로 올라탔다.

"갑자기 모인 이유가 뭐랍니까?"

"협의 조건에 대해서 다시 회의를 하고 싶답니다."

그가 한국으로 돌아오는 비행기에 오르기 직전, 이번에 그의 회사에서 제작 예정인 드라마의 제작 지원사들이 갑자기 호텔에서 회의를 가질 예정이라는 연락을 받았다. 투엔터테인먼트에서 제작한 전작들이 모두 반응이 좋았기에 이번 드라마 역시 제작 지원사를 구하는 것은 어려운 일이 아니었다. 그리고 그들은 이미 투엔터테인먼트에서 제시한 협의 조건을 이의 없이 수락한 상태였다. 그런데 이제 와 재협의라니……. 태주는 뭔가 미심쩍은 기분이 들었으나 자신이 직접 얘기를 듣기 전까지는 그 어떤 판단도 내리지 않기로 마음먹고 잠시 눈을 감았다.

"도착했습니다."

오 팀장이 호텔 앞에 차를 세운 뒤 말했다.

차에서 내린 태주는 제작 지원사 대표들이 만나기로 약속된 시간이 다 되어 있었기에 곧장 엘리베이터를 타고 회의실로 향했다.

똑똑.

회의실 앞에 도착한 그는 짧은 노크 후 문을 열었다. 그런데 넓은 회의실 안에서 그를 기다리고 있는 사람은 단 한 사람이었다.

"……왜 여기에?"

양옆으로 다섯 개씩 놓여 있는 의자 가장 중앙에 앉아 그를 기다리고 있는 사람은 강문그룹의 회장인, 그의 아버지였다.

"공항에서 바로 온 모양이구나?"

장례식을 치른 지 며칠 지나지 않은 아버지의 얼굴은 걱정했던 것보다는 괜찮아 보였다. 하지만 지금 이게 어떻게 된 상황인지 태주는 선뜻 이해가 되지 않았다.

"장례식은 잘 치르셨어요?"

"잘 치를 거나 있나. 장례식장에서 다 알아서 해 주는걸. 시간될 때 태경이한테 전화나 한 통 해 주든가."

"불편할 거예요, 제 전화. 그보다 지금 여기에서 절 기다리셨던 거예요?"

"연락 받았을 것 같은데. 강문그룹에서 이번에 너희 회사에서 만드는 드라마의 제작을 지원할 생각이다."

이곳에서 아버지를 발견한 순간 이번 드라마 제작을 방해할 것이라 예상했었다. 오 팀장이 어디까지 알고 있는지는 몰라도 차후 그에게도 책임을 물을 생각이었다. 그런데 아버지의 입에서 흘러나온 뜻밖의 대답에 태주는 잠시 할 말을 잃고 말았다.

"이미 제작 지원사 모집 기간은 종료됐는데요."

"공정성을 위해 이미 다른 제작 지원사들에게 동의를 구했다."

"……."

"우리 쪽에서 해외 로케 촬영 항공편 일절은 물론이고 장소 섭외와 차량 제공, 그리고 해외 공장 내부 촬영 장면까지 불편 없도록 편의를 봐주마. 그 외에도 필요한 것이 있다면 뭐든 지원하도록 하지."

이미 여러 곳의 제작 지원사를 구했지만 해외 지원까지는 한계가 있었다. 해외 촬영 장소 섭외는 물론이고 항공편과 차량, 그리고 이번 드라마 내용상 꼭 필요한 현지 공장 역시 아직 섭외가 이루어지지 않았다. 그의 이번 출장이 예정보다 길어진 이유이기도 했다. 그런데 강문그룹에서 제작 지원을 자청하다니. 왜?

"정말 지금 말씀하신 지원이 모두 가능하다면 저희 쪽에 원하시는 요구 조건을 말씀해 보세요."

아버지는 대답 대신 의자에서 일어섰다. 천천히 그를 향해 다가오는 아버지의 얼굴에서 감정을 읽을 수는 없었다.

"만약 강문그룹이 네 회사였다면 너는 뭘 요구했을 거 같으냐?"

"강문그룹이 제 회사였다면……."

두 사람의 시선이 소리 없이 뒤엉켰다.

"이런 제안은 하지 않았을 겁니다. 강문 같은 대기업에서 고작 PPL 노출로 얼마나 광고 효과를 얻을 수 있을까요?"

"그렇지. 고작 PPL로는……."

"진짜 원하시는 게 뭐예요?"

"이미 말했던 거 같은데."

그가 강문으로 돌아오길 바란다는 뜻이었다. 고작 드라마 제작 지원을 미끼로.

"조금 더 구체적으로 밝히자면 네가 강문건설 부사장 자리에 앉길 원한다."

강문건설은 그의 외할아버지가 처음 설립을 추진하며 직접 투자자를 모집하고 그 후 해외 진출까지 도왔던 회사였다. 어머니와 아버지가 남이 된 뒤에도 외할아버지는 강문건설에 대한 관심만은 멀리하지 않았었다. 그의 아버지보다 외할아버지의 노력과 애정이 더 많이 담긴 회사. 아버지는 그가 강문건설이라면 흔들릴 것이라는 걸 계산하고 온 것이 분명했다.

"이미 거절했던 것 같은데요."

"박해영이란 아가씨를 만났다."

아버지 입에서 태연히 흘러나온 해영의 이름에 그의 눈에 저절로 힘이 들어갔다.

"해영이를 아버지가 왜요?"

"약속은 잘 지키는 아가씬가 보군."

"왜 만나신 거냐고요?"

"내가 제안을 하나 했다. 네가 강문으로 들어오면 두 사람 교제에 관여하지 않겠다고."

"……"

"그랬더니 맹랑하게, 나보고 직접 말을 하라더구나. 본인이 전하면 그 의도가 왜곡될 수 있다나."

그는 아버지를 바라보던 시선을 다른 곳으로 돌렸다.

"그래서 내 마음을 가장 잘 전할 수 있는 방법이 뭘까 지난 며칠 고민했다. 그리고 나는 지금 너한테 제안과 협박을 동시에 하고 있는 거다. 만약 네가 내 제안을 끝까지 거절한다면 난 강문건설을 매각할 생각이다. 이미 말했던 것처럼 강문그룹 전체를 이끌기엔 내가 이제 힘이 부치고 네가 돌아오지 않는다면 건설은 필요 없을 것 같으니 말이다."

말을 마친 한 회장이 자신의 주머니 안에서 반지 하나를 꺼내 테이블 위로 내려놓았다.

"이 반지는 너한테 돌려주마. 네 어머니 거다."

한 회장은 그대로 걸음을 옮겨 회의실을 나갔다.

문이 닫히고 난 뒤에야 태주는 테이블 위 반지를 집어 들었다. 아버지 말대로 어머니의 반지였다. 언젠가 이 반지를 잃어버렸다고 어머니가 그에게 본 적 있냐고 물었던 일을 똑똑히 기억하고 있었다. 아버지가 이걸 지금껏 가지고 있었다고? 왜? 그는 곧장 회의실을 벗어나 아버지를 따라잡았다.

"왜 이걸 지금껏 가지고 계셨던 거예요?"

"주인한테 돌려줄 생각이었는데, 만날 수 없었다."

잠시 멈췄던 아버지의 걸음이 다시 엘리베이터로 향했다.

태주는 점점 멀어지는 아버지를 보며 반지를 더욱 힘껏 움켜쥐었다.

아버지를 만나고 나온 그는 오 팀장을 내려 준 뒤 SG물산으로 차를 몰았다. 그의 뱃속에서 들끓고 있는 이 수많은 감정을 잠재우기 위해서는 해영이 필요했다.

"언제 왔어요?"

SG물산의 중앙 현관 앞에서 그녀를 기다리다 아무 말 없이 손을 잡고 차로 이끄는 그에게 해영이 다시 물었다.

"지금 어디 가는 건데요?"

"우리 집."

집에 도착할 때까지 해영은 그를 걱정하며 계속 이것저것 물어 왔다. 그녀 덕인지 어느 순간 그의 감정도 조금씩 평온을 찾아가는 듯했다.

"무슨 일 있었던 거예요?"

차에서 내려 집 안으로 들어서며 그녀가 다시 물었다.

"……아버지 만났다면서?"

"아버지 만났어요?"

"왜 말 안 했어?"

"가족의 일이잖아요."

"나한테 아버지는 가족 아니야. 그러니까 너도 앞으로 다시는 우리 아버지 만나지 말고, 아버지가 하는 말은 아무것도 믿지 마. 아마 이번에는 네가 어떤 애인지 확인하는 정도였을 거야. 네가 이렇게 약속을 잘 지키는 사람이라는 거 확인했을 테니, 다음에 또 나 없을 때 불러들이거나 불쑥 찾아가 힘들게 할지도 몰라. 결국 널 이용하려는 속셈인 거라고."

해영은 손을 뻗어 그의 커다란 손을 잡았다. 그가 잡고 있지 않아도 자신이 잡아 주겠다는 의미였다.

"아버지에게 좋은 감정 아닌 거 알아요. 그래도 아버지잖아요."

그녀의 손을 잡은 그의 손에도 살며시 힘이 실렸다. 지금 그가 감정을 조절하기 위해 노력하고 있다는 것이 그녀에게도 고스란히 느껴졌다.

"8년 전에 그 관계는 끊기로 했어."

"끊고 싶다면 끊을 수 있는 관계가 있기는 하지만 가족은 아니에요. 가족은 끊어서는 안 되기 때문에 끊을 수가 없는 거예요."

"……"

"마음속으로 마음껏 미워하고 원망해요. 하고 싶은 만큼 미워하고 그러고 나서 용서해 드려요. 전 그럴 수 있는 부모님도 안 계시잖아요."

"미안해."

그가 그녀의 팔을 자신 쪽으로 끌어당겼다. 그녀의 몸이 힘없이 그에게로 끌려갔다.

"내가 아버지를 용서할 수 있을까? 용서해야 하는 걸까?"

그의 팔은 그녀를 감쌌고 그의 숨결은 그녀의 정수리를 덮혔다.

"아버지를 사랑하는 게 아니라 용서하는 거잖아요. 용서는 남한테도 할 수 있는 건데, 결국 그렇게 해야 마음이 편해질 거예요. 그걸 아니까 지금 이렇게 힘든 거고……."

"정말 그럴까?"

해영도 팔을 뻗어 그를 꼭 안아 주었다.

"네. 아마 아버지도 후회하고 계실 거예요."

그녀를 안은 채 한동안 움직임이 없던 그가 불쑥 팔을 풀고 그녀의 얼굴을 들어 올렸다. 무언가 결심을 내린 듯, 어쩌면 힘든 결정을 잠시 미룬 듯 그의 얼굴이 조금 편안해 보였다.

"지금 내 곁에 네가 있어 정말 다행이야."

"아무 힘도 되어 주지 못했는걸요."

"아니. 네가 곁에 없었다면 오늘 아버지 앞에서도 참지 못했을 거야."

"잘했어요."

해영은 손을 높게 뻗어 그의 머리를 쓰다듬었다. 그런 그녀의 행동에 그가 희미하게 미소를 보였다.

"그런데 배고프지 않아요?"

"배고파?"

"네."

"그럼 들어가자."

그녀가 먼저 그를 안고 있던 팔을 풀자 그도 팔을 풀었다. 두 사람은 손을 잡고 계단을 향해 걸음을 옮기기 시작했다.

"저는 기분이 별로인 날은 매운 음식을 먹으면 조금 나아지던데."

"매운 음식?"

"네. 혹시 집에 라면 있어요?"

"라면? 찾아볼게."

함께 주방으로 들어서 이곳저곳을 확인하던 태주가 마침내 라면을 찾아냈다. 그리고 자신이 맛있게 끓여 주겠다며 그녀를 식탁 의자에 앉게 했다. 그가 물을 담은 냄비를 인덕션 위에 얹고 라면 봉지 뒤에 적힌 끓이는 방법을 읽고 있는 사이 해영은 그를 마음껏 바라보고 있었다. 그는 언제나 표현할 수 없을 만큼 멋지고 섹시하기까지 한 남자였지만 오늘은 평상시의 완벽한 남자이기보다는 지치고 상처 입은 보통 사람처럼 보였다. 누군가의 손길과 기댈 어깨가 필요한.

그녀는 의자에서 일어서 그에게 다가갔다. 그리고 뒤에서 그의 허리에 팔을 두른 뒤 넓은 등에 뺨을 기댔다. 그의 체온과 향기에 오히려 걱정 가득했던 그녀의 마음이 안정을 찾아가는 느낌이었다.

"갑자기 왜 그래?"

"좋아서요."

"계속 이렇게 있을 거야?"

"네."

고개를 돌린 그가 그녀의 머리에 가볍게 입을 맞췄다.

"배고프다면서? 그런데 계속 이렇게 있으면 라면 못 먹을지도 몰라."

"방해 안 되게 서 있을게요."

"이미 충분히 방해가 되고 있는데."

순식간에 자신의 허리에 감겨 있던 그녀의 팔을 푼 그가 그녀를 자신의 앞으로 당겼다. 그리고 이번에는 그녀의 입술에 입을 맞췄다.

"물 끓고 있어요."

"괜찮아."

그가 다시 입술을 겹쳤다. 조금 전보다 길고 진한 입맞춤이었다.

"네가 이렇게 딱 붙어 있으면 나는 라면 대신 네 입술로 허기를 채울지도 몰라."

"그럼 애피타이저로만 할게요."

해영은 뒤꿈치를 들어 그의 입술에 짧게 입을 맞춘 뒤 재빨리 한 걸음 뒤로 물러섰다.

잠시 후 태주가 끓인 라면이 완성됐다. 라면은 제법 괜찮은 비주얼에 먹음직스런 냄새를 풍겼다. 두 사람은 냄비를 사이에 두고 마주 앉았다. 그리고 마치 대단한 요리라도 되는 듯 맛있게 라면을 먹기 시작했다.

식사를 마친 뒤 두 사람은 다시 2층의 테라스로 나왔다.

"이 집에서 누군가와 함께 식사를 하고 와인을 마시고 아버지에 대한 얘기를 하게 되는 날이 올 거라고는 상상도 하지 못했어."

두 사람은 나란히 서 어둠이 내려앉기 시작하는 정원을 내려다보고 있었다.

"왜요?"

"사실 우리 어머니, 우울증을 앓다가 스스로 떠나신 거였거든. 외할아버지는 이 집에서 어머니와 살길 원하셨는데 그런 일이 생긴 거야. 이 집이 완공되고 처음에는 외할아버지 혼자 들어와 지내셨어. 난 외할아버지까지 돌아가신 뒤 흉가처럼 비워 둘 수 없어 들어온 거였고. 솔직히 이 집에서 가족들과 함께한 추억 같은 건 아무것도 없어, 그 대신 행복하면 안 될 것 같은 심적 부담만 있었지."

그는 자신의 손을 심장 위로 얹었다.

"항상 여기에 무언가가 얹힌 느낌이었어. 무겁고 단단하고 서늘한. 이 집에 살면서 웃어 본 기억이 없어. 그러다 널 처음 이 집으로 데려왔던 날 소리 내 웃었던 것 같아."

기억난다. 그녀의 머리에 벌이 앉았다고 거짓말을 하고 정원을 가로지르다 웃음을 참지 못하고 소리 내 웃던 그의 얼굴. 아무것도 알지 못했던 그날 웃고 있는 그의 얼굴이 파란 하늘을 닮았다고 생각했었다. 그런데 그때 그의 심정이 어땠을지 생각해 보니 그녀의 가슴이 아릿하게 저려 왔다.

"이제는 어머니도 외할아버지도 이곳에서 행복하게 지내길 바라고 계실 거예요."

"알아. 그러실 거라는 거. 알면서도 혼자선 그게 안 됐던 거지."

그가 손을 뻗어 그녀의 어깨를 감쌌다.

"어머니는 내가 마음이 넓은 어른이 돼서 아버질 이해하길 바라셨는데."

"그렇게 하는 게 손해를 보는 일이라고 생각하지 말아요."

"……그래."

그녀를 감싼 그의 손에 지그시 힘이 실렸다.

"아마 아버지도 그동안 마음에 짐을 가지고 계셨을 거예요."

해영은 그의 손등 위로 자신의 손을 겹쳤다. 그리고 어깨를 쓸어내리고, 등을 쓸어내리듯 그의 손등을 천천히 쓸어내렸다. 어느새 정원에 짙은 어둠이 내려앉고 정원 등에 하나둘 불이 켜지고 있었다.

* * *

"맥."

태주는 자신을 반기며 정신없이 꼬리를 흔드는 맥의 윤기 흐르는 검은 털을 손으로 쓸어내렸다.

"맥, 얘도 참 한결같단 말이야."

"뭐가?"

"조금 전에 영주 왔을 때는 정말 쫓아낼 듯 짖어 대더니 어떻게 네 앞에서는 이렇게 얌전할까?"

유석의 말처럼 어느 순간 바닥에 엉덩이를 대고 앉은 맥은 나른한 표정으로 그의 다정한 손길을 즐기고 있었다.

"네가 영주한테 너무 잘해 주니까 경쟁의식 갖는 거 아닌가?"

"내가 영주한테 잘해 준 게 뭐가 있다고?"

"네가 영주 정말 열심히 챙기는 거 모르는구나?"

"내가 언제? 그리고 강영주를 봐, 덩치만 커졌지 하는 짓은 열 살 때나 달라진 게 없다고."

"네 눈에만 그렇게 보이는 거야. 그런데 영주는 또 차 아래에 대고 올라온 거야?"

"그렇대. 얼른 들어가 봐. 해영이도 같이 왔어."

유석이 그를 놀리듯 말했다.

"너 설마 영주한테 이상한 말 한 거 아니지?"

"내가 그런 말을 왜 하냐? 그런데 너희 아버지는 알고 계시는 거야?"

"응. 내가 해영이 만나는 거 허락할 테니 강문으로 들어오라신다."

지난번 호텔 회의실에서 아버지와 만나고 난 뒤 그가 먼저 전화를 걸어 생각할 시간을 달라고 말했다. 해영의 말처럼 아버지를 사랑하겠다는 것이 아니라 용서하려는 것뿐이었다. 그리고 아버지가 정말 강문건설을 매각할 생각을 가졌던 것인지는 알 수 없지만 망설임이 얼마나 미련한 짓인지도 잘 알았기 때문이다. 그 대신 그는 해영과의 교제에 어떤 식의 관여도 하지 말라는 조건을 붙였다. 그러자 아버지도 두말 않고 그의 조건을 수락했다.

"정말? 그래서 어떻게 하려고?"

유석이 깜짝 놀란 듯 물었다.

"아직 생각 중이야."

"많이 발전했네. 그럼 들어갈 수도 있는 거야? 투엔터테인먼트는 어떻게 하고?"

"확실하게 결정 내리면 강문그룹에서 인수하는 걸로 해 강문엔터테인먼트로 키워야지."

"와, 정말 많이 양보하셨네."

그들이 현관을 향해 걸음을 옮기고 있을 때였다.

"오빠."

현관문이 빼꼼 열리더니 얼굴을 내민 영주가 나긋한 목소리로 오빠를 불렀다. 그런데 기다리던 사람이 그들이 아니었는지 이내 문이 활짝 열렸다.

"왜, 오빠 혼자야?"

"도훈 씨는 오후 스케줄 마치는 대로 이쪽으로 오겠다고 했어."

"아, 스케줄 있었구나?"

문을 열어 두고 다시 집 안으로 들어가는 영주를 따라 그도 거실로 들어서니 해영이 다가왔다.

"왔어요?"

"응. 영주랑 같이 왔어?"

"네. 오늘 윤도훈 씨도 온다고 영주가 음식을 많이 준비해 왔거든요. 차리는 것 좀 도와 달래서 같이 왔어요."

"뭘 얼마나 준비했기에?"

정원에서 바비큐를 구워 먹자는 그의 제안에 자신이 집밥을 준비하겠다고 했던 영주였다. 집밥이란 것이 밥과 찌개, 그리고 몇 가지 반찬을 말하는 것인 줄 알았는데 주방으로 들어선 그의 눈에 긴 나무 식탁 위로 한가득 차려진 음식이 보였다. 얼핏 보이는 음식만도 갈비찜에 대하 구이, 각종 전에 과일까지 잔치 음식에 준하는 상차림이었다.

"이걸 다 영주 네가 준비했다고?"

"만든 건 우리 아줌마고 난 곁에서 돕기만 했지. 중요한 건 마음이잖아."

"그래."

"촬영 언제쯤 끝나는지 내가 매니저한테 전화해 볼게."

태주는 이제 대놓고 어서 해 보라는 표정의 영주 앞에서 도훈의 매니저에게 전화를 걸었다.

"촬영 언제쯤 끝날 것 같습니까?"

-촬영은 한참 전에 끝났고, 지금은 보내 주신 주소에 거의 도착했습니다.

"네. 조심해서 오세요."

"뭐래? 언제 끝난대?"

영주가 두 눈을 반짝이며 그에게 물었다.

"거의 도착했대."

그의 대답이 끝나기가 무섭게 영주가 주방을 달려 나갔다. 도훈을 마중 나가는 건가 싶어 그도 따라가니 영주는 제 가방을 챙겨 들고 화장실로 쏙 들어가고 있었다.

영주의 모습에 피식 웃음을 보인 그가 다시 해영이 있는 주방으로 가려 할 때였다.

"실례합니다."

현관 쪽에서 도훈의 목소리가 들려왔다.

"도훈 씨 잘 찾아왔네요."

"대표님, 일찍 오셨네요."

하늘색 포인트가 들어간 흰 셔츠에 청바지를 입은 도훈이 손에 꽃다발을 들고 거실로 들어섰다. 단지 손에 꽃다발을 들고 있을 뿐인데 그는 광고라도 찍고 있는 듯 화사한 분위기를 풍겼다. 그런데 그의 곁에 그림자처럼 붙어 있어야 할 매니저 정석의 모습이 보이지가 않았다.

"정석 씨는요?"

"아, 정석이는 저 내려 주고 잠깐 어머니 병원에 다녀온다고 해서 그러라고 했어요."

지난번 그들을 골치 아프게 했던 사진이 찍혔던 날 정석의 어머니가 교통사고를 당했다. 때문에 그날 도훈은 직접 운전을 하다 홍세영과 얽히게 되었던 것이고. 하지만 사람 좋은 도훈은 여전히 정석의 편의를 봐주며 자신의 작은 불편쯤은 감수하고 있었다.

"어머닌 좀 좋아지셨대요?"

"네. 많이 좋아지셔서 조만간 일반 병실로 옮기실 예정이래요."

"다행이네요. 그런데 도훈 씨, 내가 정석 씨한테 얼마간 휴가를 주고 도훈 씨 매니저 일을 윤 실장에게 맡길까 하는데. 어떻게 생각해요?"

"대표님이 신경 써 주시는 건 정말 감사한데, 저 많이 불편하지 않으니까 그냥 정석이랑 일하겠습니다."

"도훈 씨가 그렇다면……."

"오셨어요, 오빠?"

언제 화장실에서 나왔는지 영주가 그들 곁에서 불쑥 대화에 끼어들었다.

"영주 씨, 오늘 정말 예쁘네요. 그리고 이거."

도훈이 준비해 온 꽃다발을 영주에게 건넸다.

"저 주려고 가져오신 거예요?"

"네."

감격스런 표정으로 도훈이 내민 꽃다발을 받아 든 영주가 한동안 꽃을 내려다보다 길게 향기를 들이마셨다.

"와, 향기도 너무 좋아요. 오빠, 나 꽃 선물받았어."

때마침 밖에서 들어오는 유석에게 영주가 자랑하듯 꽃다발을 내밀었다.

"안녕하세요?"

영주의 목소리에 주방에 있던 해영도 거실로 나오며 도훈에게 인사를 건넸다.

"도훈 씨 인사해요. 이쪽은 내 친구 강유석, 그리고 이쪽은 영주 친구 박해영."

"우린 밖에서 인사 나눴어. 오늘 날씨가 너무 좋은데 우리 식사 밖에서 할까요?"

유석은 무심한 듯 한마디를 남기고는 주방 쪽으로 걸음을 옮겼다.

"처음 뵙겠습니다, 윤도훈이라고 합니다."

"영주한테 얘기 많이 들었어요."

"제가 오빠 얘기 해영이한테 엄청 많이 했어요. 제일 친한 친구 거든요."

"만나서 반갑습니다."

"네, 저도요."

도훈과 짧게 인사를 나눈 후 해영도 유석을 돕기 위해 주방으로 향했다. 그 뒤를 도훈과 영주도 따라 들어왔다.

"그럼 저도 도울게요."

"오빠는 손님인데 그냥 계세요."

영주의 만류에도 도훈은 주방에 준비된 음식을 마당 한쪽에 놓인 테이블로 옮기는 것을 도왔다. 조심하라며 호들갑스럽게 따라다니는 영주에게 그는 마냥 다정한 미소만 보이고 있었다.

"이제 해영이 너도 그만 가서 앉아."

"아니에요. 먼저 가서 앉아 계세요."

우연히 주방에 태주와 둘만 있게 된 순간 해영이 나직한 목소리로 말했다.

"그럼 내 옆으로 와서 앉아."

"옆에요?"

"두 사람 무슨 얘기를 그렇게 다정하게 해? 누가 보면 연애라도 하는 줄 알겠네."

주방으로 들어온 영주가 그들 앞에 남겨진 과일 접시를 냉큼 집어 들었다. 그리고 바로 나가는 듯하다 다시 고개를 돌려 그들을 돌아보았다.

"오해받기 싫으면 빨리 나와."

"응. 나가자."

유석의 집 정원에 놓인 원목 테이블은 흔히 볼 수 있는 긴 테이블이 아니라 커다란 원형 테이블이었다. 그리고 테이블 옆으로 스탠드처럼 세워진 빨간 파라솔이 테이블 위로 그늘을 만들고 있었다. 음식을 모두 나른 그들이 테이블에 하나둘 자리를 잡고 앉자 그 모습을 멀리서 맥이 물끄러미 바라보고 있었다.

"맥도 풀어 주면 안 돼?"

태주가 이름을 말했을 뿐인데 얌전히 앉아 있던 맥이 귀를 더욱 쫑긋 세우며 자리에서 벌떡 일어섰다.

"안 돼. 쟤 지금 풀어 주면 계속 우리 주변 맴돌 텐데, 이런 음식 먹으면 건강에 안 좋단 말이야."

유석이 엄한 목소리로 하는 말을 전부 이해한 듯 맥이 다시 바닥에 엉덩이를 붙이고 앉았다.

"그럼 사료나 껌이라도 주든지."

자리에서 일어선 영주가 맥에게 다가가 밥그릇에 사료를 한가득 부어 준 뒤 개껌도 하나 꺼내 내밀었다. 그러나 맥은 냉큼 그것을 받지 않고 한동안 영주를 바라만 보고 있었다. 그러다 마침내 자존심을 버린 듯 영주 앞으로 천천히 다가섰다.

"옳지. 그래도 언니가 최고지?"

드디어 정원에 있는 모두가 풍요로운 저녁 식사를 시작했다.

"다 앞에 놓인 잔 채우고 건배 한번 할까?"

태주의 말에 모두 앞에 놓인 유리잔에 맥주를 채워 잔을 들어 올렸다.

"건배사는 태주 오빠가."

"다들 우리 도훈 씨 걱정해 줘서 너무 고마웠고, 이번 여름도 건강하게 잘 보냅시다."

이내 다섯 개의 잔이 공중에서 부딪히며 하얀 거품이 튀었다. 그리고 다들 자신의 잔을 입으로 가져가 시원한 맥주를 길게 들이켰다.

"너무 시원하다."

"진짜 맛있네요."

해영도 시원한 맥주를 쭉 들이켰다.

"해영아, 한 잔 더 할래?"

"응."

영주는 해영의 잔을 다시 맥주로 가득 채웠다.

"나 이번에 완전 속 시원했던 거 있지."

"뭐가?"

"신수현, 홍세영 씨랑 무슨 관계인지는 끝내 알아내지 못했지만 강문그룹 파티에서 망신당했던 것도 그렇고, 태주 오빠랑 일도 결국 그렇게 좋 났으니 속이 얼마나 쓰렸겠어? 걔 성질에 너 보란 듯 뺏어야 속이 시원했을 텐데. 결국 해영이 네가 이긴 거잖아."

"내가 뭘 이겨?"

"너 언제까지 비밀로 할 생각이야?"

영주가 눈을 가늘게 뜨고 해영을 바라보았다.

"태주 오빠랑 사귀는 거 내가 다 눈치챘거든. 두 사람 눈에서 그렇게 꿀이 뚝뚝 떨어지는데 어떻게 모를 수가 있겠냐고?"

"대표님, 해영 씨랑 사귀는 거예요?"

대답을 재촉하고 있는 영주나 도훈과는 달리 곁에 앉은 유석의 표정은 평온하기만 했다.

"뭐야. 유석 오빠는 벌써 알고 있었어? 태주 오빠 치사하다, 유석 오빠한테만 알려 주고."

"나 그런 적 없는데."

"그럼 비밀 연애도 아니었던 거야? 내가 그동안 눈치가 없어서 몰랐던 거고?"

영주가 서운한 표정으로 해영을 바라보았다.

"미안해, 영주야. 계속 비밀로 할 생각은 아니었어. 수현이 일도 있고 해서 언제 말해야 하는 건지 망설이다 보니까……."

"내가 알았으면 처음부터 두 사람 잘되게 도와줬을 거야."

"알아, 네가 그랬을 거라는 거. 미안해, 영주야."

해영의 사과에 영주도 금세 마음이 풀린 듯 배시시 미소를 보였다.

"그래도 어쨌든 너, 신수현한테 복수는 제대로 했으니까 그 기념으로 우리 둘만 건배 한번 하자."

"수현이한테 복수?"

"그래. 지금껏 네가 당한 거 백분의 일쯤 되는 아주 작은 복수."

영주의 말대로 수현이 밉고 복수를 하고 싶을 때도 있었다. 하지만 어느 순간부터인가 수현은 그녀에게 복수하고 싶은 대상이 아니었다. 어쩌면 그 전환점은 그녀가 정말 행복해지기 시작한 순간이었는지도 모른다.

"이제 행복 길만 걸어라, 해영아."

영주가 해영의 잔에 자신의 잔을 부딪쳤다.

"고마워. 그리고 영주 너도 항상 행복해."

"그래야지. 여기 있는 분들 모두 앞으로 행복한 일들만 많길 바랍니다. 우리 다시 한번 건배하죠."

여름으로 들어서며 길어지고 있던 낮도 점점 기울어 어느 순간 하늘이 붉게 달아오르기 시작했다. 그들이 건배를 하기 위해 다시 들어 올린 잔마다 맥주가 아닌 찬란한 붉은 노을이 넘실대고 있었다.

"두 사람 꼭 결혼까지 해야 돼!"

* * *

태주는 강문그룹 본사 앞에 섰다. 파란 하늘을 향해 곧게 솟아오른 건물을 올려다보기 위해 천천히 고개를 젖히던 그는 어느 순간 눈을 가늘게 접었다. 때마침 건물 위에 자리한 태양 때문에 눈을 크게 뜰 수 없었기 때문이다.

그는 어제 아버지에게 전화를 걸어 강문건설 부사장직을 받아들이겠다고 말했다. 그의 결정을 무척이나 흡족해하던 아버지는 내일 회사로 직접 찾아와 다시 말해 줄 수 없겠냐고 물었다. 그게 뭐 어려운 일이라고 찾아오긴 했으나 아직은 그의 발길이 쉬이 건물 안으로 움직이지 않았다.

"오실 거라는 얘기 회장님께 들었습니다."

불쑥 들려온 말소리에 고개를 내리자 태경이 그의 앞에 서 있었다. 그 뒤로 선 검은 정장 차림의 남자들 대여섯이 그를 향해 깍듯이 고개를 숙였다.

자신의 눈앞에서 벌어지고 있는 광경에 태주의 미간이 희미하게 접혔다.

"날 마중 나온 건가?"

"네."

태경이 동생으로서가 아닌, 상사를 대하듯 예의를 지키며 대답했다.

"제가 모시겠습니다."

"네가 날?"

"네."

"회장실은 나 혼자서도 찾아갈 수 있는데."

"알고 있습니다."

그는 태경의 대답에 아무런 대꾸도 하지 않은 채 엘리베이터를 향해 걸음을 옮기기 시작했다. 태경 역시 그의 뒤를 따라 걷기 시작했다. 지금 그들의 모습은 그가 지금껏 한 번도 상상해 본 적 없는 모습이었다. 그가 강문그룹 본사의 홀을 걷고 있고 그 뒤를 태경이 따라 걷고 있다니…….

그를 따라 태경이 엘리베이터에 오르자 검은 정장 그룹의 사내들이 그들을 향해 다시 고개를 숙였다. 태경은 그들을 신경 쓰지 않고 회장실이 있는 12층 버튼을 눌렀다.

"강문건설로 시작하시는 거 나쁘지 않은 결정이라고 생각합니다."

8년 만에 나누는 대화가 지나치게 깍듯했다.

"난 네 생각 궁금했던 적 없는데."

"……"

"너는 회장님 사람이니, 회장님 아들이니?"

"제가 어느 쪽이길 바라십니까?"

"네가 진짜 되고 싶은 쪽."

"제 자리가 어느 쪽이든 형님의 자리는 넘볼 생각 없습니다."

태경의 대답에 태주는 미간을 구겼다. 엘리베이터가 12층에 도착할 때까지 한마디 말도 더 꺼내지 않았다.

회장실 안으로 들어서자 비서들이 태경을 알아보고 자리에서 일어섰다. 그리고 한 회장에게 알리기 위해 회장실 문으로 향하려 하자 태경은 손짓으로 됐다는 의사를 전달했다.

똑똑.

"네."

직접 회장실 문에 노크를 한 태경이 한 회장의 대답에 문을 연 뒤 한 발 물러섰다.

태주는 자신의 뒤로 문이 닫힌 뒤 한 회장 앞으로 걸음을 옮겼다.

"지금 뭐 하시는 겁니까?"

"뭐가 말이냐?"

"왜 태경이가 내려와 기다리고 있는 거냐고요?"

"네가 태경이 위에 있다는 사실을 강문의 전 직원이 가장 빨리 알게 하는 방법을 쓴 거다."

"그러니까 왜 그러셔야 했냐고요?"

"강문그룹을 위해."

그나마 다행인 것일까? 아버지 자신을 위해서나, 그를 위해서라는 대답이 아니어서.

"곧 강문건설 조 사장도 도착할 거다."

"조 사장님과는 다음에 강문건설에서 인사 나누겠습니다."

"네가 원하면 그렇게 해라."

이렇게 너그러운 아버지를 본 적이 있었는지 기억이 나지 않았다. 하지만 그는 감탄이나 한숨 대신 차분한 목소리로 다시 입을 열었다.

"그리고 부탁드릴 게 있습니다."

"뭐냐?"

"남들 눈에는 태경이와 제가 정상적인 형제로 보이길 원합니다."

"진심이냐?"

"강문그룹을 위해섭니다."

"강문그룹을 위해서……."

아버지가 흡족한 표정으로 고개를 끄덕였다.

"강문건설 일은 다음 주부터 시작하고 투엔터테인먼트 인수인계 작업은 다음 달부터 진행하는 것으로 하겠습니다."

"그래. 그렇게 하자."

그는 자리에 선 채로 자신의 할 말을 모두 마친 뒤 아버지에게 그만 가 보겠다고 말했다.

"일이 많이 바쁜 모양이구나?"

"다녀올 곳이 있습니다."

"그럼 어서 가 보거라."

그는 아버지를 향해 깍듯이 고개를 숙였다.

강문그룹을 나서 꽃집에 들른 태주는 국화꽃 한 다발을 산 뒤 해영의 오피스텔로 향했다.

빵빵.

그가 클랙슨을 울리자 하얀 원피스 차림의 해영이 그를 돌아보았다. 그는 차에서 내려 그녀가 탈 수 있도록 조수석의 문을 열어 주었다.

"국화꽃도 사 온 거예요?"

"응. 오늘 부모님 뵈러 간다고 미리 말해 줬으면 아침부터 서둘렀을 텐데."

"멀지 않아서 혼자 갔다 오려고 했는데."

"그럼 나는 언제 부모님께 인사시킬 생각이었는데?"

"조만간요."

그녀의 대답에 그가 손을 뻗어 그녀의 손을 잡았다.

"아, 나 떨린다."

"저도요."

"내가 잘할 테니까 너무 걱정하지 마."

"네."

시내를 벗어난 차는 어느새 한적한 외곽 도로를 달리고 있었다.

"나 오전에 강문그룹에 다녀왔어."

"아버지랑 얘기는 잘하고 온 거예요?"

"응."

"힘든 결정이었던 만큼 분명히 잘할 거예요. 그리고 외할아버지랑 어머니도 하늘에서 정말 좋아하고 계실 거예요."

"정말 그렇겠지?"

"네."

이번엔 그녀가 그의 손을 꼭 잡아 주었다.

얼마 후 납골당에 도착한 두 사람은 국화꽃을 챙겨 차에서 내렸다. 그들을 반기고 있는 듯 납골당 건물 위 하늘이 유난히 높고 파랬다.

"이모."

그들이 납골당을 향해 걷고 있을 때 멀리서 검은 정장을 입고 걸어오고 있는 화윤의 모습이 보였다.

"해영아."

화윤도 해영과 태주를 향해 걸어왔다.

"엄마, 아빠 보러 온 거야?"

"네. 이모도요?"

"응."

화윤이 그들을 바라보며 고개를 끄덕였다.

"오랜만이에요, 한 대표."

"네. 별일 없으셨죠?"

"나는 잘 지내요. 두 사람도 좋아 보이네요."

화윤이 따듯한 시선으로 두 사람을 바라보았다.

"수현이는 언제 가는 거예요?"

"다음 주에. 이제 집에 가서 짐 싸는 거 도와줘야지."

수현이 스스로 원했던 일이었지만 당장 다음 주에 떠난다고 생각하니 해영은 여러 감정이 교차하는 듯했다.

"잘 다녀오라고 전해 주세요."

"그래. 그리고 한 대표. 내가 한 입으로 두말을 하게 됐는데, 우리 해영이 잘 부탁해요."

"네. 제가 곁에서 잘 지켜 주겠습니다. 감사합니다."

그가 화윤을 향해 깊게 허리를 숙였다.

"내가 더 고마워요. 그리고 언제 우리 집에 해영이랑 함께 와요. 해영이 이모부한테도 인사해야 하지 않겠어요?"

"네. 찾아뵙고 인사드리겠습니다."

"이제 그만 들어가 봐, 해영아. 엄마, 아빠가 반가워하시겠다."

"네."

그들을 보며 웃고 있는 화윤의 눈가가 희미하게 반짝였다.

두 사람은 화윤이 주차장으로 멀어지는 모습을 잠시 바라보다 다시 납골당을 향해 걸음을 옮겼다.

"나 전부터 묻고 싶은 게 있었는데, 신수현이랑 홍세영 씨는 도대체 무슨 관계야?"

"그걸 왜 저한테 물어보세요?"

"그때 신수현 우리 회사에 찾아왔을 때 너는 꼭 알고 있는 것처럼 말했었거든. 알고 있는 거 아니었어?"

"사실은 수현이랑 아무한테도 말하지 않기로 약속해서 말해 줄 수 없어요."

"나한테도? 나도 입 진짜 무거운데. 비밀 꼭 지킬게."

"안 돼요. 미안해요."

"우리 아버지 말씀이 정말 맞았네."

잠시 후 두 사람은 해영의 부모님 분골함 앞에 나란히 섰다.

"엄마, 아빠 저 왔어요. 제가 누구 데려왔는지 아세요?"

"처음 뵙겠습니다. 한태주라고 합니다."

태주가 그녀의 부모님을 향해 정중히 허리를 굽혔다.

"엄마, 아빠한테 제일 먼저 보여 드리고 싶었는데 오는 길에 이모를 먼저 만났어요. 제가 정말 사랑하는 사람이에요. 엄마, 아빠."

그녀의 뺨을 타고 주르륵 흘러내린 눈물이 손등으로 툭툭 떨어졌다.

곁에서 그 모습을 지켜보던 태주가 그녀의 손에 손수건을 쥐여 주었다.

"제가 앞으로는 해영이 울지 않게 곁에서 잘 지켜 주겠습니다. 정말 잘하겠습니다."

해영은 눈물을 닦아 내고 다시 사진 속 부모님을 바라보았다. 언제나 온화하게 웃고 있던 두 분은 오늘도 그녀와 그를 보며 온화한 미소를 짓고 있었다.

"해영이 저한테 보내 주셔서 정말 감사합니다."

"저희 예쁘게 만날게요. 그리고 다음에도 또 같이 올게요. 엄마, 아빠."

인사를 하고 납골당을 나선 두 사람은 천천히 계단을 내려가기 시작했다.

"다음에 올 땐 결혼 허락도 미리 받아야겠다."

"결혼이요?"

"응. 우리 당연히 하는 거 아니야?"

"우리 만난 지 얼마나 됐다고, 그리고 저 이제 겨우 스물다섯인 데……."

"이러니 내가 꼭 미리 허락을 받아 둬야지."

조금 전까지 눈물이 가득했던 그녀의 얼굴에 어느 순간 미소가 가득 번져 있었다.

"우리 엄마, 아빠가 살아 계셨으면 식탁에 씨암탉 올려 두고 주량도 확인하고 직업은 뭔지, 부모님은 뭐 하시는지 꼬치꼬치 물으셨을 텐데."

"아버님은 술이 세셨어?"

"정확히 기억은 안 나는데 술에 취했던 모습을 본 기억은 없어요. 아마 술을 전혀 못하셨거나 술이 엄청 세셨거나 둘 중 하나였지 않았을까 싶어요."

"너 그때 클럽에서 보니까 주량이 좀 되는 것 같던데. 아버님도 센 쪽 아니었을까?"

"그랬을까요?"

"그럼 내가 아버님 직접 만났으면 아버님 앞에서 약한 모습 보이지 않으려고 엄청 고생했겠는데."

그가 진지한 목소리로 말했다.

"엄마가 그냥 보고 있지 않았을 거예요. 엄마는 저랑 잘 통했거든요."

"그럼 어머님한테는 일단 합격했다고 봐도 되는 건가?"

"제가 오늘 밤 꿈에 엄마 만나면 꼭 물어볼게요."

"그래. 오늘 밤 꿈속에서 꼭 두 분 만나."

"네."

태주가 해영을 향해 손을 뻗었다. 그리고 앞으로 자신들에게 닥칠 그 어떤 시련과 행복 앞에서도 절대 손을 놓지 않을 것처럼 그녀의 손을 움켜잡았다. 계단을 향해 내딛는 두 사람의 발걸음에 설렘과 행복이 가득했다.

에필로그

2년 후.

"박해영 씨 맞으시죠?"

"네."

"말씀 많이 들었습니다. 저는 태주 고등학교 동창이고, 오늘 결혼식 사회를 맡은 이정운이라고 합니다."

신부 대기실로 깔끔한 정장 차림의 남자 하나가 들어오더니 정중하게 고개를 숙인 뒤 자신의 소개를 했다.

"네."

"전에는 여의도 증권사에서 근무했는데, 2년간 해외 파견 근무를 나가 있다 며칠 전에 돌아와 오늘에야 인사를 드리네요."

결혼 준비를 하며 태주의 친구들은 대부분 만나 인사를 나눴다. 그중 정운이 보이지 않아 태주에게 물으니 미국 지사로 파견을 나가 결혼식 때나 올 것이라더니 정말 결혼식 날에야 그를 만나게 되었다. 그런데 아쉽게도 그는 자신들이 구면이라는 사실을 전혀 기억하지 못하는 듯했다.

"네. 잘 부탁드려요."

해영도 드레스의 앞섶에 손을 올리고 가볍게 묵례를 했다.

"그런데 혹시 우리 전에 어디에서 만난 적 있었던가요?"

"네?"

"제가 이런 미인을 기억 못 할 리가 없는데, 어디에서 뵌 적이 있는 것 같은 기분이 들어서요."

정말 2년 전 자신의 활약이 기억이 나지 않는 듯 고개를 갸웃거리는 정운을 보고 있자니 해영은 웃음이 터질 것 같아 입술을 힘주어 붙였다.

"이정운, 2년 만에 귀국한 네가 어디에서 해영 씨를 만났겠냐?"

"안녕하세요?"

이번에 들어온 사람은 유석과 영주였다.

"오빠, 해영이 너무 예쁘지?"

영주는 새벽부터 해영을 따라와 짐을 들어 주고 이야기 상대가 되어 주었었다. 그리고 그녀가 마지막 점검을 마치고 대기실로 이동하는 사이 서둘러 머리를 하고 옷을 갈아입고 돌아온 것이다.

"해영이야 항상 예쁘지."

"오빠, 해영이가 뭐야. 이제 호칭 바꿔야 하지 않아?"

"그런가? 그럼 이제 제수씨라고 불러야 하나?"

"형수님이지."

때마침 검은 턱시도 차림의 태주도 대기실 안으로 들어왔다.

"어떻게 형수님이야, 제수씨지."

"강유석, 내가 너보다 생일이 열 달이나 빨라."

"아우, 유치해. 하여튼 남자들은 별것도 아닌 것 가지고 이런다니까. 그렇지, 해영아."

"지금부터 비디오 촬영 들어가겠습니다. 우선 신부님과 신랑님 먼저 촬영해야 하니까 나머지 분들은 잠시 자리 좀 비켜 주세요."

"네."

카메라맨이 신부 대기실로 들어오자 영주가 유석과 정운에게 빨리 나가라고 다그친 뒤 해영에게 찡긋 윙크를 해 보이고 대기실을 나갔다.

"신랑님이 신부님께 사랑한다고 짧게 한마디 하시는 영상 먼저 담겠습니다."

카메라맨의 요구에 태주가 해영에게 다가와 그녀 앞에 마주 섰다.

"해영아, 나랑 결혼해 줘서 고맙고 평생 너만 사랑할게. 사랑한다."

"이번에는 신부님이요."

"저 사랑해 주셔서 정말 감사하고, 저도 평생 사랑할게요."

"좋습니다. 이번에는 키스하는 영상 담겠습니다."

카메라맨의 말에 태주가 손을 들어 해영의 뺨을 감쌌다. 언제나 근사하고 멋진 사람이었지만 오늘 그의 모습은 그녀의 가슴을 터질 듯 두근거리게 만들고 있었다.

"사랑해."

나직하게 속삭이며 그의 입술이 그녀의 입술 위로 내려앉았다. 짧은 입맞춤 뒤에도 두 사람은 서로에게서 눈을 떼지 못했다. 서로를 평생 사랑하며 살아갈 수 있는 운명 앞에 서 있는 이 순간이 너무 기쁘고 감사했기 때문이다.

"이제 신부님 친구분들 들어오세요."

카메라맨의 말이 떨어지기가 무섭게 영주를 비롯해 대기실 앞에 서 있던 친구들이 들어왔다. 한 명씩, 다시 여러 명이 한 번에 사진을 찍은 뒤 잠시 조용해진 신부 대기실로 또각또각 다가오는 구두 소리가 있었다. 해영은 무언가에 이끌리듯 고개를 들었다.

"수현아."

그녀는 부케를 든 채 자리에서 일어섰다.

이모에게 미국 지사로 떠났다는 소식을 들은 후 2년 만에 보는 것이었다. 그런데 수현은 2년이란 시간이 무색할 정도로 하나도 변한 것이 없어 보였다. 여전히 예뻤고, 여전히 우아했고, 여전히 자신감에 차 있었다.

"진짜 하네, 결혼."

"언제 온 거야?"

"오늘 새벽에."

"나 보러?"

"아니. 아버지가 본사로 복귀하라고 하셔서 집으로 돌아오는 길이었어. 그런데 엄마가 예식장에 계시다고 하셔서 누구 결혼식인가 하고 와 봤더니 네 결혼식이네."

거짓말이라는 것을 알았다. 이모가 분명 그녀의 결혼식에 맞춰 돌아오라고 진작부터 연락을 했을 것이다. 여전히 오래 숨길 수 없는 거짓말을 태연히 하고 있는 수현이었는데, 그녀를 바라보는 해영의 눈가에 눈물이 맺히고 있었다.

"와 줘서 고마워."

"정말 너 보러 온 거 아니라니까."

"그래, 알았어. 그래도 우리 사진 찍을래?"

"우리가 왜? 안 하던 짓 하는 거 닭살 돋아."

수현은 정말 변한 것이 없었다. 하지만 지난 2년 아무 탈 없이 잘 지낸 수현이 눈앞에 서 있는 것만으로도 해영은 마음 한편에 자리 잡고 있던 짐이 조금은 가벼워진 느낌이었다.

"그래도 가족사진은 찍을 거지?"

"우리가 가족도 아닌데 그런 걸 왜 찍어?"

"너 항상 우리가 가족이라고 말하고 다녔잖아?"

"언제 적 일을. 나 그만 엄마한테 간다."

이모는 1년 전 이모부에게 졸혼을 선언했다. 수현의 친엄마가 수현의 친권을 포기하고, 그녀가 이모의 책임하에 놓이게 되면서 지난 십여 년간 묵묵히 그녀들의 엄마 자리를 지켰지만, 그녀와 수현이 차례로 독립을 하며 이모도 스스로의 삶을 찾고 싶다는 생각을 한 것이다. 그래서 이모부에게 법적인 부부 관계는 유지하되 서로의 삶에 간섭하지 않고 독립적으로 살아가는 졸혼을 요구했다. 처음에는 말도 안 된다는 반응을 보였던 이모부도 졸혼이 싫으면 진짜 이혼을 하겠냐는 이모의 질문에 결국 졸혼을 받아들였다.

그녀의 부모님이 살았던 집을 수리해 이사한 이모는 요즘 책을 읽고 글을 쓰며 하루하루를 보내고 있다고 했다. 올봄 출간된 이모의 '엄마의 오후'란 책은 베스트셀러가 되는 기염을 토하기도 했다. 유명 아나운서에서 대기업 회장의 아내, 그리고 엄마를 잃은 두 딸을 키워 낸 시간을 담담한 필체로 써 내려간 글은 대중의 가슴을 울리기에 충분했다는 평이었다. 이제 해영은 이모도, 수현도 더 이상 걱정하지 않을 것이다.

"신부님 곧 입장입니다."

드디어 결혼식이 시작되었다.

화촉 점화를 하고, 신랑과 신부가 나란히 입장을 하고, 혼인서약 후 축가까지 모든 순서가 차분하고 순조롭게 진행이 되었다. 마지막으로 사진 촬영이 시작되자 카메라맨이 가족들을 불렀다. 그의 부름에 한 회장과 화윤 그리고 신 회장이 그들 곁으로 다가오고, 작은아버지와 작은어머니들도 그들 뒤로 섰다. 출입문 근처에서 쭈뼛거리던 태경은 한 회장의 손짓에 뒤늦게 태주의 뒤로 틈을 만들고 섰다.

"이모, 수현이는요?"

"그냥 갔어."

결국 수현은 사진을 찍지 않고 돌아갔다. 내심 서운한 마음도 들었지만 카메라맨이 숫자를 세기 시작하자 해영은 입꼬리를 살며시 끌어당겼다.

* * *

5년 후.

"지원아."

자신을 부르는 소리에 하얀 얼굴에 동그란 눈의 작은 아이가 고개를 돌렸다.

"아빠."

아빠를 향해 넘어질 듯 달려오고 있는 아이의 뒤를 황금색 털을 휘날리며 골든 레트리버 빅이 함께 달리고 있었다.

"앗!"

달리던 아이의 몸이 앞으로 쏠리며 고꾸라질 듯 비틀거리자 빅이 재빨리 아이의 앞을 막아섰다. 허공을 휘젓던 아이의 팔은 이내 빅의 듬직한 목을 끌어안았다. 빅은 저와 키 차이가 얼마 나지 않는 아이가 완전히 균형을 잡고 설 때까지 꼼짝하지 않고 그대로 서 있었다. 이제 5살이 된 개와 개의 커다란 귀에 통통한 볼을 비비고 있는 4살 꼬마 숙녀의 모습을 바라보는 태주의 눈과 입에 그가 느끼는 행복이 그대로 묻어나고 있었다.

"고마워, 빅."

끌어안고 있던 목을 놓아준 지원이 털이 수북한 빅의 볼에 가볍게 입을 맞추며 말했다.

월월.

"우리 지원이 지켜 줬구나. 고마워, 빅."

빅의 머리를 한 번 쓰다듬어 준 태주는 지원을 번쩍 안아 들었다.

"아빠."

이번에는 아이의 작은 팔이 그의 목을 꼭 끌어안았다. 그리고 빅의 귀에 비볐던 볼을 아빠의 볼에 비볐다. 아침에 면도를 했어도 그새 자랐을 수염이 따갑지도 않은지 까르르까르르 웃으면서도 아이는 제 맘껏 볼을 비비고 아빠의 볼에 작은 입술을 대고는 푸우 하고 바람을 불었다. 아이에게는 빅도 아빠도 자신의 보호자이자 친구인 것처럼 편하고 친근한 행동이었다.

"빅이랑 뭐 하고 있었어?"

"엄마랑 지호랑 조용히 자라고 빅이랑 산책하고 있었어요."

"엄마랑 지호 자라고 우리 지원이가 빅이랑 밖으로 나왔다고? 아주머니는?"

"아줌마는 음, 음, 잘 모르겠어요."

"아주머니는 오늘 제사가 있다고 하셔서 일찍 들어가시라고 했어요."

이제 막 돌이 지난 지호를 품에 안은 해영이 현관에서 그들을 향해 다가오며 말했다.

"일어났어? 우리 지호도 일어났구나?"

"지호 재우다가 깜빡 잠들었나 봐요."

"피곤하면 조금 더 자지."

아내를 바라보는 그의 눈에는 더할 수 없는 사랑이 배어 있었다.

"지원이가 안 보여서요. 빅이랑 같이 있을 거 알면서도 눈에 안 보이면 깜짝깜짝 놀라게 돼요."

"당신이랑 지호 자라고 빅이랑 산책 나왔대."

"지원이가 그랬어? 산책하고 싶으면 엄마를 깨우지."

"괜찮아요, 엄마. 빅이 내 옆에 있으면 하나도 안 무서워요. 빅은 정말 빠르고 용감해요."

"그렇구나. 빅, 정말 고맙다."

해영이 손을 내밀자 빅이 그녀 앞으로 다가와 얌전히 바닥에 앉았다. 마치 칭찬을 기다리는 털옷을 입은 아이 같았다. 해영은 빅의 머리를 쓰다듬어 준 뒤 태주와 함께 계단을 올라 집으로 향했다.

"힘들었지요?"

"아니."

태주가 지원을 바닥으로 내려놓자 아이는 집 안으로 쏜살같이 달려갔다. 언제나 그렇듯 그 뒤를 빅이 그림자처럼 따르고 있었다.

"지호야, 이제 아빠한테 와 봐."

태주가 이번에는 지호를 받아 들었다.

"혼자 애들 보느라 힘들었지?"

"네. 힘들었어요."

이제야 어떤 투정을 부려도 모두 받아 줄 자신의 편이 생긴 것처럼 해영은 마음껏 엄살을 부렸다.

"당신 힘들어서 어떻게 해."

"그래도 아주머니가 저녁은 준비해 두고 퇴근한다고 하셨으니까 얼른 저녁 먹고 애들 씻기고 쉴래요."

"그래. 내가 도와줄게."

태주는 옷도 갈아입지 않고 곧장 주방으로 향했다.

냉장고 속에 음식은 준비가 되어 있었으나 아이들을 데리고 저녁을 차리고 아이들의 밥을 먹이는 것도 결코 쉬운 일이 아니었다. 하지만 능숙하게 그 일들을 해내는 태주를 보는 해영의 얼굴에서는 미소가 떠나지 않았다.

"당신도 드세요."

해영은 태주의 품에서 지호를 받아 들었다.

"나도 지호 먹이면서 먹고 있었어. 당신 편하게 먹지."

"저는 다 먹었어요."

해영이 지호의 입을 손수건으로 닦아 주고 아이의 그릇을 정리하는 사이 태주도 식사를 마쳤다. 그리고 아직 다 먹지 못한 지원의 밥도 먹여 주었다.

"우리 지원이 밥 다 먹었으니까 이제 아빠랑 목욕할까?"

"오리 가족이랑 같이 해도 돼요?"

"당연하죠, 공주님."

들고 있던 노란색 유아 젓가락을 식탁 위로 내려놓고 지원이 의자 아래로 폴짝 내려섰다. 그리고 한동안 욕실에서 부녀의 웃음소리가 끊이지 않고 들리더니 태주는 아이를 타월로 감싸 안은 채 방으로 데려갔다.

그사이 해영도 지호를 씻기고 자장가를 불러 주었다. 곤하게 자는 아들의 이마에 입을 맞춘 뒤 이불도 꼼꼼히 확인한 그녀는 2층의 테라스로 나왔다. 7년 전 처음 내려다보던 날 반해 버렸던 밤 정원을 내려다보고 있자니 오늘 하루도 잘 해냈다는 안도감과 함께 피로가 밀려들었다.

"지호는 잠들었어?"

"네. 지원이도요?"

"응."

태주가 해영의 뒤로 다가와 그녀를 끌어안았다.

"당신도 힘들 텐데 고마워요."

"고맙긴. 내가 당신한테 항상 고맙지."

"그렇게 말해 줘서 더 고맙습니다."

"정말 고마우면 말 말고 행동으로도 보여 줘도 되는데."

그가 그녀의 귓가에 대고 나직하게 속삭였다.

"이제 안 속아요."

해영이 어깨를 비틀며 그의 품에서 벗어나려 했으나 그럴수록 그녀를 안은 태주의 팔에는 더욱 강한 힘이 실리고 있었다.

"저 정말 피곤해요."

"가만있어, 해영아."

"정말 피곤해요."

"알아. 나도 당신이 얼마나 피곤한지 다 알지."

하지만 말과는 달리 그는 그녀를 안았던 팔을 풀고 번쩍 안아 들고 있었다.

"저 무거워요. 그러다 허리 다치면 어떻게 하려고요?"

"하나도 안 무거운데. 당신은 여전히 깃털처럼 가벼워."

"그래도 안 돼요. 저 정말 손가락 하나도 까딱 못 할 것 같다고요."

"그래. 당신은 손가락 하나 까딱할 필요 없어."

"내려 주세요."

"나도 지원이 지호만큼 당신 사랑이 필요하다고."

어느새 그녀를 안고 자신들의 방으로 들어온 태주가 발로 방문을 닫았다. 그리고 그녀를 침대 위에 내려놓았다. 유혹이라도 하듯 그녀를 내려다보는 그의 시선은 더없이 그윽했다.

"이제부터는 우리 부부만의 시간이야."

그가 그녀의 티셔츠 안으로 슬금슬금 손을 밀어 넣었다.

"저 정말 피곤……."

그녀의 말은 그의 입맞춤으로 끝을 맺지 못했다. 그리고 그는 재빨리 걷어 올린 티셔츠 아래의 새하얀 가슴으로 고개를 숙였다. 거부의 말 대신 그녀의 입에서는 어느새 신음이 흘러나오고 있었다.

"흐음…… 천천히요."

여전히 가슴에서 고개를 들지 않은 채 손으로는 서둘러 그녀의 바지를 벗기고 있는 그에게 해영이 말했다.

"천천히는 좀 힘들 것 같은데. 내가 정말 인내심이 많은 사람인데, 당신하고만 있으면 그게 전부 사라져."

그가 그녀를 다시 끌어안자 단단한 그의 하체가 그녀의 허벅지 사이를 압박해 왔다.

사실 아이들이 너무 어린 탓에 오늘처럼 둘만의 시간을 갖는 경우는 흔치 않았다. 그렇기에 해영의 몸도 어느 때보다 빠르게 달아오르고 있었다. 그녀도 손을 들어 그의 셔츠 단추를 풀기 시작했다.

"너무 부드러워."

이미 옷을 모두 벗겨 낸 그녀의 가슴에서 늘씬한 허리를 지나쳐 허벅지로 그가 손을 움직였다. 그의 입술도 손이 지나친 길을 그대로 따라 움직이고 있었다.

"키스해 줘요."

그녀의 요구에 그가 서둘러 자신의 옷을 벗고 반듯이 누운 그녀의 몸 위로 몸을 겹쳤다. 그리고 그녀의 입술을 깊게 집어삼켰다.

"당신은 하나도 변한 게 없어요."

그가 잠시 입술을 뗐을 때 그녀가 말했다.

"당연하지. 우리 아직 신혼인데."

"애가 둘인데 어떻게 신혼이에요?"

"난 당신이랑 있으면 영원히 신혼일 것 같은데."

나직하게 속삭이며 그는 그녀 안으로 깊게 파고들었다. 그리고 거침없이 사랑을 표현하기 시작했다. 그와 나누는 사랑은 매번 그녀를 황홀함으로, 뜨거움으로 가득 차게 만들었다. 오늘 역시 그는 그녀에게 온몸으로 사랑을 고백하고 있었다.

"큰일이에요."

"뭐가?"

"시간이 지날수록 당신이 점점 더 좋아져서요."

"괜찮아. 나도 그러니까. 사랑해."

"저도 사랑해요."

"내가 더 많이 사랑해. 앞으로도 더 많이 사랑할게."

그의 입술이 다시 그녀의 입술 위로 진하게 겹쳐졌다. 그의 뜨거운 키스를 받으며 해영은 생각했다. 지금보다 태주와 함께하는 앞으로의 삶이 더 행복할 것이라고.

-마침-

작가 후기

얼마 전부터 주변에서 '소확행'이라는 말을 자주 듣게 되었습니다. 소확행, 일상에서 느낄 수 있는 작지만 확실하게 실현 가능한 행복.

돌이켜 보면 제게 소확행은 글을 쓰는 일이었던 것 같습니다. 정확히는 글을 쓰며 자판을 두드리는 순간이었고, 누군가 제 글을 읽어 주는 순간이었습니다.

<작은 복수>는 소확행이란 단어를 곱씹어 보다 떠올린 제목입니다. 작은 복수(작지만 실현 가능한 복수)는, 미워하는 타인에 대한 육체적, 정신적 복수보다는 스스로가 행복해짐으로써 실현되는 복수이니 소확행과도 그 의미가 통한다고 생각했습니다.

그렇기에 이야기에는 서로의 존재를 통해 시련을 극복하고 행복해지는 두 주인공의 모습과 얄미운 조연의 모습을 함께 담을 수밖에 없었습니다. 하지만 그 조연 또한 나름의 사연이 있었기에 복

수는 통쾌한 복수와는 조금 거리가 있는 모습으로 그리게 되었습니다. 사실 복수라기보다는 서로를 잘 알지 못했기에 생겨난 미움을 해소해 가는 과정을 담았다는 것이 더 정확한 표현일지도 모르겠습니다.

삶이 그렇듯, 글을 쓰며 여러 우여곡절을 겪었지만, 다행히 완결을 내고 이렇게 출간을 하게 되었습니다. 글에 계절의 변화가 담긴 것처럼 <작은 복수>를 쓰는 동안 저 역시 계절의 변화를 겪었습니다.

글을 마친 지금, 언제나 곁에서 힘이 되어 준 저의 가족에게 가장 고맙고 사랑한다고 말하고 싶습니다. 그리고 부모님과, 자주 만나지는 못하지만 언제나 든든한 의지가 되어 주는 언니와 동생들에게도 사랑한다고 말하고 싶습니다.

또 와이엠북스 담당자님. 부족한 글 리뷰부터 수정까지 세심히 신경 써 주셔서 정말 너무나 고맙습니다. 아주 특별하고 소중한 시간이었다고 오래도록 기억할 것 같습니다.

마지막으로 이 글과 함께해 주신 모든 독자님들께 진심으로 감사드립니다.

모두 언제나 건강하시고 행복하세요.

여러분들의 소확행은 이루어질 겁니다. 꼭!